GABOR LACZKO, 1941 in Budapest geboren, floh nach dem Ungarischen Volksaufstand und dessen Niederschlagung durch die Rote Armee in die Schweiz. Er trat in den Jesuitenorden ein, wo er neben Philosophie und Mathematik auch Kybernetik studierte. Während des anschließenden Theologiestudiums geriet er mit dem Glauben in Konflikt und verließ den Orden. Er absolvierte eine Ausbildung im Finanzwesen und arbeitete als Bankdirektor und selbstständiger Finanzberater. 2009 erschien sein erster Roman: »Die Audienz«.

Gabor Laczko

Des Pudels Kern

Roman

Weitere Informationen über den Verlag und sein Programm unter
www.buchmedia.de

Januar 2012
© 2012 Buch&media GmbH, München
Umschlaggestaltung: Alexander Strathern, München
Umschlagbilder: © Nicemonkey – Fotolia.com; © Juan Pelota - Fotolia.com
Printed in Germany · ISBN 978-3-86520-428-8

1

Am Dienstag, den 28. Juni 2005, um siebzehn Minuten nach neun, erfuhr Stefan Hoffbaur, dass die Welt in allerkürzester Zeit in Trümmer zerfallen würde. Zumindest seine Welt. Er bestieg das Taxi, das vor dem Spital auf ihn wartete. Der Fahrer begrüßte ihn mit Namen und stellte den Rückspiegel leicht um. Hoffbaur nannte seine Adresse und lehnte sich auf dem Hintersitz zurück. Er presste seine Lippen zusammen und blickte reglos auf den Zulassungsschein des Fahrers. Dem Namen nach musste dieser aus einem Balkanstaat kommen, doch sein Deutsch ließ vermuten, dass er ein Secondo war. Er hatte seinen Fahrgast erkannt, ein Anzeichen dafür, dass er das politische Leben mitverfolgte.

»Krankenbesuch?«, wollte er wissen, gleichsam um auszuschließen, sein Fahrgast könnte die Pflege des Ortes selber in Anspruch nehmen.

»Ja«, antwortete Hoffbaur kurz angebunden, um eine Fortführung des Gesprächs im Keim zu ersticken. Der Fahrer war ein Profi, der sogleich verstand, dass sein Fahrgast keinen Wert auf eine weitere Unterhaltung legte.

Stefan Hoffbaur schloss seine Augen und schüttelte leicht den Kopf. Der Befund, den er vor Kurzem erhalten hatte, war für ihn ein schrecklicher Schock.

»Jedem anderen würde ich diese Frage ausweichend beantworten«, hatte ihm der Arzt gestanden, als ihn Hoffbaur nach seinen Zukunftsaussichten fragte. »Wegen Ihrer Position bin ich es Ihnen jedoch schuldig, die nackte Wahrheit zu enthüllen. Sie werden große Stärke brauchen.« Er hielt inne, als wollte er das Einverständnis des Patienten abwarten.

»Na, legen Sie los!«, spornte ihn Hoffbaur leicht gereizt an.

»Drei bis vier Monate, sagen wir im besten Fall sechs«, widerhallte es jetzt noch in seinem Ohr. Was sind vier Monate?, ging ihm durch den Kopf. Wäre seine Frau vor ein paar Wochen schwanger geworden, würde er die Geburt seines Kindes nicht mehr erleben können. Er gab der Versuchung nach, zurückzurechnen, was er vor vier Monaten getan hatte: Er hatte ein Wochenende in Paris verbracht. Es kam ihm vor, als wäre es gestern gewesen oder höchstens vor einer Woche. Jedenfalls nicht weit weg, in greifbarer Gegenwart. Es war nicht der Gedanke an den Tod, der ihn schreckte. Es war die Plötzlichkeit des Urteils, die Unmittelbarkeit der Ansage eines unerwarteten Verdikts, die ihn aufwühlte. Seine Gefühle erdrückten ihn. Seine Pläne fuhren ihm durch den Kopf, die großen Projekte, das Leben voller Erfolgsaussichten, die Träume, deren Verwirklichung ihm eben noch in Griffnähe schien.

Das Taxi hielt an. »Jägerstraße 40. Da sind wir«, sagte der Fahrer. Hoffbaur schrak auf. Natürlich. Er war zu Hause. Er bezahlte, rundete großzügig den Fahrpreis auf, um das Schweigen des Fahrers zu belohnen, und stieg aus. Er blickte zum zweiten Stock des modernen, eleganten Residenzbaus hinauf, wo sich seine Wohnung befand. Nein, er wollte nicht sofort hochgehen. Bevor er mit Franziska sprach, wollte er sich fassen. Er betrat das Nobelcafé im Erdgeschoss des Gebäudes. Hier verkehrten viele, die ihn kannten, Beamte, Politiker und Diplomaten, denn gegenüber lag das Auswärtige Amt. Hoffbaur hatte keine Lust, sich mit jemandem zu unterhalten, und hoffte, dass um diese Tageszeit keiner da wäre, der sich zu ihm setzten wollte. Für das Frühstück war es schon zu spät, für den Aperitif zu früh.

»Herr Hoffbaur, willkommen, heute keine Vorstandssitzung?«, begrüßte ihn der Kellner. »Was darf es denn sein?«

»Doch, doch, ich bleibe nicht lange. Für einen Cappuccino sollte es aber noch reichen«, antwortete er und nahm die Tageszeitung vom Regal. Auf der ersten Seite war sein Bild. »Hoffbaur schlichtet Parteifehde«, lautete die Überschrift. Das war ein starker Trumpf. Er hatte gute Chancen, als Kandidat seiner Partei für die vorzeitigen Wahlen des Bundeskanzlers am 18. September aufgestellt zu werden. Sein Nebenbuhler, der widerliche Intrigant Peer Kiske, hatte keine Chance gegen ihn. Er war auf dem Wege zu einem der wichtigsten Ämter in der Weltpolitik. Und jetzt das! Die Untersuchungen im Spital waren mit größter Gründlichkeit durchgeführt worden. Die Diagnose konnte nicht falsch sein. Das änderte alles. Er würde sich zurückziehen müssen, ohne die Wahl zu beeinträchtigen. Ein schwieriges Unterfangen, aber die Strategie durfte sich nicht ändern: Seine Partei musste die Wahl gewinnen. Aber wie sollte er seinen Rückzug begründen? »Kanzlerkandidat Hoffbaur lehnt Nominierung ab!« Das wäre freilich ein Knüller, doch seiner Partei würde es in dieser Form sehr schaden. »Hoffbaurs Gesundheitszustand lässt eine Kandidatur nicht zu.« Noch schlimmer!

»Ihr Cappuccino wird kalt«, sagte der Kellner besorgt und holte ihn aus seinen Gedanken zurück.

»Ach, natürlich«, sagte Hoffbaur. »Wenn man den Kopf immer bei der Arbeit hat!« Vielleicht wäre es doch besser, nach Hause zu gehen. Hier konnte er sich sowieso nicht konzentrieren. Hoffbaur bezahlte und verließ das Café. Auf dem Gehsteig blieb er unschlüssig stehen. Ins Büro gehen wollte er heute nicht. In der gegenwärtigen seelischen Verfassung hätte er nicht vor die Augen seiner Kollegen treten können. Was hätte er ihnen auch sagen sollen? »Sehr geehrte Damen und Herren, ich bin zum Tode verurteilt und werde mich von euch in vier bis sechs Monaten verabschieden«? So ging es nicht. Vielleicht musste er für sich behalten, wie es um ihn stand. Ja, nach Hause, entschied er sich. Franziska sollte die Wahrheit als Erste erfahren. Sie war stets eine gute Gefährtin gewesen, feinfühlig und intelligent und mit einer weiblichen Intuition, die sein rationales Wesen gut ergänzte. Er wusste, wie schwer sie diese Nachricht treffen würde, doch vor ihr konnte er seinen Zustand nicht verheimlichen.

Seine Frau war nicht zu Hause. Sie hatte wohl nicht mit seiner vorzeitigen Rückkehr gerechnet. Er trank ein Glas Wasser in der Küche und ging in sein Arbeitszimmer. Insgeheim war er froh, allein zu sein und eine kurze Gnadenfrist bis zu dem schweren Gespräch zu haben. Er wollte in Ruhe nachdenken und setzte sich in den alten Lederfauteuil. Er saß gerne in diesem Sessel – nicht nur, weil er bequem war, sondern auch weil er in seinem Leben einen besonderen Stellenwert besaß; es war eines der wenigen Erinnerungsstücke, die seine Familie durch den Krieg hatte retten können. Der Sessel stand damals, wie ihm seine Mutter erzählt hatte, in der Bibliothek des Großvaters im »Hofzimmer«, wie der Raum in der Familie damals genannt wurde. Nur durch Zufall hatte er die Bombardierung überstanden. Das Haus, in dem seine Großeltern gewohnt hatten, wurde zwar getroffen, doch es stürzte nur zur Hälfte ein. Der nördliche Flügel hinter dem Innenhof, wo das »Hofzimmer« und die Hintertreppe lagen, blieb unversehrt. So blieben seinem Großvater einige wenige Habseligkeiten erhalten, die ihm der Krieg nicht zerstört hatte. Darunter eben dieser Lederfauteuil. Hoffbaurs Vater fand ihn zu klobig und vermachte ihn seinem Sohn gerne, als dieser darum bat. Der Sessel war massiv, weitläufig, »dickarschbreit«, wie er zu sagen pflegte, und mit so hohen Armlehnen, dass man beim Aufstützen ein Buch gerade auf Augenhöhe halten konnte. Der braune Lederüberzug war von den Ellbogen stark abgewetzt. Hoffbaur nannte ihn seinen »Denkhafen«, denn hier pflegte er sich zu sammeln, wenn er über Probleme grübelte. Regelmäßig endeten diese Denkpausen mit einem kurzen Nickerchen. Wie damals bei seinem Großvater, der hier häufig zu dösen pflegte, bis er eines Tages aus seinem Mittagsschlaf nicht mehr aufwachte. Er ging aus diesem Leben, still, ohne Gruß, wie auf Zehenspitzen, und ließ seinen leblosen Körper in diesem Sessel zurück. Jetzt, wo Stefan Hoffbaur die nahenden Schritte des Todes hörte, kam ihm beim Gedanken an den Großvater der Sessel wie das Boot vor, mit dem in der griechischen Mythologie die Verstorbenen über den Fluss Acheron in die Unterwelt gebracht wurden. Wie beneidete er jetzt den Alten! Er wünschte sich von Herzen, hier auch einschlafen zu können, abschiedslos, für immer. Er dachte kurz sogar daran, dem ewigen Schlaf nachzuhelfen, doch sogleich verscheuchte er diese Versuchung. Selbstmord passte nicht zu seiner Lebenshaltung und ferner musste er noch vieles erledigen. Er dachte an seine Frau. Er musste jetzt alles Wichtige sehr gründlich überlegen.

Er versuchte, eine Auslegeordnung seines Lebens zu machen. Erst zweiundvierzig Jahre lagen hinter ihm. Für viele Menschen bedeutete dies Halbzeit, für ihn nun also Endstation. Eine brillante Karriere zuerst als Industriemanager, dann als Politiker, ein Sohn von zwölf Jahren, der ihn sehr vermissen würde, obwohl er seit ein paar Jahren ein Nobelinternat besuchte und deshalb nur den Urlaub mit ihm verbringen konnte. Mit jener Sorglosigkeit, die Frucht eines befriedeten Lebens war, hatte er bisher alles geordnet: seine Arbeit, seine Freizeit, seinen Zahnarztbesuch. Er hatte angenommen, dies würde im gleichen Stil auch die nächsten vierzig bis fünfzig Jahre so weitergehen. Bis zu diesem Tag. Doch jetzt traf ihn plötzlich dieser Urteilsspruch des Schicksals. Er fragte nicht nach dem Warum, denn er war sachlich genug zu wissen, dass es auf diese Frage keine Antworten gibt. Der Sinn des Lebens? Irgendwann hatte er einmal einen Satz gelesen, über den er damals viel nachdenken musste. »Das Huhn ist nur das Mittel des Eies, ein anderes Ei zu produzieren.« Die Erhaltung der Art als Sinn? Da konnte die berühmte Eintagsfliege, die *Palingenia longicauda*, als lehrreiches Beispiel angeführt werden. Drei Jahre brauchen ihre Larven, um auszuschlüpfen, nur für einen einzigen Tag des Lebens, an dem sie sich paaren und Larven legen, um gleich wieder zu sterben. Wollte der Mensch sein eigenes Leben auch in diesem Licht betrachten, so war es nicht verwunderlich, dass er psychologische Krücken wie *Gott* und *Paradies* benötigte, um geduldig darauf zu warten, dass ... Auf was eigentlich? Auf das Ende dieser vier bis sechs Monate? Hoffbaur empfand bei diesen Gedanken eine stumpfe Traurigkeit, eine lähmende Resignation. Am liebsten hätte er geweint, doch dazu fehlte ihm die theatralische Dimension des Selbstmitleids.

Plötzlich kam er auf einen absurden Gedanken. Er begann die Sekunden zu zählen, doch bald schon wurde ihm die Lächerlichkeit seines Tuns bewusst. Er stand auf, ging zum Telefon, teilte seiner Sekretärin mit, er hätte heute Unvorhergesehenes zu erledigen, und bat sie, seine Termine vom Tag abzusagen.

Dann besann er sich auf die Wirklichkeit. Was musste in diesen vier Monaten noch getan werden? Nein, in höchstens drei Monaten, denn am Schluss würde er wohl nichts mehr ausrichten können, mit lähmenden Schmerzen oder mit Morphium in den Venen. Für wichtige Dinge, wie sein Testament, hatte er schon vorgesorgt. Er musste aber seinen politischen Rückzug organisieren, in einer Art, die so kurz vor den Wahlen keinen unheilvollen Schaden für seine Partei, für seine Überzeugungen anrichten würde. Kleine Sachen mussten in Ordnung gebracht, Lebensballast musste ausgemistet werden, nicht, weil all das von Belang war, sondern weil es zum anständigen Ton gehört, den Hinterbliebenen keine Arbeit aufzubürden. Und da war noch diese unerledigte Angelegenheit, die er in den letzten zwanzig Jahren stets aufgeschoben hatte. Eine Belastung für sein Gewissen, für sein Pflichtgefühl, die er nie abschütteln konnte. Für den Fall, dass er plötzlich sterben würde, hatte er es so eingerichtet, dass seine Frau entscheiden musste, was mit jenem dunklen Fleck aus der Vergangenheit geschehen sollte. Doch jetzt hatte er noch die Möglichkeit, selbst zu handeln. Konnte er das? Hatte er die Kraft dazu? War es überhaupt richtig, zu diesem heiklen Zeitpunkt die Leiche aus dem Keller zu holen? Stefan Hoffbaur wusste, dass die wenigen Monate, die ihm noch zu leben blieben, keine fröhliche Abschiedsparty sein würden.

2

Die politische Welt in Deutschland stand kopf. So etwas hatte man noch nie erlebt. Da wurde einem die Macht auf dem Servierbrett angeboten und der wollte sie nicht! Hätte es sich dabei um einen Heiligen gehandelt, einen weltabgewandten Guru oder einen resignierten Idealisten, so hätte die Erklärung auf der Hand gelegen. Doch Stefan Hoffbaur war ein moderner, erfolgreicher Vollblutpolitiker, der die Ausübung der Macht zum Beruf gemacht hatte. Seine Absage als Kanzlerkandidat gehörte in die Kategorie des Unglaublichen.

»Die internationale Lage verlangt nach einem Führungstyp, dessen pragmatische Fähigkeiten speziellen Anforderungen genügen müssen. Nach reiflicher Überlegung und im ausschließlichen Interesse unserer Partei bin ich zum Schluss gekommen, dass meine persönlichen Eigenschaften diesem Profil nicht entsprechen. Im vollen Bewusstsein der Tragweite dieser Entscheidung teile ich der Parteiführung mit, dass ich als Kanzlerkandidat für die Wahl nicht zur Verfügung stehe.«

Der vertrauliche Brief Hoffbaurs löste bei der Parteispitze eine gewaltige Reaktion aus. Die Bestürzung war enorm, die Ratlosigkeit unermesslich. Welcher Teufel hatte den Kollegen geritten, seine sichere Nominierung auszuschlagen? Wie sollte diese Verrücktheit den Medien erklärt werden? Alle Versuche der Parteifreunde, Hoffbaur umzustimmen, scheiterten. Er war nicht einmal bereit, die vorgebrachten Argumente anzuhören. Seine Entscheidung stünde fest und sei unumstößlich, war seine kategorische Antwort auf alle Bemühungen, die ihn zur Räson bringen wollten. Und da er nicht die geringste Andeutung auf seine Krankheit machte, standen alle vor einem Rätsel. Als schließlich allen klar wurde, dass es Hoffbaur wirklich ernst meinte, begannen einige ihm zu grollen. Die Chancen der Partei, die Wahl zu gewinnen, waren schlagartig gesunken; Hoffbaur schien unersetzlich zu sein. Sein parteiinterner

Nebenbuhler, Peer Kiske, konnte nach allgemeiner Überzeugung die entstandene Lücke nicht füllen. Dazu war er bei den Medien wegen seiner süffisanten, nach der Beurteilung anderer arroganten Art nicht gut aufgenommen. Viele ließen sich zwar von seiner brillanten Rhetorik blenden, doch hinter vorgehaltener Hand wurde auch gemunkelt, er hätte sein enormes Vermögen nicht mit legalen Mitteln geschaffen. Ein spitzzüngiger Kommentator nannte ihn einst den Berlusconi des Nordens und brachte Kiske dadurch so in Rage, dass er den Journalisten mit üblen Beschimpfungen überschüttete. Dieser erzählte später Freunden und Bekannten, er werde beschattet, konnte dies aber nie beweisen. Kiske wurde zu keinem Zeitpunkt unlauterer Methoden überführt, doch Gerüchte sind wie Zecken und heften sich hartnäckig an ihre Opfer.

Hoffbaur wurde von den Medien belagert. Alle wollten »den wirklichen Grund« seiner Entscheidung erfahren, womit auch zum Ausdruck gebracht wurde, dass niemand der offiziellen Darstellung glaubte. Hoffbaur beschränkte sich darauf, als den am besten geeigneten Kandidaten Thorsten Behler zu empfehlen, der eben jene Qualitäten aufweise, die Deutschland heute im internationalen Gefüge benötigen würde.
 Thorsten Behler war ein guter Freund von Hoffbaur.
 Die Journalisten versuchten es bei Franziska Hoffbaur. Doch auch aus ihr war nichts herauszuholen, und als sie im guten Glauben sagte, ihr Mann würde stets nach seinem Gewissen handeln, verdrehte die Presse ihre Worte und es kamen sofort Vermutungen über parteiinterne Zerwürfnisse auf. Ab und zu wurde auch die Vermutung geäußert, mit Hoffbaurs Gesundheit könne es vielleicht nicht zum Besten stehen, doch da seine Krankheit anfänglich noch keine sichtbaren Zeichen der Zerstörung hinterließ, war das Dementi schnell abgehakt.
 Keiner kannte aber die Gewissenskonflikte Stefan Hoffbaurs. Er fragte sich, ob ein ehrliches Eingeständnis seines angegriffenen Gesundheitszustandes weniger hohe Wellen aufgeworfen hätte und womöglich die Chancen seiner Partei und dadurch indirekt die Chancen Peer Kiskes eher intakt gelassen hätte. Genau hier

lag indessen für ihn der entscheidende Punkt. Er verachtete Kiske aus tiefster Seele. Und Kiske zahlte es ihm mit der gleichen Münze zurück. Er verpasste keine Gelegenheit, seinen Hass auf Hoffbaur kundzutun. Nicht öffentlich, natürlich. Vor den Augen der Welt war er stets voll süßen Lobes für seinen Widersacher. Doch bei inoffiziellen Anlässen intrigierte er mit allen Mitteln und zog ihn tief in den Schmutz. Bei denen, die Hoffbaur achteten, und das waren viele, bewirkten diese Anwürfe nur, dass Kiskes eigene Popularität zersetzt wurde. In Interviews und Talkshows war Kiske stets redegewandt und schlagfertig und von einer gekünstelten Loyalität seinem Konkurrenten gegenüber. Ab und zu ließ er sich jedoch bei der Beantwortung einer Frage, die sich auf Hoffbaur bezog, lange Zeit, als müsste er die spontan aufkommenden Gedanken beiseiteschieben und durch Höflichkeiten ersetzen. Er war ein klug berechnender Stratege, doch nicht immer gelang es ihm, die Selbstkontrolle zu bewahren. Als in einer Debatte die verheerende Luftverschmutzung durch einen in Ostdeutschland ansässigen, technologisch veralteten Industriebetrieb angesprochen wurde, meinte er, die oft heraufbeschworenen fatalen Folgen des Klimawandels seien zum größten Teil Horrorszenarien einiger wichtigtuerischer Wissenschaftler. Ein Teilnehmer hatte ihn daraufhin scherzend gefragt, ob er etwa an der erwähnten Firma beteiligt sei. Kiske rastete aus und wurde dermaßen ausfällig, dass ihn der Moderator ermahnen musste. Erst Monate später, als seine Kandidatur durch die Enthüllungen nicht mehr beeinträchtigt werden konnte, nahm die Affäre eine für Kiske peinliche Wendung: Ein Zeitungsmann ging der Sache nach und erbrachte den Beweis, dass Kiske durch eine Deckfirma tatsächlich eine bedeutende Beteiligung an besagter Firma besaß.

Stefan Hoffbaur war von Kiskes Heuchelei zutiefst angewidert, doch sie war nicht der einzige Grund für seine Verachtung. Zwischen den beiden Männern war etwas geschehen, das sie nie angesprochen hatten, sie aber tief entzweit hatte. Hoffbaur befand sich in einem inneren Zwiespalt. Er wollte seiner Partei bei der Wahl des Bundeskanzlers zum Sieg verhelfen, doch er konnte unter keinen Umständen Kiske unterstützen. In diesem Dilemma zog er es vor, die Chancen seiner Partei zu mindern, damit Kiske nicht in das wichtigste politische Amt des Landes aufsteigen konnte. Seine Krankheit blieb vorerst sein persönliches Geheimnis.

Stefan Hoffbaur hatte sich für Thorsten Behler mächtig ins Zeug gelegt. Er schätzte diesen bescheidenen, arbeitsamen und integren Menschen und war überzeugt, dass er ein hervorragender Kanzler geworden wäre. Doch Behler war kein großer Kommunikator, er hatte Mühe, sich medienwirksam zu verkaufen, war der Parteibasis so gut wie unbekannt und hatte gegen Kiske nicht die geringste Chance. Zehn Tage nach der Ankündigung Hoffbaurs stellte ein außerordentlicher Parteitag Peer Kiske als Kanzlerkandidaten auf.

Eine gehässige Wahlkampagne begann. Kiske schlug um sich, ließ über seine Gegner und ihre Familien, ja sogar ihre Vorfahren Nachforschungen anstellen, verhöhnte sie mit bissigem Sarkasmus und äußerte zweideutige Vermutungen über sie. Er hatte zwei Konkurrenten zu bekämpfen: den Kandidaten der starken Gegenpartei, die mit seiner seit Jahrzehnten verfeindet war, und einen Neueinsteiger, der seiner Partei nahe stand. Kiskes Angriffe richteten sich vorwiegend gegen diesen zweiten, weil er in dessen Wählerschaft Stimmen für sich fischen wollte. Er versprach dem Land das Blaue vom Himmel und steckte Millionen in seine Kampagne. Er ließ Hunderttausende von T-Shirts mit seinem Bild verteilen, war überall anzutreffen, wo publikumswirksame Effekte zu erzielen waren, und schüttelte jedem, der in seine Reichweite kam, die Hand. Im Parteipräsidium lamentierte er wiederholt über die fehlende Unterstützung von Seiten Hoffbaurs, doch diese Klagen fruchteten nichts. Hoffbaur ließ sich immer weniger blicken und hielt sich auffällig zurück.

Nach viereinhalb Monaten war es endlich so weit. Kiske gab sich in den Medien am Vorabend der Wahl siegessicher und ließ bereits eine prunkvolle Party zur Feier seiner Wahl organisieren. Die Auszählung der Stimmen war nervenaufreibend. Die Wahltagsbefragungen und Hochrechnungen konnten keinen klaren Trend aufzeigen, sodass erst am späten Abend der Sieger feststand. Kiske fehlten 1,1 Prozent der Stimmen zum Sieg. Als er am 18. September 2005 zu später Stunde seine Niederlage vor den Medien eingestehen musste, gab er auch bekannt, er würde auf seinen Parlamentssitz verzichten, um in der Zukunft als Parteivorsitzender mit allen Kräften daran zu arbeiten, den Sieg seiner Partei für die nächsten Wahlen vorzubereiten. Zunächst erwies sich dies als geschickter Schachzug, denn man deutete es als selbstloses Opfer seiner Person für eine Idee. Kiske konnte nicht ahnen, dass dies eine folgenschwere Entscheidung war, die er in einigen Monaten bereuen würde.

3

Kirchen und Spitäler begrüßten die Eintretenden mit ihrem Geruch. Doch während erkalteter Weihrauch und erloschene Kerzen in Kiske die Erinnerung an den Charme der Ministrantenzeit wachriefen, weckte in ihm der Geruch von Desinfektionsmittel Abscheu und heimliche Angst. Es war Samstag, der 1. Oktober 2005, als er die Klinik betrat. Wie immer war er einwandfrei gekleidet, trug einen cremefarbenen Kaschmirmantel, einen leicht dunkleren Seidenschal und einen blauen Borsalino-Hut. Von der gestreiften Hose konnte man darauf schließen, dass er einen eleganten Anzug trug. Die braunen Schuhe waren handgefertigt. Er hielt einen bunten Blumenstrauß in der Hand.

Kiske war mittelgroß, etwa 1,75 Meter, nicht dick, doch vom Wohlstand leicht gerundet, mit nach hinten gekämmten, hellbraunen Haaren und ausgeprägten Geheimratsecken. Er hatte kleine, dunkle Augen, die ihm einen stechenden Blick verliehen, starke, zusammengewachsene Brauen und eine leicht verbogene Nase.

Gleich nach der Drehtür schlug ihm der widerliche Geruch der Dekadenz entgegen. Er hasste Krankenhäuser und hatte eine uneingestandene Scheu vor ihnen. Er hatte sein ganzes Leben lang nie in einem Spital gelegen und pflegte zu wiederholen, er habe nie eines betreten, nur verlassen. Wenn auf seine Behauptung erstaunte Blicken folgten, fügte er mit lautem, heiterem Lachen hinzu, dass er bei der Entbindung seiner Mutter in ihrem Bauch hineingegangen und als Neugeborener herausgekommen sei. »Das Gerät funktioniert tadellos«, sagte er jeweils und zeigte auf seine Brust.

Beim Empfang erkundigte er sich nach Stefan Hoffbaur.

»Privatabteilung, Zimmer 311, im dritten Stock rechts.«

Kiske bedankte sich und nahm den Aufzug. Er bog im dritten Stock nach rechts und stieß beinahe mit einer sehr hübschen Krankenschwester zusammen.

»Hier will ich mich auch gerne pflegen lassen«, sagte er.

Sie runzelte die Stirn.

»Na, gucken Sie nicht so albern. Bei Ihrem Anblick wird doch jeder schnell wieder gesund.«

Die Krankenschwester schüttelte den Kopf und ging weiter. »Weiß dieser Idiot nicht, wo er sich befindet?«, murmelte sie vor sich hin.

Doch. Kiske wusste es ganz genau. Im Volksmund hieß diese Klinik »der Kopfbahnhof«. Dies bedeutete, dass hier die Reise der meisten Patienten zu Ende war.

Kiske betrat Zimmer 311, ohne anzuklopfen. Er nickte zufrieden. Niemand war zu Besuch bei Hoffbaur. Er war allein, lag mit geschlossenen Augen im Bett. Er war stark abgemagert und bleich. Die eingefallenen Wangen glänzten, als wären sie mit Öl eingeschmiert worden. Er atmete ruhig, fast lautlos. Die Hände lagen auf dem Laken, im Arm und im Handrücken staken Nadeln mit feinen Schläuchen. In den Nasenlöchern endete eine Sauerstoffröhre.

Kiske räusperte sich.

Hoffbaur öffnete die Augen und blickte ihn an. Er zeigte keine Gemütsregung. »Du?«, war seine einzige Bemerkung.

»Ja, ich. Und um ehrlich zu sein, bin ich sehr gerne gekommen.«

»Wie freundlich von dir.«

Kiske schaute sich im Zimmer um. Er war geübt, Videokameras zu entdecken, und stellte sich jeweils problemlos darauf ein, sein Verhalten den indiskreten Blicken anzupassen. Mit Erleichterung stellte er fest, dass dieses Zimmer sauber war.

»Gerne, weil *du* hier bist.«

Hoffbaur runzelte die Stirn. Er nickte leicht, um kundzutun, dass er den Hieb verstanden hatte.

»Wegen dir habe ich die Wahl verloren«, zischte Kiske.

»Chef der Oppositionspartei ist für dich reichlich genug.«

»Warum hast du nicht gleich gesagt, dass es mit dir zu Ende geht? Du hast in der Öffentlichkeit den Eindruck erweckt, unsere Partei stecke in einer Krise, und das hat mich den Sieg gekostet.«

»Und genau das war meine Absicht.«

»Du warst und bleibst ein Schwein.«

»Könntest du jetzt nicht zum Teufel gehen?«

»Nicht bevor du mir sagst, wo das Zeug ist.«

»Welches Zeug?«

»Stell dich nicht dumm. Du weißt, was ich meine.«

»Es ist hinterlegt«, sagte Hoffbaur nach einer kurzen Zeit.

»Wo hinterlegt?«

»An einem sicheren Ort.«

»Hör mal zu, mein Freund. Du wirst nicht ins Grab gehen, ohne es mir vorher zu geben. Es wäre doch schade, wenn deinem Sohn oder deiner Frau etwas zustoßen würde. Nicht wahr?«

Hoffbaur schien zum ersten Mal eine Regung zu zeigen. Seine müden Augen begannen zu funkeln. Hätte er die Kraft gehabt, wäre er jetzt Kiske an die Gurgel gesprungen.

»Pass auf! Falls meiner Frau oder meinem Sohn etwas zustoßen sollte, wird ›das Zeug‹, wie du es nennst, dem Staatsanwalt zugestellt und eine Kopie der ›Bild-Zeitung‹. Ich habe eine entsprechende Verfügung getroffen. Du wirst also nicht nur nichts gegen meine Familie unternehmen, du wirst sie sogar beschützen müssen.«

»Wie stellst du dir das vor? Willst du mich mein ganzes Leben lang erpressen?«

»Ja. So lange du lebst, sollst du dich fürchten. Wenn du stirbst, wird die Dokumentation vernichtet. Du sollst zumindest nicht um deinen Nachruf bangen.«

Kiske verzog sein Gesicht. Er schmetterte den Blumenstrauß, den er immer noch in der Hand hielt, auf den Boden.

Hoffbaur betätigte die Klingel. Kurz darauf betrat die hübsche Pflegerin den Raum. Sie blickte erstaunt auf die zerpflückten Blumen, die am Boden lagen, dann auf Kiske.

»Ich bin sehr müde, Schwester«, flüsterte Hoffbaur. »Würden Sie den Herrn hinausbegleiten?«

»Bitte, mein Herr«, sagte sie und öffnete die Tür.

»Ich komme wieder, dann werden wir das Gespräch fortführen«, sagte Kiske beim Hinausgehen.

Hoffbaur schloss die Augen. Eine unsägliche Wehmut beschlich ihn. Der Tod kam zu früh. Er hätte noch so viel zu erledigen. Für seine Frau, für die Zukunft seines Sohnes, für sich selbst natürlich und nicht zuletzt in Sachen Kiske. Er hinterließ seiner Frau mit dieser Affäre eine schwere, ja gefährliche Bürde. Das hätte er vor dem

Sterben noch in Ordnung bringen sollen. Doch er konnte sich nicht dazu entschließen. Er brauchte ein wenig Aufschub, einige Monate würden reichen. Er wollte mit dem Tod ein wenig feilschen. Wie in dem traurigen Lied von Edith Piaf, in dem sie um eine Gnadenfrist für ihren sterbenden Liebhaber bittet: »Mon Dieu! Mon Dieu! Mon Dieu! Laissez le moi, encore un peu, mon amoureux ! Un jour, deux jours, huit jours …«

Bis vor Kurzem hatte er sich Mühe gegeben, selbst die Ereignisse zu lenken. Seit dem Tag jener grausamen Diagnose, die auch sein Todesurteil bedeutete, ließ er sich von der Zeit treiben. Er plante nicht mehr voraus, er lebte auf Sicht, er ging seinen Weg nur in kleinen Schritten. Nur der jeweilige Tag zählte. Er hatte die Zukunft aus seinen Gedanken verbannt, bestimmend war allein das Heute. Die Gegenwart eroberte die Alleinherrschaft. Er wusste, dass ihm kein Aufschub gewährt wurde. Das Feilschen mit dem Tod übernahmen die Ärzte für ihn. Die Medizin war seine Fürsprecherin beim Herrgott. Man sagte ihm zwar, sein Wille, seine Entschlossenheit, seine positive Mitwirkung bei der Überwindung der Krankheit seien gefordert. Er hatte das Gefühl, seine ganze Kraft aufgewandt zu haben, um den Sieg über seinen Feind zu erlangen. Doch er spürte, der Kampf war umsonst. »Vier Monate, sagen wir im besten Fall sechs«, hatte der Arzt gesagt. Nach diesem Verdikt blieb kein Platz für Hoffnung. Er hatte keine Zeit mehr. Die stets wachsenden Schmerzen läuteten unbarmherzig den Abschied ein. Zum ersten Mal war er tief verzagt. Unter seinen geschlossenen Lidern quollen Tränen hervor. Ermattet trocknete er sie mit dem Handrücken ab. Dann schlief er ein.

Zu einem weiteren Gespräch mit Kiske kam es nicht. Hoffbaur starb fünf Tage nach ihrer Begegnung.

4

Nicht weit entfernt vom Mehringplatz betrat spät in der Nacht ein groß gewachsener Mann den Hauseingang eines ungepflegten Wohnblocks, der siebzehn Stockwerke in die Höhe ragte. Das Gebäude war älteren Baudatums und nur die Dunkelheit der Nacht versteckte die vielen Wunden, die während der Jahre außen und innen geschlagen wurden. Über der Eingangstür stand mit großen Buchstaben die Adresse: Friedrichstraße 4. Das »r« war nicht mehr an seinem Platz, vielleicht hatte es sich gelöst, vielleicht war es von jemandem entfernt worden, der dafür eine andere Verwendung hatte. Die zahllosen Namensschilder am Eingang verrieten, dass die Bewohner aus allen Ländern des Balkans und des Orients stammten und hier nur noch wenige Einheimische lebten. Dieser Ort war nicht die Friedrichstraße der großen Warenhäuser, der eleganten Modegeschäfte und der erlesenen Restaurants, die sich alle am anderen Ende befanden. Hier war eher die Sammelstelle von Menschen mit Problemen, von Randfiguren der Gesellschaft, von Gewalttätern und ihren Opfern, von Lebenskünstlern und Ausgestoßenen, von resignierten Menschen, die täglich ihrer schlecht bezahlten Arbeit nachgingen. Der kreisförmige Mehringplatz wurde in der Mitte von einer Säule beherrscht, die auf einem soliden Sockel stand, aber im Gegensatz zu früher an ihrer Spitze nicht mehr die Statue des Friedensengels beherbergte. Sie ragte trotzig zum Himmel, als wolle der Platz Gott und der Welt den Mittelfinger zeigen.

Der etwa 1,90 Meter große Mann, der den Hauseingang betrat, passte nicht in diese Umgebung. Er war elegant und mit erlesenem Geschmack gekleidet. Er suchte in der Tasche seines halblangen Mantels nach einem Schlüsselbund und öffnete einen der unzähligen Briefkästen, die an der Wand angebracht waren. Auf dem Namensschild stand »Reinhold B. Maas«. Er entnahm die Post, ging zum Aufzug und fuhr in das siebzehnte Stockwerk. Er schloss die Tür direkt dem Aufzug gegenüber auf und betrat die Wohnung. Treppenhaus, Aufzug, Wohnungstüren und die Wände waren schmutzig und voller Schmierereien, doch die Wohnung, die er betrat, war sauber, vornehm eingerichtet und großzügig angelegt. Von außen hätte niemand vermutet, dass hier ein luxuriöses Penthouse verborgen lag. Der Mann warf die Post auf eine kleine Kommode im Flur und schlüpfte aus seinem Mantel. Er ging zum Fenster und blickte mit zufriedenem Gesichtsausdruck in Richtung des Mehringplatzes. Ein leichtes Lächeln spielte auf seinen Lippen und ließ vermuten, dass er einen guten Tag hinter sich hatte. Nach einer Weile ging er in den Korridor zurück und nahm die Post zur Hand. Er legte die Tageszeitung auf den Tisch und schaute die übrigen Sendungen durch. Die Werbesachen warf er in den bereitstehenden Papierkorb. Die Rechnungen steckte er in die Schublade der kleinen Kommode. Ein einziger Brief war dabei. Er wendete den Umschlag, fand jedoch keinen Absender. Er riss das Kuvert auf und entnahm eine Karte für die Deutsche Oper, für eine Vorstellung am nächsten Abend. »Die Ägyptische Helena« von Richard Strauss wurde aufgeführt. Freitag, 7. Oktober 2005, halb acht. Darunter stand: 2. Rang rechts, 3. Reihe, Sitz 41.

Der Mann runzelte die Stirne. Kein Begleitbrief, kein Absender, keine Grußkarte oder sonst ein Hinweis darauf, wer ihm die Karte geschickt hatte. Nach kurzem Nachdenken nickte er leicht und legte die Karte auf die Kommode. Er blickte auf seine Armbanduhr. Es war zwanzig Minuten nach eins. Er zog sich aus, ging in das Badezimmer und etwas später ins Schlafzimmer. Obwohl die Wohnung nicht sehr warm war, blieb er nackt. Er hatte einen muskulösen, durchtrainierten Körper, ein schönes, ovales Gesicht, eine gerade, ebenmäßige Nase, sinnliche Lippen, braune, kurz geschnittene Haare und lebhafte dunkle Augen. Er legte sich ins Bett und schlief sogleich ein.

Er erwachte erst, als seine Haushälterin neben dem Bett stand. Es war schon kurz nach zehn.

»Ich habe die Wohnung gereinigt. Möchten Sie jetzt frühstücken, Herr Maas?«, fragte die Frau.

»Ja, Therese, dich. Und zwar gleich«, sagte er und zog die Frau aufs Bett.

Die Frau zeigte sich wegen dieser Bemerkung weder schockiert noch unwillig. »Das darf so nicht weitergehen«, sagte sie lächelnd, entledigte sich ihrer Kleider und begann seinen Körper zu streicheln. Der Liebesakt dauerte nicht lange, gerade lang genug, um beide mit kurzem Stöhnen zum Höhepunkt zu bringen.

»Jetzt kannst du mir den Kaffee bringen, Süße«, sagte Maas und räkelte sich. Aus dem Badezimmer rief er ihr zu: »Leg mir den Anzug von Zegna raus. Ich gehe heute in die Oper. Schau nach, ob er aufgebügelt werden muss.«

»Das Frühstück steht auf dem Tisch«, rief ihm Therese zu.

Maas erschien, mit einem seidenen Morgenrock bekleidet, in der Tür. Er setzte sich an den Tisch und nahm zuerst die Zeitung vom Vortag zur Hand. In aller Muße verzehrte er das Frühstück. Er blickte erst auf, als Therese den Raum betrat.

»Ich habe nun alles fertig. Morgen ist Wäschetag. Ich nehme die Schmutzwäsche jetzt schon mit hinunter in die Waschküche, damit ich Sie nicht früh wecken muss.«

»Gut so, Therese. Allerdings werde ich morgen sehr wahrscheinlich früher als üblich aufstehen. Ich muss in einer wichtigen Angelegenheit einige Tage verreisen. Halt dich inzwischen frisch. Und betrüge mich nicht mit deinem Ehemann«, ermahnte er sie.

»Sie sind mir gut! Der einzig Betrogene ist mein Mann.«

»Kopf hoch, Therese. Mit etwas Humor kommt man besser durchs Leben. Denk wenigstens an mich, wenn du mit ihm bumst«, sagte Maas und lachte schallend.

Den Nachmittag verbrachte er in einem Billardsalon wenige Hundert Meter von seiner Wohnung entfernt, ohne nur für eine Minute das Queue in die Hand zu nehmen. Er fragte einen der Kellner nach Freddy.

»Der hat sich hier seit Tagen nicht blicken lassen. Wahrscheinlich muss er wieder für eine Weile untertauchen. Den wird man in nächster Zukunft nicht zu Gesicht bekommen.«

Maas nahm die Nachricht gelassen entgegen. Er wartete noch etwa zwei Stunden und schaute den Spielern zu. Als er sich schließlich zum Gehen entschloss, gab er dem Kellner die Anweisung, Freddy auszurichten, sich unverzüglich bei ihm zu melden. Danach ging er in eine nahe gelegene Pizzeria und bestellte einen Teller Spaghetti al pesto.

Um sechs Uhr nachmittags war er wieder zu Hause und zog sich für die Oper um. Mit großer Sorgfalt suchte er ein passendes Hemd und eine farblich abgestimmte Krawatte aus. Er kleidete sich mit Vorliebe nach der italienischen Mode. Als er mit allem fertig war, stellte er sich vor den mannshohen Spiegel im Schlafzimmer.

Mit dem Taxi fuhr er zur Deutschen Oper. Er wollte frühzeitig dort sein, um die Person zu treffen, die ihm die Karte zugeschickt hatte. An der Garderobe gab er seinen Mantel ab und schlenderte im Foyer umher. Unauffällig beobachtete er die anwesenden Besucher. Endlich, nach längerem Suchen, erblickte er Kiske. Er stand mit einer Frau in einer kleinen Gruppe von Personen und war in ein Gespräch vertieft. Maas nickte zufrieden und ging auf die Suche nach seinem Platz. Er saß am äußersten Rand einer Reihe und hatte eine schlechte Sicht auf die Bühne.

Du hast nicht tief in deinen Geldsäckel gegriffen, schäbiger Kerl, dachte er. Der einzige Vorteil dieses Platzes ist, dass ich bei einem Brand schnell draußen bin.

Dann sah er Kiske in einer der vordersten Reihen Platz nehmen. Er wusste, was er zu tun hatte. Die Vorführung begann, doch sie interessierte ihn nicht besonders. Er nahm sein Opernglas hervor und vertrieb sich die Zeit damit, die Frauen auf der Bühne zu mustern. Als der Vorhang endlich fiel und die Pause anbrach, begab er sich in die Nähe der Herrentoilette. Er blätterte im Programmheft, doch aus den Augenwinkeln hielt er nach Kiske Ausschau. Endlich sah er ihn kommen. Maas betrat die Toilette und stellte sich beim Pissoir so hin, dass neben ihm auf der linken Seite nur noch eine Schüssel frei blieb. Kiske folgte ihm auf dem Fuß.

»Schöne Aufführung, nicht wahr«, sagte er laut. Dann fuhr er leise fort: »Du musst mir etwas besorgen. Einen Umschlag, den Hoffbaur hinterlassen hat.«

»Ich bin ganz begeistert«, sagte Maas deutlich. »Wo ist der Umschlag?«, fragte er dann flüsternd.

»Der Sopran ist mir etwas zu spitz, zu wenig moduliert«, bemerkte Kiske wieder lauter. »Wahrscheinlich bei seinem Notar hinterlegt«, zischte er. »Den musst du finden. Mitteilungen wie üblich. Am gewohnten Ort.«

Maas spürte, dass ihm etwas in die Jackentasche gesteckt wurde. Kiske zog den Reißverschluss hoch und verließ die Toilette. Als Maas wenig später hinauskam, war Kiske schon im Zuschauerraum verschwunden. Er ging zur Garderobe und löste seinen Mantel aus. Er winkte einem Taxi und fuhr nach Hause. Beim Auskleiden kam ihm ein gefaltetes Blatt in die Hand. Ja, natürlich, Kiske hatte ihm auch schriftliche Instruktionen gegeben. Der Text lautete:

»Die Organisatoren teilen allen angemeldeten Teilnehmern mit, dass aus unvorhersehbaren Gründen die Lesung des Schriftstellers Ray Obersson vom (Datum) um (Uhrzeit) leider auf einen späteren Zeitpunkt verschoben werden muss. Die einzelnen Teilnehmer werden einzeln rechtzeitig über den neuen Termin unterrichtet.«

Maas wusste, was dies zu bedeuten hatte. So konnte er Kiske mitteilen, an welchem Tag und um welche Uhrzeit er ihn treffen wollte. Der Ort war ihm bekannt. Nun musste er so schnell wie möglich den Notar Hoffbaurs ausfindig machen. Er griff zum Telefon und wählte eine Nummer. Nach längerem Läuten meldete sich eine Frauenstimme. »Hier spricht der Anrufbeantworter von Doris Schlegel. Ich bin on the road. Hinterlasse mir eine Nachricht. Tschüss!«, forderte sie den Anrufer auf.

»Morgen kann ich leider nicht. Ich gebe dir Bescheid, wann es geht«, sagte Maas kurz angebunden und hängte ohne Gruß den Hörer ein. Dann ging er schlafen.

5

Zu Lebzeiten Stefan Hoffbaurs war Michael Franke sein guter Freund gewesen. Der bekannte Notar, eine der feinsten Adressen Berlins, bearbeitete alle Belange, welche die Familie des Verstorbenen betrafen. Nach der Beerdigung, als er Franziska Hoffbaur sein Beileid aussprach, übergab er ihr seine Visitenkarte mit der diskreten Bitte um einen Anruf. Es ginge um einen Termin für die Testamentseröffnung.

Am 13. Oktober um zehn Uhr morgens betrat Franziska Hoffbaur ein unauffälliges Gebäude an der Dorotheenstraße 54. Die Fassade wirkte auf den Betrachter mit ihren regelmäßigen Fensterabständen wie ein Lego-Haus, in dem städtische Beamte arbeiteten, und entsprach nicht der landläufigen Vorstellung eines Anwaltshauses, wo die besten Kanzleien Berlins beheimatet waren. Franziska Hoffbaur stieg in den dritten Stock zu Frankes Büro. Sie war dort noch nie gewesen, denn üblicherweise hatte ihr Mann die Sachgeschäfte in der Hand gehabt.

Die Tür zur Kanzlei öffnete sich, bevor sie läuten konnte; offenbar hatte man sie durch die Videoüberwachung kommen sehen. Eine Dame um die vierzig begrüßte sie und drückte ihr, wie sie es formulierte, ihr verspätetes Beileid aus. »Ihr Mann war ein außerordentlicher Mensch.«

»Danke, Frau Reisch«, antwortete Franziska.

Sie war in einem schlichten, sehr eleganten grauen Kostüm erschienen. Seit dem Tode ihres Mannes trug sie zwar nie Schwarz, doch verzichtete sie auf helle oder farbige Bekleidung. Frau Reisch musterte sie bewundernd von Kopf bis Fuß. Die Witwe war eine wunderschöne Frau. Hoch gewachsen, schlank, mit langen Beinen und der perfekten Figur eines Mannequins. Ihre gerade Haltung und ihr Gesichtsausdruck gaben ihr ein herrschaftliches Aussehen. Sie hatte große blaue Augen und hellbraune, fast blonde Haare. Ein diskretes Make-up verlieh ihren regelmäßigen Gesichtszügen eine elegante Ausstrahlung, in ihren feingliedrigen Händen hielt sie Handschuhe und eine kleine Handtasche.

In diesem Moment eilte Notar Franke aus seinem Büro, um sie zu empfangen.

»Danke, dass Sie so kurzfristig für mich Zeit gefunden haben«, sagte sie und lächelte mit leicht hochgezogenen Augenbrauen.

»Das ist doch selbstverständlich, Frau Hoffbaur. Ich bedauere nur, dass Sie aus einem so traurigen Anlass zu mir kommen.«

Er führte sie in sein Büro, bot ihr einen Sessel an und ging um seinen Schreibtisch. Der Raum war gediegen eingerichtet und, wie bei vielen namhaften Notaren und Anwälten, mit dunklem Holz getäfelt. Tisch und Sessel waren im Biedermeierstil, die eingebauten Bücherwände gefüllt mit Enzyklopädien und Juristenbüchern. Die Deckenbeleuchtung und die Tischlampe waren aus der Zeit des Jugendstils, die Lampe wurde von einer weiblichen Bronzefigur getragen, die ein weites, in langen Falten fallendes Kleid und eine Kopfbedeckung trug. Die Vorhänge waren aus schwerem Brokat. Ein großer Buchara-Teppich bedeckte beinahe den ganzen Boden; nur am Rand sah man das zweifarbige, gemusterte Parkett aus Edelholz. Der Raum war nicht sehr groß, doch da er nicht mit Möbeln vollgestopft war, bewirkte er keine Beengung. Unter einem der drei Fenster stand ein kleiner Tisch mit einem Stuhl. Die Eleganz dieser Kanzlei übertraf bei Weitem die schlichte Außenfassade des Bürogebäudes.

»Mein Mann hat uns auf seinen Abschied vorbereitet«, eröffnete sie das Gespräch.

»Er hat auch in der Krankheit wahre Größe bewahrt«, erwiderte Franke.

Beide empfanden diese Aussagen als Floskeln, doch sie passten nun einmal zum Anlass.

Franke betätigte die Gegensprechanlage. »Frau Reisch, darf ich bitten? Sie wird ein Protokoll erstellen«, sagte er zu Franziska Hoffbaur.

Frau Reisch trat in den Raum und nahm an dem kleinen Tisch unter dem Fenster Platz.

Die Testamentseröffnung war eine Formalität. Franziska Hoffbaur war als Alleinerbin eingesetzt. Ihr Sohn war noch minderjährig und unterstand ihrer Fürsorge. Andere Erben waren nicht vorhanden.

»Ich bin verpflichtet, Sie darauf hinzuweisen, dass Sie die Erbschaft ausschlagen können«, sagte Franke.

»Danke. Ich weiß.«

»Wollen Sie darüber nachdenken? Bei einem Nachlass können auch unangenehme Dinge zum Vorschein kommen.«

»Ich glaube nicht, dass mein Mann Schulden angehäuft hat, doch selbst dann würde ich die Erbschaft annehmen.«

»Sie sind also gewillt, die Erbschaft anzunehmen?«

»Ohne Zögern.«

Wenig später legte Frau Reisch dem Notar das ausgedruckte Protokoll vor. Er überflog die wenigen Zeilen.

»Dann darf ich Sie hier um eine Unterschrift bitten«, sagte der Notar und zeigte auf die entsprechende Stelle.

Sie unterschrieb rasch, griff nach ihrer Handtasche und machte Anstalten, sich zu erheben. »Da habe ich Sie ja jetzt nicht lange in Anspruch genommen«, sagte sie lächelnd.

»Da wäre noch etwas«, erwiderte Franke.

Sie blickte ihn überrascht an.

»Frau Reisch, das war's«, sagte er und nickte seiner Assistentin zu. Diese verließ wortlos und sichtlich pikiert den Raum. Sie war eine jener Sekretärinnen, die es als ihr Recht betrachten, in alle Belange ihres Chefs eingeweiht zu werden.

»Diesen Umschlag muss ich Ihnen noch aushändigen«, sagte Franke und reichte ihr ein Kuvert, das mit dem Ring ihres Mannes versiegelt war.

»Was ist das?«

»Ich weiß es nicht, Frau Hoffbaur. Ihr Mann hat mir den Umschlag vor Jahren anvertraut, mit dem klaren Auftrag, ihn Ihnen persönlich zu übergeben, falls ihm etwas zustoßen würde.«

»Und Sie haben keine Ahnung, was sich darin befindet?«

»Absolut keine Ahnung.«

»Dann muss ich ihn wohl öffnen«, sagte sie.

»Wollen Sie das nicht zu Hause machen?«, wandte Franke ein.

»Sie besitzen mein volles Vertrauen, denn mein Mann hat Ihnen auch vollkommen vertraut.«

»Dann möchte ich Sie für eine kurze Zeit allein lassen. Vielleicht ist es sehr persönlich, vielleicht erschüttert Sie der Inhalt.« Franke erhob sich und ging zur Tür. Kurz davor wandte er sich um und sagte: »Auf meinem Schreibtisch ist ein Klingelknopf. Betätigen Sie ihn, wenn Sie mich zurückrufen wollen.«

Franziska Hoffbaur nahm einen Brieföffner vom Tisch. Sie zögerte. Sollte sie den Umschlag doch erst zu Hause öffnen? Vielleicht hatte der Notar recht. Was, wenn sie darin etwas fand, das sie seelisch umwerfen würde? Ihr Schmerz bereitete? Sie schloss die Augen. Sie hatte diese furchtbare Zeit, die hinter ihr lag, mit Würde und Stärke durchgestanden. Sie würde sich auch wegen einer unangenehmen Überraschung nicht gehen lassen. Es könnte schließlich auch sein, dass sie wegen des Inhalts die Hilfe des Notars benötigte, etwa wenn darin eine Schenkungsabsicht an ihren Sohn stand oder eine Bitte um eine Zuwendung an eine Drittperson. Sie schlitzte den Umschlag auf und zog vorsichtig ein zweifach gefaltetes Blatt heraus. Sie öffnete es und starrte ungläubig darauf. Es war ein Kreuzworträtsel. Oben stand »Waagrecht«, dann folgten die Nummern der freien Felder und die Fragen. Dasselbe unter »Senkrecht«. Darunter befand sich das Rätselfeld, wobei eine Anzahl Stellen mit kleinen Kreisen, die eine Nummer trugen, gekennzeichnet war. Zuunterst folgte eine Reihe von kleinen Quadraten, die in aufsteigender Reihenfolge ebenfalls Nummern trugen. Sie begann die Verweise auf die Rätselfelder zu lesen.

Waagrecht:
- 2 Das Stundenhotel
- 11 Der Irre
- 24 Mord an einem Toten
- 35 Schritte zur Freiheit

Senkrecht:
- 1 Der Todesspringer
- 7 Die einstige Freundin
- 17 Die traurige Witwe
- 23 Der Klassensprecher

»Klassensprecher«, »Todesspringer«, »Irrer«? Franziska versuchte den Sinn zu erraten, sah aber schon bald ein, dass sie dazu keine konkreten Anhaltspunkte besaß. Nachdenklich rieb sie sich das Kinn. Nach kurzem Zögern betätigte sie den Klingelknopf.

»Für das hier brauche ich Ihre Hilfe«, sagte sie, als Franke wieder an seinem Schreibtisch Platz genommen hatte.

»Sehr gerne, Frau Hoffbaur, soweit ich dazu in der Lage bin.« Franziska lächelte. Anwaltsnotare sind bekanntlich nicht für ihre Bescheidenheit berühmt, ging es ihr durch den Kopf. Doch diesmal dürfte seine Vorsicht angebracht sein.

»Mag sein, dass dieses Papier bedeutungslos ist, doch ich wäre Ihnen dankbar, wenn Sie mir weiterhelfen könnten, dieses Rätsel zu lösen«.

»Ich glaube nicht, dass Ihr Mann etwas Bedeutungsloses bei einem Notar hinterlegt hätte. Er hat mir – wie bereits erwähnt – ans Herz gelegt, diesen Umschlag nur Ihnen persönlich auszuhändigen.« Dann fügte er hinzu: »Was meinen Sie mit ›Rätsel‹?«

»Ein Rätsel eben, ein Kreuzworträtsel.«

Franke lächelte verwundert. »Es wird kaum ein Kreuzworträtsel auf dem Blatt sein«, sagte er stirnrunzelnd.

»Hätten Sie eine Lösung, falls es doch so wäre?«

Franke streckte die Hand aus. »Darf ich?«

Wortlos reichte ihm Franziska das Blatt.

Franke zog die Augenbrauen hoch. Lange betrachtete er den merkwürdigen Inhalt der Botschaft. Franziska blickte ihn schweigend an. Sie sah die Ratlosigkeit auf seinem Gesicht und wusste, dass dieses unerklärliche Vermächtnis auch für ihn keinen Sinn ergab. Nach einer Weile schüttelte Franke den Kopf und zuckte mit den Schultern.

»Was mag Ihren Mann dazu bewogen haben, eine solch kauzige Art der Kommunikation zu wählen? Es mutet wie ein Hinweis auf einen verborgenen, geheimnisvollen Schatz an.«

»Wie die Geschichte des Grafen von Monte Christo oder die Suche nach dem heiligen Gral?«, fragte Franziska skeptisch. »Solche Spielereien waren ihm fremd.«

»Dennoch. Etwas mitteilen wollte er Ihnen.«

»Wollte er das wirklich?«

»Ich sehe keinen Sinn darin, ein Kreuzworträtsel zu basteln, wenn es nicht um eine verschlüsselte Mitteilung geht. Ein Preisrätsel wird das wohl nicht sein.«

»Das stimmt. Sonst bräuchten wir auch einen Termin für den Einsendeschluss«, versuchte Franziska zu scherzen.

»Lassen Sie mich eine Vermutung aussprechen: Vielleicht hatte er ein geheimes Bankkonto, in der Schweiz etwa oder auf einer dieser Inseln, wo Steuersünder ihr Vermögen versteckt halten.«

Franziska Hoffbaur blickte Franke erbost, mit stechendem Blick an. »Wie gut kannten Sie meinen Mann?«, fragte sie bestimmt.

Franke wurde verlegen. »Verzeihen Sie, ich wollte sein Andenken nicht beschmutzen.«

»Schwarzgeld wäre mit seiner ethischen Einstellung unvereinbar gewesen«, fügte sie hinzu. »Hätten Sie gegen alle Vermutung recht, dann wüsste ich es. Er hätte mich bestimmt eingeweiht.«

»Diese Botschaft scheint mir aber dennoch geheimnisvoll.«

Für eine Weile war es still.

»Warum hat er nicht einfach das Lösungswort hingeschrieben?«, fragte sie nach einiger Zeit leise.

»Die Lösung dieses Kreuzworträtsels enthält, so vermute ich, eine Information, die nur für Sie bestimmt ist. Und Ihr Mann wollte vermeiden, dass diese Information in falsche Hände gerät.«

»Warum aber so kompliziert?«

»Das werden Sie wohl erst beantworten können, wenn Sie die Lösung gefunden haben. Ich glaube aber, aus diesem Rätsel jetzt schon eine Botschaft herauslesen zu können.«

Sie sah überrascht auf. »Was?«

»Er wollte Sie warnen. ›Sei auf der Hut, ich hinterlasse dir eine Nachricht, die mit größter Vorsicht zu behandeln ist.‹«

»Wollen Sie damit sagen, wir halten hier etwas Gefährliches in der Hand?«

»Ich vermute, ja. Das ist für mich der einzige Grund, warum Ihr Mann eine solch enigmatische Form der Mitteilung gewählt hat.«

»Das stimmt wohl.«

Franke beugte sich vor. »Darf ich Ihnen einen Ratschlag geben?«, fragte er.

»Herr Franke, im Augenblick bin ich ziemlich einsam. Ich brauche Ihre Hilfe und wäre Ihnen dafür sehr dankbar«, antwortete sie und zeigte zum ersten Mal so etwas wie eine deutliche Gefühlsregung.

Franke blickte auf die Frau, die ihm gegenübersaß. Sie war schön, sehr schön sogar. Sie war bisher gelassen gewesen und hatte in der schmerzhaften Zeit, die sie durchleben musste, eine außerordentliche seelische Stärke bewiesen. Ihr unerwartetes Geständnis ließ sie ihm plötzlich verletzlich erscheinen, hilflos und – wie sie es soeben selbst gesagt hatte – vereinsamt. Ein starkes Gefühl des Mitleids und der Sympathie regte sich in ihm.

»Zählen Sie auf meine Loyalität, Frau Hoffbaur.«

»Sagen Sie doch bitte Franziska zu mir.«

»Also Franziska, ich möchte Ihnen raten, unter keinen Umständen mit jemandem über diese Hinterlassenschaft Ihres Mannes zu sprechen. Mit niemandem. Haben Sie verstanden?«

Sie lächelte etwas zerstreut, als würde sie das Gewicht dieser Empfehlung nicht einschätzen können.

»Sollte meine Vermutung richtig sein, dass Ihr Mann Sie vor einer Gefahr warnen wollte, so wissen wir nicht, wo sie lauert. Hat er Ihnen gegenüber nie etwas geäußert, das auf eine solche Gefahr hinweisen könnte?«

»Nein. Nie.« Sie nahm das Papier, das Franke auf den Tisch gelegt hatte. »Wie kann man nur dieses ungewöhnliche Kreuzworträtsel lösen? Worauf verweisen die Felder? Sie sind völlig unverständlich. ›Klassensprecher‹, ›Todesspringer‹: Das ist zu vage, um beantwortet werden zu können.«

»Sie werden die Antworten gewiss nicht in einem Lexikon oder im Internet finden. Ich hege den Verdacht, dass die Lösung irgendwo in Ihrer Nähe zu finden ist. Sie haben den Schlüssel dazu, Sie müssen ihn finden.«

»Meinen Sie das wirklich?«

Franke nickte nachdrücklich. »Ich bin davon überzeugt. Warum sonst hätte er Ihnen dieses Blatt zurückgelassen?«

»Sie meinen also, mein Mann hat etwas Heikles gewusst, etwas Wichtiges, das gleichzeitig eine Bedrohung für mich darstellen könnte? Deshalb hat er diese Form gewählt, um mir zu sagen: ›Liebe Franziska, suche in meinen Sachen, doch sei vorsichtig, falls du fündig wirst, denn die Botschaft, die ich dir hinterlasse, ist gefährlich.‹«

»Vermutlich müssen wir das so verstehen.«

»Ich muss in unserem gemeinsamen Leben die Antwort suchen, nicht wahr?«

»Ja, Franziska, das sollten Sie. Und brauchen Sie Hilfe, so wissen Sie, wo Sie mich finden können.«

Dann verdüsterte sich Frankes Gesicht. Besorgt, mit gerunzelter Stirn, blickte er die Witwe an. »Sie haben noch eine weitere Möglichkeit.«

»Und die wäre?«

»Sie können auf die Lösung verzichten.«

Franziska sah ihn nachdenklich an. »Sie möchten nicht, dass ich das Rätsel löse?«

»Habe ich meine Sorge um Sie so schlecht verborgen?«

»Ja, das haben Sie. Und Sie können sich nicht vorstellen, wie dankbar ich Ihnen bin, Michael. Ich darf Sie wohl auch beim Vornamen nennen?« Sie erhob sich. »Ich muss jetzt gehen.« Sie reichte Franke die Hand und ging zur Tür. Auf der Schwelle hielt sie plötzlich inne und wandte sich um. Franke blickte sie fragend an. »Wollen Sie nicht eine Fotokopie von diesem Blatt machen, Michael? Vielleicht kommt Ihnen eine Idee.«

Franke nahm das Blatt und ging hinaus. Nach wenigen Sekunden war er zurück und übergab das Original an Franziska. »Bis bald«, sagte er und drückte nochmals ihre Hand.

Beim Hinausgehen traf Franziska Frau Reisch nicht an. Sie hatte sich in den kleinen Archivraum zurückgezogen.

6

»Die Mondlandung der Amerikaner ist reine Erfindung, alle Bilder und Filmaufnahmen sind plumpe Fälschungen.«
Der marktschreierische Parkredner stand auf einer Holzbank im Tiergarten und hielt eine Gitarre in der Hand. Er trug eine lange schwarze Tunika und ein klobiges Eisenkreuz am Hals. Einige Leute hielten kurz an, um seine verworrene Rede zu hören, und gingen dann kopfschüttelnd weiter. Maas näherte sich diesem schrägen Vogel und winkte ihn zu sich. Der junge Mann stieg von seiner Kanzel und ging auf Maas zu.
»Nichts, leider nichts«, sagte er, ohne aufgefordert zu werden. Er war ein gescheiterter Jurastudent und von Maas beauftragt worden, über seine Beziehungen zu den einschlägigen Kreisen eine Spur zu Hoffbaurs Notar zu finden. Vergebens allerdings, wie sich jetzt herausstellte. Maas gab ihm hundert Euro und ging wortlos davon. Er war sichtlich frustriert. Sein Auftrag war schwerer, als er erwartet hatte. Sein Handicap war, dass er bei der Suche unter keinen Umständen auffallen durfte. In seinem Beruf war die erste, die wichtigste Regel, vorwärtszukommen, ohne beachtet zu werden. Er musste also seine Nachforschungen so anstellen, dass er dabei niemandem ins Auge stach. Er war bekannt dafür, in heiklen Angelegenheiten stets mühelos zum Ziel zu gelangen. Und dies meistens in kürzester Zeit. Diesmal rannte er jedoch gegen eine Wand an. In Berlin gab es Hunderte von Anwaltsnotaren. Wie sollte er in diesem riesigen Heuhaufen die gesuchte Stecknadel finden? Sein Beziehungsnetz war in der Unterwelt. Vereinzelt hatte er auch einen guten Draht zu Medienleuten, die sich ihm bei heißen Informationen gerne erkenntlich zeigten. Die Welt der Bankiers, Anwälte, Notare oder Intellektuellen war nicht die seine. Eine unbekannte Moorlandschaft, in der er zu versinken drohte.
Er begann, im Internet herumzusurfen, vorausahnend, hier nicht fündig werden zu können. Die Seite der Bundesnotarkam-

mer enthielt entmutigend viele Informationen. Darunter etwa, dass in Deutschland ungefähr 9000 Notare zugelassen waren, wovon 7600 Anwaltsnotare waren, die also sowohl als Notare wie auch als Anwälte tätig sein durften. Selbst wenn er in wochenlanger Arbeit Name für Name ins Suchfeld der Webseite eingegeben hätte, wäre sein Bemühen fruchtlos geblieben. Kein Notar führte seine Mandanten öffentlich auf. Dann besuchte er die Homepage von Hoffbaurs Partei, in der Hoffnung, einen Anhaltspunkt für seine Ermittlungen zu finden. War vielleicht einer seiner Parteifreunde auch sein Anwaltsnotar? Die Vermutung lag nahe, in der offiziellen Namensliste konnte er aber keinen aus dieser Berufskategorie entdecken. Er war im Allgemeinen um guten Rat nicht verlegen, doch in diesem Fall kam ihm keine Erleuchtung. Weder seine Beziehungen noch seine Fantasie brachten ihn seinem Ziel näher. Er haderte in Gedanken mit Kiske. Solche Aufgaben liebte er nicht. Ihm passten gradlinige Aufträge, die klar und eindeutig formuliert werden konnten: Wanzen in einer Wohnung einrichten, jemandem die Fresse polieren, die Frauen von VIPs verführen und sie danach erpressen oder einen Skandal provozieren, das Bremssystem von Pkws manipulieren, das waren seine Spezialitäten. Einen ominösen Umschlag besorgen, der an einem unbekannten Ort bei einem unbekannten Notar wahrscheinlich in einem unzugänglichen Panzerschrank sorgsam behütet wurde, war nicht nach seinem Geschmack. Und die Zeit drängte. Kiske war ein ungeduldiger Mensch, der es nicht schätzte, wenn man ihn warten ließ. Er beschloss, seine Strategie der Vorsicht aufzugeben und als letzten Ausweg den Kontakt zu Franziska Hoffbaur zu suchen.

Ihren Wohnort ausfindig zu machen, war leicht. Von nun an musste er sich bei ihren Ausgängen an ihre Fersen haften. Sein Plan war simpel. Er wollte herausfinden, wer ihre Freundinnen waren, wo sie ein- und ausging, welche Gewohnheiten sie pflegte, welche Personen sie traf. Früher oder später würde dabei etwas Nützliches herausspringen. Die größte Schwierigkeit bestand darin, sie so zu bespitzeln, dass er dabei nicht entdeckt wurde. Seine Erscheinung war auffällig, sein hoher Wuchs war gewiss keine gute Tarnung, und er wusste, dass sein Aussehen besonders auf Frauen wirkte.

Sie vergaßen sein Gesicht nicht leicht. Er hätte in kürzester Zeit bei Franziska Hoffbaur Verdacht erregt. Er musste also unbedingt Freddy finden, den er auf die Pirsch schicken konnte. Freddy war der ideale Beschatter. Zudem kannte er sich in diesem Metier aus. Früher hatte er bei einem privaten Detektivbüro gearbeitet und war der beste Agent für die Überwachung von untreuen Eheleuten gewesen. Maas wollte von ihm detaillierte Berichte über den Tagesablauf von Franziska Hoffbaur, mit dem klaren Ziel, ihren Notar aufzuspüren.

Freddy hatte Glück. Unerwartet, schon am ersten Tag seiner Beschattung, gelangte er zum Ziel. Es war am Morgen des 13. Oktober, als Franziska Hoffbaur Notar Franke aufsuchte. Er folgte ihr bis zur Dorotheenstraße 54. Er tat so, als würde er telefonieren, und wartete im Eingang, bis sie im Lift war. Dann rief er den Aufzug. Er stoppte die Zeit, bis die Kabine bei ihm eintraf, und fuhr anschließend in den sechsten Stock hinauf. Seine Stoppuhr hatte ihm angezeigt, dass Frau Hoffbaur nur bis zum dritten Stock gefahren war. Dann lief er vom sechsten Stock zu Fuß hinunter und merkte sich den Namen Dr. Michael Franke. Er hätte also schon am Nachmittag Maas Name und Adresse des gesuchten Notars mitteilen können. Doch er hatte keine Eile. Er wusste aus Erfahrung, dass die Ungeduld seiner Auftraggeber mehr einbrachte als ihr Lob. Maas sollte ruhig glauben, er hätte sich ins Zeug legen müssen, um die erwünschte Nachricht zu besorgen. Die Gage würde umso höher ausfallen. So ließ er drei Tage verstreichen, bevor er seinen Bericht ablieferte: wann Frau Hoffbaur in der Regel das Haus verließ, wohin sie ging, welche Kleider sie dabei jeweils trug, welche Verkehrsmittel sie nahm. Maas war dies alles ziemlich egal. Ihn interessierte nur eines: Name und Adresse des Notars. Und Freddy lieferte die Information.

Zunächst war Maas sehr zufrieden. Jetzt wusste er endlich, wo dieser verdammte Umschlag zu finden war. Doch bald schon kehrte seine Ratlosigkeit zurück. Wie sollte er an das Zeug rankommen? Er konnte nicht an der Tür läuten und sagen: »Sie, Herr Notar, der Hoffbaur hat Ihnen ein Kuvert hinterlassen, kann ich das haben?«

Er hatte sich unzählige Strategien überlegt und sie dann wieder verworfen. Die meisten scheiterten schon beim ersten Ansatz. Ein schlüssiges Vorgehen konnte er sich nicht zurechtlegen. Schließlich wusste er, dass nur eine einzige Lösung in Frage kommen konnte: ein Einbruch bei Franke. Das war wohl zu bewerkstelligen, doch es musste so geschehen, dass der Notar davon nichts merkte. Und dies war eine kniffligere Angelegenheit.

Maas beschloss, die Kanzlei unter die Lupe zu nehmen. Er fuhr zur Dorotheenstraße 54. Beim Anblick des Gebäudes rieb er sich die Hände. Die Lage gefiel ihm gut. Hier war nur während der Geschäftszeiten etwas los. Am Abend oder an Feiertagen musste dieser Ort ziemlich ausgestorben sein. Zwar lag auf der Straßenseite gegenüber ein Hotel, doch das hatte auch einen Vorteil. Er ließ Freddy ein Zimmer beziehen. Aus dem Fenster konnte er das Gebäude überwachen und bei Gefahr einschreiten. Es war natürlich anzunehmen, dass hier Sicherheitsbeamte regelmäßig ihre Runden drehten. Doch ihr Einsatzplan konnte leicht herausgefunden werden. Wenn es einmal klar war, wie oft und um welche Zeit die Wachen vorbeikamen, konnte der Coup losgehen. Alles andere war dann eine Arbeit für Dummy. Na, Peer Kiske, du wirst deine helle Freude an mir haben, dachte er zufrieden. Siegessicher lächelte er vor sich hin. Der Erfolg schien gesichert.

7

»Notariat Franke, guten Tag.«
»Ich möchte mit Ilona Streiff sprechen, bitte«, sagte eine warme Männerstimme. »Ich heiße Rolf Gehrig.«
»Hier gibt es keine Ilona Streiff«, antwortete Frau Reisch.
»Aber sie muss doch die Sekretärin von Notar Franke sein«, beharrte der Anrufer.
»Nein, die Sekretärin von Notar Franke bin ich. Und das seit neunzehn Jahren. Und ich heiße Reisch.«
Der Mann am anderen Ende des Apparates blieb einen Moment still. »Was hat man mir denn hier angegeben? Es tut mir leid, Frau …«
»Reisch. Gertrud Reisch heiße ich. Kann ich etwas für Sie tun, Herr Gehrig?«, fragte sie höflich.
»O nein! Frau Streiff war meine Schulkameradin und ich wollte mich nach vielen Jahren einmal melden. Wissen Sie zufällig, ob es in Berlin eine zweite Kanzlei Franke gibt?«
»Nein, wir sind die einzige mit diesem Namen. Es tut mir leid, ich kann Ihnen leider nicht helfen.«
»Das macht nichts. Entschuldigen Sie bitte die Störung, Frau Reisch.«
»Keine Ursache, Herr Gehrig.«
Lächelnd hängte Maas den Hörer ein. »Gertrud, ich freue mich darauf, dich ein wenig gründlicher kennenzulernen«, murmelte er.
Die nun folgenden Nachforschungen brachten einiges über Gertrud Reisch zutage. Sie war einundvierzig, alleinstehend, wohnte in der Potsdamer Straße 47, arbeitete seit neunzehn Jahren bei Franke und war Vizepräsidentin des Wohltätigkeitsvereins »Magdalena« für alleinerziehende Mütter.
Maas fand auf der Homepage des Vereins weitere Angaben, eine Fotografie, ihre Internetadresse und Telefonnummer. Er betrachtete das Bild der Frau lange. Sie hatte ein hübsches Gesicht mit wa-

chen, intelligenten Augen. Sie schien schlank zu sein, zumindest glaubte er, aus ihren Zügen darauf schließen zu können.

Der Verein »Magdalena« veranstaltete jeden Monat einen Filmabend mit freiem Eintritt. Die Organisatorinnen legten allerdings Wert auf eine bescheidene Spende zu Gunsten des Vereins. Maas hatte sich einen Schlachtplan zurechtgelegt. Er nahm sich vor, an der nächsten Filmvorführung teilzunehmen, um dabei Gertrud Reisch etwas genauer unter die Lupe zu nehmen. Der nächste Filmabend fand zwar erst in zehn Tagen statt, doch Maas vertraute darauf, Kiske die Verzögerung erklären zu können. Dieser musste ihm die notwendige Zeit gewähren, um eine solide Arbeit leisten zu können.

Am Filmabend ging Maas in das Schulhaus an der Potsdamer Straße, wo die Vorführung im großen Saal stattfand. Der Klassiker »Die Ferien des Monsieur Hulot« wurde gezeigt. Schon kurz nach dem Eintreten entdeckte Maas Gertrud Reisch. Ihr Gesicht war lebhafter als auf dem Foto im Internet, sie war mittelgroß und ein wenig mollig. Nur ein Quäntchen. Maas fand sie mit ihren leichten Rundungen ziemlich appetitlich. Sie stand in einer kleinen Gruppe und war in ein Gespräch verwickelt. Maas wartete, bis sie im Saal Platz genommen hatte, erst dann setzte er sich, und zwar so, dass er sie aus der hinteren Reihe beobachten konnte. Sie war adrett, ein wenig altmodisch gekleidet, trug mittellange Haare und setzte sich während der Vorführung eine Brille auf. Ihr heiteres Lachen bei jedem kleinen Gag ließ Maas aufmerken.

»Wohl ein einfacher Charakter«, schloss er.

In der Pause näherte er sich ihr und stieß sie, anscheinend unbeabsichtigt, mit dem Ellbogen an.

»Bitte verzeihen Sie«, entschuldigte er sich. »Habe ich Ihnen weh getan?«

»Ach, papperlapapp, Sie haben mich kaum gestreift.«

Maas nützte die Gelegenheit. Er lobte den Film, sprach von seinem feinen, intellektuellen Humor, von der Heiterkeit, die im Einfachen liege, von der versteckten Traurigkeit, die sich unter der Oberfläche des Witzes verberge. Gertrud Reisch war von der Analyse entzückt – wie auch vom guten Aussehen dieses Mannes. Sie hätte gerne noch weiter mit ihm diskutiert, doch die Fortsetzung des Filmes wurde eingeläutet.

Maas ließ ihr den Vortritt beim Hineingehen und nahm neben ihr Platz. Bei den lustigen Szenen lachte er mit oder blickte sie schmunzelnd an. Gertrud Reisch spürte eine wachsende freudige Erregung.

Nach dem Ende der Vorführung nickte sie ihm freundlich zu und stellte sich mit einer anderen Dame, der Präsidentin, wie Maas vermutete, rechts und links des Ausgangs auf, mit einem kleinen geflochtenen Korb für die Spenden in der Hand. Maas wartete geduldig und ging als Letzter auf Gertrud Reisch zu. Nonchalant ließ er einen Zweihunderteuroschein in den Korb gleiten. Sie riss die Augen auf. Dies war weit mehr als die üblichen Spenden der anderen Kinobesucher. Sie war so überrascht, dass sie nicht einmal ein Danke stottern konnte. Sie wollte etwas sagen, doch das Wort blieb ihr in der Kehle stecken. Sie starrte ihn nur an. Und schon kam die nächste Welle von Emotionen. Er lächelte sie an, betörend, ja umwerfend. Gertrud Reisch spürte eine warme Aufwallung im Unterleib.

»Sie müssen ein Engel sein«, flüsterte sie.

Sein Lächeln wurde breiter. »Weil Sie etwa der Teufel sind?«

Sie errötete.

»Wenn ich nicht befürchten müsste, dass Sie mich für einen unerzogenen Grobian halten, würde ich Ihnen verraten, dass ich Sie gerne zu einem Drink einladen möchte.«

Sie fühlte, wie sich ihre Kehle zuschnürte. Natürlich hielt sie ihn nicht für einen Grobian, doch wie sollte sie ihm das nur sagen?

»Es wäre höchst interessant, mit Ihnen über Filme zu diskutieren«, ergänzte er.

Frau Reisch dachte nicht daran, dass sie in der Pause nicht diskutiert hatten, sondern dass nur er gesprochen und sie ihm gebannt zugehört hatte.

»Gut, aber nur für einen kurzen Drink«, brachte sie schließlich mühsam hervor, »denn morgen muss ich früh zur Arbeit.«

»Diese verflixte Arbeit! Die kappt unsere schönsten Stunden«, sagte er und seufzte tief.

Eine Stunde später saßen sie in Billy Wilder's Bar. Sie bestellte einen Gin Tonic, er ein Glas Champagner. Obwohl Gertrud Reisch nicht weit von hier wohnte, kannte sie die Bar nicht. Bewundernd blickte sie auf die Aufnahmen der berühmten Filmstars, die an der Wand hingen. Und einer von ihnen, so schien es ihr zumindest, saß ihr gegenüber. Ja, dieser Mann hätte ein Filmstar sein können. Mühelos. Sein Wuchs, seine Schönheit, seine Ausstrahlung, sein Benehmen, alles war so, wie sie sich die Berühmtheiten, die ihr von den Wänden zulächelten, vorgestellt hatte.

»Meine Güte, bin ich doch ein Flegel. Ich habe mich gar nicht vorgestellt. Reinhold Maas, verzeihen Sie die Unhöflichkeit. Zu meiner Entschuldigung kann ich nur vorbringen, dass mich Ihr Zauber verwirrt hat.«

»Ihr Zauber«, hatte er gesagt. Gertrud Reisch kniff sich in den Arm. War sie wirklich wach? Sie hatte schon einige Männer näher gekannt, doch noch nie war sie von einem so behandelt worden wie von diesem unbekannten Adonis. Am liebsten wäre sie ihm um den Hals gefallen und hätte ihn ganz fest an sich gedrückt.

Natürlich tat sie das nicht. Aber sie hätte es wirklich gerne getan. Dann geschahen zwei Dinge: etwas Unangenehmes und etwas Wunderbares. Unangenehm war, dass ihre frühere Bemerkung über ihre Arbeit wie ein Bumerang zu ihr zurückkam. Herr Maas erinnerte sich daran und schlug als Gentleman vor, nach Hause zu gehen. Er beharrte darauf, sie heimzufahren. Wunderbar war dagegen, dass er sie einlud, am nächsten Tag mit ihm zu abendzuessen, damit sie sich »ein bisschen besser kennenlernen konnten«. »Falls Sie Zeit und Lust haben, natürlich«, ergänzte er.

Lust? Und wie! Und Zeit? Sie hätte alles andere abgesagt, um für ihn Zeit zu finden.

»Ich hole Sie hier um acht ab«, versprach er, als er die Tür öffnete und ihr aus dem Wagen half. Beim Abschied hielt er ihre Hand etwas länger als nötig. Langsam hob er sie zu seinen Lippen und hauchte einen Kuss darauf.

Gertrud Reisch konnte vor Aufregung und Glück lange nicht einschlafen. Sie ließ die Bilder von diesem Abend in ihrer Erinnerung vorbeiziehen. Und sie war sehr aufgeräumt.

Am darauffolgenden Abend stand sie schon um halb acht am

Fenster des Schlafzimmers und blickte auf die Straße. Die Fenster der anderen Räume wiesen entweder auf eine kleine Gasse, wo nur Fußgänger verkehrten, oder aber, wie die Küche und das Bad, auf den Innenhof. Sie hatte sich elegant gekleidet, ein wenig gewagt vielleicht. Sie trug ein hellblaues Kostüm, das in der Hüfte eng geschnitten war. Der Rock reichte knapp zum Knie und hatte einen kleinen Schlitz auf der linken Seite. Nichts Ordinäres, ein Ansatz nur, als Hinweis auf ihren Schenkel. Unter der Jacke hatte sie ein Top angezogen, ebenfalls blau, doch etwas dunkler als das Kleid, mit einem offenherzigen Dekolleté. Unzählige Male wandte sie sich nach links zum Spiegel, der neben dem Bett hing, und betrachtete sich kritisch. Sah sie gut aus? Hätte sie vielleicht etwas Einfacheres anziehen sollen? Die Zeit dazu reichte noch aus. Sie ging zum Kleiderschrank und holte andere Kleider heraus, hielt sie vor ihren Körper, legte sie weg. Dann eilte sie nervös wieder zum Fenster. Kurz darauf begann das Spiel von vorne.

Erst als sie endlich Maas auf der Straße erblickte und keine Zeit mehr für das Umkleiden war, brach sie diese quälende Modeschau ab.

Es läutete.

»Ich komme gleich«, sagte sie durch die Gegensprechanlage und schlüpfte in ihren hellgrauen Mantel.

Maas hatte seinen Wagen um die Hausecke geparkt. Es war ein eleganter Mercedes, das Modell konnte sie nicht erkennen. Er öffnete ihr die Wagentür, stieg ebenfalls ein und fuhr an die Friedrichstraße, wo er parkte. Wenig später betraten sie das »Bocca di Bacco«, ein erlesenes italienisches Restaurant. Während des Abendessens bekundete Maas großes Interesse an dem Verein »Magdalena«. Stolz berichtete Gertrud Reisch über ihre Tätigkeit als Vizepräsidentin, über einzelne Schicksale, die sie bewegten. Maas hörte geduldig zu. Geschickt lenkte er das Gespräch so, dass sie sich profilieren konnte. Zwischendurch ließ er ein Kompliment, eine Schmeichelei fallen. Er lobte ihren Idealismus, ihre Erfolge. Dann wurden seine Bemerkungen immer persönlicher. Ihre Augen seien äußerst intelligent, ihre Kleidung geschmackvoll, ihr Auftreten selbstsicher. Als er ihr gestand, dass er ihre Figur verführerisch fand und ihre

Ausstrahlung unwiderstehlich, durchfuhr Frau Reischs Körper wie am Abend zuvor eine warme Wallung.

»Sagen Sie so etwas nicht«, wehrte sie ab. »Ich bin doch nicht mehr jung.«

»Das nenne ich den Gipfel der Undankbarkeit«, sagte er mit spitzbübischem Lächeln im Blick. »Ganze Armeen von jungen Frauen würden dem Herrgott danken, wenn sie so aussähen wie Sie.«

Sie winkte mit der Hand ab. »Sie sind ein schlauer Betörer.«

»Ich ein Betörer? Nein. Ich bin nur ein Mann, der Augen im Kopf hat.« Und nach kurzem Schweigen fügte er etwas leiser hinzu: »Und ein Herz in der Brust.«

Nach diesem Satz wäre sie am liebsten aufgestanden und hätte ihn auf den Mund geküsst. Auf diese schönen, sinnlichen Lippen.

»Ich würde Sie gerne auf einen Drink ins Adlon einladen«, sagte er, als er die Rechnung beglich.

Ins Adlon! Wie oft war sie schon an dem imposanten Eingang dieses Luxushotels vorbeigegangen, wo die VIPs aus aller Welt ein und aus gingen! Im Inneren war sie noch nie gewesen.

Beim Betreten der Hotelhalle blieb sie überwältigt stehen. Links die Rezeption mit uniformierten Angestellten, die in diskreter Manier die Gäste abfertigten. In der Mitte die geräumige, hohe Halle mit vielen stilvollen Sitzgruppen und Tischen. Rechts die elegante Bartheke. Auf dem Mezzanin spielte ein Pianist bekannte Evergreens und schuf eine romantische Atmosphäre. Noch vor einem Tag hätte sie nicht davon zu träumen gewagt, hierherzukommen, und jetzt saß sie mit dem schönsten Mann, den sie je gesehen hatte, inmitten reicher Leute. Sie war entzückt. Sie folgte mit ihren Augen den Kellnern und Kellnerinnen, beobachtete die Gäste, die nonchalant ihre Plätze einnahmen, und suchte nach Gesichtern, die sie vielleicht aus der Klatschpresse kannte.

Zufrieden nahm Maas ihre Gemütsbewegung wahr. Sein Opfer hatte den Köder geschluckt. Jetzt galt es, den Fisch an Land zu ziehen.

Sie begann, über die Hotelgäste zu sprechen. Er beugte sich leicht nach vorne, wie um zu sagen, sie möge leise reden. Dann wechselte er den Platz und setzte sich neben sie auf das Sofa. Er neigte leicht den Kopf zu ihr, um sie besser zu verstehen. Dann spürte sie, wie er seinen Arm um ihre Schulter legte. Die Welt begann, sich vor Gertrud Reisch zu drehen. Er zog sie mit einem leichten Druck auf ihre Schulter näher. Wer uns jetzt beobachtet, könnte meinen, wir wären ein Paar, dachte sie und fand Gefallen an dieser Idee. Sie trank auch diesmal Gin Tonic und er Champagner.

»Sie erzählen mir nichts von sich«, sagte sie. »Die ganze Zeit habe nur ich gesprochen. Und immer von mir. Sie werden eine schlechte Meinung von mir haben.«

»O nein, keineswegs. Ihre Erzählung war so interessant, dass ich Ihnen noch lange zuhören könnte. Wir werden hoffentlich noch Gelegenheit haben, auch über mich zu reden.«

Sie blickte ihn dankbar an. »Das ist meine Bedingung, sonst will ich Sie nicht mehr sehen.«

»Was wollen Sie von einem einfachen Menschen wissen, der im Provinznest Schwerin aufgewachsen ist? Ich bin ein typischer öder Kleinstädter. Ich bin die personifizierte Langeweile.«

Sie erhob ihre Hand zum Protest.

»Sie sagen mir schon, wenn Sie gehen möchten«, wehrte er ihre Absicht zu widersprechen ab.

»Oh, ich würde noch lange hier bleiben, aber Sie haben sicher anderes zu tun, als mich zu unterhalten.«

»Jetzt sind Sie wieder auf der Jagd nach Komplimenten«, antwortete er lächelnd und gab dem Kellner diskret ein Zeichen. Dann fuhr er sie nach Hause. Er hatte in einer Nebengasse geparkt und stieg mit ihr aus dem Wagen.

»Ich danke Ihnen aus ganzem Herzen für diesen wunderbaren Abend«, sagte sie und reichte ihm die Hand.

»Sie glauben doch nicht, dass ich Sie zu dieser Stunde allein durch die verlassenen Straßen gehen lasse!«

»Aber es sind nur einige Schritte bis zu meiner Haustür.«

»Einige oder viele, das interessiert mich nicht. Ich begleite Sie vor die Tür.«

Sie nickte ergeben. Schon nach wenigen Schritten hängte er sich bei ihr unter. Sie zeigte ihm ihre Freude, indem sie den Arm an sich presste.

Bis zum Hauseingang waren es tatsächlich nur wenige Schritte. Sie kramte den Schlüssel aus ihrer Handtasche und sah ihn ratlos an. Sollte sie sich nochmals bedanken? Schlicht und einfach auf Wiedersehen sagen? Ihn hinaufbitten? Der Gedanke machte sie verlegen.

»Sie haben jetzt gewiss gedacht, hoffentlich bittet mich dieser Typ nicht um einen Drink, nicht wahr?«

Sie lachte. »Nein, nicht ganz.«

»Dann haben Sie das Gegenteil gedacht«, beharrte er.

»Im Gedankenlesen sind Sie nicht gut. Wenn Sie mir aber versprechen, dass Sie brav sind, mache ich Ihnen gerne noch einen Kaffee oder einen Tee.«

»Wenn brav heißt, dass ich Sie nicht erwürge, Ihre Wohnung nicht in Brand stecke und nicht alle Nachbarn wecke, dann haben Sie mein Versprechen.«

»Nein, das alles meine ich nicht.«

»Oh, Sie meinen, ich könnte Sie vergewaltigen, nicht wahr? Wo denken Sie hin? Eine Frau vergewaltigen ist wie eine Frucht unreif zu genießen. Sie schmeckt sauer und fahl. Wo bleibt die Spannung der Jagd, das subtile Kräftemessen der Verführung? Wo die elektrisierende Spannung des Vorspiels? Wo das herrliche Erlebnis des Nachgebens und des Sieges? Und dies auf beiden Seiten. Denn in der Liebe gibt es nur Sieger.«

Sie verstand die Antwort. Er wollte sie haben. Sie spürte ihr Herz in der Kehle pochen. Was kann mir schon passieren, wenn ich nach langer Zeit wieder in den Armen eines Mannes liege?, dachte sie. Und was für eines Mannes! Sie öffnete das Tor und ließ ihn eintreten.

»Erschrecken Sie nicht wegen der Unordnung«, meinte sie, als sie im zweiten Stock angelangt waren.

»Im Notfall helfe ich Ihnen beim Aufräumen«, spottete er, sich des Klischeehaften dieser Bemerkungen bewusst.

Als er in die Wohnung eintrat, lachte er laut auf. »Und das nennen Sie Unordnung?«

»Geben Sie mir Ihren Mantel und nehmen Sie Platz. Was darf ich Ihnen zum Trinken bringen? Ich sage es gleich: Champagner habe ich keinen.«

»Dasselbe, was Sie trinken, meine Liebe. Und da ich Sie schon ein wenig kenne, wird das Gin Tonic sein, nicht wahr?«

Beim Anstoßen dankte sie ihm erneut für den Abend. Er legte einen Finger auf ihre Lippen. »Genug gesprochen«, sagte er und streichelte leicht ihre Wange. Sie schloss ihre Augen. Dann spürte sie seinen Atem näher kommen. Ihr Puls hämmerte in den Ohren. Sie wehrte sich nicht gegen den Kuss, der bloß wie ein Hauch auf ihre Lippen kam. Der zweite war entschieden fester. Maas griff fest an ihre Brüste. Dann glitt seine Hand am Körper hinunter und fasste zwischen ihre Beine. Frau Reisch verlor die Beherrschung. Dies ließ in ihr alle Dämme brechen. Sie griff an seine Hose und merkte, dass er bereit war. Sehr bereit. Sie übernahm das Kommando. Sie zerrte seine Jacke herunter, knöpfte sein Hemd auf und löste seinen Gürtel. Dann sprang sie auf und warf ihre Kleider ab. Maas war von der Leidenschaft überrascht, mit der sie ans Werk ging. Diese unbändige, ungehemmte Lust hätte er ihr nicht zugetraut. Das war nicht die Art, die er üblicherweise gewöhnt war. Einerseits fand er es reizvoll, einmal passiv der Initiative einer Frau ausgeliefert zu sein. Andererseits stachelte ihn sein männlicher Stolz zur Reaktion an. Bei der beherrschenden Aktivität dieser Frau kam er sich wie eine aufblasbare Puppe vor.

»Jetzt komme ich«, flüsterte er und umklammerte mit festem Griff ihre Handgelenke.

Nach zwanzig Minuten lagen sie erschöpft keuchend nebeneinander auf dem Bett. Gertrud Reisch war im siebten Himmel. Hoffentlich steht er nicht gleich auf und zieht sich an, dachte sie.

Maas blickte sie verstohlen an. Er sah ihre Zufriedenheit und war auf seine Leistung stolz. Sie begann, seine Brust zu streicheln und sie mit kleinen Küssen zu bedecken. Maas hatte unter der rechten Brustwarze ein beinahe regelmäßiges herzförmiges Muttermal, etwa drei Zentimeter groß und ziemlich ausgeprägt. Gertrud Reisch fuhr mit dem Zeigefinger die Konturen nach.

»Du hast hier ein Ersatzherz«, sagte sie, ohne zu bemerken, dass sie ihn plötzlich duzte.

»Das kann ich auch brauchen, da du drauf und dran bist, mir das richtige zu stehlen.«

Sie lachte hell auf.

Maas kannte die Frauen. Er wusste, dass dies der Zeitpunkt war, Gertrud Reisch ihre Geheimnisse zu entlocken. Seine Stunde war gekommen. Er schob seinen Arm unter ihren Nacken, zog sie an sich, legte ihren Kopf auf seine Brust und streichelte sie zärtlich.

»Wow. Dein armer Chef«, sagte er nach einer Weile.

Sie drehte den Kopf zu ihm. »Was hat denn mein ›armer‹ Chef hier zu suchen?«, frage sie überrascht.

»Einen Vulkan wie dich den ganzen Tag um sich zu haben, muss erschöpfend sein.«

»Halt, halt. Ich pflege nicht mit meinem Chef zu schlafen«, protestierte sie.

»Ein Vulkan bist du dennoch«.

»Nein. Am Arbeitsplatz bin ich gewiss nicht so.«

»Was arbeitest du eigentlich?«, fragte er.

»Ich bin Sekretärin eines Anwaltsnotars. Und das seit neunzehn Jahren«, sagte sie stolz.

»Dann bist du gleichsam die Harddisk der Kanzlei.«

»Wie meinst du das?«

»Dass du alles im Kopf hast, was dort je geschehen ist.«

»Alles nicht, aber vieles«, berichtigte sie mit gespielter Bescheidenheit.

Maas verwickelte sie immer tiefer in ein Gespräch über ihre Arbeit. Er holte alle Informationen aus ihr heraus, die in Richtung von Hoffbaurs Nachlass führten. Gertrud Reisch kam sich wichtig vor. Ihr schien, als habe sie sich bisher keine Rechenschaft über die Bedeutung ihrer Arbeit gegeben. Das Interesse dieses wunderbaren Mannes rückte ihre Tätigkeit plötzlich in das richtige Licht. So erzählte sie begeistert von ihrem Alltag und gab bereitwillig Antworten auf seine Fragen.

Ja, der berühmte Hoffbaur sei Klient der Kanzlei gewesen. Mehr als ein Klient, auch Freund des Notars. Natürlich sei sie bei der Testamentseröffnung anwesend gewesen. Schließlich musste sie das Protokoll aufnehmen. Nein, außergewöhnlich sei dabei nichts gewesen. Alles nullachtfünfzehn. Wertsachen? Nein, so etwas hätte er beim Chef nicht deponiert. Oder besser, man wüsste nicht, was sich in jenem Umschlag befinde, den Franke am Schluss auf den Tisch gelegt habe. Es sei möglich, dass darin Wertsachen waren, Aktien vielleicht oder Schuldscheine. Nein, sie habe den Inhalt nicht gesehen, denn sie habe gerade dann etwas im Archiv suchen müssen, als dieser Umschlag zum Vorschein gekommen sei. Wo der heute sei? Keine Ahnung! Sie glaube, dass Frau Hoffbaur ihn nach Hause mitgenommen habe. Sonst müsse er im Aktenschrank der Kanzlei liegen.

Maas tarnte seine Neugier geschickt, als Gertrud Reisch auf seinem Ball zu tanzen begann. Zwar hatte er keine abschließende Antwort auf seine Frage erhalten, doch er war seinem Ziel näher gekommen. Er war auf der Spur des geheimnisvollen Umschlags. Als er erkannte, dass Gertrud Reisch keine nützlichen Informationen mehr liefern konnte, fragte er sie, ob er eine Dusche nehmen dürfe.

»Natürlich«, sagte sie, »wäre es okay, wenn ich schon einmal vorgehe ins Badezimmer?«

Maas war das nur recht. Er hatte hier noch etwas zu erledigen.

»Soll ich dir etwas zum Trinken vorbereiten?«, fragte er.

»Gute Idee. Mach dir auch etwas.«

»Wie ich dich kenne, willst du einen Gin Tonic.«

»Bingo. Steht alles im Kühlschrank.«

Maas ging durch den Flur, griff nach der Handtasche von Gertrud Reisch und nahm sie in die Küche mit. Er leerte den Inhalt auf den Küchentisch. Portemonnaie und Schlüsselbund legte er gleich zurück. »Ach, du kleine Mieze«, flüsterte er, als er eine Schachtel Kondome fand. »Gewappnet fürs Unvorhergesehene, meine ich.«

»Willst du Eis?«, rief er.

»Ja, zwei Stück bitte«, rief sie laut aus dem Badezimmer.

Schminksachen und Papiertaschentücher wanderten ebenfalls wieder in die Tasche zurück. Am Schluss lag noch ein Notizbuch auf dem Tisch. Maas schlug die erste Seite auf. Fein säuberlich hatte Gertrud Reisch mehrere Einträge gemacht. Name, Vorname, Wohnadresse, Telefon Kanzlei, Fax Kanzlei, Handy Chef, Girokonto, Notfall Polizei, Notfall Ambulanz. Das waren alles Nummern, die sie zweifellos auswendig kannte, doch weil hier für diese Informationen Rubriken vorgedruckt waren, trug sie diese Daten ordentlich in ihr Büchlein

ein. Ganz unten war eine Zahl ohne Vermerk: 25831730. Maas notierte sich die Nummer. Hastig blätterte er das Büchlein durch, sah aber bald ein, dass Gertrud Reisch hier nicht ihre Arbeitstermine eingetragen hatte. Es waren Geburtstage von Menschen, deren Namen ihm nichts sagten, Urlaubszeiten, Telefonnummern. Alles Eintragungen, die Maas bedeutungslos schienen.

Schnell warf er einige Eiswürfel in zwei Gläser, goss Gin und Schweppes hinein, legte die Handtasche wieder an ihren Platz, ging in die Küche zurück und nahm die Gläser. Gertrud Reisch stand, in ein großes Handtuch gehüllt, vor dem beschlagenen Badezimmerspiegel, als er eintrat. Er stellte die Getränke auf die kleine Kommode und umarmte sie von hinten.

»Schade, dass du schon geduscht hast«, flüsterte er ihr ins Ohr.

Ihre Blicke trafen sich im Spiegel. Sie zog fragend die Augenbrauen hoch.

»Ich hätte dich gerne noch einmal zum Schwitzen gebracht.«

Sie lachte und tippte mit dem Zeigefinger auf seine Nasenspitze. »Ich brenne darauf, nochmals zu duschen.«

Als Maas die Wohnung verließ, verrichteten schon die ersten Straßenkehrer ihre Arbeit im Morgengrauen.

8

Die Gegend um die U-Bahn-Station Alt-Tegel kann an kleinbürgerlichem Stil kaum überboten werden. Die kleinen, adretten Einfamilienhäuser reihen sich hinter sorgfältig gehegten Vorgärten in Habtachtstellung. Die auf der Straße geparkten Pkws zeugen von ordentlichem Wohlstand, die Sauberkeit der Gehsteige lässt darauf schließen, dass hier keine ausgegrenzten Jugendlichen ihr Unwesen treiben, keine Spur von hässlichem Graffiti stört die sakrale Biederkeit des Ortes. Folgt man den kleinen Gassen gegen Osten, so öffnet sich eine andere Welt heiler Lebensfreude. »Kleingärtnerverein e. V. Am Waldessaum« steht auf einer säuberlich gestalteten Tafel. Ein Patchwork winziger bestellter Landflecken, die im Frühjahr miteinander wetteifern, wer die schönsten Blüten vorzeigt, und im Sommer darum buhlen, die größten Kohlköpfe hervorzubringen. Während anderswo in der Welt Schrebergärten von notdürftig zusammengebastelten Baracken beherrscht werden, stehen hier schmucke kleine Gartenhäuser auf Betonsockeln und mit festem Mauerwerk. Gartenzwerge in allen Farben, verzierte kitschige Figuren, Plastiktiere und harmlose Monster führen einen Schönheitswettbewerb größten Ausmaßes durch. Doch mitten in diesem Kleinod biederer Naturverbundenheit steht bedrohlich und abweisend die Justizvollzugsanstalt Berlin Tegel. Beklemmung befällt den Betrachter vor den massiven, haushohen Mauern, hinter denen sich nur die oberen Etagen mit den vergitterten Fenstern erblicken lassen. Die erwürgende Welt Kafkas wird hier vergegenwärtigt.

Aus dem Tor trat ein mittelgroßer Mann, etwa fünfundzwanzig Jahre alt, mit rabenschwarzem Haar und kräftiger Statur. Vor dem Gefängnis blieb Dummy stehen. Das Tor hatte sich hinter ihm geschlossen. Er war wieder frei. Er blickte um sich. Der Himmel war wolkenlos, die Temperatur für die Jahreszeit angenehm. Die wenigen Bäume, die den Platz säumten, waren zwar noch teilweise grün, doch der beginnende Herbst hatte die meisten Blätter schon sichtlich verfärbt. Als er hier gelandet war, waren an den Pflanzen noch keine Knospen aufgesprungen.

Dummy atmete tief durch und betrachtete die Gefängnismauer. In seinem Gesicht spiegelte sich ein Vorwurf. Der Knast hatte ihm sechs Monate seines Lebens genommen. Diesmal war er nur sechs Monate hinter Gittern gewesen, aber diese Zeit erschien ihm viel länger als die zwei Jahre, die er wegen einer früheren Straftat hatte absitzen müssen. Er hatte ungeduldig seiner Entlassung geharrt und je näher der Tag seiner Befreiung rückte, desto schwerer fiel es ihm, sich zu beherrschen. Während dieser Strafe zeichnete sich allmählich eine Wende in ihm ab. Er hatte schließlich einen festen Entschluss gefasst; er wollte mit Maas endgültig brechen. Die Bande hatte ihn im Stich gelassen und er musste allein für alle büßen. Er hatte Gece, wie Maas von allen mit seinem Übernamen genannt wurde, während dieser Gefängnisstrafe hassen gelernt. Er sann nicht auf Rache, denn er war auf sich allein gestellt und die Bande würde ihn bedenkenlos liquidieren. Er wollte einfach nicht mehr mitmachen. Er hatte sich alle Einzelheiten überlegt, wie er den Fängen Geces entgehen wollte. Er würde sich bei Laura verstecken und den »Keller« nie mehr betreten. Bei ihr würden sie ihn nicht aufspüren, denn sie wussten nicht, wo Laura wohnte. Er würde heimlich Vorkehrungen treffen, um wieder nach Portugal zurückzukehren, wo ihn Gece nie würde ausfindig machen können. Laura würde er mitnehmen und sie würden ein neues Leben anfangen können.

Diesen Gesinnungswandel hatte nicht nur der Ärger über die Bande bewirkt. In erster Linie waren Gefühle für seine Entscheidung verantwortlich. Kurz vor seiner Festnahme, als die Polizei ihm schon auf den Fersen war, hatte er Laura kennengelernt. Er hatte sich verliebt, heftig verliebt. In Tegel musste er erfahren, dass der Knast für einen Verliebten die Hölle ist. Er war nervös, hatte Schlafstörungen und kapselte sich so weit es ging von seinen Mitgefangenen ab. Er stellte sich vor, wie es jenen Burschen ergangen war, die in den Krieg geschickt worden waren und ihre Mädchen zu Hause lassen mussten. Die hatten es sicher noch schlimmer als er gehabt. Denn Laura kam an den Besuchstagen regelmäßig zu ihm und hatte ihn in der Hoffnung bestärkt, die ihm einen Neubeginn sinnvoll erscheinen ließ. Laura hatte seine Liebe erwidert. Er wollte mit dieser Frau alle Fehltritte seines bisherigen Lebens aus seinem Gedächtnis tilgen, auswischen, aus seinen Erinnerungen verdrängen. Er wollte eine Zukunft haben.

Er blickte auf seine Uhr. Sie zeigte auf halb zehn. Er ging vom Vorplatz bis zur Straße und hielt nach Laura Ausschau. Sie war nicht zu sehen. Enttäuscht runzelte er seine Stirn. Sie wusste doch, dass er jetzt entlassen wurde. Er hatte sich sehr gefreut, von ihr abgeholt zu werden. Mühsam stemmte er sich gegen die aufkommende Bitterkeit und rang seine unausgesprochenen Vorwürfe nieder. Er suchte nach Entschuldigungen für sie. Gleichgültigkeit oder Vergessen kamen als Erklärung nicht in Frage. Blieb der Gedanke an etwas Unvorhergesehenes. Er wartete weitere zehn Minuten bei dem kleinen Parkplatz an der Durchfahrtsstraße, musste aber am Schluss einsehen, dass sie nicht kommen würde. Er schlug den Weg zur nächsten Tramhaltestelle ein. In Gedanken versunken schlenderte er an der Gefängnismauer entlang in Richtung Tegeler See. Den stämmigen Mann, der aus einem parkierten Pkw ausstieg und ihm folgte, bemerkte er nicht. Dummy fuhr zusammen, als sich eine Hand auf seine Schulter legte. Für den Bruchteil einer Sekunde dachte er, dass Laura doch gekommen war. Als er sich umdrehte, blickte er in das Gesicht eines Mitglieds von Geces Bande.

»Hallo, Junge. Der Chef lässt dich grüßen und erwartet dich im Keller.«

Dummy schüttelte die Hand von seiner Schulter. »Sag dem Chef, dass ich ihn auch grüße. Doch ich habe zu tun«, sagte er verärgert.

»Es ist dringend. Ich bringe dich mit dem Wagen hin.«

»Du hast wohl nicht gehört, was ich gesagt habe. Ich komme nicht.«

»Das wird aber den Boss nicht freuen. Er hat nämlich einen Auftrag für dich.«

»Hör mal zu, Buddha. Ich bin vor ein paar Minuten aus dem Knast gekommen. Und ich habe mir geschworen, nie wieder dorthin zurückzukehren.« Er zeigte in Richtung der hohen Mauer. »Erklär das dem Chef.«

»Das würdest du bereuen, João. Du kennst doch Gece. Er lässt seine Leute nicht in den Ruhestand treten. Dich erst recht nicht.«

Das »João« kam für Dummy überraschend. Er hieß eigentlich João Pedro Gomes, hörte aber seinen richtigen Namen nur selten. Im Milieu nannte man ihn »Dummy« und in anderen Kreisen trieb er sich sozusagen nie herum.

Dummy hielt an und verschränkte seine Arme. »Jetzt verrate ich dir was: Ich kümmere mich einen Dreck um euren Auftrag. Ich will nicht mehr mitmachen. Ob es Gece passt oder nicht, ich gehe in Ruhestand, wie du sagst. Richte ihm aber aus, er kann deswegen ruhig schlafen. Ich werde nicht singen.«

Dummy drehte sich auf den Fersen um und ließ den anderen stehen. Er nahm die S-Bahn und fuhr zu Laura.

Geoffrey bestieg seinen Wagen und blickte Dummy im Rückspiegel nach. Er war besorgt. Gece würde sich sicher nicht freuen, wenn er alleine zurückkam. Das könnte für ihn noch Probleme geben.

Als er den »Keller« betrat, waren erst wenige da. Zwei standen am Billardtisch, einer saß an der Bartheke. Eine etwas in die Jahre gekommene rothaarige Frau schminkte sich hinter der Bar. »Wohl noch nicht gefrühstückt, dass du noch gerade laufen kannst«, spottete sie.

»Sie haben ihn gestern beim Pokern abgezogen. Jetzt muss er fasten«, ergänzte der Kellner.

»Haltet die Fresse, sonst werdet ihr heute mit schiefem Kiefer euren Rosenkranz aufsagen«, murmelte Geoffrey und ging in den hinteren Raum. Im »Herrenzimmer« waren außer Gece noch seine beiden Gorillas Giulio und Ribaud. Der Großteil der Bande Geces bestand aus Ausländern: ein Italiener, zwei Franzosen, ein Portugiese, ein Engländer und vier Serben.

»Er hat erklärt, dass er aussteigt«, sagte Geoffrey, noch bevor Gece ihn etwas gefragt hatte. Er erwartete einen Zornausbruch. Es gab nur wenige Menschen, die es sich leisten konnten, Gece zu widersprechen. Selbst Dummy durfte das nicht tun, obwohl er der Beste in der Bande war. Er sah seinen Chef fragend an.

»Er ist verärgert«, sagte Gece leise, beinahe verständnisvoll. »Schließlich habt ihr sein Alibi vermasselt. Es würde jedem so gehen, nach einer sechsmonatigen Erholung.« Er schaute auf seine goldene Armbanduhr. »In einer Stunde ist er hier«, meinte er gelassen.

Geoffrey blickte ihn ratlos an. War das ein Auftrag? Er nahm an, dass er Dummy herbeischaffen musste. Er nickte und ging zur Tür.

»Wohin so eilig?«

»Ich wollte ihn suchen. Du willst ihn in einer Stunde hier haben.«

»Bleib hier. Er kommt von selbst.«

9

Die alte Frau Busse war einmal mehr schon am Vormittag in einem Dämmerzustand. Nach dem vierten Glas Korn trat bei ihr jener Kick ein, auf den sie nicht mehr verzichten konnte. Sie bewohnte die Hälfte einer kleinen Wohnung, die über der Lagerhalle einer Altmetallhandlung lag. Die andere Hälfte, die mit einer verschlossenen Tür abgetrennt war, vermietete sie, um ihre knappe Rente aufzubessern. Sie fuhr erschrocken auf, als es an der Tür läutete. Sie fühlte sich immer bedroht und ängstigte sich vor Überfällen, obwohl es bei ihr nichts zu stehlen gab. Besonders furchtsam war sie, seit ihre Untermieterin Laura Sichler plötzlich verreist war. Ihre Abwehr gegen die Angst war der Alkohol. Sie war eigentlich nie nüchtern. Auch an diesem Morgen nicht, als sie unerwarteten Besuch erhielt. Sie schlich leise zur Tür und guckte durch den Spion. Ein zweites, längeres Läuten ließ sie noch heftiger zusammenzucken. Sie hängte die Sicherheitskette ein und öffnete die Tür einen kleinen Spalt.

Draußen stand ein junger untersetzter Mann in einem alten Trenchcoat. Er hatte schwarzes, sehr kurz geschnittenes Haar. In der Hand trug er eine Segeltuchtasche, die zum Bersten voll zu sein schien. Frau Busse, die selbst hinter dem neuen Postboten einen Einbrecher vermutet hatte, gab vor Angst keinen Ton von sich.

»Ich heiße Gomes, João Gomes, und möchte zu Laura Sichler«, sprach er mit südländischem Akzent.

Frau Busse atmete erleichtert auf. Jetzt, beim besseren Hinschauen, erinnerte sie sich, dass sie diesen Mann früher schon mit Laura zusammen gesehen hatte. Sie fand die Sprache wieder.

»Laura ist verreist«, sagte sie. Eine starke Alkoholfahne strömte aus ihrem Mund. Dummy wusste, dass die Alte trank, dennoch war er überrascht, sie schon am Vormittag in diesem Zustand anzutreffen.

»Verreist? Wann ist sie verreist?«

»Vor zwei Tagen.«

»Hat sie Ihnen gesagt, wohin sie reisen wollte?«, fragte er irritiert.

»Nein. Sie hat mir überhaupt nichts gesagt. Ihr Bruder kam und sagte, Laura sei in den Urlaub gefahren.«

»Ihr Bruder?«

»Ja, ihr Bruder. Ein sehr freundlicher Mann.«

»Können Sie mir den Mann beschreiben?«

»Er war groß gewachsen, sehr gepflegt und höflich.«

Dummy wusste, dass Laura keinen Bruder hatte. Das muss Gece gewesen sein, dachte er.

»Er hat einen Umschlag hier gelassen. Für Sie«, fuhr sie fort. Sie ließ die Sicherheitskette eingehängt, ging ins Zimmer und kehrte mit einem Kuvert zurück.

»Für mich?«, fragte er. »Wie wollen Sie wissen, dass es für mich ist? Sie kennen mich doch gar nicht.«

»Da, schauen Sie. ›Für Herrn João Gomes‹, steht hier.«

Dummy nahm den Umschlag, riss ihn auf und entnahm ihm ein Blatt. »Sie ist bei uns. Komm in den Keller«, stand darauf.

»Schweine!«, zischte er durch die Zähne.

Frau Busse erschrak dermaßen, dass sie die Tür unsanft schloss.

Dummys Herz raste. Es war ihm jetzt klar, warum Laura ihn bei der Entlassung nicht abgeholt hatte. Sie war in den Händen von Gece. »Wenn ihr Laura auch nur ein Haar krümmt, mache ich euch fertig« zischte er. »Schweine, Schweine, Schweine.«

Er war entschlossen, Gece diesmal das Genick zu brechen. Nach kurzer Besinnung musste er allerdings einsehen, dass er am kürzeren Hebel saß. Gece würde sich nicht das Genick brechen und ihn nicht in Ruhe abziehen lassen, wenn er einen Auftrag für ihn hatte. Dummy spürte das ganze Ausmaß seiner Ohnmacht und hätte vor Wut heulen können. Ein einziger falscher Schritt könnte Lauras Leben gefährden. Er musste sie befreien, aber wie? Dafür gab es nur einen Weg: mit Gece verhandeln. Das bedeutete, in seinem Plan mitzuspielen. Buddha hatte gesagt, der Chef hätte einen Auftrag für ihn. Gece musste geahnt haben, dass er nach dem Gefängnis aussteigen wollte und hatte seine Vorkehrungen getroffen, um ihn zu erpressen. Das sah ihm wieder mal ähnlich.

Dummy gab sich Mühe, seine Nerven zu beruhigen. Er verließ das Haus, ging in ein Straßencafé und bestellte sich einen Cappuccino. Er versuchte, seine Gedanken zu ordnen, und nahm sich vor, das Spiel selbst zu führen. Er musste Gece austricksen, das war seine einzige Chance.

Eine halbe Stunde später betrat er den »Keller«. Die rothaarige Frau sprang vor Freude auf, als sie Dummy sah.

»Zeig dich, alter Knabe. Du siehst ja prächtig aus«, rief sie. »Der Knast scheint dich verjüngt zu haben.«

Dummy quittierte den Spruch mit einem gequälten Lächeln und hielt schnurstracks auf das »Herrenzimmer« zu.

Geoffrey, der in der Ecke saß, grinste, als er ihn sah. »Ich hätte dich ja fahren können.«

Dummy antwortete nicht. Er betrat das Hinterzimmer.

»Wo ist sie?«, fragte er, ohne zu grüßen.

»Welcome back«, empfing ihn Gece und streckte ihm die Hand entgegen.

»Wohin habt ihr sie gebracht?«, wiederholte Dummy und nahm widerwillig den Handschlag an.

»Hingebracht? Nirgends. Während deiner Abwesenheit habe ich mich immer wieder bei ihr telefonisch erkundigt, ob ich ihr helfen könne. Als ich dann erfuhr, ihrem Vater würde es nicht gut gehen, habe ich ihr ein Bahnbillett geschickt, damit sie ihn besuchen konnte. Ich habe ihr gesagt, du würdest erst in einer Woche entlassen. Sie wäre sonst vielleicht nicht hingefahren und hätte es dann bereut, falls ihrem Vater etwas passiert wäre.«

Dummy schaute ihn überrascht an. Gece wusste also einiges über Laura. Ihr Vater war in der Tat gesundheitlich angeschlagen, die Erklärung war einleuchtend. Dennoch blieb er misstrauisch.

»Ich werde sie anrufen«, sagte er.

Im Gefängnis hatte man ihm das Handy abgenommen und bisher hatte er die Batterie noch nicht aufgeladen.

»Versetz sie nicht in Panik. Wenn sie erfährt, dass du jetzt schon frei bist, wird sie untröstlich sein.«

Dummy dachte kurz nach. Er wusste, dass Gece hier ein übles Manöver gegen ihn gespielt hatte, er sah aber auch ein, dass sich

Laura schwere Vorwürfe machen würde, wenn sie die Wahrheit erfahren sollte.

»Wir haben sie unter Kontrolle«, ergänzte Gece, was wie eine Drohung klang.

»Was willst du bei ihr kontrollieren?«, fragte Dummy gereizt.

»Dass ihr nichts passiert, natürlich.«

Dummys Augen funkelten vor Zorn. »Was willst du von mir? Ich habe beschlossen aufzuhören.«

»Gut, du kannst aufhören. Einen letzten Gefallen musst du mir aber noch erweisen. Es ist eine Kleinigkeit, aber ich brauche deine Hilfe.«

Dummy blickte Gece scharf in die Augen. Jeder, der ihn kannte, wusste, dass dieser nie »Kleinigkeiten« verlangte, was auch diesmal nicht anders sein dürfte.

»Ich will auf keinen Fall wieder in den Knast.«

»Das musst du nicht. Es handelt sich diesmal nicht um ein Vermögensdelikt. Nur die Besorgung einer Information. Und du wirst abgeschirmt werden.«

Dann erzählte Gece, dass Dummy einen Umschlag aus der Kanzlei Franke besorgen müsse, der mit dem verstorbenen Politiker Stefan Hoffbaur in Zusammenhang stand. Einen dicken Umschlag. Dummy dürfte ihn unter keinen Umständen aufreißen und müsse das Kuvert ungeöffnet überreichen. Er könne die Arbeit am Sonntag erledigen, wenn üblicherweise niemand ins Büro ging. Buddha stünde ihm zur Verfügung, um ihn vor Überraschungen zu warnen. Sollte jemand wider Erwarten doch auftauchen, würde ihn Buddha aufhalten, damit er sich aus dem Staub machen könne.

Schlösser waren für Dummy kein Problem, er knackte sie alle: an Türen, an Schränken oder Tresors – darin war er unübertrefflich. Gece gab ihm die Zahl, die er bei Gertrud Reisch entdeckt hatte.

»Wenn du Glück hast, ist das der Code von der Alarmanlage. Kann aber auch der vom Panzerschrank sein. Das wäre allerdings weniger günstig, denn dann würde der Alarm losgehen.«

Dummy ließ sich Zeit mit der Antwort. Dann verlangte er zwei Dinge. Er wollte Lauras Stimme hören und er wollte die Zusicherung, dass dies sein letzter Auftrag sei.

Gece erfüllte zunächst den ersten Wunsch. »Du hältst die Klappe und redest nicht«, befahl er, bevor er die Nummer wählte. Er schaltete die Freisprechanlage ein. Als sich Laura meldete, erkundigte er sich nach dem Wohlbefinden ihres Vaters. Es gehe ihm nicht sehr gut, doch er würde sich nach Meinung der Ärzte erholen. Sie klang sehr natürlich und in keiner Weise verängstigt. Dummy hob die Augenbrauen. Gece legte den Finger auf seine Lippen.

Zum zweiten Wunsch sagte Gece nur: »Du hast die Wahl. Solltest du später wieder mit uns zusammenarbeiten wollen, findest du die Tür offen. Doch ich werde dich zu nichts zwingen.«

»Welches Alarmsystem haben sie?«, fragte Dummy.

»Vielleicht überhaupt keines. Ich weiß das nicht. Die Nummer in deiner Tasche hat wahrscheinlich etwas mit der Kanzlei zu tun. Es ist besser, wenn du dich auf eine Alarmanlage einrichtest.«

10

Geoffrey war Taxifahrer, wenn er nicht eben als Privatchauffeur für Gece arbeitete. Er liebte seinen Job. Beim Fahren konnte er mit den verschiedensten Menschen ins Gespräch kommen und beim Warten am Standplatz fand er viel Zeit zum Lesen. Er betrachtete sich als den Intellektuellen der Bande, weil er zwei Jahre die Oberschule besucht hatte und sich gerne der Lektüre klassischer Literatur hingab. Neben dem Lesen war Essen sein Hobby. Besonders liebte er Würste und Pasta in allen Formen. Ab und zu erzählte er belustigt, dass er während des Italienurlaubs eine geschlagene Woche von Spaghetti alla carbonara leben konnte. Sein gewaltiger Bauchumfang und seine weisen Sprüche hatten ihm den Übernamen »Buddha« eingetragen. Er nervte seine Kumpels oft mit Episoden aus seinem Alltag, die er zu tiefschürfenden Lebensweisheiten knetete.

An einem Samstagnachmittag wartete er am Potsdamer Platz auf Fahrgäste. Zuerst hatte er die alte Dame gar nicht bemerkt, die durch die Scheibe seines Wagens guckte. Er war so in Dostojewskis »Der Spieler« versunken, dass er den Kopf erst hob, als die Alte ans Fenster klopfte. Er warf das Buch so auf den Beifahrersitz, dass die Titelseite gut sichtbar war, denn er legte Wert darauf, dass seine Kunden sahen, welch ausgewählte Werke er las. Er ließ die Scheibe herunter. Die kleine, zerbrechliche Dame hielt ein wolliges Fellknäuel im Arm.

»Fahren Sie auch Hunde?«, fragte sie.

Geoffrey nickte. »Steigen Sie ein.«

Die Alte nahm auf dem Hintersitz Platz, breitete sorgfältig eine gestrickte Decke über ihre Knie aus und bettete den Hund in ihren Schoß, behutsam, wie man ein Kleinkind in die Wiege legt.

»Wo soll es denn hingehen?«, fragte Geoffrey.

»Wissen Sie, mein Hund fährt so furchtbar gerne Auto. Wir machen eine kleine Rundfahrt. Zuerst beim Tiergarten vorbei Richtung Brandenburger Tor, dann entlang der Friedrichstraße, zum Bahnhof Zoo und zurück. Aber Sie können auch anders fahren.«

Geoffrey rückte seinen Sitz ein wenig nach vorne, sodass sein Bauch gegen das Steuerrad drückte. »Wo wollen Sie wieder aussteigen?«

»Wieder hier«, sagte die Alte.

»Gut, eine Rundfahrt für etwa zwanzig Euro. Falls wir nicht in einen Verkehrsstau geraten. In Ordnung?«

»In Ordnung.«

»Ihr Hund hat aber lustige Hobbys«, sagte er nach kurzem Schweigen, um wieder mit der Dame ins Gespräch zu kommen.

Sie überhörte die Bemerkung. Sie blickte durch das Wagenfenster. Der Hund auch. Beim Tiergarten sagte sie: »Hier hat Männchen Frauchen den ersten Kuss gegeben.«

»Bitte?«, fragte Geoffrey. Als er in den Rückspiegel sah, merkte er, dass sie nicht mit ihm, sondern mit ihrem Hund sprach.

»Hier geht Frauchen das Essen für Amörchen einkaufen«, erklärte sie dann.

Bei der Großen Freiheit bellte das Hündchen auf. »Nein, hier war nichts«, erklärte sie ihm.

Bei der Kreuzung am Bahnhof Zoo sagte sie traurig. »Hier wurde Männchen überfahren.«

Aus den Bruchstücken der Erzählung erfuhr Geoffrey, dass die Frau mit einem Angestellten einer Versicherungsgesellschaft verheiratet gewesen war, ihn bei einem Unfall verloren hatte und wegen irgendeiner Behandlung regelmäßig in eine Klinik gehen musste. Am Potsdamer Platz war der Lebenslauf beendet. Sie zahlte und stieg aus. »Jetzt zeigst du mir deine Welt«, sagte sie zu dem Hund.

Dieser zog sie zum ersten Baum, schnüffelte daran und hob das Hinterbein.

Geoffrey lachte laut auf und beschloss, aus dieser Begebenheit eine weise Schlussfolgerung zu ziehen. Dann läutete sein privates Handy.

»Morgen früh hilfst du Dummy bei seiner Arbeit«, hörte er die Stimme von Gece. »Ihr trefft euch um halb fünf an der Schlossstraße 117 vor dem McDonald's.«

Der Anruf wurde getrennt, bevor er antworten konnte. Geoffrey war sauer. Am Sonntagmorgen, wenn er auszuschlafen pflegte, musste er also wieder antraben. Doch es hatte keinen Sinn, über die Anordnungen Geces nachzudenken. Er beschloss, für heute Schluss zu machen und wenigstens den Abend zu genießen.

Als er am Sonntag um halb fünf am vereinbarten Ort eintraf, stand Dummy schon am Gehsteig. Er hatte eine Pilotentasche bei sich und stieg auf den Hintersitz des Taxis. »Dorotheenstraße«, sagte er nur.

Sie waren beide nicht in der Stimmung, Gespräche zu führen, und erst als sie an der Dorotheenstraße vorbeifuhren, sagte Dummy: »Park in der Nähe und schalt dein Handy ein. Wenn ich dich anrufe, kommst du in das Gebäude mit der Hausnummer 54. Schau zu, dass dich niemand sieht, wenn du das Haus betrittst. Kapiert?«

Geoffrey nickte und ließ ein Grunzen hören.

»Fahr hier rechts ran«, ordnete Dummy an.

Geoffrey hielt an und ließ ihn aussteigen. Er sah im Rückspiegel, wie Dummy zu Fuß zu dem besagten Gebäude ging. Er fuhr um die Ecke und suchte sich einen freien Parkplatz.

Die schwierigste Aufgabe, die Dummy zu lösen hatte, bestand darin, durch das große Hausportal zu kommen. Es war Sonntag, sehr früh am Morgen, es hatte noch nicht zu dämmern begonnen. Das Gebäude beherbergte nur Geschäftsräume. Dummy konnte also nicht darauf hoffen, dass jemand herauskam, vielleicht, um seinen Hund spazieren zu führen oder die Sonntagszeitung zu holen. Kein Mensch war auf der Straße zu sehen. Dennoch wagte er nicht, seinen großen Satz von Dietrichen auszupacken. Das Schloss wäre leicht zu öffnen gewesen, aber Dummy benötigte dazu einige Zeit. Er befürchtete, dabei beobachtet zu werden, was verheerende Folgen für ihn gehabt hätte. Nur wenige Tage nach seiner Entlassung aus Planet Tegel hätte er wieder den Weg dorthin antreten müssen. Als Rückfälliger würde seine Strafe hart ausfallen. Wenn er erst hier in diesem Gebäude war, konnte ihm Geoffrey nützlich sein, aber erst dann.

Dummy wurde von einem beklemmenden Gefühl befallen. Er musste diesen Auftrag ausführen, um Laura aus den Fängen Geces zu befreien. »Wir haben die Kontrolle über sie«, tönte es in seinen Ohren. Laura war das Pfand in Geces Hand. Selbst wenn er sie geholt hätte, in Sicherheit konnte er sie nicht bringen. Gece war unerbittlich und effizient. Andererseits durfte er diesmal keinen Fehler begehen. »Es soll nicht nach Einbruch aussehen«, hatte ihm Gece ans Herz gelegt. »Franke darf unter keinen Umständen merken, dass sein Büro durchsucht wurde. Er könnte nämlich unerwünschte Rückschlüsse daraus ziehen. Wir werden den Umschlag öffnen, ohne ihn zu verletzen, den Inhalt ersetzen und ihn gleich wieder zurücklegen. Du wirst also am Sonntag zweimal im Einsatz sein.«

Wenn Dummy ungestört arbeiten konnte, war dies leicht zu bewerkstelligen. Doch Unvorhergesehenes konnte er nie ausschließen. Der Preis für ein Versagen wäre sehr hoch. Er stand in der Nähe des Hauseinganges und lehnte sich an einen Baum. Wenn das nur gut ging! Er wäre mit Laura nach Portugal zurückgekehrt. In Cascais wollte er von einem alten Onkel eine Autoreparaturwerkstätte übernehmen. Das Geld dazu hatte er aus seinen früheren Aktionen mit Gece. Er war noch jung, konnte unter Umständen die Garage mit einer Autospenglerei erweitern, wer weiß, vielleicht hätte er Erfolg gehabt. Das war schon am Ende seiner Haftstrafe sein Plan gewesen, doch Gece zwang ihm diese widerliche Aufgabe auf. Er spürte sein Handy vibrieren und fuhr zusammen. »Achtung, Dummy. Eine Wache ist auf der Runde. Gleich kommt sie in deine Richtung um die Ecke.« Dummy hatte gerade noch Zeit, sich hinter einem parkierten Auto zu verstecken.

Ein uniformierter Wachmann einer privaten Sicherheitsfirma kam um die Ecke und hielt vor dem Hauseingang. Er holte einen Schlüsselbund aus seiner Gurttasche, schloss das Tor auf und ging ins Gebäude. Er ließ das Schnappschloss einrasten, verriegelte aber das Tor nicht mit dem Schlüssel. Dummy wusste, dass die Wache jetzt die Runde auf allen Stockwerken machen würde.

Hoffentlich beginnt er ganz oben, dachte er. Er wird wohl mit dem Fahrstuhl ganz hinauffahren und dann zu Fuß herunterkommen. Er wartete kurze Zeit. Jetzt musste der Mann im Aufzug sein. Und wenn nicht? Irgendetwas würde ihm schon einfallen. Es war noch kein Verbrechen, ein Gebäude zu betreten. Er ging zum Tor, holte eine feine, biegsame Metallplatte aus seiner Ledertasche und schob sie auf Höhe der Türklinke in die Fuge zwischen Torrahmen und Anschlag. Es klickte leise, als die Schlosszunge zurückgedrängt wurde. Langsam öffnete Dummy das Tor. Der Wachmann hatte die Treppenbeleuchtung eingeschaltet, war aber nicht zu sehen. Jetzt galt es, sich möglichst schnell und leise zu verstecken. Er holte einen Dreikantschlüssel aus der Werkzeugtasche und öffnete die Aufzugtür. Er blickte in den leeren Liftschacht. Die Kabine stand im obersten Stock. Er zog sich am Seil des Gegengewichtes hoch, stemmte die Füße gegen die Wände des Schachts und schloss behutsam die Tür des Aufzugs. Mit dem Dreikantschlüssel konnte er die Tür auch von innen aufmachen, hinauszukommen war also kein Problem. Dann glitt er am Seil hinunter zum Untergeschoss, wo die Kellerräume lagen. Dort angekommen stellte er fest, dass die Türkante des Kellergeschosses etwa achtzig Zentimeter weiter oben lag. Er hatte also genügend Platz sich hinzulegen, ohne zerquetscht zu werden, sollte die Kabine bis ganz unten gerufen werden. Doch was, wenn der Wachmann wirklich bis in den Keller fuhr und dort ausstieg? Sollte er seinen Rundgang zu Fuß fortsetzen und wieder zum Ausgang hinaufsteigen, wäre Dummy gefangen. Er müsste hilflos abwarten, bis jemand den Lift betätigen würde. Er spürte, wie sich Schweiß auf seiner Stirn bildete. Sein Herz schlug vor Aufregung auf Hochfrequenz. Er hörte, wie sich die Schritte des Wachmannes näherten. Stock für Stock kam er nach unten, bis zu den Kellerräumen. Dann klickte das Relais des Aufzugs. Die Kabine setzte sich in Bewegung, wobei das Zugseil ihn beinahe erfasst hatte. Er sah den Lift auf sich zukommen. Also doch. Es ging auch diesmal schief. Er hatte verloren. Er war kein Weichling, doch diesmal war ihm zum Heulen zumute. Wäre er aufrecht stehen geblieben, hätte ihn die Kabine zerdrückt. Er legte sich auf den Boden und machte sich so flach wie möglich. Als der Aufzug eine Handbreit über ihm anhielt, atmete er auf. Hatte ihn der Wachmann vielleicht entdeckt und auf diese einfache, aber wirkungsvolle Weise eingesperrt?

Er machte sich Vorwürfe. Er hätte gegen Gece Mut beweisen sollen! Er hätte ihm den Schädel einschlagen müssen. Er hätte ihm ... ja nichts. Er war sich bewusst, dass er Gece nie hätte besiegen können. Tausend Gedanken schwirrten ihm durch den Kopf. Wie sollte er seine Lage erklären, wenn sie ihn fassten? Er hätte nur kindische Ausreden gehabt, denn seine Einbruchswerkzeuge, die neben ihm lagen, zeigten eindeutig seine Absicht. Er habe sich im Hauseingang gegen die Kälte schützen wollen und sei dann in den Liftschacht gekrochen. Er müsse sich vor seiner früheren Bande verstecken. Alles klang sehr blöd. Jetzt hörte er, dass der Wachmann an seinem Handy sprach. Resigniert schloss er die Augen. Er konnte nicht verstehen, was der Mann sagte, aber er war sicher, dass er Hilfe anforderte. Dann hörte er, wie die Tür des Aufzugs geschlossen wurde. Ein Klack und die Kabine bewegte sich nach oben. Nur einen Stock weit, bis zum Ausgang. Der Wachmann war zu bequem, um vom Keller zu Fuß hinaufzusteigen.

Dummy atmete tief durch. Er erhob sich aus seiner unbequemen Lage, streckte sich und schwang sich am Leitseil hoch. Auf der Höhe des Kellergeschosses öffnete er die Lifttür. Er glitt wieder hinunter, holte seine Werkzeugtasche, stemmte sich dann wieder hoch und entstieg dem Liftschacht. Zu Fuß ging er einen Stock höher. Beim Treppenpodest hielt er vor einem Fenster an. Er öffnete es, blickte hinaus und nickte zufrieden. Das Fenster zeigte auf einen Innenhof und lag in Mannshöhe über dem Erdboden. Sollte er sich absetzen müssen, wäre dies ein leichter Fluchtweg. Er schloss das Fenster wieder und holte sein Handy hervor. »In fünf Minuten kannst du kommen. Pass auf, dass dich niemand sieht«, erteilte er die Anweisung.

Er ging zum Eingangstor und begann am Schloss zu arbeiten, das der Wachmann wieder zugesperrt hatte. Schon nach kurzer Zeit hatte er die Situation im Griff. Er öffnete das Tor einen Spalt breit, um Geoffrey hereinzulassen. Dann verriegelte er das Schloss mit seinen Werkzeugen und führte einen feinen Draht ins Schlüsselloch. »So kann man das Tor von draußen nicht öffnen. Wenn jemand kommt, rufst du mich auf dem Handy an. Dann werden wir abhauen.«

Geoffrey nickte stumm.

11

»Scheiße, wie lange wird das noch dauern?«
Peer Kiske wälzte sich unruhig im Bett. Schreckliche Albträume hatten ihn aufgeschreckt. Er hatte sich am Rand eines steilen Abhangs stehen sehen, vor seinen Füßen ein straff gespanntes Stahlseil, das so lang war, dass er sein anderes Ende nicht sehen konnte. Er musste in Schwindel erregender Höhe über dieses Seil gehen und ahnte, dass er schon beim ersten Schritt in die bodenlose Leere stürzen würde. Eine erstickende Bedrückung presste seine Brust zusammen.

Für Stunden konnte er nicht wieder einschlafen. Das war ungewohnt für ihn. Seit Stefan Hoffbaur gestorben war, kam es ihm vor, als sei er unbekannten, dunklen Mächten ausgeliefert. Solange Hoffbaur noch am Leben gewesen war, hatte Kiske gehofft, mit ihm eine Einigung erzielen zu können und das kompromittierende Material von ihm zu erhalten. Doch jetzt, wo sein einstiger Freund und späterer Todfeind aus dem Leben geschieden war, hatte er diese zaghafte Hoffnung verloren. Er hatte sich damals mit Hoffbaur entzweit, doch er kannte ihn gut genug, um zu wissen, dass er ihn, Kiske, nicht unüberlegt bloßgestellt hätte. Jetzt jedoch brach Dunkelheit über ihn herein. Wo war dieses Zeug? Wer hatte Kenntnis davon? Was würde mit ihm geschehen? Er hätte viel dafür gegeben, mit jemandem verhandeln zu können, doch er wusste nicht, an wen er sich wenden sollte. Er dachte daran, mit Franziska Hoffbaur oder Notar Franke Kontakt aufzunehmen, doch die Gefahr sich bloßzustellen hielt ihn von diesem Schritt ab. Vielleicht wussten sie von diesem Umschlag nichts. Es war gefährlich, schlafende Hunde zu wecken. Es konnte schließlich bei einem anderen Notar im Panzerschrank liegen, den Hoffbaur für diese heikle Angelegenheit beauftragt hatte. Er hätte sogar bedenkenlos Gewalt angewendet, besser gesagt anwenden lassen, doch er musste zuerst wissen, wen er zu belangen hatte. Und dazu noch sicher sein, dass er damit sein

Ziel erreichen würde. Bedrückende Zweifel blähten sich in seinem Geist zu übermächtigen Ängsten auf. Zwar versuchte er, sich nach außen nichts anmerken zu lassen, doch es gelang ihm nicht immer. Er war noch ungeduldiger als früher, reizbar und aggressiv. Allgemein schrieb man sein Verhalten der Frustration wegen der verlorenen Wahl zu und nahm an, die Zeit würde die Schürfwunden an seinem Ego vernarben lassen. Das Schlimmste an dieser Situation war, dass er mit seinen Sorgen allein war. Seine Vereinsamung war eine zusätzliche Bürde.

Jetzt, wo er mitten in der Nacht aufgeschreckt war und nicht mehr einschlafen konnte, kam seine Ungeduld wieder. Er ärgerte sich über Maas, der bei der Suche nach Hoffbaurs Hinterlassenschaft nicht vom Fleck kam. Wahrscheinlich lief er wieder den Frauen nach, anstatt sich voll für seinen Auftrag einzusetzen. Er musste ihm endlich gehörig einheizen. Obwohl er ihn, trotz der späten Stunde, am liebsten angerufen hätte, konnte er dies nicht tun, weil er geflissentlich jeden nachweisbaren Kontakt mit ihm vermeiden wollte. Und Telefonkontakte waren nachweisbar. Er würde ihm am nächsten Tag eine eindeutige Botschaft zukommen lassen. Er brauchte greifbare Resultate.

Er entschloss sich, wieder aufzustehen. Im Wohnzimmer schenkte er sich einen Whisky ein und schaltete den Fernsehapparat an. Keine der laufenden Sendungen interessierte ihn, doch mit dem Hintergrundton fühlte er sich weniger allein. Nach einer Weile stand er auf und begann, auf und ab zu gehen, ohne sich dabei beruhigen zu können. Er zog seinen Hausrock an und stieg auf den Dachboden. Seit Jahren hatte er diesen Raum nicht mehr betreten. Ein Spinnennetz haftete sich an sein Gesicht und er pustete es weg. Nach einigem Suchen zwischen Kisten, Reisekoffern, abgestellten Möbeln und diversem Plunder kramte er eine große Kartonschachtel hervor und brachte sie nach unten in sein Arbeitszimmer. Er öffnete sie und begann, den Inhalt auf den Tisch zu legen. Mit einem etwas wehmütigen Lächeln betrachtete er die Sachen. Es waren Jugenderinnerungen: Hefte aus der Gymnasialzeit, Vorlesungsexzerpte aus der Uni, sorgsam in diversen Ordnern abgelegt, seine Gedanken zur Welt, die er damals als äußerst revolutionär erachtet hatte, Briefe, einige von

Studentinnen, die ihn gemocht hatten, persönliche Aufzeichnungen, der Versuch eines Tagebuchs, einige unbedeutende Geschenke von damals und anderer Krimskrams. Natürlich war dies alles altes, wertloses Material, das er nie mehr benötigen würde, doch irgendeine Scheu hinderte ihn daran, alles wegzuwerfen. Sonst war er nicht sehr nostalgisch, aber hier hielten ihn seine wehmütigen Gefühle gefangen. Er war noch nicht bejahrt genug, um mit der Resignation über das Unwiederbringliche die verstaubten Zeugen der Vergangenheit als wertloses Gerümpel auszumisten. Einiges legte er gleich in die Schachtel zurück, anderes hielt er länger in der Hand und betrachtete es nachdenklich, bevor er es wieder behutsam einpackte. Nur eine Blechschatulle und ein schwarzes Heft ließ er draußen. Als er mit dem Sortieren fertig war, brachte er die Kartonschachtel wieder in den Dachboden. Dann gönnte er sich ein zweites Glas Whisky und sichtete die zurückbehaltenen Sachen genauer. Der Blechschatulle entnahm er einen Stoß Fotografien, löste das Seidenband, mit dem sie gebündelt waren, und legte sie auf dem Tisch aus. Dann nahm er eine Aufnahme nach der anderen in die Hand. Die erste zeigte eine junge, hübsche Frau: Xenia. Er hatte sie sehr gemocht. Mit ihr hätte es damals auch anders kommen können. Ihr Verrat schmerzte ihn noch heute. Dann diese Aufnahme mit Stefan Hoffbaur. Sie hatten sich die Arme auf die Schultern gelegt und lächelten in die Kamera. Hatten sie tolle Zeiten miteinander verlebt! Als Xenia das Zeug gefunden und es Stefan gebracht hatte, war es aber mit der Freundschaft aus gewesen. Das Foto mit dem Abiturjahrgang. Was mochten all diese jungen Menschen heute tun? Wie hatten sich ihre Gesichter verändert? Von den Eltern hatte er nur zwei Fotos. Der Vater konnte sich keinen Fotoapparat leisten, folglich wurde die Familie nur sehr selten geknipst. Und sie waren auf den Bildern nie allein, sondern in Gesellschaft anderer, einmal beim Ausflug der Belegschaft und einmal bei der Hochzeitsfeier der Tochter des Betriebsdirektors. Er legte die Aufnahmen mit Hoffbaur, die Klassenfotos und die von Xenia in einen Umschlag, bündelte den Rest wieder und legte alles in die Schatulle. Dann öffnete er das große, schwarze Heft, in dem der junge Gymnasiast Kiske damals seine Gedanken, Eindrücke, Erlebnisse und Pläne eingetragen hatte. Was war das für ein Sammelsurium aufkeimender Lebenserfahrung, Weltschmerz, Begeisterung und Selbstmordgelüsten! Doch er suchte nicht nach einer Auffrischung seiner Empfindungen von damals. Jetzt suchte er etwas Bestimmtes. Schon nach kurzem Blättern blieb er bei einem Eintrag stehen.

»Ich habe es sogleich gespürt, dass er der Typ war, der stets seinen Kopf durchsetzt«, begann er zu lesen. »Selbst dort, wo viel auf dem Spiel stand. Eigentlich begann unsere Freundschaft äußerst schlecht. Stefan hatte mich anfänglich tief verachtet. Erst nach langer Zeit machte Freundschaft der Verachtung Platz.«

Kiske senkte den Kopf und begann, die Bilder vor seinem geistigen Auge abzuspielen.

Er, Kiske war neu in der Klasse gewesen. »Setz dich neben Hoffbaur«, sagte der Lehrer. »Peer Kiske«, sagte er und nickte dem Burschen zu, der sich als Stefan Hoffbaur vorgestellt hatte. Sie hatten nicht lange Zeit, sich kennenzulernen. Der Klassensprecher brüllte los, dass alle schweigen sollten.

Mechanisch nippte Kiske an seinem Whiskyglas. Seine Erinnerungen zogen vor seinen Augen vorbei.

Als Herr Schwarzbär, der hagere Geschichtslehrer, das Schulzimmer betrat, standen alle siebenundvierzig Schüler still neben ihren Bänken. Sie mussten sich auf den Vordersten ausrichten. Stramm in Achtungstellung, denn schon in jungen Jahren wurden sie militärisch gedrillt. Die in ihren Geist eingemeißelte Disziplin ermöglichte es jenen Tyrannen, sie auch später im Griff zu behalten. Der Klassensprecher – vor ihm fürchteten sie sich alle, denn er war beauftragt, im Tagesrapport dem Schuldirektor alle Vorfälle zu berichten – blickte mit argwöhnischen Augen seine Reihen ab. Der Geschichtslehrer schritt langsam zu seinem Pult, kehrte sich der Klasse zu, würdig und feierlich, als müsste er eine Militärparade abnehmen.

»Ich melde die Klasse zum Appell bereit«, sagte der Klassensprecher laut und mechanisch und salutierte. Herr Schwarzbär musterte die Reihen gründlich und unterstrich damit den Ernst des Augenblicks.

»*Gerade stehen, Hamm!*«*, brüllte er einen der Schüler an.* »*Du bist hier nicht in einer Kirche. Dort kann man sich krümmen und ducken, wie man will. Hier aber werden aus euch Männer geschmiedet, Männer, die gerade stehen können.*«

Einige hatten die stereotyp wiederkehrenden Sprüche des Lehrers nummeriert. Es sah beinahe so aus, als hätte jeder Wochentag einen eigenen Spruch; somit war niemand von der Originalität der ersten Belehrung beeindruckt.

Hamm wusste zwar nicht, was an seiner Haltung zu bemängeln war, unternahm aber dennoch einen Versuch, die Knie durchzustrecken und die Schulterblätter gegeneinander zu pressen.

»*Gerade stehen!*«*, schrie der Lehrer nochmals.*

Hamm lief rot an und schielte Hilfe suchend zu den anderen, aber niemand zuckte auch nur mit den Wimpern.

»*Scholl, vortreten!*«

Der Klassensprecher, ein kleiner, magerer Schüler aus der ersten Bank, sprang zur Wandtafel.

»*Mach ihm vor, wie man gerade steht!*«

Mit einem Knall prallten die Absätze Scholls zusammen, die Handflächen schlugen gegen die Oberschenkel, der Kopf schnellte in die Höhe und die schmächtige Hühnerbrust sah aus, als würde sie sich wölben.

»*Hamm!*«*, schrie der Lehrer.*

Hamm gab sich enorme Mühe, die Scholl-Stellung nachzuahmen. Herr Schwarzbär stieß beinahe pfeifend einen lang gezogenen Seufzer aus und wandte sich an den Klassensprecher.

»*Appell!*«

»*Freiheit, Genosse. Ich melde die Klasse 4a zum Unterricht bereit. Anzahl der Schüler neunundvierzig, anwesend siebenundvierzig, davon dreiundvierzig mit roter Krawatte. Im Namen der ganzen Klasse erkläre ich, dass wir willens sind, den heutigen Tag zum Aufbau des Sozialismus zu nützen.*«

Die Worte klangen bestimmt und hart. Die gemeldeten Zahlen und Namen wurden, wie jeden Tag, ins große Klassenbuch eingetragen. Damit konnte man selbst nach Jahren nachsehen, wie oft einer in der Schule gefehlt oder keine rote Krawatte getragen hatte.

Man strengte sich an, diese beinahe liturgische Prozedur des Morgenrapports nicht in Gewohnheit abgleiten zu lassen.
»*Alle, die eine rote Krawatte tragen, absitzen!*«*, kommandierte Lehrer Schwarzbär.*
Vier blieben stehen. Warum sie das Zeichen der Zugehörigkeit zum sozialistischen Staat nicht tragen würden, wollte er wissen. Es kamen immer dieselben Antworten: vergessen, verloren, in der Wäsche ... Nur Hoffbaur gab keine Antwort. Kiske verstand gar nicht, warum der Lehrer darüber nicht überrascht war. Später erst erfuhr er, dass dieser merkwürdige Zweikampf schon seit bald einem Jahr andauerte. Stefan hatte deswegen drei disziplinarische Verwarnungen. Das war gleichbedeutend mit dem Ausschluss von der Aufnahmeprüfung für die Universität.

Damals hatte er ihn bewundert, diesen Banknachbarn. Der Typ war cool. Später änderte sich alles. Wie hatte er ihn gehasst! Nach Jahren, als Hoffbaur zu viel von ihm wusste, hätte er ihn umbringen können, ja sollen. Hätte er den Lauf der Dinge vorausgesehen, hätte er ihn damals als Staatsfeind anzeigen können, als Verräter oder als Spion. Das war doch im Osten ein leichtes Spiel, Menschen in Verruf zu bringen und sie dann der Rache der Partei auszuliefern. So leicht, wie früher ungeliebte Nachbarinnen als Hexen auf den Scheiterhaufen zu schicken. Das System hätte seinen Freund beseitigt, ihn ganz legal erledigt. Hätte er damals nur geahnt, wie sich jene Freundschaft entwickeln würde, dann müsste er heute nicht bangen. Jetzt war es zu spät. So musste er seine eigene Unbescholtenheit auf andere Art und Weise absichern. Er versank wieder in Gedanken.

Kiske entschied sich an diesem ersten Tag in der Oberschule für die Ausrede mit der Wäsche. Es war ihm äußerst peinlich, dass er sich vor den Mitschülern verantworten musste. Überhaupt hätte er diese Krawatte nicht ungern getragen. Nicht etwa, weil ihm ihr Symbolwert irgendetwas bedeutete. Er war ja gar nicht imstande, aus dem vielen Gerede um das Wort »Sozialismus« ein selbstständiges Urteil herauszuschälen. Er verließ sich in diesem Punkt auf die Meinung seiner Eltern. Sie waren davon überzeugt, dass das System schlecht war. Er merkte dies erst viel später. Kiske wusste, dass eine solche Ansicht lebensgefährlich war und er sie sorgsam hüten musste. Wie hätte er zugeben können, seine Eltern hätten ihm verboten, diese Krawatte zu tragen? Seine Rettung bestand nur in dieser läppischen Ausrede. Aber gerne getragen hätte er sie schon! Die Krawatte, dieses dreieckige Tuch, das an der Kehle geknöpft wurde, hatte das System der Pfadfinderorganisation abgeschaut. Die Farbe wurde in rot geändert. Sie war eine Uniform und Uniformen verleihen einem das Gefühl der Zugehörigkeit. Er war eben ungern »anders« als die anderen. Wer anders ist, wird auch anders angeschaut, muss sich dauernd vor seiner Umwelt und vor sich selbst rechtfertigen. Wer anders ist, ist stets zur Schau ausgesetzt. Er ist wie ein Nackter oder wie einer, der am Pranger steht. Uniformen hingegen bewirken so etwas wie Geborgenheit.

Kiske lächelte über seine damalige Einstellung. Meine Güte, wäre ich glücklich, heute solche Probleme zu haben, dachte er. Dennoch bin ich froh, diese Erlebnisse gemacht zu haben. Sie können mir heute weiterhelfen. Er war kein Trinker, doch heute hatte er große Lust, sich zu betrinken. Er goss sich ein neues Glas Whisky ein. Am nächsten Tag durfte er sich einen Kater erlauben. Es war schließlich Freitagnacht.

Der Geschichtslehrer verwies die Nachlässigen, indem er sie in festem Ton darüber belehrte, wie sich Treue im Kleinen zeige. Er erteilte ihnen eine Strafe: Sie sollten in der großen Pause alle Papierfetzen in den Gängen auflesen.
 Stefan hatte schon früher eine Dauerbestrafung erhalten: Er war zur Reinigung der Toiletten beordert worden.
 Bevor Schwarzbär mit dem Unterricht begann, sprach er, diesmal versöhnlich und mild, über Zukunft und Gerechtigkeit, über Volk und Arbeit. Er war sehr engagiert, seine Worte klangen beinahe wie ein Gebet.
 Kiske ärgerte sich, dass er wegen dieser Krawatte eine Strafe bekommen hatte. Er hatte am Abend den Versuch unternommen,

seinen Vater zu überzeugen, dass es vielleicht doch klüger wäre, diese Krawatte umzubinden. Darauf wurde sein Vater furchtbar wütend. Seine Mutter bekam Weinkrämpfe und behauptete schluchzend, ihr Sohn stecke mit ihren schlimmsten Feinden unter einer Decke. Der Vorfall tat Kiske schrecklich weh. Er war sich bewusst, dass seine Eltern mit der Not zu kämpfen hatten und große Opfer für ihn auf sich nahmen. Er beschloss, von jetzt an zu schweigen und den Vorwurf nicht zu erwähnen, den er in der Schule wegen der fehlenden Krawatte einstecken musste.

Als es zur großen Pause läutete, packte er sein Brot aus dem Zeitungspapier, bevor er in den dritten Stock ging, um seine Strafe zu verrichten. Es schmeckte ihm weniger als sonst, obwohl es mit Margarine bestrichen war und nicht wie jenes der anderen mit Schweineschmalz.

Gedemütigt las er die Abfälle zusammen. Einige konnten es nicht lassen und verspotteten ihn. Goldberg hatte es natürlich leichter. Er war der Stärkste in der Klasse. Ihn wagte niemand auszulachen. Kiske dagegen war den meisten körperlich unterlegen. Was blieb ihm übrig, als den Spott wortlos hinzunehmen?

Scholl, der kleine Streber, schlenderte affektiert an ihm vorbei. »Bück dich nur, du reaktionäres Schwein«, rief er ihm zu und ließ eine Handvoll kleiner Papierfetzen vor seiner Nase hinunterflattern. Kiske sprang auf, denn mit diesem kleinen Speichellecker wäre selbst er fertig geworden. Da erschien jedoch der Geschichtslehrer beim Treppenaufgang.

»Das ist nicht recht, Genosse Schwarzbär«, beklagte er sich. »Der Scholl hat mir absichtlich diese Fetzen hingeworfen.«

»Ich habe gesagt, alles auflesen«, entgegnete der Lehrer und ging in den oberen Stock hinauf.

Kiske kochte vor Wut. Das war unrecht. Unrecht versetzte ihn in blinde Empörung, wohl deshalb, weil er dagegen ohnmächtig war. Jetzt dachte er mit Verbitterung auch an seinen Vater. Schließlich wagte der heute auch nicht mehr, in die Kirche zu gehen, obwohl er auf seinen Jugendfotos in der Uniform der Jesuitenschule abgebildet war. Stolz wie ein Pfau postierte er damals vor der Kamera.

Kiske würgte den letzten Bissen seines Margarinebrotes hinunter.
»Du brauchst Kraft, darum kriegst du Margarine aufs Brot. Du sollst es trotz allem besser haben als deine Kameraden«, sagte seine Mutter wiederholt.

Kiske wusste, dass seine Eltern sich diese Margarine vom Mund abgespart hatten, und empfand bei diesem Gedanken eine dumpfe Traurigkeit. Sie hatten keine Ahnung, dass wegen dieser Margarine einige Neider zu seinen Feinden wurden. Schweineschmalz hätte es auch getan. Seine Eltern hätten ihn nicht verstanden, wenn er ihnen erklärt hätte, dass er es nicht besser haben wollte als die anderen. Dafür hätte er lieber eine rote Krawatte getragen.

»Schön sauber hast es gemacht«, spottete Scholl nach der Pause. »Für solche Arbeit seid ihr Reaktionäre gerade recht.«

»Ich bin kein Reaktionär«, entgegnete Kiske.

»Was denn sonst, du Stinker? Warum trägst du die Krawatte nicht?«

»Ich habe sie verloren«, log Kiske. »Ich darf es zu Hause nicht sagen, sonst bekomme ich Prügel.«

»Du bist wirklich ein Feigling«, sagte Scholl langsam und betont, denn er wusste, dass Kiske es nicht wagen würde, ihn anzugreifen. »Ich habe drei Krawatten. Was gibst du mir für eine?«

»Vielleicht kommt meine noch zum Vorschein und eine genügt mir«, schwindelte Kiske. Wie hätte er zu Hause mit einer anderen Krawatte erscheinen können! Dann kam ihm ein Gedanke. »Du könntest mir eine ausleihen, bis ich meine wiedergefunden habe«, schlug er vor.

»Was gibst du mir dafür?«

»Ich dachte, du wärst stolz, wenn wir alle die Krawatte tragen?«

»Natürlich, schon. Sie muss dich aber etwas kosten, damit du sie auch richtig zu schätzen weißt. Also, was bietest du?«

Kiske schlug vor, seine Füllfeder einzutauschen. Allerdings schämte er sich unsäglich. Er hatte sie von seinen Eltern zu Weihnachten bekommen.

»Einverstanden«, sagte Scholl. »Für eine Woche kannst du sie haben.«

»Nein, unbeschränkt.«

»Da sieht man, was dir die rote Krawatte wert ist«, sagte Scholl mit Verachtung. Dann sah er den Mathematiklehrer auf dem Korridor und brüllte: »Alle an den Platz!«

Kiske hielt seine Feder in der Hand. Er war wie gebannt von ihr und kam sich beim Gedanken an das Tauschgeschäft mit Scholl wie der letzte Schuft vor. Wie sollte er es zu Hause erklären? Wenn er sagte, er hätte sie verloren, wären seine Eltern gekränkt und würden ihm Vorwürfe machen. Auf ein so teures Geschenk passte man besser auf. Er durfte auch nicht behaupten, sie sei ihm gestohlen worden. Dann würde es eine Untersuchung geben, wie damals, als in seiner früheren Klasse ein Zirkelkasten abhanden gekommen war, und die Lüge käme ans Tageslicht.

Nein, die Feder konnte er nicht geben.

Nach der Stunde kam Scholl auf ihn zu. »Hat es sich der Herr überlegt? Vielleicht will er das nächste Mal besser auf seine Sachen aufpassen.«

»Die Feder kann ich nicht geben«, antwortete Kiske. »Lieber etwas anderes.«

»Etwas anderes will ich nicht«, sagte Scholl und lächelte herausfordernd. »Dann gibt es eben kein Geschäft. Goldberg habe ich schon eine Krawatte verkauft. Jetzt bist du bald der Einzige, der ohne kommt. Ich freue mich auf den Tag, an dem du alle Gänge allein aufputzen musst.« Scholl drehte sich um und ging weg.

Kiske verspürte einen bitteren Hass auf diesen Speichellecker. Er hätte ihn auf der Stelle erwürgen können.

Auf dem Heimweg nahm er sich vor, alles seinem Vater zu erzählen. Vielleicht würde er einsehen, dass es besser war, die Krawatte zu tragen. Dann aber würde er mit Scholl abrechnen!

Zu Hause herrschte Gewitterstimmung. Eine Radioröhre war ausgebrannt. Das Modell war alt, es war schwer, einen passenden Ersatz zu finden. Aus war es also mit den westlichen Sendern, die Kiskes Vater allabendlich bei gedämpfter Lautstärke zu hören pflegte. Die Familie brauchte einen neuen Radioapparat, dazu fehlte aber das Geld. Angesichts der schlechten Laune seines Vaters wagte Kiske nicht, sein Anliegen vorzubringen. Wie froh war er jetzt, seine Füllfeder nicht eingetauscht zu haben! Unter diesen

Umständen hätte der »Verlust« eine wahre Katastrophe ausgelöst. Er würgte seinen Ärger hinunter und schwieg.

Am nächsten Tag wartete Scholl beim großen Schultor auf ihn.

»Also Freundchen, wieder keine Krawatte?«

»Was kümmert dich das?«, gab Kiske bissig zurück.

»Oh, ich dachte nur, ich könnte dir helfen«, sagte Scholl mit heuchlerischer Freundlichkeit. »Heute habe ich zwei bei mir.«

»Ich sage dir ein für alle Mal, die Feder gebe ich nicht her.«

»Ich will deine Feder gar nicht.«

Kiske wurde unsicher und hielt ihn fest. »Was sonst?«, fragte er skeptisch.

»Ich habe gesehen, dass du ehrlich bemüht warst, die Krawatte zu tragen, und wollte dir helfen. Du hast aber offenbar doch kein Interesse …« Er breitete die Arme aus, um zu unterstreichen, dass er sich um keinen Preis aufdrängen wollte.

»Doch, natürlich habe ich Interesse«, fiel Kiske ihm ins Wort. »Was willst du also? Umsonst gibst du sie nicht her.«

Scholl kniff seine Augen zusammen und betrachtete Kiske, als ob er sich dessen ernsthaften Absichten vergewissern wollte. »An jedem Morgen, an dem du die Krawatte willst, musst du mir dein Margarinebrot geben. Das ist doch ein guter Vorschlag, nicht wahr?«

Kiske biss sich auf die Lippen und schwieg. Als Scholl seine Unschlüssigkeit bemerkte, wandte er sich langsam von ihm ab. »Bilde dir nur nicht ein, ich wäre auf dein Brot angewiesen. Wir haben genug zu essen.«

»Halt!«, rief Kiske, als er sah, dass Scholl davongehen wollte.

Der drehte sich lässig, beinahe tänzelnd um. Kiske öffnete seine Tasche, griff hinein, holte sein Brot heraus und streckte Scholl die in Zeitungspapier gewickelten Scheiben hin.

Als Kiske seinen Platz einnahm, blickte ihn Stefan Hoffbaur mit höhnischen, enttäuschten Augen an. »Feigling«, sagte er mit solcher Verachtung, dass Kiske beinahe zu weinen begann.

Hoffbaur war fortan der Einzige, der ohne rote Krawatte zur Schule kam.

Kiske runzelte die Stirn. Er wusste, dass er Hoffbaur damals bewundert hatte, und das verursachte ihm schlechte Laune.

»Alles nur wegen dieser Xenia«, ging es ihm durch den Kopf. Er warf noch einmal einen Blick in das Heft, das in ihm diese Erinnerungen ausgelöst hatte. Zu gern hätte er es in den Mülleimer geworfen, legte es aber doch zu den Aufnahmen auf die Seite. Seinen Ärger konnte er allerdings nicht loswerden. Er schaute auf die Uhr. Es war zehn nach drei. Zu spät, um auszugehen, und zu früh, um aufzustehen. Zu dieser Stunde konnte er keines der Mädchen anrufen, mit denen er ab und zu die Langeweile vertrieb. Er war niemandem Rechenschaft über sein Sexualleben schuldig. Er lebte allein und war vogelfrei. Doch um diese Zeit gab es nur wenige Möglichkeiten. Vor Prostituierten von der Straße verspürte er stets Abscheu und bei einer Eskortagentur wollte er nicht in Erscheinung treten. Resigniert goss er sich noch ein Glas ein, holte eine DVD aus dem Schrank und begann, einen Pornofilm zu schauen.

12

Vielen Menschen schlägt schlechtes Wetter auf das Gemüt. Ein kühler, windiger Regentag weckt Griesgram und Melancholie, die beleidigenden Gesten der Autofahrer sind dann zahlreicher als sonst und die Kinder gehen den Müttern eher auf die Nerven als bei Sonnenschein. Auch Franziska Hoffbaur bedrückte dieser trübe Oktobertag. Sie stützte ihr Kinn verdrossen auf die Hände und blickte ratlos auf das Blatt, das vor ihr auf dem Tisch lag. Die Felder des Kreuzworträtsels waren wie gewöhnlich mit waagrechten und senkrechten Reihen, mit ausgesparten grauen Feldern, mit Nummern, die sich auf die Fragen bezogen, und mit einigen kleinen Zahlen, die bei neun Feldern in der unteren linken Ecke standen und ein Lösungswort ergeben mussten, bezeichnet. An sich wäre ein solches Rätsel ein leichter Zeitvertreib gewesen. Doch einige Aufgaben waren unverständlich. Franziska zerbrach sich den Kopf.

Waagrecht:
- 2 Das Stundenhotel
- 11 Der Irre
- 24 Mord an einem Toten
- 35 Schritte zur Freiheit

Senkrecht:
- 1 Der Todesspringer
- 6 Die einstige Freundin
- 17 Die traurige Witwe
- 23 Der Klassensprecher

Andere Hinweise, wie etwa »Stadt im Elsass«, »Bund zweier Menschen« oder Ähnliches, ließen sich leichter erraten, aber sie waren so platziert, dass sie nichts zur Lösung der wichtigen Teile des Rätsels beitrugen. Die gesuchten Buchstaben, die das Lösungswort ergeben mussten, waren so angeordnet, dass sie nicht von den einfachen Antworten besetzt wurden, was die Sache noch kniffliger machte. Bei Waagrecht 26 stand: »Initialen von Kramer«, was man vielleicht noch enträtseln konnte, wenn man herausfand, welcher Kramer gemeint war. Bei Senkrecht 3 wurde ein anderes Wort für »Wirrwarr« gesucht, was vielleicht »Tohuwabohu« sein konnte. Sonst aber schien die Sache aussichtslos.

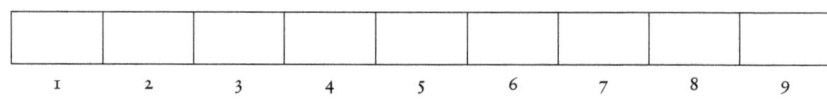

Die geheimnisvolle verborgene Botschaft konnte nur mit dem Schlüssel, den Franziska Hoffbaur finden musste, entziffert werden. Sie begann zu überlegen. Wer war Kramer? Da könnte man vielleicht bereits einen Buchstaben in ein Feld des Lösungswortes einsetzen. Sie hatte noch nie etwas von einem Kramer gehört. Sie versuchte es mit dem Lexikon, dann mit dem Internet, was sich sehr bald als ein aussichtsloses Unterfangen entpuppte, denn Kramers gab es Legionen, und welcher sollte nur mit der Frage gemeint sein? Dann die anderen Punkte: »Mord an einem Toten«, was für ein skurriles Bild! Da ließ sich auch kein Reim darauf machen. War die einstige Freundin vielleicht leichter herauszufinden? Stefan Hoffbaur war kein Mann gewesen, der sehr viel von sich redete. Erst recht nicht über seine früheren Beziehungen.

Was sollte eigentlich diese Spielerei? Franziska Hoffbaur war unentschlossen, ob sie die Suche nach der Lösung überhaupt fortsetzen sollte. Sie hatte nie in den Sachen ihres Mannes gestöbert. Sie hatte nach seinem Tod nicht einmal die Kraft aufgebracht, sein Arbeitszimmer aufzuräumen. Mit gutem Grund verschob sie diese Aufgabe auf einen späteren Zeitpunkt, wenn die Dinge in diesem Raum nicht mehr so schmerzhafte Wunden schlagen würden. Sie fürchtete sich vor dem Schatten, den die Gegenstände, die Aufzeichnungen, die persönlichen Objekte ihres verstorbenen Gatten auf ihre Seele werfen würden. Dann kamen ihr doch Zweifel. Wie wichtig konnte diese Information sein? War hier Eile geboten? Kaum, sonst wäre sie nicht auf diese skurrile Weise abgefasst worden. Sie beschloss, das Kopfzerbrechen auf später zu verschieben und einige Einkäufe zu erledigen.
Als sie an der U-Bahn-Station die Treppen hinunterstieg, ging vor ihr ein etwa sechzig Jahre alter Mann mit einem gefalteten Karton unter dem Arm. Er war verwahrlost, abstoßend schmuddelig und machte einen unhygienischen Eindruck. Zudem war er übergewichtig, ja dickleibig. Sein Schmerbauch hing wie eine schwabbelnde Gallerte über dem Hosenbund. Beim Gehen spreizte er leicht die Beine, weil sich die feisten Schenkel gegenseitig in den Weg kamen. Er trug verschlissene Jeans und einen verblassten langärmligen Jerseypullover. Die Säume seiner Hosen und seines Trikots waren ausgefranst. Ein unangenehmer Schweißgeruch folgte ihm wie eine Schleppe. Seine Haare klebten zu fettigen Strähnen zusammen und

waren sichtlich seit längerer Zeit nicht geschnitten worden. Sie hingen wie ein Kranz von Algen um seine Glatze. Sein dicker Hals war bis zu den Schultern von weißem, gekräuseltem Pelz überwuchert. Breitbeinig ging er durch den Gang, dann blieb er plötzlich stehen, entfaltete den Karton und stellte eine Blechbüchse vor sich auf den Boden.

»Arbeitsloser Lehrer gibt Privatunterricht in Deutsch, Französisch und Mathematik«, hieß es auf dem Plakat. Darunter standen ein Name und eine Telefonnummer. »Ich nehme auch gerne eine kleine finanzielle Hilfe entgegen. Herzlichen Dank.«

Franziska Hoffbaur warf zwei Euro in die Büchse, als sie an ihm vorbeikam. Wie konnte ein Mann mit seiner Ausbildung so absteigen? Sie schaute ihm ins Gesicht. Er blickte mit leeren Augen auf die Passanten. Für den Bruchteil einer Sekunde schien es ihr, als hätte sie dieses Gesicht schon einmal irgendwo gesehen. Der Mann bemerkte ihren fragenden Blick. »Benötigen Ihre Kinder Nachhilfeunterricht?«

»Nein, danke. Ich brauche nichts«, sagte sie verlegen und wandte sich ab.

Während der nächsten Stunden musste sie noch öfter an das Gesicht des Mannes denken, doch sie konnte es nirgends einordnen. Erst als sie zu Hause war, kam ihr eine Vermutung. War der Mann nicht auf einem Foto aus der Vergangenheit ihres Mannes zu sehen? Schon nach kurzem Suchen hielt sie das Abiturfoto in der Hand. In der Tat, der Mann aus der U-Bahn hatte die gleichen Gesichtszüge wie ein Lehrer auf dem Bild. Kurz entschlossen warf sie sich einen Mantel um und rannte mit dem Foto in der Hand zur U-Bahn-Station zurück. Der Platz, wo der Lehrer vorher gestanden hatte, war leer.

Franziska nahm sich vor, ihn in den nächsten Tagen zu suchen.

13

Dummy begab sich in den dritten Stock. »Dr. Michael Franke, Anwaltsnotar«, stand auf einem eleganten Messingschild auf der schweren Eichentür. Er zog feine Lederhandschuhe an und prüfte den kugelförmigen Knauf. Er ließ sich nicht drehen. Das Sicherheitsschloss war zwar nicht nach neuestem technischen Stand, stellte aber dennoch eine knifflige Aufgabe dar. Dummy kniete sich vor die Tür und holte verschiedene Werkzeuge aus seiner Tasche. Mit ruhiger Hand führte er eine feine Sonde, die an ein Messgerät gekoppelt war, in das Schloss. Die Aufregung, die er beim Rundgang des Nachtwächters empfunden hatte, war verflogen. Er ließ sich Zeit, ohne nervös zu werden. Es war Sonntag, noch sehr früh am Morgen, und unten stand Geoffrey, der ihn vor Überraschungen schützen würde.

Es dauerte eine gute Viertelstunde, bis er ein leichtes Knacken hörte. Das Schloss sprang auf. Er zog sich eine Kapuze über, denn es war ziemlich sicher, dass hier eine Videokamera eingerichtet war, und er wollte nicht am nächsten Tag seine Fahndungsfotos in den Zeitungen sehen. Vorsichtig öffnete er die Tür. Ein schwacher Piepston war zu hören. Dummy wusste, jetzt war die Vorlaufphase der Alarmanlage angelaufen. Jetzt blieben ihm etwa zwanzig bis dreißig Sekunden, um während der Alarmverzögerung die Anlage auszuschalten. Er versuchte erst gar nicht, Drähte durchzuschneiden oder Sensoren abzudecken. Diese Systeme waren sabotagesicher. Einzig das Eintippen der richtigen Codenummer konnte die Anlage ausschalten. Nun kam es darauf an, ob die Zahl, die ihm Gece gegeben hatte, tatsächlich dem Code entsprach. Wenn nicht, musste er mit Geoffrey fliehen, bevor die Polizei hier eintraf, was innerhalb weniger Minuten geschehen konnte. An der Wand rechts von der Tür sah er die Eingabetastatur. Langsam begann er, die Nummer, die er auswendig gelernt hatte, einzutippen: 25831730. Als er die Null drückte, hörte der Piepston auf. Dummy stieß einen erleichterten Seufzer aus. Die Nummer stimmte. Er holte seine Tasche ins Innere und schloss die Tür hinter sich.

Als Erstes suchte er die Registrieranlage der Videoüberwachung. Er ließ die Aufzeichnung zurückspulen, dann wieder abspielen, und sah, dass er beim Öffnen der Tür erfasst worden war. Er löschte die Aufnahme und bewirkte dann im Gerät einen Kurzschluss. Am Montag würde man nur feststellen können, dass die Videoanlage defekt war. An Sabotage würde niemand denken. Vom Einbruch blieben keine Spuren zurück, niemand würde bemerken, dass Fremde im Büro waren. Nun konnte er die Suche beginnen.

Der erste Raum war ein Empfangszimmer, ohne Fenster, er konnte also das Licht anknipsen. Der nicht allzu große Schreibtisch mit Bürostuhl war wohl der Arbeitsplatz der Sekretärin. Gleich daneben standen ein Tisch mit einem PC und ein ziemlich moderner Kopierer. An der Wand links von der Tür befanden sich eine Sitzgruppe und ein runder Salontisch. Eine Stehlampe in der Ecke und eine kleine Kommode, auf der eine Vase mit künstlichen Blumen stand, ergänzten die Einrichtung. Ein roter Teppich bedeckte den Boden und dämpfte die Schritte. An der Wand hingen die Diplome des Notars in präziser Abstimmung auf Augenhöhe. Alles sah sehr einfach, ja bescheiden aus. Die Schubladen des Schreibtisches waren nicht abgeschlossen, doch Dummy fand darin nichts Erwähnenswertes. Die Tür hinter dem Arbeitsplatz der Sekretärin führte in einen kleinen Archivraum. Hier standen auf offenen Gestellen große Kartonschachteln und Ordner mit Beschriftungen auf der Frontseite. Zunächst die Akten, welche die Kanzlei betrafen: Korrespondenz, Rechnungen, Bilanzen, Steuererklärungen. Dann kamen die Kunden des Notars. Die Namen folgten in alphabetischer Reihenfolge. Dummy suchte sofort nach dem Buchstaben »H«. »Hoffbaur« stand auf einer Etikette. Zufrieden legte er den Inhalt auf den Schreibtisch im Eingangsraum. Er fand den Kaufvertrag einer Wohnung, die Kopie eines Testaments, Kopien vom Ehevertrag zwischen Stefan Hoffbaur und seiner Frau, in dem die Gütergemeinschaft festgehalten war. Einen großen, dicken Umschlag, wie Gece ihn beschrieben hatte, fand er nicht, nur ein ganz merkwürdiges Blatt: die Kopie eines Kreuzworträtsels. Darauf stand von Hand geschrieben:

»Frau Hoffbaur ausgehändigt am 13.10.2005«. Verwundert blickte Dummy auf dieses eigenartige Dokument. Was tat ein Kreuzworträtsel in den Akten eines Notars? Nun, das sollte Gece beantworten. Er musste die gesuchte Sache nur besorgen, nicht verstehen. Er fand zwar den verschlossenen Umschlag nicht, hinter dem Gece her war, doch mit leeren Händen wollte er auch nicht weggehen. Er schaltete den Kopierer ein und lichtete alle Blätter, die er gefunden hatte, ab. Danach heftete er alle Dokumente so ab, wie er sie vorgefunden hatte, und untersuchte den Archivraum gründlicher. Vielleicht war der Umschlag irgendwo anders zu suchen? Dummy öffnete alle Kartons, die im Archiv eingereiht waren, und suchte nach einem dicken Umschlag.

Plötzlich wurde er vom Klingelton seines Handys aufgeschreckt. Er sah die Nummer Buddhas auf dem Display. »Ja«, sagte er kurz.

»Was ist mit dir los?«, fragte ihn Geoffrey.

»Gibt es ein Problem? Kommt jemand?«

»Nein, hier ist alles in Butter. Ich habe mir nur ein bisschen Sorgen um dich gemacht.«

»Du bist ein Weichhirn. Ich habe dir doch gesagt, du sollst mich nur anrufen, wenn jemand kommt. Du hast mich zu Tode erschreckt.«

»Reg dich nicht gleich auf. Ich wusste nicht, was du so lange machst. Du bist jetzt schon seit drei Stunden dort oben. Da hab ich mir gedacht ...«

»Schön von dir, dass du etwas denkst. Und jetzt lass mich in Ruhe weiterarbeiten«, sagte Dummy verärgert, legte auf und fuhr mit seiner Suche fort.

Als er nach vier Stunden alle Dossiers durchsucht hatte, stützte er seinen Kopf nachdenklich in die Hände. Er war an einem toten Punkt angelangt. Er fand keinen Umschlag, wie ihn Gece gewünscht hatte.

Er ging ins Arbeitszimmer des Notars. Beim Betreten dieses Raumes blieb er erstaunt stehen. Im Gegensatz zu den anderen Räumen stand er hier in einem sehr eleganten Büro. Das vornehm eingerichtete Zimmer ließ keinen Zweifel darüber, dass man hier eine gehobene Kundschaft zu empfangen pflegte.

Viel zu suchen gab es hier allerdings nicht. Im Bücherschrank standen nur juristische Fachwerke und im Schreibtisch, den Dummy offen fand, war nichts Interessantes zu finden. Als einziger Einrichtungsgegenstand war der Panzerschrank von Interesse. »Baur 1948« stand auf einem kleinen Metallschild.

Du hast dich wohl sehr auf deine Alarmanlage verlassen, dachte Dummy. Das Teil hier kann jeder Lehrling problemlos öffnen.

Der Safe hatte kein Zahlenschloss, geschweige denn eine digitale Sicherung, und es dauerte weniger als fünf Minuten, bis Dummy ihn geöffnet hatte. Doch auch diese letzte Hoffnung zerschlug sich, denn die Wertsachen, die hier lagen, waren uninteressant: eine alte Armbanduhr aus Gold, einige Aktien von unbekannten Gesellschaften, etwa zweitausend Euro in bar und verschiedene Beträge in Fremdwährungen. Dazu noch persönliche Akten des Notars. Auf dem untersten Regal fand Dummy eine dekorierte Blechschachtel. Neugierig öffnete er die Schatulle. Eine Handvoll Schlüssel waren hier aufbewahrt. Hoppla, dachte Dummy sich. Vielleicht passt einer von ihnen in die Eingangstür. Schon nach wenigen Versuchen war er erfolgreich und ging zum Hauseingang hinunter.

»Da bist du endlich«, sagte Buddha erleichtert.

»Noch nicht, aber bald«, entgegnete Dummy. Er probierte einige andere Schlüssel aus, bis er den fand, der zum Tor passte.

»Ich komme in wenigen Minuten. Du gehst schon mal zu deinem Taxi und wartest auf mich«, befahl er Buddha. Dann ging er wieder in die Kanzlei Franke zurück, machte sorgfältig Abdrücke von den Schlüsseln, die ihn interessierten, und legte dann die Blechschachteln wieder in den Panzerschrank. Die Wertsachen ließ er unberührt. Auf Diebstahl war Dummy nicht aus. Erstens, weil ihm Gece ausdrücklich ans Herz gelegt hatte, außer dem gesuchten Umschlag nichts mitzunehmen und keine Einbruchsspuren zurückzulassen. Zweitens, weil er ein neues Leben beginnen und sich deshalb nicht der Gefahr aussetzen wollte, wieder geschnappt zu werden. Sorgfältig kontrollierte er, ob er irgendwelche Hinweise auf sein Eindringen hinterlassen hatte. Er schaltete den Kopierer ab, rückte den Stuhl wieder zum Schreibtisch und tippte schließlich den Zahlencode erneut in die Alarmanlage ein. Die Alarmverzögerung begann zu piepsen. Dann löschte er das Licht und schloss die Tür hinter sich. Er ging zum Ausgang hinunter, entsicherte das Schloss der Eingangstür und verließ gelassen das Gebäude.

Inzwischen war es kurz nach zehn. Er ging um den Häuserblock und stieg in das Taxi. Buddha fuhr los.

»Sollte mich jemand wider alle Erwartung beobachtet und dein Nummernschild notiert haben, so wirst du bei einer Befragung ein Fahrziel in Spandau angeben«, wies Dummy ihn an. »Den Fahrgast hast du natürlich nicht gekannt.«

In Kreuzberg stieg er aus dem Taxi und in seinen eigenen Wagen. Seine Mission war beendet. Er konnte Gece auf Nimmerwiedersehen sagen.

14

Seit dem Tod ihres Mannes plätscherten die Tage für Franziska Hoffbaur monoton dahin. Der Verlust lähmte sie, ihre Energie erstarb im Keime, wenn sie sich daranmachte, an ihr früheres Leben anzuknüpfen. Sie war froh, dass ihr Sohn in einem Internat war, denn sie befürchtete, ihn mit ihrer Kraftlosigkeit anzustecken. Zeitweilig fragte sie sich, ob diese Furcht nicht nur eine faule Entschuldigung für ihre seelische Schlaffheit war. Ab und zu dachte sie, die Anwesenheit ihres Sohnes könnte vielleicht eine positive, anspornende Wirkung auf sie haben, aber dann verwarf sie den Gedanken wieder, nahm den Jungen nicht aus der Privatschule, zog sich von ihren Bekannten zurück und wich allen Versuchen aus, wenigstens für kurze Augenblicke diesen morbiden Absonderungshang zu verscheuchen. Sie hatte in ihre Tage keine feste Ordnung gebracht und ließ sich von ihrer jeweiligen Laune treiben. Der einzige feste Termin, den sie gewissenhaft eingehalten hatte, war der Gang zum Grab ihres Mannes an jedem Mittwochvormittag. Sie hatte die Blumen in Ordnung gebracht, einige Gebete gesprochen und viele Tränen vergossen.

Seit dem Tag aber, an dem sie das geheimnisvolle Kreuzworträtsel gründlicher studiert hatte, begann sie, langsam aus ihrer Lethargie zu erwachen. War es Neugier, war es Unruhe, die dieses Blatt in ihr entfachte? Es regte sie an, über ihren Zustand nachzudenken. Sie begann, sich Vorwürfe zu machen, und bezichtigte sich weichlicher Rührseligkeit. Ihr Schmerz hinderte sie an der Erfüllung einer Aufgabe, die ihr verstorbener Mann ihr hinterlassen hatte. Sie war sich inzwischen sicher, dass es bei diesem Rätsel nicht etwa um eine Spielerei, sondern um etwas Wichtiges ging, und dass ihr damit nicht nur ein Auftrag erteilt, sondern auch eine große Hilfe gewährt wurde. Es war diese geheimnisvoll verschlüsselte Nachricht, die sie aus ihrer Passivität herauslockte und ihr den Impuls zum Neubeginn verschaffte.

Sie sah auf das Bild ihres Mannes auf dem Salontisch. »Stefan, du warst ein wunderbarer Mensch, du fehlst mir unsäglich«, sagte sie leise. »Aber mit dem Rätsel traust du mir viel zu. Doch ich will dich nicht enttäuschen. Verzeih mir meine Unschlüssigkeit. Du wolltest immer, dass ich stark bin. Nun gut, du sollst mich so haben.« Sie hob entschlossen ihr Kinn und ging in Stefans Arbeitszimmer, zum ersten Mal, seitdem er tot war.

Als sie die Tür öffnete, holte sie tief Atem und presste ihre Lippen zusammen. Sie sah sich um. Der Raum war einfach eingerichtet, mit einem Schreibtisch, auf dem eine Lampe mit grünem Metallschirm stand, einer großen Bücherwand, einem Aktenschrank, einem Lederfauteuil und einem kleinen Abstelltisch daneben. Sie stellte sich vor, wie ihr Mann oft bis spät in die Nacht am Schreibtisch gesessen und gearbeitet hatte. Oder wie er im alten Lederfauteuil die Zeitung gelesen hatte. Reglos blieb sie in der Tür stehen und konnte ihre Tränen nicht unterdrücken.

Das Zimmer war aufgeräumt, ihr Mann hatte die Ordnung geliebt. Die Sonnenstrahlen, die durch das Fenster drangen, enthüllten Staub auf den Möbeln. Sie trat zu dem kleinen Abstelltisch und fuhr mit ihrem Finger über die Platte. Morgen muss hier gereinigt werden, dachte sie.

Sie öffnete den Aktenschrank. Die Ordner darin waren von verschiedenen Farben und alle säuberlich beschriftet. Drei rote Ordner trugen die Aufschrift »Politik«, darin befanden sich Ansprachen, Sitzungsprotokolle, Artikel, Interviews, strategische Entwürfe, Namenslisten von Kollegen und Gegnern – alles, was Hoffbaurs Aktivität als Politiker betraf. Flüchtig blätterte sie die Seiten durch. Lag etwa hier die Lösung ihres Rätsels? Sie würde diese Dokumentation später gründlich durchforsten. Dann kamen etwa fünf grüne Ordner. »Heim« stand hier auf den Etiketten. Darin fand sie Rechnungen, Steuererklärungen, Korrespondenz, Kontoauszüge. Diese schienen für das Lösungswort eher nicht in Frage zu kommen, aber ausschließen wollte sie nichts. Franziska entschied sich dennoch, diese Ordner erst ganz am Schluss zu durchsuchen, für den Fall, dass sie nirgends sonst brauchbare Informationen ausfindig machen konnte. Der einzige schwarze Ordner trug die Aufschrift »Wunden, die das Leben schlägt«. Franziska wurde stutzig. Was war das für eine beunruhigende Bezeichnung? War hier das Leben ihres Mannes gemeint? Lag hier der Schlüssel zu der verborgenen Botschaft des Kreuzworträtsels? Sie blickte beklommen auf den Ordner. Eine gewisse Scheu hinderte sie daran, ihn sofort zu öffnen. Sie legte ihn auf den Schreibtisch und beschloss, eine Pause zu machen. Sie ging in die Küche und bereitete sich einen Espresso zu. Ein unheimliches Gefühl beschlich ihre Seele, das nicht weichen wollte, sodass sie entschied, ihre Untersuchung auf einen späteren Zeitpunkt zu vertagen. Sie nahm die Fotoalben der Familie aus dem Büchergestell. Eines von ihnen enthielt die Aufnahmen aus der Jugendzeit ihres Mannes. Diese Fotos hatte sie schon einige Male gesehen, sie musste also keine Überrumpelung ihrer Gefühle befürchten. Sie schlug das Album auf und fand schnell, was sie suchte: die alten Klassenfotos von Stefan. Auf einer dieser Aufnahmen waren etwa vierzig junge Männer mit ihren Lehrern zu sehen, in vier Reihen hintereinander aufgestellt. »Reifeprüfung 1984 Klasse 4a« stand auf einer Tafel, die von einem Jungen in der Mitte der ersten Reihe gehalten wurde. Franziska war sich sicher, dass er der »Klassensprecher« war, nach dem in dem Rätsel gesucht wurde.

»Wie heißt er bloß?«, murmelte sie. Die Namen der Schüler waren im Album nicht vermerkt. Franziska nahm das Foto heraus und drehte es um. Auch auf der Rückseite waren keine Namen verzeichnet, doch sie wusste, dass sie auf der richtigen Spur war. Ob Notar Franke die Mitschüler Stefans kannte? Er war zwar einige Jahre jünger, aber auf die gleiche Schule gegangen. Es war möglich, dass er sich an die Gesichter und Namen erinnerte. Der Gedanke ermutigte sie. Nun waren ihre Lebensgeister erwacht. Das erste Lösungswort schien in greifbarer Nähe. Sie beugte sich erneut über das Album und suchte nach Bildern von Mädchen. »Die einstige Freundin«, hieß es im Rätsel. War diese möglicherweise auch hier zu finden? Franziska blätterte die Seiten aufmerksam durch, doch sie fand keine Aufnahme einer jungen Frau. Sie betrachtete den Burschen, der oft in die Linse guckte und die Züge jenes Mannes trug, in den sie sich später verlieben sollte. Sie entdeckte auch das Gesicht Peer Kiskes, der damals immer neben Stefan Hoffbaur stand, als sie abgelichtet wurden. Sie wusste, dass diese Freundschaft später in die Brüche gegangen war. Den Grund dafür kannte sie nicht. Und die anderen? Wie mochten sie heute aussehen? Die einen hatten vielleicht einen Bauch, die anderen eine Glatze. Die Jahre kneten die jungen Züge der Menschen, oft bis zur Unkenntlichkeit. Sie betrachtete die Lehrer, die mit strengem Ausdruck in den hinteren Reihen standen. Auch ihnen hatte die Zeit sicher arg zugesetzt. Und der Mann, den sie kürzlich in der U-Bahn-Station gesehen hatte, stand in der Mitte der hinteren Reihe, daran hegte sie keinen Zweifel. Sie würde ihn suchen. Oder sie würde mit diesem Album zu Franke gehen und ihm die Fotos zeigen. Wenn sie Glück hatte, würde er sich an den Lehrer erinnern oder jemanden wiedererkennen, vielleicht nicht den Klassensprecher, aber jemand anderen, den man dann nach dem Namen des Gesuchten fragen könnte.

Sie fühlte sich jetzt stark genug, den schwarzen Ordner im Arbeitszimmer zur Hand zu nehmen. Sie öffnete ihn und merkte schon bald, dass sie hier eine Sammlung von erzählenden Aufzeichnungen vor sich hatte, längere und kürzere, die meisten mit dem Computer oder Schreibmaschine abgefasst, einige mit der schönen, geordneten Handschrift ihres Mannes. Sie setzte sich in den Lederfauteuil, legte den Ordner auf ihre Knie und begann, die erste Geschichte zu lesen.

17. Mai 1987

Gestern kam ich mit einem ungarischen Flüchtling zusammen, der sieben Jahre in sibirischen Gefangenenlagern verbracht hatte. Stundenlang erzählte er mir alle Einzelheiten dieses schmachvollen Abenteuers. Ich stehe jetzt noch unter dem Eindruck der Schilderung, besonders des Schicksals eines seiner Freunde im Lager.

Diese kurze, von Hand geschriebene Einleitung stand auf einer separaten Seite. Franziska blätterte um. Die Erzählung war mit Schreibmaschine abgefasst.

Er wurde in eine enge Zelle gestoßen. Nach strapaziösen Verhören, nach endlosen, raffiniert ausgeklügelten Folterungen, dem ständi-

gen Hin und Her zwischen Verhörräumen und Besinnungszellen, dem zermürbenden, launischen Wechsel zwischen animalischer Brutalität und geheuchelter Freundlichkeit fiel das unfassbare Urteil, von einem unbeteiligten, zuverlässigen Interpreten des Systems in den beinahe leeren Gerichtssaal gesprochen: fünfundzwanzig Jahre Zwangsarbeit.

Die Wände wiederholten das Urteil schadenfroh.

Der Feind des wahren Gedankens stand wie taub am Gitter. Die Zahl schien ihm nichts zu sagen. »*Sie müssen die Milchflasche öffnen*«, *hätte man ihm mitteilen können, es hätte ihm im Augenblick genauso viel bedeutet wie die Forderung, auf ein gutes Drittel seines Lebens verzichten zu müssen.*

In der Ruhe der Zelle würde er die Dimension des Gerichtsurteils erfassen können. Er würde das Gesagte in seinen müden Geist, seinen gebrochenen Leib aufsaugen. Es würde in seine Eingeweide eindringen, bis ins Innerste seiner Herzkammern, in das Knochenmark und in die Nervenzellen. Es würde sich in ihm ausbreiten wie ein Tropfen Tinte auf dem Löschblatt und einen nicht mehr zu tilgenden Fleck hinterlassen. Die Zelle würde ihm die nötige Einsicht schenken. Besucher würden auftauchen: Bilder vergangenen Glücks, heiß geschmiedete Zukunftspläne, Hoffnungen, die er nicht zu nennen wagte, Freuden, nach denen er die Hand auszustrecken vergaß.

Die Zelle würde ihn heilen.

Die Zelle war nicht unbewohnt. Ein blonder Mann lag reglos auf einer Pritsche. Anstelle seines linken Auges gähnte ein blutverschmiertes Loch.

»*Wie viel?*«, *fragte er, ohne sich aufzurichten.*

»*Fünfundzwanzig.*«

»*Zwangsarbeit?*«

»*Zwangsarbeit.*«

Der Blonde blickte ihn mit seinem übrig gebliebenen Auge an. »*Die letzten zwanzig sind schmerzlos. Bloß die ersten fünf tun weh*«, *sagte er.*

Zwanzig plus fünf also. Oder nur fünf, die eine Ewigkeit aufwogen? In fünf Jahren, was konnte da geschehen? Unendlich vieles.

Ein fünfjähriges Kind war schon beinahe schulreif. Sogar fünf Monate sind lang. Sie führen aus dem Sommer in den Winter.
Das Urteil begann, in ihn einzudringen. Es würde ihn langsam auf kleinem Feuer gar kochen.

Der Transport dauerte schon zwei Tage. Niemand wusste, wohin und wie lange die Reise gehen würde. Wie Vieh lagerten sie zusammengepfercht auf dem Boden des Waggons, mit angezogenen Knien. Der Raum war für die vielen zu eng. An Bewegung war nicht zu denken. Wollte einer seine steifen Glieder strecken, musste er aufstehen.
Zu essen oder besser gesagt zu trinken gab es selten. Einige Löffel warmen Wassers, in das sich im Glücksfall ein grünes Blatt verirrt hatte. Anfänglich schütteten es einige weg, nach zwei Tagen aber war jeder mit der Kost zufrieden.
»Kraftbrühe«, hieß sie bei den einen; die anderen nannten sie »Hoffnungssuppe«.
Auch er hatte Hunger.
Fünfundvierzig Männer und Frauen saßen auf einer Fläche von etwa fünfzehn Quadratmetern. Sie konnten sich darauf einigen, die Ecke unter der mit Brettern verschlagenen Luftluke als Klosett zu benützen. Schließlich konnte nicht der ganze Waggon beschmiert werden. Selbst wohlerzogene Hunde gehen an den Rand des Gehsteigs.
Anfänglich hatten sie bei den Frauen weggeschaut. Später war das Schamgefühl zermürbt, es gab keine Frauen mehr oder Männer; es gab nur Zwangsarbeiter.
Wiederholt wurden Kontrollen durchgeführt. Der Zug hielt an einem namenlosen Bahnhof und blieb dort stundenlang stehen. Es dauerte lange, bis die lauten Schreie näher kamen, die Waggontür aufgerissen wurde und bewaffnete Kontrolleure erschienen.
Luft!
Es gab wieder Luft. Sie drängelten sich zur sorgsam abgeschirmten Öffnung, um die Lungen mit einigen tiefen Zügen vollzusaugen. Kein süchtiger Raucher könnte den blauen Dunst gieriger hinunterziehen, als sie die kalte Winterluft einatmeten.

Gewehrkolben zwangen alle in die eine Hälfte des Wagens. Sie standen aneinandergepresst, jeder konnte die Körperwärme seiner Nachbarn spüren. Der alte Schweiß roch ätzend. Die Ohnmächtigen fielen nicht um, sie brachen in die Knie. Helfende Arme zogen sackschwere Leiber hoch.

Ein Balken wurde quer in die Mitte des Waggons gelegt, auf Hüfthöhe etwa. Einzeln mussten sie darunter durchkriechen, denn nur so konnten sie gezählt werden.

Er war diesmal Nummer achtundzwanzig.

Als der Zähler fünfundvierzig rief, zog man den Balken wieder heraus. Die Tür fiel geräuschvoll von Neuem ins Schloss. Gut so, dachten sie. Hätte einer gefehlt, wären sie dezimiert worden. »Kollektivverantwortung«, nannten sie das.

Einmal gaben fünf Gewehrschüsse kund, dass ein Zwangsarbeiter auf unerklärliche Weise der Aufsicht entwischt war. Der Bestand des Waggons wurde zur Strafe dezimiert. Sechs Bauern aus der Gegend, die Erstbesten, die gerade herumflanierten, mussten die leer gewordenen Plätze einnehmen. Die Zahl blieb erhalten. Die Angst auch. Mehr brauchte ja niemand.

Die ersten Tage im Lager waren deshalb einigermaßen erträglich, weil alles unter dem Fragezeichen des Unbekannten stand. Noch nichts war schablonenhaft. Erst die Schablone erdrückt. Mit der Schablone beginnen die fünf schlimmen Jahre. Später wandelt sich das Klischee ins Fatale und das Fatale erzeugt keine Empfindungen mehr. Die Einfachheit der Struktur verdrängt schließlich alle Fragen.

Ein Monat ohne Perspektiven ist schon vergangen und lässt früheres Leben in den Nebel vager Vergessenheit zurücktreten. Gestern und Morgen sind für tot erklärt. Das ständig selbe Heute.

Es beginnt mit dem Morgenappell. Minus siebenundzwanzig Grad. Zweierkolonne auf dem Lagerplatz. Nummer für Nummer wird aufgerufen. Der Betroffene tritt aus der Reihe ins Scheinwerferlicht. Oben auf dem Turm wachen Maschinenpistolen. Der Aufgerufene löst seine mit Drähten und Schnüren zusammengehaltenen Lumpen. Er bietet seine nackte Brust der Untersuchung feil. Rohe

Handschuhe tasten ihn auf der Suche nach festem Material ab. Ein Stück Eisen, eine Glasscherbe in den Fetzen beschwören Argwohn und Strafe herauf.
Darauf folgen die Formeln:
Name: Soundso.
Strafgrund: Spionage, Auflehnung, Sabotage oder Ähnliches.
Noch zu büßen: Achtzehn Jahre, sieben Monate und acht Tage. So wird jedem täglich bewusst, was ihm noch bevorsteht. Der Zwangsarbeiter wird durch seine Zukunftslosigkeit hörig.
Man ruft den kleinen Japaner auf. Seine zehn Jahre sind an diesem Tag abgebüßt.
Noch zu büßen: der heutige Tag.
Ein Uniformierter mit Pelzkragen tritt aus dem Hintergrund.
»Ungehorsam vor vier Jahren am 9. Oktober, Sabotage im vergangenen Jahr, Arbeitsträgheit. Strafe um weitere zehn Jahre verlängert.«
Der Japaner wäre der Dritte gewesen, der bisher hätte entlassen werden müssen. Die Auflehnung des Verzweifelten bricht aus ihm: »Scheißkerle! Ihr seid alle Scheißkerle! Von Schweinen gezeugt haben euch Huren auf die Welt gestellt. Ich habe also noch zu büßen, bis ihr alle verreckt. Wie Hunde werdet ihr verrecken!«
Der mit dem Pelzkragen schreibt.
Ein Gewehrkolben streckt den Empörten zu Boden. Drei Wochen »Blech«. Dann weitere zehn Jahre, Zuschlag für Ungelehrige.
Die Fäuste ballen sich hinter den Rücken.
Seit zehn Jahren lebt seine Hoffnung aus dem Gedanken an diesen Tag. Jetzt darf er im Hinblick auf einen anderen Tag, der irgendwann kommen soll, weiterhoffen.
Die Kolonne bewegt sich im Gleichschritt. Über zwei Stunden Marsch vor Tagesanbruch. Die Arbeitsplätze liegen weit entfernt. Sie marschieren zu lassen ist billiger, als das Lager zu verlegen.
Zu dritt nebeneinander gehen sie in übersichtlicher Formation.
Er ist in der fünften Reihe rechts. Reden oder selbst Flüstern ist untersagt. Wer anhält, aus der Reihe tanzt oder umfällt, wird auf der Stelle abgeknallt. »Beim Fluchtversuch erschossen«, wird dann rapportiert. Auf je neun Zwangsarbeiter kommen eine Maschinenpis-

tole und ein Hund mit. Zehn Pistolen und Hunde sind es insgesamt. Die Neuen werden nie den Holzfällern zugeteilt. Dorthin schickt man nur Frauen und Schwache. Die Dammarbeiten sind wichtiger. Anfänglich staunt er über den Eifer, mit dem sich alle auf die Werkzeuge stürzen. Doch dieser Eifer ist nicht selbstlos. Die Letzten halten nämlich nur noch gebrochene Pickel und verbeulte Schaufeln in der Hand. Das ist wenig vorteilhaft, denn mit schlechtem Werkzeug ist das Stundenpensum schwerer zu erfüllen.

»Die Nachlässigen« arbeiteten in die Mittagspause hinein. So stürzt auch er sich auf die Werkzeuge.

Es gibt auch andere Formen der Nachlässigkeit neben der Nichterfüllung des Plansolls, zum Beispiel, wenn einer den mannstiefen Graben einstürzen lässt. Im Winter besteht dafür keine Gefahr, denn der hart gefrorene Boden ist solide. Der Pickel spickt, wenn kraftlos geführt, schellend wieder von den steinähnlichen Schollen zurück. Dafür hält sich der Schacht gut.

Im Frühjahr, wenn der Schnee zu schmelzen beginnt und das Wasser die Erdschicht durchtränkt, zur Jahreszeit der immernassen Füße, gibt es viel Ärger. Wer den schweren Lehm nicht weit genug hinauswirft, läuft Gefahr, dass das Angehäufte die nassen Wände eindrückt.

Um diese Jahreszeit wird übrigens auch auf Sommerkost umgestellt. In den Wintermonaten gibt es zum Sauerkraut etwas Reis, im Sommer verkocht man Fallobst dazu. Dies beginnt schon vor der Obsternte. Die verfaulten Früchte aus den Winterlagern müssen verwertet werden.

Am Abend, beim Rückweg ins Lager, muss das Reden nicht ausdrücklich untersagt werden. Niemand spricht. Selbst wenn sie weniger erschöpft wären, was gäbe es schon zu reden?

An Kontrolltagen finden sie in der Baracke ihre Strohsäcke ausgeleert und die Plätze neu verteilt. In Strohsäcken könnte allerhand versteckt werden und lang dauernde Nachbarschaften könnten gegenseitige Aufwiegelung erzeugen.

Sie lasen ihre verstreuten Siebensachen zusammen und versuchen, ihren Hass auf ihre Wärter nicht zu zeigen.

Er hat immer nur den Wunsch zu schlafen.

Die Tage vergehen nicht.
Fünf Jahre also sollen sie stillstehen, in starrer Reglosigkeit. Dann aber sollen die zwanzig leichten folgen. Schließlich, kurz nach seinem sechsundfünfzigsten Geburtstag, könnte er gehen. Schaufel und Pickel weglegen und zurückkehren.
Ich habe noch zu büßen: Vierundzwanzig Jahre, neun Monate und siebzehn Tage.
Dann: Fast dasselbe, doch statt siebzehn nur noch sechzehn Tage. Dann fünfzehn. Wie leicht einer das Rückwärtszählen erlernen kann!
Am Tag zuvor ist der asthmatische Pole auf dem Heimweg zusammengebrochen. Eine kurze Salve, es waren wirklich nur einige Schüsse, erinnerte ihn daran, dass sein Verhalten vorschriftswidrig war. Für das Zusammenzucken wurde er nicht mehr zur Rechenschaft gezogen.
Sie aber marschierten im Schritt weiter. Die weiter hinten Laufenden mussten breitbeinig über einen Haufen hinwegtreten. Die Kolonne rückte hinter dem Versager ins freigewordene Loch auf. Es waren jetzt neun Maschinenpistolen für je neun und eine für acht Mann.
Vierundzwanzig Jahre, neun Monate und fünfzehn Tage. Klingt wie die telefonische Zeitangabe. Oder bricht er auch einmal zusammen? Vielleicht. Wahrscheinlich. Sicher. Warum dann nicht schon morgen? Elegant wäre es, einfach aus der Reihe zu treten. Würdig weglaufen, wie große Gestalten aufs Schafott gehen. Mut sollte man haben!
Vierundzwanzig Jahre, neun Monate, vierzehn Tage. Er bricht nicht zusammen und läuft nicht aus der Reihe.
Der unfreundliche Grieche bekommt verschärften Arrest, weil man bei ihm einen Büchsenöffner gefunden hat. Wo hat er den nur hergenommen? Es muss furchtbar sein, Arrest zu haben.
Es wäre schrecklich, am vorletzten Tag zusammenzubrechen. Dann lieber aus der Reihe gehen. Er müsste sich auf den Augenblick vorbereiten. Nach der Brücke vielleicht. Bis dorthin könnte er sich konzentrieren, sozusagen den ganzen Mut zusammenkratzen, und dann ...
Auch wenn er eine Woche vor der Entlassung zusammenbräche, wäre das sehr schlimm.

Vierundzwanzig Jahre, neun Monate, dreizehn Tage.
Links-rechts, links-rechts knirschen die durchlöcherten Sohlen auf dem harten Schnee. Der keuchende Hund neben ihm ist nicht besonders aufmerksam. Er ist an Ordnung gewöhnt.
Die kalte Luft schneidet schmerzerregend ihren Weg durch die Nasenlöcher. Eigenartig, diese Schweißtropfen ... Er hat hier im Winter noch nie geschwitzt. Selbst bei der Arbeit nicht. Jetzt nur wegen dieser Brücke ... Wenn es hell wäre, könnte er sie schon sehen. Er möchte die Distanz abschätzen und die Schritte zählen. Nein, nicht die Tage. Vierundzwanzig Mal dreihundertfünfundsechzig, wie viel macht das? Wart mal, das sind fast neuntausend. Schon knarrt die Holzbrücke unter den Schritten der Ersten hohl. Sie dürfte nur etwa zehn Meter lang sein. Noch zwanzig Mal links-rechts ungefähr. Nein, es sind etwas weniger als neuntausend Tage. Die neun Monate und dreizehn Tage hat er beinahe vergessen. Doch etwa neuntausend also. Man könnte so oft zusammenbrechen.
Er biegt nach rechts aus, verlässt die Kolonne und macht drei Schritte. Nur drei.
In besonderen Situationen genügen drei Schritte zur Freiheit.«

Franziska erschauerte und lehnte sich im Lederfauteuil zurück. Entsetzt blickte sie auf den schwarzen Ordner. Sie ahnte, was die Überschrift auf seinem Rücken – »Wunden, die das Leben schlägt« – bedeutete. Das war eine Welt, in die ihr Mann sie nie hatte eintreten lassen. Er wollte sie vom Bösen so weit wie möglich fern halten. Zumindest, solange er am Leben war. Franziska wusste, dass eine solche Episode ihn, einen äußerst sensiblen Menschen, tief getroffen haben musste. Sie ließ die Bilder vor ihrem geistigen Auge vorbeiziehen. Gewalt und willkürliche Unterdrückung durch das Teuflische im Menschen erweckten in ihr eine ohnmächtige Abscheu. Endloses Leiden ohne Hoffnung drückte diese Erzählung aus. Sie konnte diesen Gefangenen verstehen, der unter solchen Umständen den Freitod gewählt hatte. Denn sich bewusst erschießen zu lassen, ist Freitod, Selbstmord. Die Freiheit, die er dabei errungen hatte, war zumindest frei von Leiden. Sie riss plötzlich ihre Augen auf. Freiheit? Stand da nicht etwas von Freiheit in dem Kreuzworträtsel? Sie holte das Blatt aus der Schublade. In der Tat, 35 waagrecht lautete: »Schritte zur Freiheit«. Sie starrte auf den letzten Satz dieser Geschichte. »In besonderen Situationen genügen drei Schritte zur Freiheit«. Es waren vier Buchstaben, die gesucht wurden! Die Schritte zur Freiheit, die am Ende der Erzählung getan wurden, waren drei. Sie setzte das Wort »drei« in die Felder. Im zweiten Rechteck stand die Zahl 7. Also hieß der siebte Buchstabe des Lösungswortes »r«. Nun hatte Franziska die Methode entdeckt. Sie musste die Antworten, wie Notar Franke richtig vermutet hatte, in ihrem Umfeld finden. Den Klassensprecher konnte sie wohl auch ausfindig machen. Und die anderen Wörter ebenfalls. Und dann war das Geheimnis gelüftet. Zufrieden stand sie auf. Ihre Lethargie war einer elektrisierenden Neugier gewichen. Als Nächstes galt es nun, mit Franke über ihre Entdeckung zu sprechen.

15

Peer Kiske schlug die Tageszeitung auf, wie immer zuerst bei den Kleinanzeigen. Aufmerksam prüfte er die Inserate, als würde er nach etwas Bestimmtem suchen. Man hätte meinen können, er suche nach einer Wohnung oder einer Arbeit. Erst nachdem er alles überprüft hatte, wandte er sich den Tagesnachrichten zu. Diese Zeremonie wiederholte sich nunmehr seit bald drei Wochen. Jedes Mal, nachdem Kiske die Kleinanzeigen durchgeschaut hatte, spiegelte sich Enttäuschung und Ärger auf seinem Gesicht. Er fand nicht, was er suchte. Eines Morgens aber merkte er unvermittelt auf. Das Inserat, auf das er lange gewartet hatte, war endlich erschienen: »Die Organisatoren teilen allen angemeldeten Teilnehmern mit, dass aus unvorhersehbaren Gründen die Lesung des Schriftstellers Ray Obersson vom Mittwoch, 26. Oktober 2005 um 16.00 Uhr leider auf einen späteren Zeitpunkt verschoben werden muss. Die Teilnehmer werden beizeiten einzeln über den neuen Termin unterrichtet.«

»Na, endlich!«, rief er zufrieden. »Maas hat sich reichlich Zeit gelassen.« Am nächsten Tag sollte er also den ersehnten Umschlag erhalten. Danach konnte er unbeschwert in die Zukunft blicken. Das Kapitel Hoffbaur fand also ein Ende und er hatte keinen Schaden genommen.

»Du wirst dich jetzt in der Hölle ärgern, mieses Schwein«, sagte er verächtlich. Er schaute in seiner Agenda nach. Für den morgigen Nachmittag war ein Besuch im Pflegeheim für Alkoholiker geplant. Kiske legte Wert darauf, solche Besuche vor aller Augen mit Beteiligung der Presse abzuhalten, denn dies ließ ihn als sozial engagierten Politiker erscheinen, der um das Wohl jener Mitbürger besorgt war, die am Rande der Gesellschaft lebten. Diesen Termin durfte er nicht verpassen. Aber die Abmachung mit Maas war ihm persönlich äußerst wichtig. Nach kurzer Überlegung rief er seine Sekretärin ins Büro. Frau Schlegel war außerordentlich hübsch, etwa um die dreißig, elegant doch ziemlich sexy angezogen.

»Wir haben für den Mittwoch um halb drei den Besuch im Pflegeheim organisiert, nicht wahr, Frau Schlegel?«

»Ja, Herr Doktor. Es ist alles bestätigt.«

»Legen Sie den Besuch auf den Mittag vor. Ich möchte sehen, was die Leute zum Essen bekommen. Benachrichtigen Sie die Heimleitung und die Journalisten.«

Frau Schlegel nickte. »Sonst noch was?«

»Nein, nicht im Moment. Aber sagen Sie mir Bescheid, wenn alles bestätigt ist.«

Kiske blickte ihr forschend nach, als sie das Büro verließ. Frau Schlegel war nicht nur hübsch, sondern auch sehr tüchtig und – was Kiske an ihr besonders schätzte – verschwiegen wie ein Grab. Sie war daran gewöhnt, kurzfristig seine Termine umbuchen zu müssen, meistens, weil er sich ein galantes Abenteuer gönnte. Auch diesmal war sie der Meinung, dass Kiske am morgigen Nachmittag mit einer Eskortdame ein Schäferstündchen verbringen wollte, und griff sofort zum Telefonhörer. Nach einer Viertelstunde betrat sie wieder das Büro ihres Chefs und meldete, der neue Termin sei bestätigt.

»Sie sind das Beste, was wir hier haben«, sagte er.

»Sie sagen mir das zu oft, als dass ich es ernst nehmen könnte«, antwortete sie und blickte ihn erwartungsvoll an.

Kiske spürte, dass seine Sekretärin zu mehr bereit war, als seine Termine zu verwalten und Briefe zu schreiben. Doch in sein Privatleben wollte er sie nicht eindringen lassen. Diesbezüglich misstraute er ihr. Maas hatte ihn gewarnt, als er sie ihm vermittelte, sie wolle um jeden Preis in die höhere Gesellschaft. Sie halte nach einem Mann Ausschau, der sie dort einführe. Falls er ihr ins Netz geriet, würde sie sich voraussichtlich nach einer Liebesnacht an ihn hängen, ihn erpressen oder in der Öffentlichkeit bloßstellen. Er folgte dem gesunden Prinzip, Arbeit und Privatleben streng zu trennen und wollte unter keinen Umständen von seiner Sekretärin am Morgen mit »Hallo Schatz« begrüßt werden. Dennoch, begehrenswert fand er sie zweifellos.

Doris Schlegel wusste das genau. Sie ließ keine Gelegenheit verstreichen, ohne ihn bewusst zu provozieren. Sie war sicher, ihn früher oder später zu angeln. Ihr verstorbener Mann, ein reicher Kleinunternehmer aus der Sanitärbranche, hatte ihr zwar ein ansehnliches Vermögen, aber keine gehobene soziale Stellung hinterlassen. Sie hatte ihn geheiratet, als er schon weit über siebzig war, um »seine alten Tage zu erheitern«, wie er es auszudrücken pflegte. Böse Zungen hatten allerdings eine andere Erklärung für diesen Bund, und als der greise Ehemann acht Monate nach der Heirat starb, wurde sogar das Gerücht laut, sie hätte ihn zu Tode strapaziert. Ihr war das alles einerlei, sie strich die ansehnliche Erbschaft ein und wollte nun nach Höherem greifen. Die Partnerin oder sogar die Frau des Spitzenpolitikers Kiske zu werden, das war für sie das Ziel, das sie nicht verfehlen durfte. Sie befand sich in einer hervorragenden Ausgangslage und wollte hier den Hausschlüssel ihres Chefs erobern. Im Augenblick gab sie sich Mühe, ihm als Sekretärin unentbehrlich zu sein, und dies gelang ihr schon recht gut. Was Kiske nicht wusste, war, dass sie ihn bei seinen Eskapaden bespitzeln ließ. Sie hatte ein Detektivbüro auf ihn angesetzt und besaß die Fotos von den Damen, die er bei Gelegenheit traf, sowie die Nummern der Agenturen, die sie vermittelten. Anfänglich hatte sie nicht genau gewusst, was sie mit diesem Material anfangen wollte, doch sie hatte nun einmal damit begonnen, diese Informationen zu sammeln, und wollte damit zunächst nicht aufhören. Nachdem sie den neuen Termin für Kiske arrangiert hatte, rief sie eine andere Nummer an. »Morgen Nachmittag. Bitte beim Pflegeheim für Alkoholiker abfangen. Ab dreizehn Uhr.« Sie gab die Adresse an und hängte den Hörer ein. Lächelnd lehnte sie sich in ihren Stuhl zurück. »Solltest du mich nicht wollen, wirst du dich mit allen deinen Liebchen in der Klatschpresse wiederfinden«, flüsterte sie zufrieden vor sich hin. »Mit genauer Datum- und Zeitangabe.«

16

Als Notar Franke seine Kanzlei betrat, empfing ihn Gertrud Reisch mit der üblichen Aufzählung: Meldungen über erhaltene Telefonanrufe, Termingesuche, Kundenanfragen. »Frau Hoffbaur hat gebeten, Sie möchten doch zurückrufen. Sie sei heute den ganzen Tag zu Hause.«

»Danke, Frau Reisch. Bitte rufen Sie als Erste Frau Hoffbaur an.«

»Habe ich mir gleich gedacht«, murmelte die Sekretärin schnippisch, als sie die Nummer wählte. »Die schöne Witwe hat Vortritt.« Dann stellte sie den Anruf zu Franke durch.

»Ich glaube, Sie hatten recht, Michael«, sagte Franziska Hoffbaur ohne Umschweife. »Die Lösung des Rätsels ist bei mir zu Hause. Ich habe eine erste Entdeckung gemacht.«

»Oh, das ist interessant. Was haben Sie gefunden?«

»Ich habe in einem Ordner mit verschiedenen Aufzeichnungen meines Mannes eine erste Lösung aufgespürt.«

»Das klingt ermutigend gut«, meinte Franke.

»Außerdem habe ich das Foto der Abiturklasse gefunden. Da ist auch der Klassensprecher darauf. Vielleicht kennen Sie den einen oder andern, der mir hier weiterhelfen könnte. Jemand wird wohl wissen, wer der Klassensprecher war.«

»Kommen Sie doch kurz mit dem Foto vorbei, dann können wir darüber reden.« Und nach einer kurzen Pause fügte er hinzu: »Oder wollen wir das im Rahmen eines Abendessens besprechen? Ich würde Sie gerne einladen.«

Franziska Hoffbaur wurde verlegen. Sie hatte nicht mit einer Avance von Notar Franke gerechnet und war noch nicht bereit, sich öffentlich in Gesellschaft eines Mannes zu zeigen. Franke war ihr sympathisch, aber nicht der Typ Mann, der sie anzog. Sie wollte ihn als Freund und Berater behalten und ihm nicht näherkommen.

»Ich weiß nicht, wie ich Ihnen danken soll. Sie sind sehr liebenswürdig. Doch gegenwärtig bin ich nicht zum Ausgehen aufgelegt.«

»Sie können sich doch nicht ewig abkapseln«, entgegnete Franke. »Ich weiß, wie sehr Sie Ihren Mann geliebt haben, aber Sie müssen auch wieder einmal an sich denken. Ihr Leben muss weitergehen.«

»Ja, Sie haben recht. Aber ich brauche Zeit. Ich würde Ihnen nur den Abend verderben, denn ich bin noch eine fürchterlich langweilige Gesellschaft.«

»Gut, aber bitte versprechen Sie, dass Sie mich anrufen, falls Sie Ihre Meinung ändern.«

»Abgemacht«, antwortete Franziska erleichtert.

»Was das Foto anbelangt, kommen Sie vorbei, wenn Sie in der Nähe sind. Dann schauen wir weiter. Ich werde Sie auch ohne Termin empfangen.«

»Danke, Michael. In den nächsten Tagen werde ich mich bei Ihnen melden.«

Nach Beendigung des Gesprächs blieb Franke in Gedanken versunken. Er hatte eine gewisse Scheu, mit der Witwe seines Freundes anzubändeln, andererseits musste er sich auch eingestehen, dass seine Zurückhaltung ziemlich irrational war. Sie war jetzt allein, auf Stefan musste er keine Rücksicht nehmen. Er war sich sicher, dass der Tote die Lage gleich beurteilt hätte. Franke war geschieden. Zwar hatte er sich geschworen, nie mehr eine dauerhafte Bindung einzugehen, doch beim Gedanken an Franziska Hoffbaur begann sein Vorsatz zu wanken. Die letzte kurze Begegnung mit ihr hatte Spuren hinterlassen. Immer wieder dachte er an sie und er spürte eine gewisse Wärme beim Gedanken an sie. Die Abfuhr, die er jetzt erlitten hatte, ärgerte ihn. Seine Einladung war zweifellos verfrüht und übereilt gewesen und musste von ihr als plump gewertet werden. Er beschloss, sich eine bessere Strategie zurechtzulegen, und betätigte dann die Gegensprechanlage.

»Frau Reisch, würden Sie mir bitte einen Kaffee bringen?«

Als die Sekretärin mit der Tasse in sein Büro trat, bat er sie, Platz zu nehmen.

»Ich bringe etwas zum Schreiben«, sagte sie und wollte wieder hinausgehen.

»Nein, bitte bleiben Sie. Sie brauchen nichts aufzunehmen.«

Sie setzte sich langsam wieder. Hatte sie eine Standpauke zu erwarten? Franke war zwar in seiner Kritik stets höflich, doch er schrak nicht davor zurück, sie bei Fehlern zurechtzuweisen. Es war ihr zwar nicht bewusst, etwas falsch gemacht zu haben, doch man kann ja ab und zu auch unverschuldet Fehler machen.

»Darf ich Sie etwas Persönliches fragen?«, begann Franke.

Frau Reisch blickte ihn verdutzt an. Ihr Verhältnis war in den vielen Jahren ihrer Tätigkeit in der Kanzlei bisher strikt auf die Arbeit beschränkt gewesen. Etwas Persönliches hatte ihr Chef bei ihr noch nicht einmal behutsam gestreift. War ihm etwa ihr Verhältnis mit Reinhold Maas zu Ohren gekommen? Und wenn schon. Das war schließlich ihre Sache. Das würde noch fehlen, dass er seine Nase in ihr Privatleben steckte! Und wenn er das gar nicht ansprechen wollte? Woher sollte er Maas auch kennen? Und wenn schon, jener Reinhold war doch eine ehrenwerte Person.

Franke schien verlegen zu sein. Er schaute lange seine Hände an und suchte nach Worten. »Frauen sind feinfühliger als wir Männer«, begann er schließlich. Das war zwar ein Gemeinplatz, klang aber aus dem Munde ihres Chefs aufrichtig. Gertrud Reisch konnte sich ein kaum merkliches Lächeln nicht verkneifen. Franke machte ihr einen ziemlich unbeholfenen Eindruck. Von seiner gewohnten Überlegenheit war nichts mehr übrig.

»Ich möchte Sie fragen, ob wir Frau Hoffbaur nicht beistehen sollten.«

Gertrud Reisch runzelte die Stirn. Der wird doch wohl nicht verliebt sein, ging es ihr durch den Kopf. »Und wie, bitteschön, sollten wir dieser Frau beistehen?«

»Die gute Frau verkriecht sich vor den Menschen, lebt völlig abgeschottet und leidet so nur noch stärker unter dem Verlust ihres Gatten.«

Gertrud Reisch sagte nichts auf diese Bemerkung. Sie ließ ihren Chef zappeln.

»In ihrem jetzigen Seelenzustand kann ein Mann wohl nichts ausrichten. Ich frage mich, ob Sie ihr etwas näher kommen könnten, um sie aus ihrer Einsamkeit herauszulocken.«

»Aber ich kenne die Dame fast nicht. Wie soll ich das anstellen?«

»Ich habe mir gedacht, dass ich Frau Hoffbaur, wenn sie das

nächste Mal da ist, ein wenig warten lasse, damit Sie mit ihr allein sein können. Ihnen fällt sicher etwas ein, um mit ihr ins Gespräch zu kommen. Dann kann ich Sie unter einem Vorwand zu ihr nach Hause schicken. Sie wissen, dass Sie den Menschen sympathisch sind. Vielleicht spricht sie auf Sie an.«

Gertrud Reisch errötete. Sie hatte bisher nicht gewusst, wie ihr Chef über sie dachte, und nun kam dieses Bekenntnis, das ein verstecktes Kompliment war.

»Frau Hoffbaur ist auch mir sympathisch«, antwortete sie, als wäre ihr Erfolg bei der Witwe schon gesichert. »Ich werde mir überlegen, wie ich das anpacken kann.«

»Sie wollen mir also helfen?«

»Warum Ihnen? Hieß es nicht, wir wollen Frau Hoffbaur helfen?«

»Ja, natürlich. Ich wollte sagen, ihr beistehen.«

Gertrud Reisch blickte ihren Chef lange prüfend an. »Herr Franke, ich glaube, Sie haben ein Auge auf die Dame geworfen.«

Franke errötete.

»Verzeihen Sie«, meinte Frau Reisch, weil ihr die Dreistigkeit ihrer Bemerkung bewusst wurde. Doch seine Verlegenheit war der Beweis dafür, dass sie recht hatte. »Wir sollten ihr wirklich helfen«, fuhr sie fort, um aus dieser Situation herauszukommen. »Ich lasse mir durch den Kopf gehen, wie wir das am besten tun könnten.«

»Danke, Frau Reisch«, sagte Franke und nickte zufrieden.

Getrud Reisch erhob sich und ging in ihr Zimmer. Sie setzte sich an ihren Schreibtisch und dachte lange nach.

17

Reinhold Maas wartete auf ein Zeichen von Kiske. Er hatte die vereinbarte Nachricht in die Zeitung gesetzt, nun lag es am Empfänger, zu reagieren. Kiske hatte ihm kategorisch jede direkte Kontaktnahme verboten: keine Telefonanrufe, keine Begegnungen an öffentlichen Orten, wo man sie zusammen hätte sehen können, keine Briefe oder Mails. Ihre Bekanntschaft musste um jeden Preis verborgen bleiben. Maas erhielt verschlüsselte Botschaften, die dazu dienten, mit ihm Verbindung aufzunehmen. Anschließend lag es an Kiske, Mittel und Wege zu finden, ein Treffen zu organisieren. Maas hatte als Zeitpunkt eine Begegnung für den 26. Oktober um sechzehn Uhr vorgeschlagen und wartete nun auf Kiskes Reaktion.

Diese war auch sehr schnell eingetroffen. Maas fand am Morgen einen nicht beschrifteten Umschlag in seinem Briefkasten. Darin lagen seine eigene Annonce, Datum und Zeit mit Farbstift markiert, und eine Broschüre vom Holocaust-Mahnmal in Berlin. Maas verstand die Botschaft. Kiske wollte ihn zum vorgeschlagenen Zeitpunkt an der Gedenkstätte für die von den Nazis ermordeten Juden treffen.

»Warum dort?«, fragte er sich.

Das Mahnmal lag mitten in Berlin, unter offenem Himmel, und war jedem zugänglich. Dort waren sie allen Blicken ausgeliefert. Eigentlich erfüllte dieser Treffpunkt in keiner Weise die bisherigen Prinzipien Kiskes. War er etwa von seiner früheren Vorsicht abgerückt?

Es ist eigentlich nicht mein Problem, wo wir uns treffen, dachte Maas. *Er* will sich nicht mit mir blicken lassen. Mir ist das wirklich scheißegal.

Bis zum vereinbarten Termin hatte er noch viel Zeit. Er beschloss, in den »Keller« zu gehen und sich von Dummy noch einmal in allen Details die Durchsuchung der Kanzlei Frankes erzählen zu lassen. Doch er traf Dummy nicht an und fragte deswegen

Buddha aus. Er erfuhr, dass die Hausdurchsuchung viele Stunden in Anspruch genommen und er, Buddha, sich um Dummy gesorgt hatte.

»Gut, lass es sein, mir ist wichtig zu wissen, dass hier gründliche Arbeit geleistet wurde«, raunzte Maas.

Kurz vor sechzehn Uhr stand er vor der Kasse des Judenmahnmals und hielt Ausschau nach Kiske. Er war sich nicht sicher, ob er draußen oder drinnen warten sollte. Da er allerdings wusste, dass Kiske auf größte Pünktlichkeit Wert legte, löste er sich eine Eintrittskarte und ging in die unterirdische Gedenkstätte. Er nahm an, dass Kiske diesen Ort gewählt hatte, weil sie sich dort diskret unterhalten konnten. Als er nach längerem Suchen Kiske nicht finden konnte, ging er zum Stelenfeld. Dieser Ort gleicht einer Miniatursiedlung. 2711 Stelen aus demselben Material, einem speziell hergestellten Beton von gleicher Farbe, sind so angeordnet wie viele amerikanische Städte: in rechtwinklig verlaufenden Gängen, die so schmal sind, dass man beinahe nicht nebeneinander gehen kann. Die Stelen sind unterschiedlich hoch, an einem Ort ragen sie bis zu vier Meter aus der Erde, am anderen sind sie praktisch ebenerdig, wobei ihre Anlage die Form eines sanft abfallenden Geländes annimmt und sie, im Gegensatz zu den amerikanischen Wolkenkratzern, nicht wie zufällig hingestellt ungeordnet in Höhe und Ausdehnung nebeneinander in den Himmel ragen. Dieses Heer von schweren Betonblöcken bildet ein imponierendes Bauwerk, das den Betrachter ohne Provokation zur Besinnung mahnt.

Ratlos stand Maas am Rand dieses Monumentes. Plötzlich sah er in einiger Entfernung Kiske, der ihn mit einem kaum merklichen Kopfnicken zu sich winkte. Als Maas ihn fast erreicht hatte, verschwand Kiske in einer Gasse.

»Bleib auf der Seite stehen, wo du bist«, ordnete er Maas an. »Falls jemand in deiner Gasse auftaucht, gehst du weiter und biegst bei der nächsten rechts ein. Ich werde dort stehen.«

Jetzt erst begriff Maas, warum sich Kiske diesen Ort ausgesucht hatte. Sie konnten nahe beieinander stehen, jeweils an einer anderen Seite derselben Stele, ohne dass sie zusammen gesehen wurden. Wenn jemand auf der Linie von einem von ihnen auftauchte, sah er nur einen von ihnen. Man konnte unauffällig den Standort wechseln und sich bei einer anderen, unbeobachteten Stele treffen.

Gute Idee von Kiske, dachte Maas.

»Was hast du gefunden?«, fragte Kiske.

»Ich habe dir alles kopieren lassen. Du findest die Sachen in diesem Umschlag«, antwortete Maas und schob unauffällig ein Kuvert um die Ecke.

»Du Hornochse. Ich will keine Kopien, sondern die Originale. Den ganzen Umschlag«, fauchte ihn Kiske an.

»Beruhige dich. Einen Umschlag haben wir nicht gefunden. Es waren nur einzelne Dokumente vorhanden, gewöhnliches Zeug. Testament, Erbinventar, Immobilienkäufe. Aber kein Umschlag, wie du ihn beschrieben hast. Ich befürchte, dass das Richtige hier nicht dabei ist. Das Einzige, was ziemlich ulkig ist, ist ein Kreuzworträtsel. Du findest alles in diesem Kuvert. Und solltest du etwas von diesem Zeug im Original benötigen, so werde ich dir das unverzüglich besorgen.«

»Was hast du gesagt? Kreuzworträtsel?«

»Ja, ein ziemlich blödes Kreuzworträtsel.«

»Geh zehn Reihen nach vorn und warte dort auf mich.«

Maas tat, wie ihm gesagt wurde. Hastig riss Kiske den Umschlag auf. Flüchtig überprüfte er die Blätter und steckte eines nach dem anderen wieder ins Kuvert. Das Kreuzworträtsel betrachtete er lange. Anfänglich spiegelte sein Gesicht eine große Ratlosigkeit, doch allmählich begann es sich aufzuhellen. Er legte auch dieses Blatt wieder in den Umschlag und ging zu der Stelle, wo Maas auf ihn wartete.

»Ich glaube, dass es doch interessant ist, was du da gefunden hast.«

Maas war erleichtert. Er war auf Schelte gefasst gewesen und Kiske konnte sehr unangenehm werden, wenn er nicht zufrieden war. Er nahm diese Anerkennung als Erfolgsmeldung an.

»Die Lösung dieses Kreuzworträtsels muss uns auf die richtige Fährte führen. Du hast also eine zusätzliche Aufgabe.«

Maas verzog das Gesicht. Wie sollte er diese bescheuerten Aufgaben lösen?

»Du wirst dich an die Witwe heranmachen. Sie hat den Schlüssel zu diesem Rätsel. Und du wirst mir die richtige Lösung besorgen, bevor es zu spät ist.«

»Du sagst das so leicht, als würde ich bei der Witwe zur Untermiete leben.«

»Vielleicht ist das genau das richtige Vorgehen. Du wirst sie bezirzen. Bumse sie, sie wird das sicher schätzen. Werde ihr Freund, ihr Vertrauter. Dann ist alles andere ein Kinderspiel für dich.«

»Aber ich kenne sie doch gar nicht.«

»Dummkopf! Als hättest du bisher alle Frauen gekannt, bevor du sie aufs Kreuz gelegt hast. Und übrigens werde ich dir helfen.«

»Oh, wie nobel. Willst du vielleicht ein gutes Wort für mich einlegen?«

»Jedes gute Wort für dich ist unnötige Zeitverschwendung. Nein, ich werde dir genug Informationen besorgen, damit du dich als Studienfreund von ihrem Mann ausgeben kannst. Hat sie einmal diesen Köder geschluckt, wirst du sie nicht mehr von der Leine lassen.«

»Sieht sie wenigstens passabel aus?«

»Sie ist eine der schönsten Frauen Berlins. Aber auch ziemlich tugendhaft. Manche behaupten spöttisch, sie würde einen Keuschheitsgürtel tragen. Vielleicht also bringst du die Lösung aus ihr heraus, ohne mit ihr ins Bett zu steigen.«

»Das wäre bei den gegebenen Umständen eher frustrierend.«

»Morgen wirst du ein Paket erhalten, mit vielen Informationen, die du für deine Rolle lernen musst. Merke dir alle Fragen, die du dabei klären willst. Ich werde dir etwa in einer Woche Gelegenheit geben, alle Unsicherheiten zu beseitigen. Inzwischen kannst du die Dame ein wenig unter die Lupe nehmen.«

»Wo treffen wir uns?«, fragte Maas.

Von der anderen Seite kam keine Antwort. Maas wiederholte seine Frage. Wieder Schweigen. Er trat einen Schritt vor. Kiske war nicht mehr zu sehen. Maas schlenderte noch eine Weile zwischen den grauen Stelen umher und verließ dann die Anlage.

Kiske betrat sein Büro um zwanzig vor fünf. Doris Schlegel blickte ihn verwundert an. *Der muss diesmal eine ejaculatio precox pro-*

duziert haben, dachte sie. Üblicherweise kam ihr Chef nach seinen nachmittäglichen Schäferstündchen gar nicht mehr ins Büro zurück. Kiske machte einen nachdenklichen Eindruck. Vielleicht hat er sich mit dem Liebchen gestritten, schloss Doris Schlegel ihre Analyse ab.

Als sie am nächsten Morgen den Bericht des Detektivbüros durchlas, schüttelte sie ungläubig den Kopf. Ein Besuch beim Judenmahnmal? Ganz allein? Was in aller Welt musste in ihrem Chef vorgegangen sein, um eine solch außergewöhnliche Sache zu unternehmen? Und alles ohne Presse, ohne Zuschauer. Er stand lange vor einigen Stelen, hieß es im Bericht, er schien sogar ergriffen zu sein. Ihr Chef und menschliche Regungen? Das wäre neu. Sie traute der Sache nicht recht.

Ich komme dir schon noch auf die Schliche, lieber Peer, dachte sie. Dann runzelte sie die Stirn. Hatte er vielleicht bemerkt, dass er beschattet wurde und wollte dadurch seine Bewacher in die Irre führen? Hatte er sie womöglich in Verdacht? Sie nahm sich vor, doppelt aufzupassen, um sich nicht durch einen unvorsichtigen Zug zu verraten.

18

Franziska Hoffbaur nippte nachdenklich an ihrer Tasse. Nach dem Telefongespräch mit Franke hatte sie einen Tee aufgegossen und sich an den Esszimmertisch gesetzt. Die Einladung Frankes war zwar unerwartet gekommen, sie empfand sie aber nicht als aufdringlich. Sie war kein Mensch, der ohne Gesellschaft verkümmerte, ebenso wenig war sie eine Einsiedlerin. Was hätte ihr wohl ihr Mann geraten? Sie wich dieser Frage aus, in diesem Augenblick jedenfalls. Sie spürte, dass genauso wie die Scheu vor dem Arbeitszimmer ihres Mannes auch ihre Isolation bald ein Ende finden würde. Es kam ihr nicht mehr so absurd vor, wie in der ersten Zeit nach Stefans Tod, in Gesellschaft eines anderen Mannes aufzutreten. Sie verspürte zwar kein Bedürfnis, jemanden an ihrer Seite zu haben, stand der Idee aber auch nicht mehr kategorisch ablehnend gegenüber. Sie erinnerte sich vage an irgendwelche Verse aus dem Alten Testament, die sie im Religionsunterricht einmal gehört hatte und in denen die Rede davon war, dass alles seine Zeit hätte. Geboren werden und Sterben, Weinen und Lachen, Klagen und Tanzen, Steine wegwerfen und Steine einsammeln, Lieben und Hassen, alles hätte seine Zeit. Ihr Mann hätte ihr gesagt, sie solle die Zeit des Klagens durchstehen, danach aber mit dem Tanzen beginnen. Sie war noch nicht so weit, tanzen zu können, doch sie spürte, eines Tages würde sie auch damit wieder anfangen.

Insgeheim war sie Franke für seine Einladung dankbar. Nicht, weil sie sie annehmen wollte, sondern weil sie ein kleiner Anstoß war, über ihre eigene Abkapselung nachzudenken. Sie fühlte sich gestärkt. Sie beschloss, ihre Suche nach der Lösung des Kreuzworträtsels fortzusetzen. Sie ging in das Arbeitszimmer, nahm den schwarzen Ordner mit der merkwürdigen Überschrift zur Hand und blätterte darin. Sie entdeckte, dass ihr Mann für eine kurze Zeit ein Tagebuch geführt hatte. Die Aufzeichnungen waren unzusammenhängend, etwas gezwungen, ohne inhaltliche Linie. Sie stammten aus der Zeit seiner Pubertät, einer Zeit, in der der Mensch daran Schmerz empfindet, dass er existiert. Die letzte Eintragung dieses Tagebuches lautete: »Gott ist dermaßen vollkommen, dass er es nicht nötig hat zu existieren (Robert Nozik).«

Franziska konnte sich nicht erklären, warum der junge Stefan mit diesem Satz sein Tagebuch beendet hatte, es schien ihr aber, dass dieses Zitat eine Wende in ihm markierte. Sie blätterte weiter und stieß auf einen Text, den ihr Mann aus einer Zeitschrift herausgeschnitten hatte.

Am Feste der Epiphanie wurde die Stadt Rom nach einigen trüben Regentagen wieder von der Sonne besucht. Das grelle Licht zeichnete scharfe Konturen und grotesk entstellte Schatten. Ein ungewohnter Friede und Zauber lag über der sonst so hektischen Stadt. Zumindest musste es aus der Höhe vom Monte Mario so aussehen. Aldo mietete einen Wagen und fuhr mit Sandra zuerst zum Hilton. Sie frühstückten im Dachrestaurant, von wo sie einen einmaligen Ausblick auf die Stadt genießen konnten. Der nervöse Pulsschlag der Metropole war nicht wahrzunehmen. Nachdem sie diese Postkarteneindrücke gründlich ausgekostet hatten, schlug Aldo eine Stadtrundfahrt vor. Er wählte einen langen Umweg über die Via Cassia zur Umfahrungsstraße Annulare, um von Süden her über die Appia Antica ins historische Zentrum zu gelangen. Mit dem schlechten Gewissen eines Störenfriedes fuhr er auf der ausgestorbenen Landstraße der alten Römer.

»Wer Rom kennt, kann es kaum glauben, dass die Großmutter des Abendlandes so verträumt sein kann«, sagte er. Der Charme dieser Stadt, den er nach langer Abwesenheit wieder mit allen Sinnen erlebte, reizte ihn zu Komplimenten. »Sie ist seltsam und einzigartig, widerspruchsvoll und unvergleichlich, ungewaschen und erhaben«, schwärmte er, während Sandra ihm belustigt zuhörte. Er steuerte an den Caracallathermen und am Circo Massimo vorbei und zwinkerte den alten Ruinen zu. Er war glücklich, in dieser geliebten Stadt zu sein. Doch die Wankelmütige hielt die Liebelei nicht lange aus. Am Lungotevere führte sie sich mit ihrer gewohnten Unart auf. Verkehrsstau, wildes Hupen, Nervosität, Fuchteln

und Fluchen. Aldo runzelte die Stirn. Die Innenstadt Roms wurde abermals von einer chaotischen Verkehrssituation gelähmt. Die großen Knotenpunkte der Stadt glichen eher ungeordneten Parkplätzen als Fahrbahnen. Die Verkehrssignale verloren ihre Autorität im unüberschaubaren Durcheinander. Es herrschte das Naturgesetz des Stärkeren. Die Vigili Urbani rangen verzweifelt um Wiederherstellung der Ordnung, fuchtelten, pfiffen, fluchten und schrieben Bußzettel. Sie erreichten mit alledem aber keineswegs die gewünschte Disziplin, sondern provozierten nur ohrenbetäubendes, minutenlang andauerndes Gehupe. Schlussendlich mussten sie vor der anonymen Übermacht des lahmgelegten Verkehrs resignieren. Das Tohuwabohu wurde durch den Streik der römischen Busfahrer hervorgerufen, die ihren zusätzlichen freien Tag zwischen Kirchgang und Gewerkschaftsversammlung aufteilten.

Wie immer in solchen Situationen wurde Aldo nervös. Er hasste Gewühl und Gedränge. Er erlag darin stets einer frustrierten Aggression. Auch er begann, auf die Hupe zu hämmern, wohl bewusst, wie sinnlos sein Protest war. Er brauchte diesen Wutanfall, um Dampf abzulassen. Erst als er Sandras leichte, aber sichere Hand auf seinem Knie fühlte, gab er das Lärmen auf. Dieser leichte Druck auf seinem Knie war eine feine, vorwurfsvolle Mahnung, wortlos, doch eindeutig. Er brachte in Aldos Seele einiges in Schwingung. Er nahm Sandras Hand und küsste sie.

»Ach, natürlich, der Papst!«, rief er aus.

Er hatte eine Erklärung gefunden, die ihn etwas beruhigte. Es war kurz vor Mittag und der Festtagssegen des Statthalters Petri mochte der Grund für das Schlachtgewühl gewesen sein. Im zementierten Stau hinter ihm ertönte die Sirene eines Ambulanzwagens. Mühevoll zwängte er das Auto zur Seite und verwünschte die unverschämten Römer, die versuchten, im Sog des Blaulichtes schneller voranzukommen. Einige Hundert Meter vor der Ponte Cavour wurde die Situation fatal.

»Wahrscheinlich ein Unfall«, murmelte Aldo vor sich hin.

Die Ponte Cavour sowie die beiden Ufer des Tibers waren schwarz von Menschen. Man klammerte sich ans Geländer und gaffte ins Wasser. Verlassene Autos in zweiter und dritter Reihe, erregte Zeigebewegungen am Ufer, allgemeines Suchen ließen ein dramatisches Spektakel vermuten. Da hier der Verkehr völlig zum Erliegen kam, ließ Aldo wie die anderen seinen Wagen auf der Fahrbahn stehen und stieg aus, um nachzusehen, was geschehen war. Sandra lehnte es ab, ihm zu folgen.

Mit schüchterner Neugier keilte Aldo eine Schulter zwischen zwei Herren. Er schämte sich seiner unbeherrschten Schaulust, die er bei anderen stets vehement verurteilte. Doch hier konnte es sich nicht um einen gewöhnlichen Autounfall handeln. Dazu war der Menschenauflauf zu groß und zu ausharrend. Er hielt nach etwas Tragischem Ausschau. Er suchte nach einem Ertrinkenden oder gar nach einer Wasserleiche. Vergebens. Er bekam nur Zuschauer, Kommentatoren, Fotografen, Kameramänner zu Gesicht: oben auf der Brücke, dort, wo er stand, und drüben, am gegenüberliegenden Ufer, ja sogar auf dem schmutzigen Pflaster der unteren Uferstraße. Mit einigen Blicken nach links und nach rechts sicherte er seine Zugehörigkeit zu den schon Anwesenden. Dann ein Willensruck und die Frage: »Ist etwas passiert?« Aldo machte sich auf ein Drama gefasst: enttäuschte Liebe, Protest gegen irgendetwas, eine Gewalttat, vielleicht aus Eifersucht, im harmloseren Fall ein gewöhnliches Unglück, nichts hätte ihn überrascht.

»Nein, gar nichts, gar nichts«, sagte einer der Zuschauer in einer Art, als würde es zu seiner gewohnten Festtagsbeschäftigung gehören, ins Wasser zu glotzen. Gereizt schluckte Aldo die blasierte Unfreundlichkeit hinunter. Nach einigem Zögern und neuen Blickwechseln richtete er dieselbe Frage nach links.

»Urban springt von der Brücke«, entgegnete ihm ein sichtlich auskunftsbereiter Herr. Als er die Ratlosigkeit auf dem Gesicht von Aldo wahrnahm, fuhr er fort: »Ein alter Brauch. Er macht es schon seit beinahe fünfzig Jahren, immer am Tag der Epiphanie. Zuerst sammelt er Geld und springt dann von der Brücke ins Wasser.«

Aldo begann, diesen Urban zu suchen. Er folgte allen Zeigefingern, visierte Fixpunkte an, stützte sich auf die Erläuterungen eines in der Nähe stehenden Familienvaters, konnte jedoch den

Mann nicht entdecken. Erst als hinter seinem Rücken plötzlich ein Klatschen erklang, wurde er darauf aufmerksam, dass dieser nur einige Schritte von ihm entfernt stand.

Er war ein eigenartiger Kauz. Er wirkte bejahrt und vom Leben gezeichnet. Sein Auftreten war jedoch jugendlich, fast burschikos. Aldo spürte, dass sich hinter den clownhaften Gebärden, die zu der Schaunummer gehörten, ein trauriger Mensch verbarg. Urban trug einen schwarzen Papierzylinder mit rotem Band. Darunter fiel langes Silberhaar in den Nacken. Eine scharf geschnittene Adlernase verlieh dem Gesicht den Glanz selbstbewusster Autorität. Er trug einen geflickten Pullover mit zwei eingestickten Jahreszahlen auf der Brust: sein Geburtsdatum und das laufende Jahr. Unter seinem Pullover wölbte sich ein beachtliches Bäuchlein. Seine blauen Trainingshosen und die abgenützten Turnschuhe schienen ihn durch Jahrzehnte begleitet zu haben.

Siebenundsiebzig Jahre alt, dachte Aldo. Er war erst halb so alt, hätte es jedoch nicht gewagt, sich von der Brücke ins Wasser zu stürzen. Allein schon der Gedanke an die Kälte löste in ihm alle Abwehrmechanismen aus.

Der Alte sammelte Geld, lachend, grüßend, spaßend trug er eine zerfetzte Ledermappe herum. Aldo gab ihm eine Münze für den Einsatz seines Lebens. Sein Gewissen bezichtigte ihn der Ermunterung zu dieser gefährlichen Attraktion. Und wenn der Sprung misslingen sollte?

Ich kann ihn doch nicht davon abhalten, dachte er. Aber so hat er wenigstens etwas, falls er wieder lebendig herauskommt. Schließlich macht er es schon seit fünfzig Jahren, er wird wohl genügend Sicherheit haben. Letztes Jahr hat es doch auch geklappt. Er ist zwar seither ein Jahr älter geworden, aber ...

»Hat sich jemand umgebracht?«, fragte eine Frau hinter Aldo erregt. Er wollte sie über den Stand der Dinge aufklären, doch sein eigener Belehrer neben ihm hielt an seinen Autorenrechten fest. Enttäuscht zog die Dame weiter.

Aldo fror. Gerade in diesem Augenblick sah er Urban oben auf der Brücke stehen. Er begann sich auszuziehen. Die Menschen senkten die Stimme.

»Ob er es schafft?«, fragte eine Mutter in der Nähe.
»Und ob!«, zerstreute der Familienvater die Bedenken mit einem Achselzucken, als würde er nur deshalb nicht selbst von der Brücke springen, um dem Alten keine Konkurrenz zu schaffen.
»Vielleicht sollten die Kinder doch nicht zuschauen«, sagte die Mutter.
»Sie können ruhig zuschauen, es ist doch nichts dabei«, versicherte das Familienoberhaupt.
Die beiden Kinder hüpften vor Freude. Inzwischen stand Urban schon auf dem Brückengeländer. Nackt, bis auf eine Badehose und den schwarzen Zylinder. Die Leute applaudierten. Er hob die Arme, grüßte nach allen Seiten, winkte und lachte. Der Applaus verstärkte sich. Ermunternde Zurufe ertönten. Im Wasser, in diskreter Entfernung, lauerte ein Rettungsboot mit zwei sportlichen Gestalten an Bord.

Franziska runzelte die Stirn. Sie empfand diese Erzählung als bedrückend. Ihr Mann hätte sie nicht aufbewahrt, wenn sie nur ein pittoreskes Touristenerlebnis wäre. Sie vermutete hinter der Banalität eine Wendung, die mehr als eine turnerische Kapriole war. Sie las weiter.

Urban lüftete den Zylinder und grüßte noch einmal. Dann stieg er von der Balustrade auf den äußeren Vorsprung des Brückenpfeilers und suchte Halt für seine Füße. Es wurde still. Das Rettungsboot steuerte langsam auf die Brücke zu. Aldo vernahm allerlei geflüsterte Kommentare.
»Er lässt sich steif in Achtungsstellung fallen, dreht langsam nach vorn, streckt erst etwa auf halber Flughöhe die Arme und landet perfekt im Wasser.«
»Vorher lässt er seinen Hut ins Wasser fallen, holt ihn aber nachher heraus«, hieß es als Ergänzung von anderer Seite.
»Zuerst betet er aber«, flüsterte jemand.
Urban betete tatsächlich. Er schaute zum Himmel hinauf und sagte etwas, was Aldo aus der Entfernung nicht verstehen konnte.
Jetzt also steif nach vorne kippen, dachte Aldo, *auf halber Flug-*

höhe die Arme strecken, perfekt wassern, den Hut aus den Wellen fischen, Triumph entgegennehmen.

Doch Urban betete nochmals. Wiederum schaute er zum Himmel hinauf und sagte wahrscheinlich dasselbe wie vorher.

Er macht es spannend, dachte Aldo und war überzeugt, dass die Zeremonie auch den anderen zu lange vorkam. Es ist keine Kleinigkeit, was er vorhat, ganz besonders dann nicht, wenn man siebenundsiebzig ist ... Er hat zwar Übung ... Wenn es schon über fünfzig Mal gelang ... Jetzt müsste er aber springen.

Der Alte stand wie gebannt auf dem Brückenvorsprung. Mütter und Väter, Kinder und Rettungsschwimmer hielten den Atem an, als könnten sie dadurch seinen Flug verzögern und den Aufprall lindern.

Urban sprang noch nicht. Er nahm den Zylinder vom Kopf und betete zum dritten Mal. Diesmal schaute er nicht zum Himmel, sondern ins Wasser. Sein Gebet war länger. Er machte den Eindruck, als ob er vom Leben Abschied nehmen würde. Schließlich hob er den Kopf wieder und ließ den Zylinder ins Wasser fallen. Dieser flog langsam, unsicher, und platschte auf das Wasser. Die Strömung nahm den kleinen schwarzen Fleck als Passagier auf. Jetzt war es endlich so weit. Urban stand wie versteinert auf der Zinne. Aldo glaubte sein Vorwärtskippen beobachten zu können, steif und langsam. Dann folgte ein plötzliches Zucken, die Knie brachen ein, die Arme griffen zurück. Urban klammerte sich am Geländer fest.

Die Spannung der Zuschauer entlud sich in einem heiteren Gelächter. Es war jenes Lachen, welches die erregende Fertigkeit des Clowns begleitet, der auf hohem Seil ausrutscht und sich unbeholfen, doch mit frivoler Geschicklichkeit vor dem Abgrund rettet.

Urban war großartig. Mit tollpatschigen Gebärden nahm er die Ovation des Publikums entgegen, das ihn für seinen Gag belohnte. Dann konzentrierte er sich wieder auf seinen Sprung und bändigte die Lacher. Er ließ wohl alle gelungenen Sprünge vor seinen Augen ablaufen und schöpfte aus ihnen Kraft für diesen neuen.

Er kippte noch einmal. Der Griff nach hinten war diesmal äußerst akrobatisch. Die Freude der Zuschauer an dieser Wiederholung war gemäßigter, die Zurufe seltener.

»Warum spielt er so lange mit unseren Nerven?«, fuhr die Mutter in der Nähe auf. Sie unternahm einen weiteren Versuch, die Kinder vom Spektakel fernzuhalten. Der Vater beharrte auf ihr Zusehen. Die Konzentrationspause des alten Mannes kam Aldo unheimlich vor. Er hätte nicht sagen können, wer von ihnen beiden zuerst zu zittern begann. Doch es war plötzlich klar, dass Urban am ganzen Leib zitterte.

»Es ist sehr kühl«, stellte die Mutter besorgt fest.

»Vor vier Jahren waren es drei Grad unter null. Da hat er auch nicht gefroren«, begrub der Vater das Argument.

Beim dritten Mal griff Urban an die Balustrade, bevor man überhaupt irgendwelche Sprungabsichten wahrnehmen konnte. Dann drehte er sich um, legte beide Arme auf das Geländer und bettete seinen Kopf darauf. Das unruhige Tuscheln der Zuschauer artete in vereinzeltes Kichern aus, dann in lautes Lachen, in verlorene Buh-Rufe und schließlich in ein Pfeifkonzert. Es wurde allen bewusst: Urban konnte nicht mehr springen. Es schüttelte ihn am ganzen Leibe, diesmal vor Weinen.

Jene, die kurz vorher applaudiert hatten, verstreuten sich unter lautstarken Erklärungen. Langsam wurde der Schauplatz leer. Zurück blieben ein am Brückengeländer weinender Greis, ein Rettungsboot im Wasser, auf dem Gehsteig eine Ledermappe und einige Kleidungsstücke.

Der Zylinder war unterdessen im Wasser verschwunden.

Aldo starrte lange auf diese Szene. Sie kam ihm wie ein Stillleben vor, das der Teufel gepinselt hatte. Eine würgende Melancholie beschlich sein Herz und er war nahe daran, zusammen mit dem Alten zu weinen. Da spürte er die leichte Hand Sandras auf seiner Schulter. Er gab sich einen Ruck und kehrte mit ihr zum Wagen zurück.

Anfänglich brachte Aldo kein Wort heraus. Still und benommen steuerte er den Wagen Richtung Petersplatz. Er wollte an seiner ursprünglichen Idee festhalten, Sandra auf die Kuppel des Petersdomes hinaufzulotsen, um ihr die Ewige Stadt von dort aus vorzustellen. Sandra war feinfühlig genug, das Schweigen in einer natürlichen Art auszuhalten und nicht mit Fragen auf Aldo einzudringen. Sie legten den Weg vom Parkplatz zur Peterskirche in

Gedanken versunken zurück. Erst als sie das anstrengende Treppensteigen hinter sich gebracht hatten, war Aldo in der Lage, wieder ein Gespräch anzufangen. Als sie eine Weile auf die Brüstung gestützt die in Licht gebadete Stadt betrachteten, blickte Aldo zu Sandra hinüber und sagte leise: »Man ist stets schockiert, wenn man unvermutet erfahren muss, dass einem das Leben durch die Finger rinnt.«
»War das für ihn wirklich unvermutet?«, fragte Sandra.
»Ich spreche nicht von ihm, sondern von mir«, antwortete Aldo.
Sandra blickte ihn verwundert an. Sie merkte, dass die erlebte Szene in Aldo irgendwelche Erinnerungen wachriefen, möglicherweise frühe Bilder, die in seiner Seele tiefe Furchen hinterlassen hatten. Nach einem längeren Schweigen begann Aldo.
»Du erwachst eines Tages und ahnst noch nicht, dass der Vorbote des Todes an deine Tür geklopft hat, um Glück und Erfüllung mit sich zu nehmen. Irgendwann kommt der Moment, in dem du einsiehst, dass sich die beglückenden Augenblicke verflüchtigt haben. Dann bricht die Welt auseinander.«
Aus der Höhe sah die Menschenmenge, die sich zum Segen des Papstes auf dem Petersplatz versammelt hatte, wie ein Ameisenhaufen aus. Als plötzlich die Glocken ertönten, fuhr Aldo unwillkürlich zusammen.
»Warum bricht in einem die Welt auseinander?«, *fragte Sandra, um die Gedanken ihres Freundes wieder aufzunehmen.*
»Ja, warum eigentlich? Ich glaube, am meisten tut jene dumpfe Erfahrung weh, dass alles einmal zu Ende geht. Das mag banal erscheinen. Dennoch trifft es uns vehement, wenn es konkret in unser Leben tritt. Solange in unserem Leben, in unserer Liebe nur die Zeit vergeht, sich aber Gesten, Worte, Küsse, Ausdrücke der intimsten Gefühle stets wiederholen können, gibt man sich keine Rechenschaft, dass das Leben in jedem Augenblick verloren gehen kann. Erst dann, wenn aus irgendeinem Grund die Wiederholbarkeit der Erfahrungen aufhört, merkt man, dass wir uns auf den Tod hin bewegen. Der Schmerz darüber ist der Schmerz über die Flüchtigkeit des Schönen. Jeder Moment, der dahingeht, steht ganz im Widerspruch zu unseren Illusionen. Er ist eben weg. Wir müs-

sen machtlos zuschauen, wie uns das Leben entrissen wird. Das Schöne, das sich nicht wiederholen lässt, engt die Zukunft in uns ein. Die Vergänglichkeit enthüllt den Tod. Der Schmerz, den sie bewirkt, geht sehr tief.«

Ohne ihn anzublicken, als ob sie lediglich den Text aus einem Theaterstück aufsagen würde, führte Sandra die Überlegungen fort. »Der Schock über diese Erfahrung ist unbeschreiblich. Er lässt alles ins Wanken geraten, schaukeln, torkeln. Man muss tief durchatmen. Um die richtige Lehre aus den Ereignissen zu ziehen, darf nichts vorbeigehen, ohne dass wir dabei etwas über den Tod lernen.«

Entgeistert blickte Aldo auf Sandra. Waren dies nicht seine Gedanken, die sie soeben ausgesprochen hatte? Konnte sie sich so tief in ihn hineinfühlen, dass sie seine Sätze beenden konnte? Die Furcht, sie könnte ihm auch den letzten Satz vorwegnehmen, trieb ihn dazu, seine Gedanken selbst auszusprechen: »Urban ist schon tot, weil er seinen Sprung nicht mehr wiederholen kann. Der Sprung war für ihn das Leben.«

»Ja, der Alte ist inzwischen tot«, sagte Sandra.

Am nächsten Tag erfuhr Aldo aus den Zeitungen, dass Urban »durch einen Unfall« ums Leben gekommen sei. Er war später, als alle Zuschauer abgezogen waren, von der Brücke gesprungen.

Franziska empfand Mitleid mit dem alten Mann. Sein Schmerz über den Zerfall war schließlich stärker gewesen als seine Angst vor dem Misslingen. Hatte er sogar das Eintauchen ins Wasser absichtlich verfehlt? Den harten Aufprall gesucht? Wollte er in den Tod springen?

Plötzlich hellte sich ihr Gesicht auf. Sie hatte wieder ein Wort für ihr Puzzle gefunden: der Todesspringer. Sie trug ins Kreuzworträtsel unter Senkrecht 1 »Urban« ein. Danach übertrug sie zwei Buchstaben aus dieser Reihe ins Raster unter dem Kreuzworträtsel. Die Felder des Lösungswortes begannen, sich fragmentarisch zu füllen.

	B					R	U	

»Da hast du mir aber keine munteren Geschichten hinterlassen«, sagte sie zum Foto ihres Mannes. Sie verspürte eine große Lust, an die frische Luft zu gehen, Menschen zu sehen, aus dieser düsteren Welt der Erzählungen auszubrechen. Sie tat den ersten Schritt aus den Katakomben der Erinnerungen, in die sie sich nach dem Tod Stefans zurückgezogen hatte. Vielleicht hatte er das mit seinem Kreuzworträtsel beabsichtigt? Franziska begann, dies zu vermuten.

19

Zuerst wollte Franziska Hoffbaur gar nicht ans Telefon gehen. Erst beim siebten Klingelton hob sie den Hörer ab und meldete sich.

»Guten Tag«, ertönte eine sonore Männerstimme. »Ich heiße Reinhold Maas. Kann ich bitte mit Stefan Hoffbaur sprechen?«

Franziska erstarrte. Gab es jemanden, der nichts vom Tod ihres Mannes wusste? Jemand, der nicht »Herrn Hoffbaur«, sondern »Stefan Hoffbaur« verlangte, musste ihn näher kennen und sollte von seinem Tod unterrichtet sein. Oder wollte sie jemand böswillig ärgern, ihr Schmerz zufügen, indem er zynisch die Präsenz ihres Mannes heraufbeschwor? Ihre Kehle schnürte sich zu. Sie brachte kein Wort hervor.

»Hallo, hören Sie mich?«

Franziska atmete tief durch. »Ja, ich höre Sie. Verzeihen Sie, sind Sie nicht auf dem Laufenden?«

»Was meinen Sie?«

»Mein Mann ist vor Kurzem gestorben«, presste sie mit Mühe hervor.

Jetzt verstummte der Anrufer am anderen Ende des Telefons.

»O Gott ..., w-was sagen Sie mir da?«, stotterte er. »Das darf nicht sein!«

Franziska Hoffbaur merkte, dass er ahnungslos war, und verspürte ein wenig Erleichterung.

»Doch, leider. Er erlag einem bösartigen Tumorleiden.«

»Oh, verzeihen Sie. Es tut mir wirklich leid. Das trifft mich völlig unerwartet. Mein aufrichtiges Beileid.«

»Alle Medien haben über den Todesfall ausführlich berichtet. Ist Ihnen das entgangen?«

»Frau Hoffbaur, Sie sind doch Frau Hoffbaur, nicht wahr?«

»Ja, ich bin seine Witwe.«

»Frau Hoffbaur, ich bin vor vier Tagen aus Australien zurückgekommen und war lange Zeit von Deutschland weg. Ich hatte keine Ahnung von dieser Tragödie.«

»Oh, ich verstehe. Wollten Sie etwas von meinem Mann?«

»Wir waren Jugendfreunde. Gute Freunde. Als ich nach Australien auswanderte, hatte mir ihr Mann ein Buch über die Urbevölkerung des Kontinents ausgeliehen. Ich wollte ihm das Buch zurückgeben.«

Sie wusste, dass Stefan ein großes Interesse für dieses Thema gezeigt hatte, und war deshalb wegen dieser Mitteilung nicht überrascht.

»Ferner wollte ich ihm ein kleines Geschenk übergeben, das ich aus Australien mitgebracht habe.«

Zunächst wollte sie vorschlagen, Maas möge das geliehene Buch als Andenken an ihren Mann behalten. Doch was hatte er gesagt? Er sei ein Jugendfreund Stefans gewesen? Plötzlich war sie hellwach.

»Sind Sie mit meinem Mann zur Schule gegangen?«

»Zur Schule und zur Universität. Wie gesagt, wir waren gute Freunde.«

Franziska zögerte. Sie wusste nicht, wer dieser Unbekannte war. Ihr Mann hatte in ihrem Beisein nie einen Freund erwähnt, der Reinhold Maas hieß. Er könnte auch einer jener Schurken sein, die sich bei Todesfällen unter irgendwelchen Vorwänden bei den Hinterbliebenen melden und sie betrügen wollen. Dieser Mann wusste zwar von Stefans Interesse für Australien, doch diese Information konnte er sich leicht besorgt haben. Ihr Mann war in der Öffentlichkeit bekannt, die Zeitungen hatten viel über ihn geschrieben, es hätte ja sein können, dass einmal etwas auch über sein Hobby vermerkt worden war.

»Ich bitte Sie um Entschuldigung, Frau Hoffbaur, ich wollte Sie nicht belästigen. Ich werde das Buch bei unserem gemeinsamen Freund Peer Kiske hinterlegen, er wird es Ihnen bei Gelegenheit aushändigen.«

Kiske kannte er also auch. War das ein Hinweis, dass seine Aussage wahr sein konnte? Ob Maas wusste, dass sich Stefan und Peer Kiske entzweit hatten? Oder hatte er während seiner Zeit in Australien auch mit Kiske keinen Kontakt gehabt? Nun, mit Kiske wollte Franziska nichts zu tun haben. Das Buch hätte ihm einen Vorwand geliefert, sich bei ihr zu melden. Was auch immer zwischen ihm und Stefan geschehen sein mochte, es war gewiss ernst genug, um ihn zu meiden. Sie legte keinen Wert darauf, mit Kiske zusammenzutreffen. Diese Lösung musste sie Maas ausreden. Sie musste ihn deswegen ja nicht gleich zu sich nach Hause einladen.

»Wollen Sie mir das Buch zurückgeben? Wir könnten uns ja irgendwo in der Stadt treffen«, schlug sie vor.

Maas stockte einen Augenblick. »Falls Sie keine Zeit haben, kann ich es ja per Post schicken«, meinte er dann.

»O nein, Zeit habe ich schon. Ich wollte Sie nicht bemühen.«

»Frau Hoffbaur, Sie kennen mich nicht. Ich bin dies dem Gedenken meines Freundes schuldig. Ich möchte Ihnen aber keine Umstände bereiten.«

Maas hatte sich mit Kiskes ausführlichen Informationen gründlich auf Franziska Hoffbaur vorbereitet. Er wusste Bescheid über Hoffbaurs Studienzeit, kannte die Namen und Übernamen von Kommilitonen und von Professoren, Kiskes Aufzeichnungen von der roten Krawatte, Vorlesungspläne, einen handgeschriebenen Brief von Hoffbaur, den er aus Paris geschickt hatte, als er dort ein Semester an der Sorbonne verbrachte, wobei ein Kaffeeflecken anscheinend zufällig den Namen Peer unlesbar gemacht hatte, und ein Foto, auf dem Kiske mit Hoffbaur zu sehen war. Auf einem Post-it an dem Bild stand: »mit Photoshop Kopf ersetzen«.

Maas machte gute Arbeit. Er versetzte sich in die Welt Kiskes und Hoffbaurs, lernte Namen und Daten auswendig, erfand eine glaubwürdige Geschichte, die er um den Inhalt des Briefes wob, legte sich anerkennende Bemerkungen über Hoffbaurs Charakter zurecht. Schließlich scannte er das Bild, das ihm zugestellt wurde, und ersetzte den Kopf Kiskes mit einem digitalen Bildbearbeitungsprogramm durch eine eigene Aufnahme aus früherer Zeit. Die Retusche gelang gut, hatte aber einen Schönheitsfehler: Er war einen halben Kopf größer als Hoffbaur und hätte diesen deshalb überragen sollen, auf dem Foto waren die beiden Freunde aber etwa gleich groß. Er würde bei einer Bemerkung Frau Hoffbaurs die Ausrede bringen, ihr Mann sei auf einem kleinen Treppenabsatz gestanden.

Beim Telefongespräch spürte er den Zweifel der Witwe und wollte die Situation nicht zuspitzen. Er beschloss, vorläufig zum Rückzug zu blasen.

»Die traurige Nachricht hat mich sehr erschüttert«, sagte er. »Ich merke erst jetzt, wie rücksichtslos ich bin. Dieses Gespräch muss Sie enorm belasten.«

Franziska empfand plötzlich Sympathie für diesen Menschen. Er scheint feinfühlig zu sein, dachte sie. Sie wollte sich die Sache noch einmal durch den Kopf gehen lassen und auf keinen Fall den Kontakt zu ihm verlieren. Er konnte ihr möglicherweise bei dem Kreuzworträtsel helfen. Sein Anruf kam wie vom Himmel geschickt.

»Könnten wir in den nächsten Tagen noch einmal telefonieren? Dann sehen wir weiter, wo wir uns am besten treffen.«

Hätte sie jetzt ein Videotelefon gehabt, wäre ihr gewiss aufgefallen, wie erleichtert und zufrieden Maas lächelte.

»Wenn Sie das nicht als Belästigung empfinden, werde ich mich gerne wieder melden, Frau Hoffbaur.«

Maas legte auf und dachte darüber nach, wie er jetzt am besten vorgehen sollte. Freddy hatte inzwischen die Gewohnheiten von Franziska Hoffbaur, gründlich ausgekundschaftet: wann sie aus dem Haus zu gehen pflegte, wo sie einkaufte, zu welchem Friseur sie ging, wen sie hie und da traf. Maas hatte sich überlegt, wie er eine Zufallsbegegnung mit Franziska arrangieren könnte. Er hätte sie dann bearbeitet, ihren Argwohn überwunden und ihr Vertrauen erworben. Das hatte er sich auch zugetraut, doch mit der Hilfe, die ihm Kiske zukommen hatte lassen, ging natürlich alles viel leichter. Der Zugang zu der Witwe Hoffbaur war geöffnet. Eine willkommene Abkürzung schien ihn seinem Ziel näher zu bringen.

Es war schon bald Mittag, aber er trug immer noch Pyjama und Morgenmantel. Therese hatte ihre Arbeit schon erledigt und war gegangen. Er blickte durch das Fenster und fröstelte. Der graue, nasse Herbsttag weckte keine Lebensfreude in ihm. Heute war eindeutig die Zeit für Pflege und Wellness.

Er rief im Hotel Adlon an, bestellte für dreizehn Uhr eine Massage und ging ins Badezimmer, um seine Morgentoilette zu verrichten.

Als er am späten Nachmittag nach Hause kam, fand er zu seiner Überraschung eine Nachricht von Kiske vor. Wie üblich lag ein Umschlag ohne Adresse in seinem Briefkasten. Er ging in die Wohnung und riss ihn auf.

»Morgen, 0.45 Uhr, Stresemannstraße 66, dunkler Anzug, dunkles Hemd, keine Krawatte«, stand auf einem Blatt Papier.

Der will mich doch wohl nicht zu einer Party laden?, ging es Gece durch den Kopf. Dann wäre es mir lieber gewesen, wenn er als Kleidervorschrift »Pyjama« angegeben hätte!

Er kannte die Stresemannstraße, doch die Hausnummer 66 sagte ihm nichts. Es war ihm auch nicht bekannt, dass hier ein Vergnügungslokal, ein Pub, ein Theater oder sonst ein bekannter Treffpunkt gewesen wäre.

Na, lassen wir uns überraschen, dachte er. Der schlaue Fuchs wird sich wieder etwas ausgedacht haben.

20

Franziska Hoffbaur war aufgedreht. Sie bemühte sich zwar, den Tag dort fortzusetzen, wo ihn der Anruf unterbrochen hatte, doch es wollte ihr nicht recht gelingen. Ihre Gedanken kehrten immer wieder zu Mass' Worten zurück. Zweifel befielen sie. Hatte sie vielleicht eine große Chance verspielt? Hätte sie diesem Unbekannten mehr Aufmerksamkeit schenken sollen? Wäre es nicht von Nutzen gewesen, seine Adresse oder Telefonnummer zu verlangen? Dann hätte sie überprüfen lassen können, ob es Reinhold Maas wirklich gab und wer er eigentlich war. Es tat ihr jetzt leid, dass sie während des Anrufs so verwirrt und nicht ruhiger gewesen war, um aus dem Mann wichtige Informationen herauszuholen. Sie ärgerte sich über sich selbst. Konnte man erlernen, in wichtigen Situationen einen kühlen Kopf zu bewahren? Oder war dies im Charakter eines Menschen verankert, ihm mit den Genen mitgeliefert? Ihr Mann hatte sich durch keine Überraschung aus der Ruhe bringen lassen. Darum war er auch so erfolgreich gewesen. Man braucht so etwas, um ein guter Politiker zu sein. Konnte das durch Übung erlernt werden? Man musste ja die Regungen des Gemüts nicht gleich abwürgen, um über ihnen zu stehen. Diese Fragen bestürmten sie mit einer solchen Heftigkeit, dass sie nicht mehr in der Lage war, sich auf etwas zu konzentrieren. Da half nur noch die Musik. Sie suchte lange in ihrer Sammlung, bis sie ihre Lieblings-CD fand. Sie legte sie auf und lehnte sich im Lehnstuhl ihres Mannes zurück. Schon öfter hatte sie mit Musik die Ruhe des Herzens wiederfinden können, wenn sie niedergeschlagen, irritiert oder verängstigt war. Sie legte die »Symphonie fantastique« von Berlioz auf und schloss die Augen. Sie wusste zwar, dass sie beim Lauschen dieser Klänge melancholisch werden könnte, doch in diesem Augenblick wollte sie sich bewusst der Traurigkeit überlassen. Der Schmerz über den Verlust ihres Mannes breitete sich erneut aus und sie wollte in diesen Schmerz eintauchen. Besonders der dritte Satz der Symphonie bewegte sie. Ein Horn sendet eine wehmütige Melodie in den Wald, die Oboe antwortet aus der Ferne. Sie liebte dieses wehmütige Zwiegespräch. Doch der Dialog verstummt am Ende: Als das Horn seinen Ruf ausschickt, kommt keine Antwort mehr zurück; die Einsamkeit wird spürbar. Franziska Hoffbaur meinte, unter ihr zerbrechen zu müssen. Als der letzte Ton der Symphonie verklungen war, blieb sie noch eine Weile sitzen, summte einige Töne vor sich hin, als würde sie auf eine Antwort warten, gab sich aber schließlich einen Ruck und stand auf. Trotz der Traurigkeit fühlte sie sich wieder in der Lage, etwas zu unternehmen. Sie nahm den schwarzen Ordner aus dem Gestell und schlug ihn an der Stelle auf, an der sie beim letzten Mal ein Lesezeichen eingesetzt hatte. Ihr Mann hatte eine kurze Buchrezension aus einer Zeitschrift ausgeschnitten und auf ein Blatt geklebt. »Ralf Bächter, ›Grob geflochtene Worte‹«, las sie. Unter der Überschrift stand von Hoffbaurs Hand geschrieben: »S. 64«. Die Besprechung des Buches verriet, dass es sich um eine Sammlung von alltäglichen, jedoch markanten Erzählungen handelte. Mehr nicht. Nach kurzer Überlegung begann Franziska im Bücherregal zu suchen. So ordentlich ihr Mann auch gewesen sein mochte, in der Einreihung der Bücher konnte sie kein System erkennen. Diese waren weder alphabetisch noch thematisch geordnet. Dennoch hatte ihr Mann jedes Buch, das er suchte, im Nu gefunden. Als sie ihn einmal darauf angesprochen hatte, erzählte er, dass dies die leichteste Sache der Welt sei. Er mache es wie Rimski-Korsakov, einer der vielen Liebhaber der Zarin Katharina.

»Der berühmte Komponist?«, hatte sie verwundert gefragt.

»O nein, der lebte etwa hundert Jahre nach Katharina. Aber wohl ein Vorfahre, ein Onkel vielleicht oder ein Großonkel«, sagte Hoffbaur.

»Und wie hat es denn Rimski-Korsakov angestellt?«

»Als er in die Gemächer der liebeshungrigen Zarin einziehen durfte, beauftragte er einen Buchhändler, ihm eine Bibliothek einzurichten. ›Welche Bücher wünschen Ihre Durchlaucht?‹, wollte jener wissen. ›Unten große Bände, oben kleine, wie bei der Kaiserin‹, bestellte der Husar.«

Franziska lächelte bei dieser Erinnerung und begann, das Bücher-

gestell sorgfältig zu durchsuchen. Es dauerte nicht lange, bis sie das gesuchte Buch von Ralf Bächter fand. Es war ein abgegriffener Band, der wohl schon durch mehrere Hände gegangen war. Das Inhaltsverzeichnis umfasste etwa zwanzig Erzählungen. Bei Seite 64 stand der Titel »Die Trophäe«.
Sie schlug die Seite auf und begann zu lesen.

Sie war jung, sehr jung sogar. Vielleicht achtzehn. Ein hübsches Mädchen, ohne allzu viel Künstliches. Warum nur waren ihre langen, gewellten schwarzen Haare unordentlich? Sie wurden offensichtlich beim Aufstehen nicht gekämmt. Überhaupt wies ihre ganze Erscheinung darauf, dass sie auf die Ereignisse der vergangenen Nacht nicht vorbereitet war. Leicht zerzaust stand sie da, mit einer welken Rose in der Hand. Sie hatte ihre Toilettensachen nicht bei sich, um die Spuren der vergangenen Stunden zu verwischen. Sie wirkte verloren, selbst überrascht, an diesem Morgen hier in der Parkgarage des Hotels ›Stich‹ zu stehen, an diesem unromantischen Ort, mit etwas Wehmut und einer schlaffen Rose zwischen den Fingern.
Er, einiges älter als sie – aufgrund der Jahre hätte er ihr Vater sein können –, mit kleinbürgerlichem Einschlag. Er gab sich Mühe, gewichtig und reich zu erscheinen. Ein Verkäufer vielleicht, der ewigen Unterwürfigkeit und Entstellung überdrüssig, der einmal erleben wollte, wie es ist, wenn man »ein Herr« ist. Unnatürlich im Gehabe, aufwendig in den Gebärden, übertrieben beim Trinkgeld, verschnörkelt in den Galanterien.
Wie war wohl die Nacht der beiden?
Wer war sie? Eine Hure? Ausgeschlossen.
Wer war er? Ein Playboy? Alles andere als dies.
Sie könnte eine Serviertochter sein, die entgegen ihrer sonstigen Gewohnheit diesmal mit einem Gast ins Bett ging.
Er indessen mag seine alltägliche Frustration durch sinnlose Spendenfreudigkeit zu bewältigen versucht haben. Vielleicht gingen alle Ersparnisse eines ganzen Monats bei der Bezahlung der Hotelrechnung drauf. Er schien dennoch zufrieden zu sein. Seine Träume und Hoffnungen waren in diesem Mädchen geschenkverpackt.

Sie vergaß ihren billigen Halsschmuck auf dem Nachttisch. Er steckte ihn ein und hütete ihn wie eine kostbare Trophäe. Während Jahren, als Pfand für diese eine Nacht, in denen er einmal ein wirklicher Herr gewesen war.

»Typisch Stefan«, sagte Franziska halblaut vor sich hin. »Solche Geschichten waren nach seinem Geschmack. ›Die Melancholie des Lebens‹, pflegte er zu sagen.« Sie nahm das Blatt mit dem Rätsel. War da nicht von einem Hotel die Rede? Doch, waagrecht 2: Das Stundenhotel. »Stich« könnte passen. Tatsächlich waren es fünf Buchstaben. Und der fünfte war ein »H«. Das Lösungswort sah jetzt so aus:

	B			H		R	U	

Franziska versuchte ein vernünftiges Wort aus den Buchstaben zu schmieden, doch es gelang ihr nicht. Sie musste sich noch gedulden.

21

Der Potsdamer Platz war selbst bei Nacht hell und lebendig. Nach dem Fall der Mauer waren die Wolkenkratzer wie Pilze aus dem Boden geschossen, das Aschenbrödel-Dasein des kommunistischen Paradieses wich dem pulsierenden Leben einer heiteren Konsumgesellschaft.

Maas saß im Taxi und blickte griesgrämig auf die farbigen Lichter. Was nur zum Teufel wollte Kiske von ihm in dieser nächtlichen Stunde an der Stresemannstraße? Als Buddha vom belebten Potsdamer Platz kommend in die lange Allee einbog, wurde Maas bewusst, dass hier im Gegensatz zum Potsdamer Platz die Geldschwemme noch nicht Einzug gehalten hatte und diese Gegend auch heute noch eintönig und ausgestorben war. Schon tagsüber war hier nicht viel los, geschweige denn jetzt nach Mitternacht. Diese langweilige Gegend war nicht seine Welt. Die wenigen markanten Orte an dieser Straße ließen ihn kalt. Der Martin-Gropius-Bau stand finster hinter einer Parkanlage, die schönen Mosaiken waren nicht erkennbar. Selbst bei hellem Sonnenschein hätte ihm Maas keine besondere Beachtung gewidmet. Der Anhalter Bahnhof war da schon ein wenig anders. Er erschauerte leicht beim Anblick der Ruine, die einst die Fassade dieser Bahnstation gebildet hatte. Er dachte nicht gerne an die vielen traurigen und alten Gestalten, die hier vor Jahrzehnten mit ihren gelben Sternen zum Abtransport in die Todeslager der Nazis versammelt wurden. Gece war kein Weichling, doch der Gedanke an den Tod war ihm unheimlich. Er wandte den Kopf ab.

Buddha verlangsamte die Fahrt.

»Wo liegt denn die Nummer 66?«, fragte er.

»Du bist doch der Taxifahrer, nicht ich«, meinte Gece gereizt.

Die wenig eleganten Bauten entlang der Straße boten keine markanten Hinweise auf erwähnenswerte Orte. Die Hausnummern verringerten sich.

»Da, Nummer 66«, sagte Buddha.
Verdutzt blickte Gece auf ein Gewölbe. Dies war kein Portal, sondern eine kleine Sackgasse.
»Warte hier auf mich. Schalte dein Taxischild ab«, wies er Buddha an. Er stieg aus, überquerte die Straße und blieb vor dem Bogen stehen. Im spärlichen Licht sah er eine enge Gasse, einem Innenhof ähnlich, die zu einigen hässlichen, aus dunklen Ziegelsteinen errichteten Gebäuden führte. Instinktiv griff er in die Hosentasche und nahm sein Klappmesser in die Hand. Will mich dieses Schwein etwa in einen Hinterhalt locken, fragte er sich. Langsam ging er weiter. Das Gebäude vor ihm beherbergte vermutlich Arbeiterwohnungen. Er passierte den Bogen, der im Gegensatz zu der übrigen Umgebung sogar ein wenig Eleganz ausstrahlte, und blickte auf eine dunkle Ziegelsteinmauer. Verlottert und ungepflegt ragte diese in die Höhe. Dann sah er die Hausnummer 66. Erstaunt schüttelte er den Kopf. »St. Clemens-Kirche« stand auf einer einfachen Tafel.
»Was soll ich nach Mitternacht in einer Kirche?«, murmelte er.
Der Zugang zum Gotteshaus war ungewöhnlich, genauso wie dessen Lage und Aussehen. Er ging durch einen engen Gang, der zu einem Treppenhaus führte. Am Ende dieses Korridors befand sich eine Holztür. Auch hier war eine Aufschrift angebracht. »Offen 24 Stunden. Beichte bis Mitternacht möglich.« Maas grinste. Wenn er mich beichten lassen will, so ist es jetzt schon zu spät, dachte er. Vorsichtig öffnete er die Tür und betrat den Raum. Er stand in einer schlichten, sauberen Kirche. Links war eine Reihe von Arkadenbögen, die einen oberen Gang trugen. Säulen und Wände waren weiß gestrichen, ohne üppige Dekorationen, die eine katholische Kirche oft auszeichnen. Nur die große Frontwand hinter dem Altar war mit einem künstlerisch mittelmäßigen Fresko geschmückt. Jesus, der gute Hirte, stand mit auf die Seite geneigtem Kopf und hielt zärtlich ein Schäflein auf seiner Schulter. Um ihn scharten sich zu seinen Füßen entzückte Schafe, die ihm begeistert zublökten; in der Luft hielten zwei fliegende Engel Palmblätter schützend über ihn, als ob sie Hirte und Herde von Sonne und Regen abschirmen wollten. Die Kirche war schwach erleuchtet und fast menschenleer. Ein Mann schlief friedlich auf einer Bank, wohl ein Obdachloser,

der hier mehr Ruhe fand als in einem U-Bahn-Abgang. Ein altes Weiblein, das seine Schlaflosigkeit zu Höherem einsetzen wollte, saß zusammengesackt in vorderster Reihe und leierte den Rosenkranz mit bebenden Lippen. Maas konnte sich ein Lächeln nicht verkneifen. Er fragte sich, wo wohl Kiske sein mochte. Plötzlich, wie aus dem Nichts, flüsterte es hinter ihm: »Setz dich in den mittleren Beichtstuhl.« Gece blickte sich um. An der hinteren Wand standen drei Beichtstühle, am mittleren war eine kleine Tafel angebracht mit der Aufschrift »Pater Justus«. Zögernd ging Maas zum rechten Beichtschemel.

»Setz dich in die Mitte, du Trottel«, flüsterte Kiske.

Maas war verunsichert. Er sollte im Stuhl des Beichtvaters sitzen? Das schien ihm doch recht ungewöhnlich. Er öffnete die Tür, die auf Bauchhöhe aufhörte, setzte sich hinein und zog den Vorhang. Dann hörte er, wie sich Kiske auf den Schemel des Beichtenden kniete.

»Was soll das Theater?«, fragte Maas leise.

»Hier kann uns keiner zusammen sehen. Und wenn auch, wir sind gut getarnt.«

Maas schüttelte den Kopf. Kiske dachte sich immer Lösungen aus, die sonst kaum einem anderen Menschen in den Sinn gekommen wären.

»Unter deinem Stuhl findest du einen Umschlag. Da hast du einige Lösungen zum Kreuzworträtsel. Allerdings nicht genug, um das Lösungswort zu finden, aber hinreichend, um dich bei Franziska Hoffbaur glaubwürdig aufzuspielen. Du musst dich jetzt schleunigst an sie heranmachen. Die Zeit drängt.«

»Ich habe schon mit ihr Kontakt aufgenommen«, flüsterte Maas.

»Und, wie hat sie reagiert?«

»Ich glaube, sie wurde neugierig. Jedenfalls hat sie nicht aufgelegt. Sie schnuppert am Köder. Das nächste Mal wird sie zubeißen.«

»Das ist doch ein guter Anfang. Jetzt gehst du aber forsch ran. Spiel deinen Zauber auf Frauen aus. Betöre sie, bürste sie, Frauen werden im Bett leicht redselig.«

Maas empfand diese Belehrung von Kiske völlig unnötig und anmaßend. Ihm musste doch so ein Stümper wie dieser keine Lektion über das weibliche Geschlecht erteilen. Doch er wollte sich jetzt nicht mit Kiske auf Diskussionen einlassen, denn es war ihm in dieser Rolle als improvisierter Beichtvater nicht sehr wohl und er wollte so schnell als möglich aus diesem Käfig herauskommen.

»Ich tue mein Bestes«, sagte er leise.

»Vergiss nicht, was du mir schuldest.«

»Schon gut, Peer, ich komme schon zum Ziel.«

»Jetzt bleibst du noch ein wenig hier sitzen, dann haust du ab«, befahl Kiske und verließ den Beichtstuhl. Draußen kniete er sich kurz hin, als wolle er die ihm auferlegte Buße abgelten. In der letzten Bankreihe kniete jetzt ein Mann, der vorher nicht in der Kirche gewesen war. Kiske blickte ihn misstrauisch an, er konnte allerdings nichts Verdächtiges an ihm feststellen. Schon nach wenigen Sekunden stand er auf und verließ die Kirche.

Als Maas aus dem Beichtstuhl trat, stand die alte Frau vor ihm.

»Hochwürden, ich möchte beichten«, sagte sie.

Gece blickte verlegen auf sie herab. »Ich muss jetzt gehen«, entgegnete er.

»Es dauert nicht lange, ich muss aber meine Sünden ablegen.«

»Ich bin zu einem Kranken gerufen worden, ich muss ihm das Sterbesakrament erteilen!«

»Aber wenn ich heute sterben sollte, was geschieht dann? Ich kann doch nicht mit Todsünden vor den Allmächtigen treten«, beharrte sie.

»Dann sagen Sie dem Herrgott, Pater Justus würde die Absolution per Eilboten nachschicken«, erwiderte er gereizt und verließ die Kirche. Kurz danach kam er wieder zurück und verschwand im Beichtstuhl. Die Alte meinte, sie könne nun ihre große Bürde doch loswerden und kam auf ihn zu. Doch Gece griff nur unter den Sitz und holte einen großen Umschlag hervor. Dann ging er wieder hinaus. Die alte Frau stand noch eine Weile enttäuscht und traurig vor dem leeren Beichtstuhl und trug dann ihre Sünden in die dunkle Nacht hinaus.

Buddha fuhr Maas an die Friedrichstraße 4.

»Noch etwas?«, wollte er wissen.

»Nein, du bist für heute entlassen.«

Gece fuhr mit dem Aufzug in das siebzehnte Stockwerk und betrat seine Wohnung. Neugierig betrachtete er den Umschlag, den ihm Kiske zugespielt hatte. »Mit Umsicht verwenden«, stand darauf von Hand geschrieben. Er riss das Kuvert auf und fand die Kopie des Kreuzworträtsels mit zwei Wörtern, die gesucht waren.

Senkrecht 6: Xenia (»die einstige Freundin«) und senkrecht 23: Scholl (für »Klassensprecher«).

Es waren zwei Buchstaben im Lösungsfeld eingetragen.

Viel gab dies für die Lösung nicht her, doch wenn Frau Hoffbaur überzeugt werden sollte, dann waren diese Buchstaben Gold wert.

Maas suchte das gesamte ihm zur Verfügung stehende Material zusammen. Er ließ die einzelnen Informationen, die ihm Kiske vermittelt hatte, noch einmal in seinem Geist vorbeiziehen und nickte selbstbewusst. Er würde sich bei Franziska Hoffbaur bestimmt keinen Fehler leisten.

Als Doris Schlegel am nächsten Morgen den Bericht des Detektivbüros über den Vortag erhielt, war sie völlig verdutzt. Mitten in der Nacht in eine Kirche zur Beichte gegangen? Da passt wirklich kein Deckel darauf! Ich jedenfalls kaufe dir diese Reue nicht ab, dachte sie. Ich werde dir schon auf die Schliche kommen, lieber Peer.

22

Vor dem Gebäude an der Jägerstraße 40 wartete ein Taxi. Es war halb zehn, nur wenige Menschen waren auf der Straße oder in der Town Bar um die Ecke. Um diese Zeit saßen die meisten hinter ihren Schreibtischen in den nahe gelegenen Ämtern. Der Fahrer hielt ein Buch in der Hand und las konzentriert. Er hatte dabei auch ein aufmerksames Auge auf das hohe Eingangstor des Gebäudes, vor dem er stand. Ein Mann kam aus der Bar und wollte in den Wagen steigen.

»Verzeihung, ich bin leider besetzt. Ich warte auf einen Fahrgast«, sagte Buddha höflich. »Ich kann Ihnen aber einen Kollegen rufen«, bot er hilfsbereit an.

Der Mann bedankte sich und drückte ihm eine Münze in die Hand.

Buddha wartete auf der Fahrbahn, nicht auf dem nahen Taxistandplatz, sein Schild war nicht auf Bereitschaft gestellt. Er setzte seine Lektüre fort. Es verging mehr als eine Stunde, ohne dass jemand seine Dienste in Anspruch nehmen wollte. Plötzlich sah er auf. Er legte sein Buch weg und ließ das Fenster hinunter. Franziska Hoffbaur kam aus dem Hauseingang und hielt direkt auf ihn zu.

»Das ging aber schnell, man sagte mir, Sie wären in etwa sechs Minuten hier«, sagte sie.

»Ich war ganz in der Nähe. Bitte steigen Sie ein.«

Franziska Hoffbaur nahm auf dem Hintersitz Platz. »Zum Friedhof Böhmischer Gottesacker«, sagte sie. »Kennen Sie ihn?«

»Natürlich, Madame, am Karl-Marx-Platz, nicht wahr?« Er nahm sein Funkgerät zur Hand und meldete: »Zentrale, 24 zum Böhmischen Friedhof.«

Dann fuhr er los. Als er um die Straßenecke bog, fuhr ein anderer Wagen vor dem Hauseingang der Jägerstraße 40 vor. Franziska Hoffbaur wusste weder, dass ihr Taxi kein Freizeichen eingeschaltet hatte, als sie eingestiegen war, noch dass der Funkspruch mit der Zielangabe nicht an die Zentrale gerichtet war.

Nach der Nachricht, die er von Buddha erhalten hatte, stürmte Maas aus dem »Keller«, nahm den Strauß Blumen mit, den die Bardame in eine Vase gestellt hatte, und stieg in seinen Wagen.

»Gut gemacht, Buddha«, brummte er vor sich hin. »Meine Gnädigste, du hättest für unser Stelldichein keinen besseren Ort aussuchen können.« Er wusste von Freddy, dass Franziska Hoffbaur gewöhnlich jeden Mittwoch das Grab ihres Mannes aufsuchte, aber auch, dass sie sich in letzter Zeit nicht mehr rigoros an diesen Termin hielt. Er pfiff fröhlich vor sich hin, fuhr schnell und gelangte schon nach kurzer Zeit an seinen Bestimmungsort. Beim Friedhof konnte er keinen freien Parkplatz finden und ließ seinen Wagen im Halteverbot stehen. Er legte ein Schild mit der Aufschrift »Notdienst Stadtverwaltung Berlin« vor die Windschutzscheibe und ging mit seinem Blumenstrauß schnell Richtung Friedhofseingang. Er wusste, wo Stefan Hoffbaurs Grab lag, und war erleichtert, als er sah, dass Franziska Hoffbaur noch nicht angekommen war. Er stellte sich mit dem Rücken zur Friedhofspassage vor das Grab Hoffbaurs. Franziska würde schon von Weitem sehen, wie er im Gebet versunken vor dem Grabstein stand. Er senkte Kopf und Schultern und hielt die Blumen mit beiden Händen umklammert. Für einen Beobachter machte er den Eindruck eines zerknirschten, leidenden Menschen. Er drehte sich nicht einmal um, als er das Geräusch sich nähernder Schritte vernahm. Erst als Franziska neben ihm stand, sah er auf. Seine Augen waren gerötet. Verwundert blickte ihn Franziska an. Maas mimte Verlegenheit, legte langsam die Blumen auf das Grab, verneigte sich vor ihr und wandte sich langsam ab.

»Kannten Sie meinen Mann?«, fragte Franziska.

»Ihren Mann? Dann sind sie also Frau Hoffbaur.«

»Ja, das bin ich.«

»Reinhold Maas, Frau Hoffbaur, wir hatten telefoniert. Ich bin einfach erschüttert. Immer noch.«

Franziska zuckte zusammen. Das war also der Mann, der sich kürzlich am Telefon gemeldet hatte. Der aus Australien zurückgekehrt war und von Stefans Tod noch nichts gewusst hatte. Der behauptete, ein Jugendfreund von Stefan zu sein. Sie blickte ihn forschend an. Er war groß, schön, elegant, sehr gewinnend, obwohl er im Augenblick gezeichnet aussah. Er hatte feine, gepflegte Hände und klare, gutmütige Augen.

Maas betrachtete sie ebenfalls. Ihr langer, prüfender Blick, das sanfte Aufhellen ihres Gesichtes, ein kaum merkliches Lächeln verrieten ihm, dass er gepunktet hatte. Sie fand ihn sympathisch. Sie schwiegen einige Sekunden, bis Gece seine Sprache wiederfand.

»Stefan war mehr als ein Freund für mich. Er war wie ein Bruder. Leider haben wir uns für Jahre aus den Augen verloren.« Er presste die Lippen zusammen und nickte wiederholt mit dem Kopf, um seiner Aussage mehr Gewicht zu verleihen.

Franziska war gerührt. Da stand plötzlich einer, sichtlich betroffen, der ihren Mann gekannt hatte, bevor sie Stefan begegnet war. Ein ungewöhnlich feinfühliger, bezaubernder Mensch, den der Verlust des Freundes tief zu schmerzen schien. Sie sah diesen Fremden als einen Boten ihres Mannes an, beinahe als ob ihn Stefan aus dem Jenseits aus Sorge um sie zu ihr gelenkt hätte. Sie hatte das Gefühl, dass ihr dieser Mann Schutz, Sicherheit und Geborgenheit bieten könnte. Einer Eingebung folgend hatte sie einen Entschluss gefasst.

»Haben Sie etwas Zeit, Herr Maas?«, fragte sie unvermittelt. »Ich möchte gerne mit Ihnen sprechen.«

Gekonnt verbarg er seine Genugtuung und antwortete gefasst. »Ich stehe Ihnen jederzeit zur Verfügung. Ich wäre überglücklich, wenn ich der Witwe meines Freundes beistehen könnte.«

Franziska hatte zwar nichts von Beistand gesagt, nahm aber gerne zur Kenntnis, dass er ihre Bitte in dieser Weise gedeutet hatte.

»Ich will kurz das Grab besorgen und einige Gebete sprechen, dann bin ich gleich bei Ihnen«, sagte sie.

Maas verneigte sich leicht und blieb diskret wenige Schritte vom Grab entfernt stehen. Franziska deutete diese kleine Geste als noble Regung einer feinen Seele. Schneller, als sie erwartet hätte, kam sie zur Überzeugung, dass dieser Maas ein vorzüglicher Mensch sein musste. Zerstreut zupfte sie am Blumenschmuck herum, reinigte kurz die Grabplatte, faltete ihre Hände und sammelte sich zu einem kurzen Gebet.

»Stefan, mein Liebling, ich schaffe es beinahe nicht ohne dich. Du wolltest immer, besonders vor deinem Tod, dass ich stark sein soll. Ich versuche es, doch es ist sehr, sehr schwer. Solltest du mir mit deinem Freund Reinhold Maas Hilfe geschickt haben, so gib mir ein Zeichen, damit ich weiß, dass ich ihm vertrauen kann. Hilf mir bitte.« Dann hielt sie inne und hoffte, eine Kirchenglocke möge läuten, ein heller Strahl auf den Grabstein fallen, vielleicht eine Stimme von oben ertönen. Nein, das nicht, abergläubisch war sie beileibe nicht, doch ein kleines, natürliches Zeichen hätte sie wirklich geschätzt. Nach einigen Sekunden wandte sie sich leicht enttäuscht vom Grab ab. Und dann erhielt sie doch, was sie erhofft hatte. Ein jäher heller Strahl traf ihr Auge. Sie blickte hin und sah, dass Maas einen Siegelring trug, einen schlichten, flachen Ring aus Weißgold. Seine Handbewegung reflektierte kurz das Sonnenlicht und warf es auf Franziskas Auge. Unter normalen Umständen hätte sie diese unbedeutende Begebenheit außer Acht gelassen, doch jetzt, da sie sich ein Zeichen von ihrem toten Mann wünschte, war sie nur zu gerne bereit, diese banale Kleinigkeit als solches zu deuten. Sie wandte sich kurz zum Grab und flüsterte: »Danke Stefan.«

Erst Monate später, als ihr diese Begebenheit in den Sinn kam, musste sie einsehen, wie töricht sie gewesen war, hierin ein Zeichen aus dem Jenseits erblicken zu wollen.

Maas stand inzwischen ruhig und geduldig in einigen Metern Entfernung und wartete auf sie. Er setzte eine gefasste Miene auf und vermied es, ihrem Blick zu begegnen. Während ihrer Verrichtungen am Grab hatte er Gelegenheit gehabt, Franziska Hoffbaur gründlich zu mustern. Sie war verflixt hübsch, ja schön. Selbst in ihrem schlichten grauen Jackenkleid sah sie begehrenswert sexy aus. Gece begann an seiner Mission Spaß zu finden.

Also Mädel, lass uns langsam in den Ring steigen, dachte er.

Franziska kam lächelnd auf ihn zu. »Ich möchte mich entschuldigen, dass ich Sie kürzlich am Telefon unfreundlich behandelt habe«, sagte sie.

»Unfreundlich? Na, davon habe ich nichts gemerkt. Es liegt vielmehr an mir, Sie um Verzeihung zu bitten, denn ich habe Sie mit meinem Anruf überrumpelt. Ich hatte wirklich keine Ahnung von dieser Tragödie.«

»Es gibt hier nichts zu verzeihen. Sie konnten es nicht wissen«, sagte sie und verstummte. Nach kurzer Zeit fasste sie sich wieder. »Ich würde Sie gerne ein wenig über meinen Mann ausfragen, ist das für Sie in Ordnung?« Als sie Mass' fragendes Gesicht sah, fügte sie schnell hinzu: »Nein, glauben Sie nichts Falsches. Ich möchte nichts von irgendwelchen Romanzen erfahren. Ich will ihn nur ein wenig in die Gegenwart zurückzaubern, falls Sie das verstehen können.«

Maas zeigte sein schönstes Lächeln, von dem er wusste, wie es wirkte. Besonders auf Frauen. »Darf ich Sie zu einer Erfrischung einladen? Wir können dann ein wenig über Stefan plaudern.« Inzwischen waren sie beim Wagen von Maas angekommen. Er öffnete Franziska Hoffbaur die Tür. »Wir fahren zum Gendarmenmarkt, dachte ich. Da gibt es einige hübsche Orte.«

»Das trifft sich gut. Dann kann ich nachher zu Fuß nach Hause gehen. Ich wohne nämlich ganz in der Nähe des Gendarmenmarktes.«

Maas nickte kurz und fuhr los. Jetzt werde ich ein wenig an deiner Prüderie kitzeln, dachte er und blickte zufrieden drein. Zielstrebig steuerte er zum Hilton und parkte in der Tiefgarage. In nächster Nähe des Hotels lag die Newton-Bar, ein bekannter Treffpunkt für die gehobene Gesellschaft. In den Abendstunden war es nicht leicht, hier einen Tisch zu ergattern, aber jetzt, zur Mittagszeit, saßen nur wenige Gäste in den bequemen Sesseln.

Maas wählte einen Tisch und ließ Franziska Hoffbaur Platz nehmen. Zu ihrer Linken konnte sie auf den Gendarmenmarkt blicken, vor sich hatte sie eine große Wand. Die Bar war nach Helmut Newton benannt, der sein Auge und seine Linse auf schöne Frauen gerichtet hatte. Auf schöne nackte Frauen. Franziska Hoffbaur blickte auf vier wunderschöne junge Frauen in Lebensgröße. Sie trugen Schuhe mit hohen Absätzen und sonst nichts, hätten aber genauso gut Abendkleider tragen können, so würdig und aufrecht standen sie da. Franziska war unangenehm berührt. Sie versuchte, auf den Platz hinauszuschauen und die aufreizenden Modelle nicht zu betrachten. Maas wollte sie aber nicht einfach an der Sache vorbeiblicken lassen.

»Da waren zwei Künstler am Werk«, sagte er und blickte mit sichtlichem Wohlgefallen auf die Fotografie.

Franziska hob die Augenbrauen.

»Der Schöpfer und der Fotograf«, fuhr Maas fort und ergötzte sich im Stillen an der Verlegenheit seiner Begleiterin. Sie war offensichtlich nicht gewohnt, in der Öffentlichkeit so genannte »natürliche« Nacktheit mit gestylten Schamhaaren zu betrachten, geschweige denn mit einem Unbekannten darüber zu diskutieren. Sie ignorierte seine Bemerkung und studierte die Getränkekarte. Eigentlich war es gar keine Karte, sondern ein Büchlein mit unzähligen Seiten. Die Drinks waren nach der Art von Alkohol, die sie enthielten, geordnet und in der Folge nach den Früchten, die man dem Getränk beigab. Fast alle hatten Namen, die Franziska vorher noch nie gehört hatte. Sie klangen ziemlich exotisch, einige sogar ordinär. Verlegen überflog sie das mit »Orgasmus« bezeichnete Getränk und hoffte, dass Maas keine anzüglichen Bemerkungen wegen solcher Drinks machen würde. Sie war erleichtert, als er keineswegs auf diese Dinge einging, sondern wie sie ein Gemisch aus Südfrüchten wählte. Dann schlug er sich an die Stirn.

»Ich habe etwas für Sie, ich habe es aber im Wagen gelassen. Erlauben Sie, dass ich die Sache schnell hole?«

Franziska hatte nichts dagegen und er eilte aus der Bar. Jetzt, wo sie allein war, entspannte sie sich ein wenig. Sie betrachtete die Fotografie. Die Modelle waren wirklich schön. So schön, dass ihre Nacktheit eigentlich gar nicht störte. Und sie standen mit einer ungezwungenen Natürlichkeit auf dem Bild, als wären sie bekleidet. Franziska empfand eine gewisse Sympathie für diese Frauen. Plötzlich hatte sie einen befremdenden Gedanken. Sie war auch schön, das wusste sie. Sie hätte auch Modell werden können. Vielleicht wäre sie dann auch von einem weltberühmten Fotografen abgelichtet worden, nackt wie diese Frauen hier, vielleicht sogar mit ihnen in dieser Gruppe. Ein prickelndes Gefühl durchdrang sie. Da würde sie jetzt von der Wand herunterblicken und die Menschen würden sie bewundern. Männer und Frauen, auch dieser schöne Mann, in dessen Gesellschaft sie hier war. Die Vorstellung gefiel ihr. Doch dann tauchte vor ihrem geistigen Auge ihr verstorbener Mann auf und sie schämte sich wegen ihrer albernen Fantasien. Sie war so in Gedanken versunken, dass sie nicht bemerkt hatte, wie Maas zurückgekehrt war und verwirrt zusammenzuckte, als er sie ansprach. Es war ihr peinlich, sich dabei ertappen zu lassen, wie sie diese Bilder anstarrte.

»Die Schwarz-Weiß-Aufnahmen finde ich immer sehr ausdrucksstark«, sagte sie, um Sachlichkeit vorzutäuschen.

»Ja, damals konnte man die Farbbilder noch nicht wie heute bearbeiten. Schwarz-weiß war leichter zu kontrahieren.«

Franziska verstand zwar vom Fotografieren nichts, nickte aber zustimmend, um die Situation durch technische Erwägungen zu entschärfen.

Maas setzte sich und zog einen Umschlag aus seiner Tasche. »Ich wollte Ihnen das eigentlich per Post zustellen. Jetzt habe ich aber die bessere Gelegenheit, es Ihnen persönlich zu geben.«

Er legte den Umschlag vor sie hin. Er war in der Tat an Franziska Hoffbaur adressiert und frankiert. Sie blickte ihn fragend an.

»Eine kleine Erinnerung aus unserer Jugendzeit«, sagte Maas. »Sie wissen, Stefan und ich waren sehr eng befreundet.«

Franziska war verunsichert. Sie wollte sich nicht durch ihre Gefühle überwältigen lassen, falls darin etwas lag, das sie stark berühren sollte.

»Soll ich den Umschlag jetzt aufmachen?«, fragte sie.

»Es ist ein Foto von Stefan und mir aus unserer Studienzeit.«

Franziska nahm einen Schluck aus ihrem Glas und riss den Umschlag auf. Auf dem Foto waren ihr Mann und Maas zu sehen, wie sie sich an der Schulter hielten. Sie waren jung und fröhlich, schienen sorglos zu sein und blickten zuversichtlich in die Linse. Sie wendete die Aufnahme. »19. Juni 1987. Stefan mit Gece«, stand von Hand geschrieben auf der Rückseite.

»Wer ist Gece?«, fragte sie.

Maas lachte kurz auf. »Gece, das bin ich. Das war mein Spitzname in meiner Jugend.«

»Bedeutet das irgendetwas?«

»Das war ein Jugendscherz, der an mir kleben blieb. Ein Mädchen war in mich verliebt und stellte mir beharrlich nach. Sie hatte allen Freundinnen erzählt, dass ich ihr deshalb so gefiel, weil ich Gary Cooper so ähnlich sehen würde. Daraufhin haben sich natürlich alle Freunde daran ergötzt, mich Gary Cooper zu nennen. Mit Gece, den Initialen des Filmschauspielers, hat man mich so lange geneckt, bis sich alle daran gewöhnt hatten. Anfänglich war ich ziemlich verärgert, später hat mich die Sache aber amüsiert. Unter Freunden werde ich heute noch Gece genannt.«

Franziska blickte ihn an und stellte fest, dass der Spitzname gut gewählt war. Maas glich heute noch Gary Cooper. Auf dem Foto hätte man ihn wirklich für den berühmten Filmstar halten können. Sie musterte die Aufnahme eingehender. Die beiden Männer waren zwischen zwanzig und fünfundzwanzig und schienen sich wirklich gut zu verstehen. Es fiel ihr nicht auf, dass Maas in der Wirklichkeit einen halben Kopf größer war als ihr Mann, auf dem Foto aber nicht.

»Ist die Aufnahme für mich?«

»Natürlich. Ich habe mir eine Kopie machen lassen.«

Franziska lächelte. »Ich danke Ihnen. Wir haben Stefan wohl beide sehr gerne gehabt. Schade, dass er nicht mit uns hier sein kann.«

Maas blieb ruhig. Eine sichtliche Zufriedenheit spiegelte sich in seinem Gesicht, die nicht zu der Bemerkung über ihren Mann passte, doch sie war zu tief in ihre Gedanken versunken, um dieses verdächtige Detail wahrzunehmen.

Die Dinge laufen gut, dachte er. Jetzt muss ich das Gespräch nur noch auf das bescheuerte Kreuzworträtsel lenken. Er wusste allerdings nicht recht, wie er das anstellen sollte. Eine unvorsichtige Bemerkung hätte seine äußerst günstige Position gefährden können.

Nach einer längeren Pause blickte Franziska auf. »Seit wann genau kennen Sie meinen Mann?«

»Wir waren in der Oberschule zusammen. Ja, das ist schon eine ganze Weile her.«

»Was heißt zusammen? Waren Sie in der gleichen Klasse?«

»Jawohl. Vier Jahre.«

»Können Sie sich noch an die Namen Ihrer Klassenkameraden erinnern?«

Maas witterte Gutes. Er ahnte, dass er sich hier definitiv als Freund Hoffbaurs beweisen konnte. »An viele, vielleicht nicht an alle.«

»Sie hatten gewiss einen Klassensprecher, nicht wahr?«

Maas wusste, dass er mit dieser Frage auf die Zielgerade zum Kreuzworträtsel einbiegen konnte. »O ja. Einen ganz widerlichen Kerl. Einen Streber schlimmster Sorte, einen abscheulichen Spitzel«, antwortete er leicht entrüstet. Er dachte an die Erzählung, die ihm Kiske in die Hand gespielt hatte.

»Wissen Sie noch, wie er hieß?«

»Natürlich. Er hieß Scholl. Horst Scholl. Diesen miesen Burschen würde ich heute noch wiedererkennen. Aber warum interessieren Sie sich für ihn? Vielleicht sind Sie mit ihm befreundet und ich rede so schlecht über ihn. Das würde mich sehr in Verlegenheit bringen.«

»Nein, keine Sorge. Ich kenne ihn überhaupt nicht. Ich brauche nur seinen Namen.«

Maas versuchte, überrascht und neugierig dreinzublicken. Franziska nahm seine Verwunderung wahr und wollte ihm eine Erklärung nicht schuldig bleiben.

»Ich habe in der Hinterlassenschaft meines Mannes ein merkwürdiges Kreuzworträtsel gefunden, in dem unter anderem der Name des Klassensprechers gesucht wird. Ich glaube, ›Scholl‹ könnte in der Tat hineinpassen.«

Maas steigerte den Ausdruck der Verblüffung auf seinen Gesichtszügen. »Ein Kreuzworträtsel, sagen Sie? Wie man sie in jeder Tageszeitung findet? Ich kann mir kaum vorstellen, dass Ihnen Stefan ein Kreuzworträtsel als Erbstück hinterlassen hat. Es sei denn, dieses sollte Sie auf die Spur des Heiligen Grals bringen.«

Franziska empfand seine Bemerkung als Stichelei und war verlegen. »Ich habe keine Ahnung, was mein Mann damit bezweckt hat. Aber wenn es ganz bedeutungslos gewesen wäre, hätte er es nicht dem Testamentsvollstrecker anvertraut. Vielleicht haben Sie recht, es kann etwas sein, das keine Beachtung verdient. Ich würde dennoch gerne die Lösung finden, damit ich ruhigen Gewissens sagen kann, keine Mitteilung meines Mannes vernachlässigt zu haben.«

Maas nickte zustimmend. »Ich glaube, Sie haben recht. Stefan war nicht der Typ, der etwas Bedeutungsloses in die Hände eines Notars legte. Möglicherweise wollte er eine verschlüsselte Mitteilung hinterlassen, die nicht für jedermann bestimmt sein sollte.«

»Das ist auch meine Überzeugung. Deshalb will ich ja unbedingt die Lösung finden.«

»Und wie weit sind Sie gekommen?«

»Noch gar nicht weit. Ich habe nur wenige Buchstaben des Lösungswortes. Falls der Klassensprecher wirklich Scholl hieß, dann bin ich ein wenig weiter gekommen.«

»Liebe Frau Hoffbaur, falls ich Ihnen irgendwie helfen kann, dieses Rätsel zu lösen, fragen Sie mich bitte.«

Franziska empfand, dass die Hoffnung, die sie in diesen Mann gesetzt hatte, mehr als gerechtfertigt war. Dennoch wollte sie nicht Hals über Kopf auf diesen Vorschlag eingehen. Sie wollte die Sache überdenken. Konnte es sogar unangebracht sein, das vermeintliche Geheimnis, das ihr die Botschaft ihres Mannes überbrachte, einem Fremden zu enthüllen? Sie schaute Maas mit forschenden Augen an. Dieser hielt ihrem Blick stand. Nicht nur das: Seine Augen waren derart gütig, dass sie sich beinahe schämte, ihm gegenüber so misstrauisch zu sein.

»Ich erinnere mich jetzt nicht an alle Fragen und an alle Buchstabenfolgen. Doch ich werde zu Hause das Rätsel noch einmal genau anschauen und dann werden wir sehen, ob Sie mir helfen können.«

»Sie können sich nicht vorstellen, wie es mich freuen würde, Sie wieder zu treffen, Frau Hoffbaur«, sagte Maas mit einem betörenden Lächeln, das der Aussage mehr Bedeutung verlieh als einem bloßen Wunsch nach einer gewöhnlichen Aussprache.

Franziska verspürte ein Gefühl freudigen Wohlbehagens. »Wollen Sie mich in den nächsten Tagen anrufen? Dann können wir verabreden, wie es mit diesem Rätsel weitergehen soll.« Insgeheim hoffte Franziska, Maas würde ihr jetzt seine Telefonnummer geben, dann hätte auch sie die Initiative ergreifen können. Doch er schien nicht auf diese Idee zu kommen. Oder wollte er vielleicht nicht?

Maas wusste, dass er gewonnen hatte. Wie es mit *uns* weitergehen soll, berichtigte er Franziskas Satz in seinen Gedanken.

»Darf ich Sie jetzt nach Hause fahren?«, fragte er.

»Das ist sehr liebenswürdig, aber ich möchte einige Schritte laufen. Ich wohne ganz in der Nähe.«

Maas beglich die Rechnung und entließ Franziska mit einem eleganten und zugleich zärtlichen Handkuss.

Franziska Hoffbaur war von dieser Begegnung entzückt. Auf dem Heimweg kehrten ihre Gedanken immer wieder zu Maas zurück. Die höfliche, fast aristokratische Art dieses Mannes, seine gewinnende Ausstrahlung, seine spontane Hilfsbereitschaft, sein gutes Aussehen und – wie sie es deutlich gemerkt hatte – seine offensichtliche Zuneigung zu ihr gingen ihr nicht aus dem Kopf. Nach der Zeit selbst gewählter Abkapselung und beinahe zerstörerischer Vereinsamung durchströmte sie plötzlich eine spürbare Wärme. Noch vor Kurzem hätte sie nicht gedacht, nicht denken wollen, dass sie eine neue Bekanntschaft schließen, und noch weniger, dass diese ihre Aufmerksamkeit fesseln könnte.

Zu Hause angekommen nahm sie das Foto, das ihr Maas gegeben hatte, aus ihrer Handtasche, und betrachtete es lange. Dann führte sie das Bild zu ihrem Mund und küsste es. Der Abdruck ihrer Lippen war eindeutig auf beiden Gesichtern zu sehen. Sie lachte laut auf. »Ich benehme mich wie ein Backfisch«, sagte sie kopfschüttelnd.

Dann holte sie das Kreuzworträtsel aus der Schublade. »Scholl«, hatte er gesagt. In der Tat, der Name passte in Senkrecht 23.

Sie trug ein »S« in das dritte Feld des Lösungswortes ein.

	B	S			R	U	

Jetzt hatte sie fast die Hälfte der Lösung, kam ihr aber dennoch nicht näher. Sie griff wieder zum Duden und zum Lexikon, um nach Wörtern zu suchen, die mit »Absch« begannen, doch mit den folgenden »ru« fanden sich keine Ergebnisse. Sie war dennoch guten Mutes. Erstens, weil sie Fortschritte erzielt hatte. Zweitens, weil sie auf Maas zählen konnte. Der würde ihr zweifellos weitere Fragen des Rätsels beantworten können.

Am nächsten Tag wartete sie auf seinen Anruf, doch er meldete sich nicht. Nun, sie hatten ja auch nicht abgemacht, wann er anrufen würde. Als nach zwei Tagen immer noch kein Anruf von ihm kam, wurde sie unruhig. Ihre Gedanken kehrten unzählige Male zu Maas zurück. Begann sie, sich in ihn zu verlieben? Oder hatte sie sich sogar schon verliebt? Sie wich der Antwort auf diese Frage aus, obwohl sie es im Geheimen wusste, dass er sie stärker gefesselt hatte, als sie zugeben wollte. Sein Schweigen quälte sie. Hätte sie nur seine Nummer verlangt, dann könnte sie ihn jetzt unter dem Vorwand des Rätsels anrufen. Doch im Telefonbuch war er nicht verzeichnet und seine Handynummer kannte sie nicht.

Endlich, nach fünf Tagen, kam ein Lebenszeichen von ihm. Ein herrlicher großer Blumenstrauß wurde ihr ins Haus geliefert. Sie entnahm einem kleinen Umschlag eine Visitenkarte. »Reinhold B. Maas« stand darauf, mit einer Telefonnummer. Sonst nichts, kein Beruf, keine Adresse, kein Arbeitgeber oder sonst etwas. Franziska wendete die Karte.

»Es gibt Rätsel, die nur schwer zu lösen sind. Es gibt Rätsel, deren Lösung auf der Hand liegt. Man muss nur die Augen aufmachen.

In ergebener Zuneigung
Ihr Reinhold B. Maas.«

Franziskas Herz pochte stark. Was war das? Eine Liebeserklärung? Jedenfalls mehr als eine bloße förmliche Aufmerksamkeit. Sie schloss die Augen und atmete tief durch.

Jetzt hatte sie jedenfalls sowohl seine Telefonnummer wie auch einen guten Grund, ihn anzurufen, um für die Blumen zu danken.

23

Als Kiske am Montagmorgen das Büro betrat, merkte er gleich, dass Doris Schlegel schlecht gelaunt war. Ihr trockenes »Tach« glich nicht der üblichen Begrüßung, die stets etwas Herzliches hatte. Doch Kiske war kein Mann, der auf die Launen der Frauen einging. Er verzog sich in sein Büro, ohne der offensichtlichen Verärgerung Frau Schlegels Beachtung zu schenken. Sie wird ein beschissenes Wochenende verbracht haben, dachte er und kümmerte sich nicht länger um seine verstimmte Sekretärin.

Frau Schlegels Unmut rührte daher, dass sie in letzter Zeit die Kontrolle über ihren Chef verloren hatte. Solange sie die Eskapaden Kiskes überblicken konnte, führte sie konsequent eine systematische Umzingelung durch, und zwar in Form einer präzisen Buchhaltung über Zeitpunkt, Ort, Dauer, Namen, Beschreibung der jeweiligen Romanzen und der beteiligten Personen. Es war ihr bisher allerdings nicht gelungen, ihrem Ziel, den störrischen Chef zu verführen, näher zu kommen, doch sie war überzeugt, die kostbaren Informationen, die sie über sein Privatleben gesammelt hatte, als wirksame Waffe in ihrem Feldzug einsetzen zu können. Der brüske Wandel in den Gewohnheiten Kiskes ließ sie ins Leere laufen und erfüllte sie mit Unsicherheit und Frustration. Ihre schlechte Laune war die Tochter ihrer Ratlosigkeit.

Kiske schloss mit einem Schulterzucken die Tür hinter sich, legte seine Aktentasche in den Schrank und goss sich ein Glas Wasser ein. Er war von der Flatterhaftigkeit der Frauen im Allgemeinen und seiner Sekretärin im Besonderen überzeugt und sah darin den Beweis für den minderwertigen Charakter der Weiber, wie er sich auszudrücken pflegte. Er nahm eine Akte aus der Schublade, überflog sie eilig, schloss sie nach wenigen Minuten wieder und verließ sein Zimmer. Frau Schlegel kannte seine Agenda und wusste, dass er eine morgenfüllende Sitzung vor sich hatte. Mit einem kurzen »Bis später« verließ er das Büro.

Frau Schlegel eilte zum Fenster und beobachtete, wie Kiske in seinen Dienstwagen stieg. Dann ging sie zum Schrank im Zimmer ihres Vorgesetzten und nahm die Aktentasche heraus. Sie durchwühlte den Inhalt – dies gehörte zu ihrer Routinekontrolle –, betrachtete die meisten Sachen aber nur kurz, wie jemand, der sich hier bestens auskennt. Plötzlich hielt sie inne. Sie hatte etwas gefunden, das ihr Interesse weckte. Es war ein Auktionskatalog von Sotheby's Frankfurt. Frau Schlegel hob die Augenbrauen. Schon wieder etwas, das aus dem gewohnten Rahmen fiel. Judenmahnmal, Beichtstuhl und nun eine Auktion? Neugierig blätterte sie den Katalog durch. Die gezeigten Objekte verrieten, dass das Angebot an Leute mit prallen Geldbeuteln gerichtet war. Gemälde von holländischen Meistern und Impressionisten, von Edward Hopper und Mark Rothko, Ziergegenstände von Fabergé, Schmuckstücke und Münzen. Inmitten dieser Ansammlung von Kostbarkeiten war auf einer Seite eine kleine Statue des griechischen Gottes Priapos mit Filzstift schwarz angekreuzt. Es war ein athletisch gebauter nackter Mann mit einem unverhältnismäßig großen erigierten Penis. Ein kurzer Text beschrieb die Statue. Priapos war demnach der Gott der Fruchtbarkeit, den die Griechen verehrten und dem sie die ersten Früchte ihrer Ernte opferten. Die vierunddreißig Zentimeter hohe Statue hatte schon deshalb Seltenheitswert, weil sie nicht wie üblich aus Holz, sondern aus Marmor war. Der Penis war beträchtlich groß, länger als die halbe Körpergröße der Figur und ragte stramm nach vorne. Der Ausruf war auf siebzehntausend Euro angesetzt. Kurz entschlossen machte Frau Schlegel eine Fotokopie der Seite und legte Heft und Aktentasche zurück.

Warum wollte ihr Chef diese Statue ersteigern? Hatte er wirklich ihre Schönheit im Auge? War er etwa ein Sammler perverser Objekte? Hatte er sich vielleicht bei der Vorstellung aufgegeilt, wie sich vor mehr als zweitausend Jahren wollüstige Frauen mit dieser Figur sexuelles Vergnügen verschafft hatten? Oder beabsichtigte er, an diesen kleinen Götzen Gebete und Opfer zu richten, wie es wahrscheinlich die anno dazumal in ihrer Manneskraft erlahmenden Griechen getan hatten? Möglich wäre auch, dass er seine Liebchen mit jenem wuchtigen Penis entzücken wollte. Doris Schlegel konnte sich noch keinen Reim auf ihren Fund machen, zweifelte jedoch in keiner Weise daran, eine interessante Entdeckung gemacht zu haben.

Als Kiske nach seiner langen Sitzung ins Büro zurückkam, war sie sichtlich besser aufgelegt als am Morgen.

»Sie sehen ziemlich erschöpft aus, Herr Kiske. Soll ich Ihnen einen Kaffee bringen?«

»Sehr liebenswürdig, Frau Schlegel, gerne.«

Bevor sie kurze Zeit später in sein Büro trat, straffte sie ihre an sich schon eng anliegende Bluse und ließ einen Knopf mehr offen. Ihre Erscheinung wirkte wie üblich aufreizend und sie quittierte mit Genugtuung den anzüglichen Blick Kiskes.

»Am Freitag bin ich den ganzen Tag weg. Bitte also keine Termine annehmen.«

Hätte Frau Schlegel nicht gewusst, dass die Auktion bei Sotheby's auf diesen Tag angesetzt war, hätte sie angenommen, ihren Chef gelüstete es wieder einmal nach einem Eskortgirl. Doch dank Priapos war sie über die Absichten Kiskes bestens unterrichtet und konnte die Variante Schäferstündchen getrost ausschließen.

Nachdem sie ihm den Kaffee serviert hatte, informierte sie sich im Internet über die Modalitäten einer Auktion. Sie erfuhr, dass man, um zu bieten, nicht unbedingt an Ort und Stelle sein musste, sondern sich auch als Telefonbieter registrieren lassen konnte. Wenn er nach Frankfurt fliegt, dann werde ich ihm ein wenig in die Quere kommen, dachte sie. Von hier aus natürlich.

So kam es, dass vier Tage später Kiske zu seinem großen Ärger nicht der einzige Bieter für den Priapos war. Neben einer alten Dame, die aber schon nach kurzer Zeit ausgestiegen war, gab es einen Konkurrenten am Telefon, den er nicht abschütteln konnte. Als dann der Preis des Priapos beinahe auf das Doppelte des Ausrufs kletterte, gab Kiske auf. Er vermutete, dass sein unsichtbarer Gegner irgendein Museum war, das entschlossen war, das Stück um jeden Preis zu erwerben, und so zog er sich enttäuscht und verdrossen zurück.

Am folgenden Montag waren die Rollen vertauscht. Kiske kam mit einer sauren Miene zur Arbeit, während Doris Schlegel ihn mit einem euphorischen »Hallo, Herr Kiske, ich hoffe, Sie hatten ein gutes Wochenende« empfing.

Kiske verzog sich mit einem kurzen Brummen in sein Büro. Er hatte in seinem Leben nur selten Niederlagen einstecken müssen. Umso mehr schmerzte es ihn, wenn sich ein Misserfolg einstellte. Seine nutzlose Reise nach Frankfurt war ein solcher Misserfolg, dessen Tragweite ihm erst zehn Tage später bewusst wurde, als er in einer Klarsichtmappe auf dem Schreibtisch von Doris Schlegel das Foto der Priapos-Statue erblickte.

»Gefällt Ihnen diese Statue?«, fragte Frau Schlegel beiläufig.

»Warum haben Sie dieses Foto?«

»Ich habe die Statue kürzlich bei einer Auktion bei Sotheby's erworben. Ich finde sie sehr süß und will sie gut versichern lassen.«

»Sie haben die Figur ersteigert?«, fragte Kiske entgeistert.

»Warum bringt Sie das denn aus der Fassung? Sie werden doch wohl nicht prüde sein und an diesem Kunstwerk Anstoß nehmen?«

Kiske ließ den Mund offen. »Haben Sie etwa am Telefon geboten?«

»Woher wissen Sie das? Natürlich habe ich am Telefon geboten. Ich konnte wegen der Auktion wirklich nicht nach Frankfurt fliegen.«

Kiske schüttelte ungläubig den Kopf. Seine eigene Sekretärin hatte den Preis bei der Auktion hochgetrieben. Aber warum? Es war ihm unerklärlich. Er wollte sich keine Blöße geben und gestehen, dass er ihr Gegenspieler gewesen war und sie ihn überboten hatte. »Das ist ein recht seltenes Objekt. Ich gratuliere Ihnen, dass Sie es geschafft haben, die Statue zu erwerben.«

»Soll ich sie Ihnen zeigen? Ich bringe sie morgen ins Büro mit.«

»Um Gottes Willen, nein, nein, Frau Schlegel, es wäre ziemlich unangebracht, diese Figur hier aufzustellen.«

Sie lächelte. »Also kommen Sie doch einmal zu mir nach Hause, dann zeige ich sie Ihnen, Herr Doktor.«

Das »Herr Doktor« ließ die Distanz so weit bestehen, dass die Einladung nicht aufdringlich klang.

Kiske runzelte die Stirn. Er schöpfte den Verdacht, seine Sekretärin könnte in seinen Sachen geschnüffelt und ihm die Statue vor der Nase weggeschnappt haben. Dann konnte er jetzt nicht behaupten, das Objekt würde ihn nicht interessieren. Doch er war auch unschlüssig, die Einladung anzunehmen.

»Ja, bei Gelegenheit würde ich die Figur gerne sehen«, sagte er ausweichend.

»Sie sind stets le bienvenu«, antwortete Frau Schlegel und zupfte an ihrer wie immer zu engen Bluse.

24

Der Blumenstrauß, den Maas bei Franziska Hoffbaur hatte abliefern lassen, verfehlte seine Wirkung nicht. An Blumen war sie gewöhnt, bei Gott, ihr Mann hatte sie stets damit verwöhnt. Die verhüllte, doch unmissverständliche Sympathiekundgebung von Maas indes traf sie heftig. Sie ertappte sich häufig dabei, wie sie an ihn dachte. Sie versuchte, sich zu belügen und redete sich ein, er würde sie nur wegen des Kreuzworträtsels interessieren, doch das merkliche Pochen ihres Herzens beim Gedanken an ihn strafte sie Lügen. Sie überlegte lange, wie sie sich für seine Aufmerksamkeit bedanken sollte. Am liebsten hätte sie ihm geschrieben, doch er hatte lediglich seine Telefonnummer hinterlassen. Sie war unschlüssig, ob sie ihn anrufen sollte. Aber danken musste sie ihm auf jeden Fall, sonst hätte dies als Kälte und Gleichgültigkeit ausgelegt werden können. Sie legte sich die Worte immer wieder zurecht, die sie dabei aufsagen wollte, war um Sachlichkeit bemüht und wollte jede Emotion vermeiden. Dann griff sie endlich zum Hörer.

Maas versetzte sie sogleich in Aufregung. Als sie ihren Namen nannte, war die Freude in seiner Stimme nicht zu überhören. Die Blumen seien nicht der Rede wert, er hätte sie selbst ausgesucht und jeder einzelnen Blüte eine kleine Botschaft mitgegeben.

»Welche Botschaft?«, fragte sie.

»Haben sie diese nicht überbracht? Dann haben mich die Blumen aber verraten«, meinte er.

Franziska verstand die Anspielung. Sie war froh, dass er sie jetzt nicht sehen konnte, denn sie wurde über beide Ohren rot. »Doch, etwas haben sie schon gesagt.«

»Verraten Sie mir, was?«

»Dass Sie ein feiner Mensch sind.«

»Nun, da waren meine Blumen aber ziemlich wortkarg«, sagte er beinahe flüsternd. »Ich glaube, ich darf in der Zukunft meine Botschaften nicht anderen überlassen.«

Franziska errötete wieder. Sie spürte, dass sie das Gespräch abbrechen musste, doch sie wusste nicht wie. Maas dagegen hatte nicht die Absicht, sie aus der Umklammerung zu entlassen. Er hörte das leichte Vibrieren ihrer Stimme und ihre zögernden Antworten und er war seiner Sache sicher.

»Ich habe doch versprochen, Ihnen bei der Lösung Ihres Kreuzworträtsels behilflich zu sein. Das ist ein hervorragender Grund, Sie zum Abendessen einzuladen.«

Franziska hatte während des ganzen Gesprächs geahnt, dass diese Einladung folgen würde. Dennoch hatte sie keine Antwort parat. Sie wünschte sich ein Wiedersehen mit Maas, doch sie fürchtete sich auch davor.

»Passt es Ihnen morgen?«, fragte er.

»Morgen schon?«, fragte sie verlegen.

»Was heißt hier ›schon‹? Mir scheint es eine Ewigkeit, seit ich Sie zuletzt gesehen habe.«

Franziska war völlig entwaffnet. Sie wollte sich wehren, Einwände vorbringen, hinauszögern, es gelang ihr aber nur, einen Vorwand für einen Anschein von Sachlichkeit zu wahren. »Ich bringe das Kreuzworträtsel mit, dann können wir schauen, ob Sie vielleicht die eine oder die andere Lösung kennen.«

»Ich hole Sie um acht ab.«

Franziska Hoffbaur war geschlagen und konnte nur noch mit einem kleinen Rest an Entscheidungsfähigkeit aufwarten. »Läuten Sie beim Tor, ich komme dann hinunter.«

»Ich freue mich außerordentlich und bin überzeugt, Ihnen bei dem Kreuzworträtsel helfen zu können«, sagte Maas und hatte jetzt plötzlich Eile, das Gespräch zu beenden.

»Bis dann.«

Nach dem Gespräch verharrte Franziska lange in Gedanken versunken. In einem entfernten Winkel ihres Bewusstseins spürte sie, dass sie sich auf einen schlüpfrigen, gefährlichen Pfad begeben hatte, doch ihre Willenskraft reichte nicht aus, dieser wunderbar anmutenden Bekanntschaft misstrauisch aus dem Weg zu gehen. Ihre Einsamkeit wog zu schwer, die Hoffnung auf eine warme menschliche Beziehung erfüllte sie mit heimlicher Freude.

Am nächsten Abend erschien Maas pünktlich. Franziska Hoffbaur schätzte, wie höflich er sie behandelte. Handkuss zur Begrüßung, die Wagentür aufgehalten, aufmerksame Erkundigung nach ihren Essenswünschen; Komplimente und immer und immer wieder Komplimente. Es gibt heute nur noch wenige Männer mit solch feinen Manieren, dachte sie. Sie fühlte sich bei Maas aufgehoben. Zum ersten Mal seit dem Tod ihres Mannes zog so etwas wie Friede in ihr Herz ein.

Das Abendessen verflog im Nu. Maas hatte es fertiggebracht, dass Franziska fast die ganze Zeit von sich selbst sprach, seine geschickten Fragen beantwortete und ihm die Flanke öffnete, wo er sie mit seinem Charme im Sturm einnehmen konnte. Als sie am Schluss des Abendessens mit Champagner anstießen, war sie ihm in zweifacher Hinsicht ausgeliefert. Sie war beschwipst und sie war verliebt.

»Meine Güte«, sagte Maas plötzlich. »Wir haben das Kreuzworträtsel gar nicht angeschaut!«

»Das machen wir wohl ein anderes Mal«, meinte Franziska.

»Wo denken Sie hin? Wir haben uns in erster Linie deshalb getroffen. Oder sagen wir in zweiter Linie«, ergänzte er, als er einen kaum merklichen Schatten über ihr Gesicht huschen sah. »Hier wollen sie uns rauswerfen, wir können es aber in Ruhe bei Ihnen zu lösen versuchen.«

Wäre sie ihren Grundsätzen gefolgt, so hätte Franziska den Vorschlag abgelehnt. Doch diesmal tat sie es nicht.

Am nächsten Morgen hatte sie starke Kopfschmerzen, ein neues Lösungswort des Kreuzworträtsels, ein furchtbar schlechtes Gewissen – und fühlte sich großartig.

Maas hatte tatsächlich noch etwas zur Lösung des Rätsels beigetragen. »Scholl« für den Klassensprecher hatte er schon bei der ersten Begegnung gewusst, jetzt lieferte er auch den Namen der einstigen Freundin: Xenia. Das Geheimnis begann sich zu lüften, auch wenn es sich noch nicht preisgab. Das Lösungswort sah jetzt so aus:

	B	S		H		R	U	X

25

Buddha hinkte seit vielen Jahren. Seine Behinderung war nicht schwerwiegend, doch unübersehbar. Sie war eine Erinnerung an eine Begebenheit, an die er ungern zurückdachte. Er war früher öfters in Handgemenge verwickelt gewesen. Einmal, bei einer heftigen Rauferei, wurde sein Knie irreparabel lädiert. Heute, da er besinnliche Bücher las, würde kaum jemand vermuten, dass er in seiner Jugend ein ziemlich derber Geselle gewesen war. Er war rüpelhaft und galt als gewalttätig. Bei den meisten Konflikten konnte er sich mit kleineren oder größeren Schürfwunden, Beulen oder Rippenbrüchen aus der Affäre ziehen. Nicht so bei einer üblen Schlägerei während seines Militärdienstes, als er einem schrägen Einfall folgend seine Lust an Unfug auf die Spitze trieb. Seine Einheit war während einer Feldübung in eine unwegsame Gegend verlegt worden. Ziel der Übung war, die Soldaten zur Selbsthilfe zu erziehen. Sie schliefen in Zelten, aßen aus blechernen Gefäßen, statt Heizung gab es warme Kleidung und Bewegung, und die Notdurft verrichteten sie auf einer Latrine, die nichts anderes war als ein langer Graben, über den ein Balken gelegt worden war. Sechs Personen hatten hier gleichzeitig Platz. Wie Wandervögel im Herbst hockten die Soldaten nach dem Frühstück nebeneinander und unterhielten sich gelassen während ihrer Besorgung. Buddha wollte sich die Langeweile vertreiben und warf bei vollem Haus eine Blindgranate in den Graben. Die Wirkung war verheerend. Sechs Soldaten rannten mit den Hosen bei den Knien auf dem Platz umher und schickten rohe Flüche gegen den Himmel und gegen den Kommandanten, denn sie vermuteten, er hätte mit diesem Fall eine Notsituation simulieren wollen. Erst als der Oberst eine Untersuchung einleitete und sich herausstellte, dass Buddha diesen unappetitlichen Scherz ausgeheckt hatte, richtete sich die Wut der betroffenen Kameraden gegen ihn. Eine harte Disziplinarstrafe, die er von seinen Vorgesetzten aufgebrummt erhielt, konnte die Rachegefühle der Betroffenen nicht befriedigen. Er wurde eines Tages abgefangen und lag anschließend lange Zeit im Feldlazarett. Er hatte sich nie von seinen Verletzungen erholt. Sein Knie machte ihm für den Rest des Lebens zu schaffen. Dies wäre ihm später fast zum Verhängnis geworden.

Als Buddha vor Jahren nach Berlin gekommen war, trat er zuerst die Stelle eines Hausmeisters in Kreuzberg an. Bald wurde ihm aber bewusst, dass dieser Job weder interessant noch lukrativ war. Viele Hausbewohner waren arrogant, rücksichtslos, herablassend und ungeduldig, was schon nach wenigen Wochen zu heftigen Konflikten führte. Buddha hatte die Nase voll. Er saß öfter beim Kartenspiel in der Bierschenke nebenan als in seiner Hausmeisterwohnung und kümmerte sich nicht um seine Aufgaben.

»Da kann man nicht einmal in Ruhe lesen!«, brüllte er eine Mieterin an, die sich an einem Morgen vier Mal beschwerte, der Trocknungsraum sei besetzt, wo sie doch heute ihren Wäschetag habe. Er war daher keineswegs überrascht, als ihm die Kündigung ausgehändigt wurde.

»Habt ihr für mich irgendwo ein Bett?«, fragte er die Kellnerin im Bierlokal.

Das Mädchen zog die Augenbrauen hoch. »Du hast doch eine Wohnung, oder kannst du da nicht mehr bleiben?«

»Es ist scheiße. Ich ziehe Ende der Woche aus«, sagte er.

»In drei Monaten bist du der Dritte, der dort auszieht. Ich hab mich gefragt, wie lange du es aushalten wirst.«

»Und? Hast du ein Bett für mich oder nicht?«

»Ich nicht, aber ich kenne jemanden, der kann dir vielleicht etwas besorgen. Komm übermorgen um drei Uhr nachmittags hierher.«

Buddha tat wie ihm geheißen. Als er das Lokal betrat, saß ein Mann an der Theke und plauderte mit dem Mädchen. Er stellte sich Buddha als Freddy vor und bot ihm ohne lange Umschweife einen Job als Taxifahrer und ein Zimmer zur Untermiete an, nur wenige Hundert Meter von seiner bisherigen Wohnung. Freddy erklärte, dass sowohl die Arbeit als auch das Zimmer durch einen Geschäftsmann besorgt worden seien und dass er, Buddha, im Bedarfsfall zu jeder Tages- oder Nachtzeit, selbst an Wochenenden, für Spezialfahrten bereitstehen müsste. Diese Einsätze hätten absolute Priorität. Buddha stieg auf den Deal ein. Typen, die zur Geliebten fahren und dabei nicht jedes Mal einen neuen Chauffeur rufen wollen, geben meist auch gute Trinkgelder, dachte er.

»Darauf gebe ich einen aus«, sagte er und winkte der Kellnerin, sie möge sich zu ihnen gesellen.

»Wir haben über dich Auskünfte eingeholt«, sagte Freddy plötzlich, ohne zu präzisieren, wen er mit »wir« meinte.

»Wer kennt mich schon in Berlin?«, fragte Buddha skeptisch.

»In Berlin kaum jemand. In Hamburg einige.«

Buddha war sichtlich überrascht. Warum wussten dieser Freddy und seine Leute, dass er aus Hamburg kam?

»Du scheinst ein guter Kumpan zu sein. Man kann auf dich zählen, sagte man uns. Und das ist für uns sehr wichtig. Wir brauchen zuverlässige Leute«, ergänzte Freddy.

Buddha wurde nachdenklich. Was wollten diese unbekannten Menschen von ihm als Gegenleistung für die Hilfe, die sie ihm gewährten? Er nahm sich vor, auf der Hut zu sein.

Freddy kümmerte sich um die Formalitäten für seine Zulassung als Taxifahrer. Schon nach wenigen Tagen saß Buddha hinter dem Steuerrad eines grauen Mercedes und begann seinen Dienst. Zwar war es am Anfang nicht immer leicht, die Zielorte der Fahrgäste zu finden, doch Freddy hatte ihn bei der Taxizentrale eingeführt, die ihm nützliche Tipps geben konnte. Dazu war sein Wagen mit einem Tom-Tom-Gerät ausgerüstet, das ihn problemlos durch die Stadt lotste. Er war mit dieser Arbeit glücklich. Das Warten war für ihn ein Geschenk, denn er konnte die Zeit mit Lesen ausfüllen.

Eines Tages kam er in die Bierkneipe und brachte der Kellnerin ein kleines, in rosafarbenes Papier eingewickeltes Päckchen.

»Was soll das?«, fragte sie überrascht.

»Danke, dass du mir geholfen hast«, murmelte Buddha verlegen.

»Na, schau einer an. Es gibt noch Gentlemen in dieser Welt«, lachte die Kellnerin. Sie öffnete das Päckchen und fand darin ein kleines Armband aus geflochtenen Silberketten, das sie gleich um ihr Handgelenk legte.

Die Woche darauf, am Dienstagnachmittag, erhielt Buddha einen

Anruf von Freddy. Er gab ihm die Adresse eines Billardlokals an der Friedrichstraße, wo er sich am nächsten Nachmittag um drei Uhr einstellen sollte.

Buddha nahm an, dass er die erste »Spezialfahrt« ausführen sollte und pflegte seinen Wagen mit besonderer Sorgfalt. Er kam pünktlich an der angegebenen Adresse an und betrat das Lokal. Eine ziemlich schäbige Kneipe für einen Geschäftsmann, dachte er, als er den Ort betrachtete. Die alte Bartheke, dahinter eine schmuddelige rothaarige Mieze, der ziemlich drangsalierte Billardtisch, die wackligen Holzstühle, alles deutete eher auf eine heruntergekommene Kundschaft als auf feine »Geschäftsmänner« hin. Freddy saß an einem Tisch und las die Tageszeitung.

»Da bist du ja. Komm mit«, sagte er kurz und ging zu einer Tür, die sich an der hinteren Wand des Lokals befand. Sie betraten einen fensterlosen Raum. In der Mitte stand ein großer, ovaler Tisch mit sechs Stühlen, an der Wand links von der Tür befand sich ein bis zur Decke reichender Schrank und an der anderen eine Sitzgruppe mit Salontisch, einem Sofa und zwei Sesseln. Ein großer Fotokalender mit einer aufreizenden Badenixe hing über dem Sofa. Die Möbel waren etwas weniger schäbig als in der Kneipe, doch die Einrichtung sah auch hier nicht gerade nach einem Chefbüro aus. Am Tisch saßen zwei Männer, ein schwarzhaariger jüngerer und ein großer, schlanker, etwa vierzig Jahre alter Mann mit sehr gepflegtem Äußerem.

»Chef, das ist Geoffrey, der Taxifahrer«, sagte Freddy.

»Willkommen, Geoffrey«, begrüßte ihn der elegante Mann, den Freddy als Chef ansprach. »Ich heiße Reinhold Maas, doch alle nennen mich nur Gece.«

»Und mich nennen alle nur Buddha.«

»Gut, Buddha. Ich habe eine Arbeit für dich.«

»Verdanke ich meinen Job Ihnen, Gece?«

»Dir, mein Guter, sage dir, wir duzen uns doch.«

Buddha blickte verlegen. »Jedenfalls möchte ich dir danken, ich bin sehr glücklich über diese Möglichkeit.«

»Du wirst Gelegenheit haben, uns deine Dankbarkeit zu bezeugen. Morgen fangen wir damit an«, sagte Gece und breitete eine Landkarte auf dem Tisch aus. »Weißt du, wo Wittenberge liegt?«

»Natürlich. Etwa auf halbem Weg nach Hamburg.«
»Na ja, halber Weg ist ein wenig grob geschätzt. Es sind hundertsiebzig Kilometer, bei ruhiger Fahrt etwa zwei Stunden Fahrzeit. Kannst du Karten lesen?«
»Natürlich.«
»Bei dir scheint alles natürlich zu sein.«
»Ich habe schließlich gedient.«
»Mit diesem Bein?«, fragte Gece.
»Ja, mit diesem Bein. Damals war es noch ziemlich neu.«
Gece konnte ein Schmunzeln nicht unterdrücken. »Siehst du, hier ist der Bahnhof von Wittenberge«, fuhr er fort und stach mit dem Finger auf einen Punkt auf der Landkarte. »Und hier ist die Landstraße B 189.«
Buddha verfolgte aufmerksam Geces Erläuterungen. Er kannte Wittenberge von früher, als er noch in Hamburg gewesen war. Er fuhr ab und zu dorthin, um einem Freund im Jachthafen bei Reparaturarbeiten zu helfen. Er verschwieg dies aber, denn Geces Bemerkung, dass für ihn alles »natürlich« sei, stimmte ihn vorsichtig.
»Vom Bahnhof hast du höchstens zehn Minuten, um nach Eickerhöfe zu fahren. Du wirst Dummy genau um halb sechs am Bahnhof abholen«, sagte Gece und zeigte auf den Schwarzhaarigen neben sich. »Pünktlich, aber auch nicht zu früh.«
»Wann kommt der Zug dort an?«, wollte Buddha wissen.
»Er kommt nicht mit dem Zug. Er wartet dort auf dich«, antwortete Gece. »Dann fahrt ihr beide an diese Stelle«, sagte er und legte den Finger auf die Karte, »und dann fährst du auf der Straßenbrücke über die Elbe. Nach 1300 Metern biegst du auf den Weg nach Eickerhöfe links ein. Und fährst 900 Meter weiter, bis zur Unterführung bei der Bahnlinie, und wartest dort. Du wendest, stellst den Wagen unter die Bahnbrücke und achtest darauf, dass dich niemand sieht. Es ist schließlich nicht alltäglich, dass auf einer verlassenen Landstraße ein Taxi wartet.«
»Soll ich vielleicht den Wagen unsichtbar machen?«, brummte Buddha.
Gece runzelte die Stirne und sah ihn verärgert an. Buddha er-

kannte, dass er es nicht mochte, wenn man ihn wegen unüberlegten Bemerkungen bloßstellte.

»Da fahren nicht viele durch, meine ich. Dazu ist es um diese Tageszeit schon dunkel. Wenn ihr unter der Eisenbahnlinie bleibt, sieht man euch nicht. Für alle Fälle könnt ihr den Kofferraum des Wagens aufmachen und so tun, als würdet ihr etwas suchen.«

»Oder unter der Motorhaube herumfummeln«, schlug Buddha vor.

»Nein, das wäre dumm, denn falls jemand zufällig vorbeikommt, wird er wohl anhalten und euch Hilfe anbieten. Oder sogar den Pannendienst holen.«

Buddha nickte. Dummy, der Schwarzhaarige, saß die ganze Zeit unbeteiligt neben Gece, als ob er mit diesem Plan nichts zu tun hätte.

»Und noch etwas«, sagte Gece. »Beim Losfahren in Berlin stellst du den Taxizähler ein.«

»Wer zahlt mir die Fahrt?«, fragte Buddha.

Gece holte seine Brieftasche aus dem Sakko und warf zweihundert Euro auf den Tisch. »Ist das genug?«

Buddha wurde es ungemütlich. »Die Arbeit«, wie es Gece nannte, schien ihm verdächtig, und jetzt hatte er auch noch den Mann verärgert.

»Wenn es für dich ist, geht das schon in Ordnung«, sagte er und schob die Scheine wieder vor Gece.

»Nein, behalte das Geld. Für mich arbeitet niemand umsonst.«

Zögernd steckte Buddha die Banknoten ein.

»Hast du noch Fragen?«

»Nein, alles klar. Heißt das, ich kann jetzt gehen?«

»Ja. Also bis morgen. Ich wiederhole: pünktlich. Dies ist wesentlich. Solltest du unerwartete Probleme haben, ruf Dummy an.« Er riss ein Stück von der Zeitung ab, schrieb eine Nummer drauf und reichte es Buddha.

Beim Hinausgehen entließ ihn die Rothaarige mit einem kecken Tschüss, als wären sie alte Bekannte. Buddha wurde nachdenklich. Der Auftrag behagte ihm nicht. Jemanden an einem fernen Bahnhof abzuholen, war zwar nichts Außergewöhnliches. Doch dieses

Versteckspiel, das war verdächtig. Er wollte unter keinen Umständen in etwas hineingezogen werden, was ihm Schwierigkeiten einbringen könnte. Andererseits wollte er seinen Job auch nicht aufs Spiel setzen. Nur ruhig Blut bewahren, dachte er. Vielleicht muss ich nur eine Dame abholen. Und dieser Dummy ist zur Sicherheit da, oder er weiß, wohin sie gefahren werden muss. Diese Überlegungen beruhigten ihn wieder.

Den Nachmittag verbrachte er mit einigen Fahrten und er dachte nicht mehr viel an seinen Auftrag am nächsten Tag. Erst am Abend befielen ihn wieder Sorgen. Er malte sich die wüstesten Szenarien aus, bevor er schließlich einschlief. Er hatte Albträume. Maskierte bewaffnete Männer überfielen und verschleppten ihn, er wurde im Hinterhof eines Bauerngutes in eine Hundehütte gesperrt und wusste, dass in jedem Augenblick ein großer, böser Hund seinen Platz einnehmen könnte. Dann stand plötzlich dieser Gece vor ihm und lachte höhnisch, wie ein Teufel. Schweißgebadet erwachte er und war froh, dass diese Chimäre ein Ende fand.

Er nahm sich vor, am nächsten Nachmittag beizeiten loszufahren, um die Gegend zu erkunden. So war er schon kurz nach halb drei in Wittenberge, fand die angegebene Unterführung ohne Probleme und fuhr in das Städtchen zurück. Er setzte sich in ein Café und las die Tageszeitung. Die Zeit schien nicht zu vergehen. Leute kamen und gingen, sie kannten und begrüßten sich untereinander und nahmen ihn mit einem Kopfnicken zur Kenntnis. Um zwanzig nach fünf endlich hinkte er aus dem Café und fuhr zum Bahnhof. Inzwischen war es dunkel. Mit Besorgnis stellte er fest, dass Dummy nicht auf ihn wartete. Langsam fuhr er beim Bahnhofsplatz vorbei, aber Dummy war nirgends zu sehen. Er hielt unschlüssig an. Dann klopfte jemand an die Scheibe. Dummy war wie aus dem Nichts aufgetaucht. Buddha löste die Türverriegelung und Dummy setzte sich auf den Hintersitz. Er hatte eine Sporttasche bei sich.

Buddha startete den Wagen. Nach der Autobrücke bog er links ab.

»Fahr hier kurz an die Seite«, befahl ihm Dummy. Buddha folgte ohne Widerrede.

»Entferne dein Taxischild.«

Mit geübten Handgriffen montierte Buddha die Taxilampe ab. Dann fuhren sie wieder los.

Pünktlich zur vorgegebenen Zeit stand der Wagen unter der Eisenbahnlinie.

»Gece hat gesagt, du sollst wenden«, erinnerte ihn Dummy.

Nach dem Wendemanöver stieg Buddha aus.

»Was zum Teufel willst du draußen?«, raunzte ihn Dummy an.

»Wir sollen uns nicht blicken lassen, hat Gece gesagt.«

»Ich muss mal. Ich geh ins Gebüsch, damit man mich nicht sieht.«

Durch das Blätterwerk sah Buddha, wie sich ein Zug näherte. Er beeilte sich mit seinem Geschäft und war auf dem Weg zum Wagen zurück, als der Zug plötzlich unter lautem Quietschen zum Stillstand kam. Eine Tür öffnete sich, ein Mann sprang auf die Böschung und rannte gebückt, mit einem kleinen Koffer in der Hand, auf den Wagen zu. Buddha erkannte Gece erst, als dieser wenige Meter entfernt war. Er wurde nervös und befürchtete Schelte. Schnell rannte er zum Wagen zurück und riss die Tür auf, um Gece einsteigen zu lassen.

»Fahr los!«, befahl Gece.

Buddha ließ den Motor anspringen und gab Gas.

»Du fährst den Weg zurück, auf dem du gekommen bist.«

Buddha blickte in den Rückspiegel und sah, wie sich Dummy am Aktenkoffer zu schaffen machte.

»Vielleicht haben sie eine Farbbombe eingebaut«, murmelte er vor sich hin.

»Unsinn. Das ist nur bei Raubüberfällen sinnvoll. Dann kann man das Geld nicht gebrauchen, weil es sich verfärbt. Doch in diesem Fall ist das sinnlos. So könnten sie gleich darauf verzichten, das Lösegeld zu liefern. Der Chinese muss doch freikommen, meinst du nicht auch?«

Dummy nickte und fummelte weiter am Schloss. Plötzlich öffnete sich der Koffer mit einem metallischen Klang. Buddha blickte in den Rückspiegel und erstarrte. Dummy packte bündelweise Geld in seine Sporttasche. Auf der Autobrücke öffnete er das Fenster und warf den Aktenkoffer in hohem Bogen in die Elbe.

»Wie ich dachte: Sie haben ein GPS-Ortungsgerät eingebaut«, sagte er.

»Schön, sie werden jetzt der Strömung folgen«, bemerkte Gece kichernd.

Kurz nach der Autobrücke ließ Gece den Wagen in einem kleinen Waldstück anhalten. »Jetzt mach dein Taxischild wieder dran. Du fährst nach Berlin zurück und lässt dich bei einigen Kollegen blicken. Du wirst Zeugen brauchen, die dich bei der Arbeit gesehen haben.«

Buddha schloss die Augen. Also doch! Man hatte ihn in irgendeine Schweinerei hineingezogen.

»Um elf Uhr kommst du wieder in den ›Keller‹«, fügte Gece hinzu.

»Wohin bitte?«, fragte Buddha.

»Ins Lokal, wo du gestern warst, an der Friedrichstraße. Wir nennen es den Keller.«

»Ach so, natürlich.«

Gece und Dummy stiegen aus und gingen zu einem grauen Opel, der hier geparkt war.

»Den Zähler bis Berlin nicht mehr einschalten«, sagte Gece, anstatt sich zu verabschieden.

Buddha führte alle Anweisungen aus. Er fuhr zügig nach Berlin zurück, nahm seine Arbeit auf und steuerte diverse Standplätze an, wo er mit einigen Kollegen ein wenig tratschte. Er fürchtete, er könnte jeden Augenblick von der Polizei abgeholt werden. Doch die Zeit verstrich ohne besondere Vorkommnisse.

»Gute Arbeit, Buddha«, sagte Gece zur Begrüßung, als er am Abend im Keller eintraf.

»So schwer war das gar nicht«, entgegnete er.

Jetzt wollte Gece in allen Einzelheiten erfahren, was Buddha an diesem Tag getan hatte. Wann er in Wittenberge eingetroffen sei, was er in der Zeit bis halb elf gemacht habe, mit wem er gesprochen habe, wie die Rückreise verlaufen sei.

Buddha berichtete, er habe sich kurz nach Mittag auf den Weg gemacht, in Wittenberge zuerst den Treffpunkt gesucht, beinahe einundhalb Stunden in einem Café gewartet und die Zeitung gelesen. Danach habe er Dummy abgeholt und sich zum Treffpunkt begeben. Er erzählte, dass die Rückreise ohne besondere Vorkommnisse verlaufen sei, und wie viele Fahrten er am Nachmittag unternommen hatte.

»Du bist wahrscheinlich einigen Leuten in Wittenberge aufgefallen. Vielleicht wirst du von der Polizei befragt werden.«

Buddha erbleichte und fluchte innerlich, weil er die Stelle des Hausmeisters aufgegeben hatte. Dort wäre ihm eine solche Bescherung bestimmt nicht eingebrockt worden.

»Was ich dir jetzt erzähle, musst du im Schlaf aufsagen können, kapiert?«, sagte Gece.

Buddha nickte.

»Wenn du sie nicht überzeugen kannst, wirst du der Mittäterschaft bei der Affäre bezichtigt werden.«

Buddha wagte nicht zu fragen, was diese »Affäre« genau war und welcher Gefahr er eigentlich ausgesetzt gewesen war.

»Kapiert?«, fragte Gece erneut.

»Natürlich.«

Gece prüfte ihn mit einem scharfen Blick, bevor er fortfuhr. »Am Mittag, zu der Zeit, als du wirklich abgefahren bist, hat dich ein Fahrgast gebeten, ihn nach Wittenberge zu fahren. Du wolltest mit ihm während der langen Fahrt ins Gespräch kommen, doch der Mann war verschlossen und las während der ganzen Reise irgendwelche Akten durch. In Wittenberge hast du ihn zur Polizeiwache gefahren und er hat dich gebeten, eine Viertelstunde auf ihn im Café zu warten. Du hast dort die Zeitung gelesen und mit niemandem gesprochen. Als dein Fahrgast nach über eineinhalb Stunden nicht wieder aufgetaucht ist, hast du dich auf die Suche nach ihm begeben. Du bist in der Ortschaft und in der Gegend herumgefahren und schließlich hast du dich entschieden, wieder zurückzufahren. Falls sie dich fragen, ob er das Fahrgeld bezahlt hatte, sagst du natürlich ja. Er hat dir sogar ein hohes Trinkgeld gegeben.«

Buddha hörte aufmerksam zu. Er verstand, dass mithilfe von Geces Anweisungen eine glaubwürdige Erklärung für seine Anwesenheit in Wittenberge konstruiert wurde.

»Man wird dich auch fragen, wie der Mann ausgesehen habe. Du musst ihn möglichst detailliert schildern. Damit das klappt, wirst du dir irgendeinen Bekannten vorstellen, den du gut kennst. Du

kannst dann seine Körpergröße, seine Gesichtsform, seine Haare, seinen Gang beschreiben.«
»Aber dann verhaftet die Polizei ja möglicherweise einen Unbeteiligten.«
»Du kannst ja zwei Bekannte kombinieren. Das Gesicht eines Kleinwüchsigen mit dem Wuchs eines Riesen.«
Buddha gefiel der Vorschlag. Es kam seiner Freude am Erzählen sehr entgegen. »Alles klar, Chef. Das krieg ich schon hin.«
»Sollte dir noch irgendetwas einfallen, das du jetzt vergessen hast, lass es mich wissen«, fuhr Gece fort.
Buddha versicherte ihm, er würde dies tun.

Einige Tage nach dieser undurchsichtigen Aktion wurde er tatsächlich von der Polizei verhört. Man hatte ihn aufgrund von Zeugenaussagen, die besonders seinen hinkenden Gang erwähnt hatten, identifiziert, aber als er befragt wurde, konnte man ihm keine Widersprüche nachweisen. Der Taxizähler wies in der Tat eine Fahrt von der Länge der Distanz Berlin–Wittenberge auf, viele hatten seine Anwesenheit im Café bestätigt und etliche Kollegen konnten bezeugen, dass er an jenem Tag regulär gearbeitet hatte. Das Alibi Buddhas war seine Arbeit.

Die Antworten, die ihm Gece eingebläut hatte, wurden protokolliert und es machte den Anschein, als ob die Beamten seinen Aussagen Glauben geschenkt hätten. Auf seine Frage, was all das bedeuten sollte, erhielt er keine Antwort. Er wusste, er war als Mittäter bei einer kriminellen Tat in Geces Abhängigkeit geraten.

26

Die Gefühlswelt von Franziska Hoffbaur war völlig aus den Fugen geraten. In bestimmten Momenten machte sie sich schwere Vorwürfe, sie hätte ihren verstorbenen Mann verraten. Dieser Gedanke hing wie eine dunkle Wolke über ihren Empfindungen und lähmte sie.

Andererseits aber fühlte sie sich glücklich, beinahe euphorisch. Die Begegnung mit Maas empfand sie als Bereicherung, gar als Geschenk des Himmels. Wenn sie aus dieser Perspektive an den gestrigen Abend zurückdachte, entpuppte sich ihr schlechtes Gewissen als unecht und theatralisch. Ihr Mann hätte sie gewiss nicht verurteilt, versuchte sie sich zu überzeugen. Wie hilfreich wäre es jetzt gewesen, eine echte Freundin zu haben, der sie ihre intimsten Gefühle hätte anvertrauen können. Sie war sich bewusst, dass es ihre Schuld war, dass sie keine Freundinnen hatte. Sie hatte aber ein großes Bedürfnis, mit jemandem zu sprechen, wenn schon nicht über ihre neue Situation, so doch zumindest über irgendetwas. Einfach reden. Sie entschloss sich, Franke anzurufen. Als sie von Frau Reisch durchgestellt worden war, erzählte sie ihm, sie hätte beim Entziffern des Kreuzworträtsels Fortschritte erzielt, die sie ihm gerne zeigen würde, vielleicht würden sie ihm, der ihren Mann gekannt hatte, einen Sinn enthüllen.

Franke freute sich, von ihr zu hören, und schlug ihr vor, am Nachmittag um drei Uhr in seine Kanzlei zu kommen.

Als er in das Vorzimmer trat, merkte Gertrud Reisch sofort, dass er im Gespräch mit Frau Hoffbaur etwas Aufregendes erfahren hatte.

»Sie kommt heute Nachmittag in die Kanzlei«, legte er gleich los. »Ich werde etwas Verspätung vorspielen, dann können Sie ein wenig allein mit ihr sein.«

Gertrud Reisch blickte ihn über den Rand ihrer Brille fragend an.

»Sie erinnern sich, wir haben gemeint, Sie könnten mit ihr Freundschaft schließen.«

»Ach ja, natürlich. Oder es zumindest versuchen.«
»Ich wäre glücklich, wenn uns dies gelingen würde.«
Du wärst wohl glücklich, wenn *dir* das gelingen könnte, dachte die Sekretärin. Doch sie sah nichts Böses darin, ihrem verknallten Chef ein wenig als Kupplerin beizustehen.
»Wann kommt sie?«, fragte sie.
»Um drei. Sagen Sie ihr, ich wäre in einer Sitzung länger als vorgesehen aufgehalten worden, würde aber bald eintreffen.«
»Schon gut, Herr Franke, wir werden die Zeit bestimmt gut nützen.«
In der Mittagspause kaufte Gertrud Reisch zwei Schnitten Kirschtorte mit Likör und einige Nelken.
Pünktlich um drei traf Franziska Hoffbaur ein. Gertrud Reisch half ihr aus dem Mantel und bat sie, im Vorraum Platz zu nehmen.
»Herr Franke hat soeben angerufen, er ist aufgehalten worden und er bittet um Entschuldigung. Er wird so schnell wie möglich herkommen.«
»Kein Problem«, antwortete Franziska. »Ich habe keine Eile.«
»Da können wir ja einen Kaffee zusammen trinken«, schlug die Sekretärin vor. »Nehmen Sie doch Platz.« Sie zeigte auf die Sitzgruppe und ging, ohne eine Antwort abzuwarten, zur Kaffeemaschine.
»Bitte, machen Sie sich keine Umstände.«
»Umstände? Nein, ich hätte mir ohnehin Kaffee gemacht. Ich habe sogar eine Kirschtorte hier. Sie wird Ihnen schmecken.«
Frau Hoffbaur hatte zwar keine Lust auf Kaffee und Kuchen, wollte aber die liebenswürdige Sekretärin nicht enttäuschen. So saßen sie bald schon nebeneinander und begannen zu plaudern.
»Ich bin froh, dass Sie heute besser aussehen, Frau Hoffbaur«, meinte Gertrud Reisch.
»Der Tod meines Mannes hat mich stark mitgenommen. Es hat viel Zeit gebraucht, diesen Schlag zu verarbeiten.«
»Wir alle waren sehr betroffen und wie müssen erst Sie gelitten haben.«
Franziska Hoffbaur schwieg. Sie spürte, dass ihre Gesprächspartnerin sie stärken wollte und ging auf diese Plattitüde nicht ein.

»Da ist es sehr wichtig, Freunde zu haben«, fuhr Getrud Reisch fort.

»Das ist eben mein Problem«, sagte Franziska nachdenklich. »Ich habe mich abgeschottet, und das ist wirklich nicht sehr heilsam.«

»Haben denn Ihre Freundinnen nicht eingegriffen?«

Franziska antwortete nicht.

Ein kurzes Schweigen entstand. Erst nach einer Weile griff Gertrud Reisch den Faden wieder auf. »Sie werden doch bestimmt viele Freundinnen haben«, sagte sie zögernd.

»Nein, ich habe keine Freundinnen«, sagte Franziska.

»Das glaube ich nicht. Sie sind ein äußerst gewinnender Mensch, da möchte doch jede Frau, die Sie kennt, Ihre Freundin werden.«

Franziska Hoffbaur schüttelte traurig den Kopf. »Bekannte ja. Freundinnen nein.«

»Es fällt mir wirklich schwer, das zu glauben, Frau Hoffbaur. Ich jedenfalls wäre glücklich, einen Menschen wie Sie zu meinen Freundinnen zählen zu dürfen.«

Franziska blickte sie mit einem schüchternen Lächeln an. »Sagen Sie das im Ernst?«

»In allem Ernst.«

»Ich danke Ihnen. Vielleicht können wir eines Tages wirklich Freundinnen werden.«

Das Telefon unterbrach das Gespräch. Gertrud Reisch gab einige kurze, sehr sachliche Auskünfte und legte den Hörer wieder auf. Sie wollte den Bogen nicht überspannen und lenkte die Diskussion auf ein anderes Thema.

»Möchten Sie noch einen Kaffee?«, fragte sie.

»Nein, danke, ich bin ohnehin schon äußerst nervös.«

»Nervös, warum?«

»Wissen Sie, es gibt viele Dinge, auf die ich nicht vorbereitet bin. Vielleicht habe ich zu lange und zu sorglos im Windschatten meines Mannes gelebt und nun werde ich oft von den Ereignissen unvorbereitet überfahren.«

»Mit uns Frauen ist es leider oft so. Besonders, wenn wir behütet werden. Da fliegt plötzlich das Dach über unserem Kopf weg und wir stehen schutzlos da.«

»Das ist nur zu wahr. Auch wenn ich gerade in dieser Beziehung von Glück sprechen darf.«

Gertrud Reisch blickte Franziska Hoffbaur fragend an, traute sich aber nicht nachzuhaken.

»Stellen Sie sich vor«, begann Franziska zu erzählen. »Ich habe ganz zufällig einen früheren Schulfreund meines Mannes kennengelernt. Und plötzlich schien es mir, als ob mein Mann mir zur Seite stehe. Würde ich an solche Sachen glauben, könnte ich sagen, er habe ihn mir geschickt, um mein Leben wieder in geordnete Bahnen zu lenken.«

Frau Reisch wollte sie nicht unterbrechen und sah sie aufmunternd an.

»Es ist wie ein Lichtblick nach dieser schweren Zeit«, fuhr Franziska fort. »Er wusste nicht, dass mein Mann gestorben war, wollte nach langer Zeit mit ihm wieder Kontakt aufnehmen und steht mir seither mit Rat und Tat bei.«

»Dann haben Sie doch Freunde, liebe Frau Hoffbaur.«

»Ja, wenn Sie so wollen, *einen* Freund.«

»Er sollte demnach auch Herrn Franke kennen, der war ja auch ein Schulfreund Ihres Mannes.«

»Vielleicht. Ich weiß nicht. Vielleicht wissen Sie es? Er heißt Reinhold Maas.«

Frau Reisch erstarrte. »Was haben Sie gesagt? Reinhold Maas?«

»Ja, kennen Sie ihn?«

»Ist das ein schöner, eleganter, hoch gewachsener Mann mit einnehmenden Manieren?«

»Sie kennen ihn also?«

»Hat er ein Muttermal unter der rechten Brustwarze?«

Franziska Hoffbaur wurde über beide Ohren rot und blickte die andere verlegen an.

Gertrud Reisch wertete diese Reaktion als Antwort. Ihr Gesicht verfinsterte sich. Ungehalten sprang sie vom Sofa auf. »Entschuldigen Sie, ich muss ganz dringend im Archiv etwas suchen. Beinahe hätte ich das vergessen.« Sie stürmte hinaus.

Franziska war verunsichert. Hatte sie etwas Falsches gesagt? Offensichtlich kannte Gertrud Reisch Reinhold Maas und war nicht gut auf ihn zu sprechen. Hoffentlich habe ich sie nicht vor den Kopf gestoßen, überlegte sie.

Frau Reisch ließ sich nicht mehr blicken. Es vergingen mehr als zwanzig Minuten, bis Franke zur Tür hereinkam.

»Oh, meine liebe Franziska, entschuldigen Sie bitte, ich wurde Opfer der Bürokratie. Hoffentlich hat sich Frau Reisch um Sie gekümmert.«

»Ja, sie war äußerst liebenswürdig zu mir.«

»Wo steckt sie denn nur?«

»Sie musste etwas im Archiv suchen.«

In diesem Augenblick trat Gertrud Reisch aus dem Nebenraum. »Guten Tag, Herr Franke«, sagte sie mit gepresster Stimme.

Franke fiel ihre Kälte nicht auf. Er war vom Anblick Franziskas völlig gefangen. Ihre Schönheit wirkte noch stärker auf ihn als bei früheren Gelegenheiten, vielleicht auch deshalb, weil sie nicht mehr so abgehärmt wirkte wie bei ihrem letzten Besuch. »Kommen Sie doch, Franziska«, forderte er sie auf und öffnete die Tür zu seinem Büro. »Sie haben Neuigkeiten, sagten Sie am Telefon?«

»Ja, ich habe bei der Lösung des Kreuzworträtsels Fortschritte gemacht.«

Sie entnahm ihrer Handtasche ein gefaltetes Blatt und legte es vor Franke auf den Tisch.

	B	S		H		R	U	X

Franke blicke sie neugierig an. »Wie haben Sie das angestellt?«

»Einige Antworten habe ich in den Ordnern meines Mannes gefunden. Und dann hatte ich auch eine Menge Glück.«

»Das braucht man ab und zu auch im Leben. Haben Sie konkrete Hinweise entdeckt?«

»Nicht direkt. Ich habe einen früheren Klassenkameraden von Stefan kennengelernt. Er hat mir ziemlich viel geholfen.«

Franke runzelte die Stirn. »Den müsste ich ja auch kennen, meine ich.«

»Reinhold Maas heißt er.«

Franke dachte nach, zog die Mundwinkel hinunter und schüttelte leicht den Kopf. »Ich kann mich an keinen Reinhold Maas erinnern.«

Franziska griff erneut in ihre Handtasche und nahm eine Fotografie heraus. Franke betrachtete die Aufnahme lange.

»Ja, das ist zweifellos Stefan. Doch den anderen kenne ich nicht.« Er wendete das Foto und las den Vermerk. Auch der Name Gece ist mir fremd.«

»Er hat mir erzählt, Gece wären die Initialen von Gary Cooper. So hatten ihn die Mädchen in der Schule genannt.«

Franke hob die Augenbrauen. »Das hätte ich sicher auch gewusst. Eigenartig. Sehr eigenartig«, meinte er mit leichtem Kopfschütteln. »Anderseits ist die Aufnahme echt. Man sieht im Hintergrund das Schulgebäude. Vielleicht war er nur kurz da, als ich noch in der Unterstufe war.«

Franke kratzte sich hinter dem Ohr. Es war ihm anzusehen, dass er unsicher wurde. Die vielen Jahre, die seit der Jugend vergangen waren, hatten zwar manches in den Nebel des Vergessens gehüllt, dennoch schien es befremdlich, dass er sich an den Namen einzelner Mitschüler nicht erinnern konnte. Dieser Gece war zwar nicht in seine Klasse gegangen, aber er hatte so ziemlich alle in der Schule gekannt, besonders die Großen. Namen vergaß man häufig, doch an Gesichter erinnerte man sich auch nach Jahrzehnten.

»Und Sie sagen, er hätte Ihnen bei der Lösung des Kreuzworträtsels viel geholfen?«

»Ja, er kannte den Namen des Klassensprechers und wusste die Antwort auf die Frage nach der früheren Freundin.«

»Dann müssen wir ihm wohl glauben.« Dann begann er, das Blatt zu prüfen. »Abscherux, abscharux, abschorux«, versuchte er die Kombination zu erraten. »Das ist wirklich rätselhaft. Sind Sie sicher, dass alle Buchstaben richtig sind?«

»Ja, absolut sicher.«

»Und dieser Gece war nicht in der Lage, die letzten drei Fragen zu beantworten?«

»Ich glaube, er will darüber nachdenken. Er ist jedenfalls ein äußerst nobler Mensch.«

Franke lächelte gequält. Dieser Typ gefiel ihm nicht. Er verspürte

Neid, ja Eifersucht, wenn er daran dachte, dass nicht er, sondern ein anderer sich Franziskas Vertrauen erschlichen hatte. Er beschloss, das Thema zu wechseln. Er war in diese Frau verliebt und wollte sie für sich erobern.

»Darf ich Sie, liebe Franziska, nächstens zum Abendessen einladen?«, fragte er und bereute sogleich seine Avance, denn er war sich unverzüglich bewusst, dass er banal und plump wirkte. Ferner hatte er schon einmal einen Korb eingefangen.

Franziska blickte ihn überrascht und ein wenig verlegen an. Diese Frage kam für sie ungelegen. »Oh, Michael, ich danke Ihnen, aber, wie ich das schon früher gesagt habe, bin ich noch nicht sehr aufgelegt, auszugehen.«

»Natürlich, verzeihen Sie! Ich möchte Ihnen nur zu Bewusstsein bringen, dass es eine Welt außerhalb Ihrer vier Wände gibt.«

»Sie werden mich kaum verstehen, doch glauben Sie mir, ich finde mich am besten in meinen vier Wänden zurecht.«

»Gut, versprechen Sie mir aber, dass Sie mich anrufen werden, falls Sie irgendwann Lust auf ein wenig frische Luft verspüren.«

»Versprochen. Und Sie versprechen, mir zu helfen, dieses verflixte Rätsel zu lösen.«

Franke verstand, dass diese Bemerkung das Ende ihrer Konversation bedeutete. »Das muss ich Ihnen nicht versprechen. Dies versteht sich von selbst«, sagte er mit einem freundlichen Nicken.

Franziska erhob sich und gab ihm die Hand. »Danke, dass Sie mir ein Freund bleiben.«

Franke fühlte sich bei diesem Satz sofort besser. So aussichtslos war seine Lage also doch nicht. Er begleitete sie in den Vorraum und half ihr in den Mantel. Gertrud Reisch war nicht zu sehen. Erst nachdem Franziska Hoffbaur die Tür hinter sich geschlossen hatte, kam sie aus dem Archivraum. Franke bemerkte ihren Missmut.

»Ist etwas nicht in Ordnung, Frau Reisch?«

»Fragen Sie mich lieber nicht, Herr Franke.«

»Fragen darf ich wohl. Es liegt an Ihnen zu entscheiden, ob Sie antworten wollen.«

»Ich hasse Scheinheilige, so gut sollten Sie mich schon kennen.«

»Wer ist denn scheinheilig?«

»Diese noble Dame Frau Hoffbaur, mit der ich mich anfreunden soll.«

Franke starrte sie an. Was mochte wohl geschehen sein, dass seine Sekretärin so über Franziska urteilte? Erst jetzt fiel ihm auf, dass sie bei seinem Eintreffen allein im Vorraum gewesen und Frau Reisch die ganze Zeit verschwunden war.

»Na, legen Sie los, kommen Sie zu mir«, sagte er und ging in sein Büro.

Sie folgte ihm nur unwillig, setzte sich ohne Aufforderung und blickte finster drein. Franke nickte ihr auffordernd zu.

»Sie hat sich einen Cicisbeo zugelegt.«

»Einen Cicisbeo?«

»Einen Lover, wenn Sie das lieber haben.«

Franke zuckte leicht zusammen, versuchte aber, sich zu beherrschen. »Ja, darf sie das denn nicht?«

»An sich schon. Das Gemeine dran ist nur, dass sie mir meinen Freund abspenstig gemacht hat.«

Franke glotzte sie an, als würde er Gespenster sehen. »Das kann ich kaum glauben.«

»Glauben Sie mir das ruhig. Ich habe sie überführt, es gibt keinen Zweifel daran, dass sie mich mit ihm betrogen hat.«

»Wenn man die Dinge richtig anschaut, dann müsste man sagen, *er* hat Sie mit ihr betrogen, glauben Sie nicht auch?«

»Es ist gleichgültig, wie die Reihenfolge aufgestellt wird, die Tatsache ist, dass sie mir meinen Freund weggeschnappt hat.«

»Ja, die Frau hat eine große Wirkung auf Männer. Sie hätten ihr Ihren Freund nicht vorstellen sollen.«

»Na, Sie meinen, ich wäre so dumm? Ich bin Frau Hoffbaur bis heute nur einmal hier in der Kanzlei begegnet. Ich habe erst heute erfahren, dass sie ihn kennt.«

»Und heute kommt Frau Hoffbaur und sagt Ihnen: Liebe Frau Reisch, ich bin mit Ihrem Freund ins Bett gegangen?«

Die Augen von Gertrud Reisch funkelten vor Zorn. »Wollen Sie mich verspotten?«

»Nicht im Geringsten, aber es fällt mir schwer, die Zusammenhänge zu ordnen.«

»Unglücklicherweise war er ein Mitschüler ihres verstorbenen Mannes.«
»Meinen Sie etwa diesen Reinhold Maas?«
»Genau den meine ich. Kennen Sie ihn?«
»Sie hat mir heute von ihm erzählt, aber ich kann mich nicht an ihn erinnern. Ich finde diese Geschichte ziemlich merkwürdig. Dieser Maas ist mir unbekannt. Aber dennoch, sie hat mir ein Foto gezeigt, auf dem er als junger Mann mit Hoffbaur abgebildet ist.«
»Ein Foto hat sie also. So weit habe ich es nicht gebracht.«
»Ich frage mich, warum sie Ihnen das alles erzählt hat, wenn sie doch gewusst hat, dass Sie mit Maas befreundet waren.«
Gertrud Reisch schwieg.
»Sie wusste es nicht, nicht wahr?«
Sie sah stumm zur Seite.
Franke erfasste die Situation. »Frau Hoffbaur kam heute in die Kanzlei und hat Ihnen nichts ahnend von Maas erzählt. Ich kann mir trotzdem nicht vorstellen, dass sie Ihnen gleich mit der Bettgeschichte aufgerückt ist.«
»Das nicht, ich habe es aber einwandfrei aus intimen Details ableiten können.«
Franke hob fragend die Augenbrauen.
»Sie wusste, dass er ein Muttermal unter der rechten Brustwarze hat. Woher soll sie das erfahren haben, wenn nicht beim …« Sie sprach den Satz nicht zu Ende.
»Bei einem Mann kann man die Brustwarze leichter sehen als bei Frauen. Beim Baden etwa.«
Gertrud Reisch lachte höhnisch.
»Da begegnen sich zwei Menschen und beschließen, unverzüglich in die Schwimmhalle zu gehen. Oder meinen Sie, dass sie sich dort kennengelernt haben?«
»Und sie hat Ihnen gesagt, ja genau dort hat er ein Muttermal?«
»Sie wurde über beide Ohren rot und konnte gar nichts sagen.«
»Und dann haben Sie die Frau angeschrien und ihr gesagt, sie hätte Ihren Freund verführt.«
»Lassen wir das, ich habe keine Lust, noch ein einziges Wort über

diese Sache zu verlieren. Entschuldigen Sie, ich habe zu tun.« Gertrud Reisch stand auf und ging an ihren Arbeitsplatz zurück.

Franke stützte seinen Kopf auf die Hände. Sein Herz war mit Bitterkeit erfüllt. Es war unsinnig, doch er fühlte sich bestohlen, ja betrogen. Er hatte gedacht, so etwas wie ein Vorrecht auf die Frau seines verstorbenen Freundes zu haben. Jetzt war sie ihm entwischt. Mit diesem verdammten Maas, an den er sich gar nicht erinnern konnte.

Gertrud Reisch saß ebenfalls lange reglos auf ihrem Stuhl. Sie versuchte, die Ereignisse zu ordnen. Als Erstes musste sie zugeben, dass Frau Hoffbaur ihr wahrscheinlich nicht absichtlich »ihren Freund«, wie sie Maas Franke gegenüber bezeichnet hatte, abspenstig gemacht hatte. Sie dachte an Geces Charme und an seine Verführungskünste und musste sich eingestehen, dass wohl er die ganze Schuld an dieser Affäre trug. Dann runzelte sie die Stirn. Hatte Franke nicht gesagt, er könne sich nicht an Maas erinnern? Hatte ihr Maas nicht erzählt, in Schwerin die Schule besucht zu haben? Da stimmte etwas nicht. Aber dieses Foto sprach für ihn. »Ersatzherz« hatte er gesagt. Der Typ braucht bei diesem Verschleiß wahrscheinlich Dutzende von Ersatzherzen.

Sie beschloss, Licht in diese Angelegenheit zu bringen.

Als Franziska Frankes Kanzlei verließ, hatte sie ein befremdendes Gefühl. Sowohl Frau Reisch, die ihre anfängliche Freundlichkeit brüsk über Bord warf, als sie ihr von Gece erzählt hatte, wie auch Franke, der Gece nicht zu kennen vorgab, hinterließen in ihr den Eindruck, bei diesem Besuch sei etwas schiefgelaufen. Dann diese Frage von Frau Reisch nach dem Muttermal. Hatte sie etwa …? Franziska wollte den Satz nicht zu Ende denken. Doch sie konnte der Vermutung nicht ausweichen. Dies würde bedeuten, dass auch die Sekretärin von Franke Gece näher kannte. Das würde ihren plötzlichen Sinneswandel von vorhin erklären. Das wäre wirklich peinlich, dachte sie. Auch der Umstand, dass Franke sie ausführen wollte, weckte in ihr nach wie vor zwiespältige Empfindungen. Sie gefiel ihm, das hatte sie schon bei ihrem letzten Besuch gemerkt. Sie erinnerte sich an seine Augen, an den weichen Blick voller Zärtlichkeit, und erahnte seine Gefühle. Sie merkte auch, dass ihn ihre

Absage sichtlich verstimmt hatte. Wie konnte sie diese störenden Vermutungen aus ihrem Geist vertreiben? Gece konnte sie nicht zur Rechenschaft ziehen, sie war nicht zur Richterin über sein bisheriges Leben berufen. Mit Franke konnte sie sich nicht aussprechen, das wäre zu peinlich gewesen. Mit Frau Reisch hatte sie es verdorben, da war wohl nichts zu reparieren.

Als sie zu Hause war, beschloss sie, sich abzulenken und den schwarzen Ordner nach weiteren Lösungsworten des Kreuzworträtsels zu durchsuchen. Sie ertappte sich dabei, dass ihre Augen unkonzentriert über die Zeilen flogen, ohne dass sie den Inhalt begriff. Sie musste jeden Text mehrmals von vorne beginnen. Zu allem Überdruss fand sie keine Hinweise auf das Rätsel. Ihr Mann hatte die Gewohnheit gehabt, Bücher, Filme oder Fernsehsendungen, die ihm besonders gefielen, für sich selbst kurz zu rezensieren oder mit Kommentaren zu versehen. Es war doch möglich, dass hier die letzten Lösungsworte versteckt waren! Drei Buchstaben fehlten ihr noch zum vollständigen Begriff. Waagrecht 11: Der Irre. Waagrecht 24: Mord an einem Toten. Senkrecht 17: Die traurige Witwe. Sie konnte aber vorerst keine Angaben entdecken, die Antworten geliefert hätten. Ihre Zerfahrenheit bot auch nicht die beste Voraussetzung für eine konzentrierte Suche. Sie legte den Ordner beiseite. Sie sehnte sich nach Gece, wollte ihn aber unter keinen Umständen anrufen. Insgeheim hoffte sie, von ihm ein Zeichen zu erhalten, aber ihr Telefon blieb stumm. Schließlich schaltete sie den Fernsehapparat ein und ließ sich von einer TV-Serie einlullen. Sie versuchte, die Ereignisse der letzten vierundzwanzig Stunden aufzuarbeiten. Das Abendessen mit Gece, die Diskussion um das Kreuzworträtsel, die Nacht mit ihm, der Besuch bei Franke, die Begegnung mit Frau Reisch, all das glich einer trüben Brühe. Es brauchte Zeit, um alles wieder sedimentieren zu lassen. Sie fühlte sich müde und beschloss, die Suche nach den fehlenden Wörtern auf den nächsten Tag zu verschieben.

Entgegen ihrer Befürchtung schlief sie schnell ein und hatte eine erholsame Nacht. Als sie am nächsten Morgen erwachte, war ihre Verwirrung vom Vortag zum Teil verflüchtigt. Sie wollte nun zügig an der Lösung des Kreuzworträtsels arbeiten, um diese Sorge loszuwerden. Die geheimnisvolle Botschaft ihres Mannes wurde mit jedem Tag belastender für sie. In letzter Zeit musste sie oft gegen Zweifel ankämpfen. Sollte sie am besten den ganzen Kram in den Abfalleimer werfen und sich mit einem Rundschlag von diesem Druck befreien? Was war diese verschlüsselte Nachricht wert? Lohnte es sich überhaupt, darauf Zeit und Nerven zu verschwenden? Schließlich versuchte sie, diese kleinmütigen Gedanken zu verscheuchen. Ihr Mann hätte sie bestimmt nicht zum Spaß mit einer unnötigen Sorge belastet. Dazu hatte er sie zu sehr geliebt. Sie fühlte die Verantwortung, die auf ihren Schultern ruhte. Sie nahm den schwarzen Ordner zur Hand.

Die Sammellust ihres Mannes stellte sie vor ein zeitraubendes Problem. Unzählige Zeitungsausschnitte, schön säuberlich auf Blätter aufgeklebt, mit Datum und Seitenzahl der Quelle versehen, mussten gelesen werden. Viele bezogen sich auf die Stellung der Frau in aller Welt, in Israel, in den islamischen Staaten, in Afrika, ja auch in westlichen Ländern. Die Frage »traurige Witwe« hätte hier versteckt werden können, doch keiner der Artikel wollte einen Schritt weiter führen. Die Berichte über Witwenverbrennungen in Indien oder Erbverweigerung in muslimischen Ländern hätten zwar inhaltlich zu diesem Thema gepasst, doch sie fand keinen Schlüssel, der die Tür zur »traurigen Witwe« öffnen wollte. Sie verbrachte den ganzen Morgen damit, alte Zeitungsartikel zu lesen. Sie war oft erstaunt, ab und zu empört oder traurig, stets aber interessiert. Andere Artikel befassten sich mit Misshandlungen von Kindern oder Gewalt unter Jugendlichen. Auch Kurioses wurde berichtet, was Franziska ab und zu zum Lachen brachte.

Sie unterbrach ihre Suche und bereitete sich einen Salat zu, wollte aber den Schwung nicht verlieren und nahm nach kurzer Zeit ihre Arbeit wieder auf. Beim Umblättern stieß sie auf eine Klarsichtfolie, in der eine DVD stak. »Diplomarbeit von W. B.«, stand darauf mit Filzstift geschrieben. Neugierig betrachtete Franziska das Fundstück. Sie stellte das DVD-Gerät an.

27

Als Erstes erschien die Aufnahme einer Wasseroberfläche mit leichten, ruhigen Wellenbewegungen. Sie wurde von Musik begleitet. Franziska kannte die Melodie, war aber nicht in der Lage, sie einem Komponisten zuzuordnen. Es war eine weiche, schwermütige Weise, die gleich zu Beginn andeutete, dass der Zuschauer nichts Fröhliches zu erwarten hatte. Dann kam die Überschrift:

»Breakball«
Der Weg zur Vereinsamung
1998

Der Titel entsprach der Melancholie der Musik. Dann wanderte die Schrift weiter.

Ein Projekt der Filmakademie Ludwigsburg
Drehbuch, Regie und Produktion von Werner Brugger
Die Erzählung beruht auf einer wahren Geschichte
Nur die Namen der Personen wurden geändert
Musik:
Tomaso Albinoni, Johann Sebastian Bach,
Arnold Schönberg, Maurice Ravel

Die Kamera fing eine hohe Baumkrone ein, wanderte langsam vom Himmel hinunter und steuerte auf einen großen Park zu. Dann hielt sie auf einer herrschaftlichen Villa, die hinter imposanten Eichen inmitten einer gepflegten Gartenanlage mit Zierpflanzen, blühenden Gebüschen und Blumenbeeten lag. Ein Kiesweg führte zu einem großen Eisentor. Dahinter standen zwei Männer, der Kleidung nach wohl ein Gärtner und ein Dienstbote. Sie blickten aufmerksam auf die breite Allee vor dem Grundstück. Eine lange Autokolonne mit lautem Gehupe näherte sich. Einige der Pkws fuhren mit offenem Dach, laute Musik war aus den Autora-

dios zu hören, junge Menschen sangen und winkten aus den Wagen. Gleichsam als Kontrast zu dieser fröhlichen Gesellschaft schritt ein einsamer Mann auf dem Gehsteig in Richtung des Tores. Bei den Männern angekommen, grüßte er kurz und blieb unentschlossen stehen.

»Suchen Sie etwas?«, fragte einer der beiden.

»Ich halte nach einer Wirtschaft oder Bar Ausschau. Ich würde gerne etwas trinken.«

»Hier in der Nähe gibt es leider nichts dergleichen«, sagte der Dienstbote. »Nehmen Sie den Bus dort vorne und fahren Sie zwei Haltestellen. Dort finden Sie eine Gartenwirtschaft.«

Jetzt fing die Kamera den Mann hinter dem Tor in Nahaufnahme ein. Er kniff seine Augen zusammen und blickte scharf in das Gesicht des Passanten. Der andere erwiderte den Blick und schaute ihn fragend an.

Franziska begriff, dass die beiden jeweils in ihrem Gedächtnis forschten, um irgendeiner Vermutung auf die Spur zu kommen.

Der Mann draußen vor dem Tor war mittleren Alters und von kräftiger Statur, gepflegt gekleidet, ein gutbürgerlicher Typ. Der andere drinnen war ein magerer, bleicher Mann, der wohl älter aussah, als er in Wirklichkeit war. Nach einer kurzen Weile fragte er zögernd: »Sie heißen nicht etwa Uwe Neruda?«

»Andreas?«, fragte der Passant.

Die anfängliche Verblüffung ließ sie zuerst wie versteinert stehen. Dann aber wich sie. Die vom unerwarteten Wiedersehen überraschten Männer lachten laut vor Freude. Das Tor wurde geöffnet, sie fielen einander mit unzusammenhängenden Ausrufen in die Arme.

Ein Bildschnitt folgte. Die Männer standen in der hohen, elegant ausgestatteten Eingangshalle des Hauses und stellten einander Frage um Frage, ohne die Antworten des anderen abzuwarten. Erst allmählich erlangten sie die Fassung wieder und brachten etwas Ordnung in ihr Verhalten. Andreas führte den anderen auf eine verglaste Veranda und besorgte eine Kanne Kaffee. Dann setzten sich die Männer zusammen, um ein Gespräch zu beginnen.

Eine jüngere Frau, die mit Blumengießen beschäftigt war, zog sich in einen anderen Raum zurück.

Eine Rückblende versetzte Franziska in frühere Zeiten. Durch kurze Szenen erfuhr sie, dass die Eltern von Uwe und Andreas eng befreundet gewesen waren und deshalb die Kinder beider Familien zusammen aufgewachsen waren. Für die Freunde waren beide Häuser ein gleichwertiges Zuhause.

Die Männer, die sich jetzt nach langer Trennung gegenübersaßen, begannen deshalb, in ihren Seelen dieselben glücklichen Kindheitserinnerungen aufleben zu lassen. Ihr Dialog war aber nicht fließend, besonders Andreas sprach nur für sich.
Die Nahaufnahmen von Uwes Gesicht zeigten, dass sich in ihm nach der ersten überschäumenden Freude des Wiedersehens allmählich Beklemmung breitmachte. Andreas wirkte ernüchternd auf ihn.

Franziska ahnte, dass in jenem Menschen eine große Wandlung vorgegangen sein musste. Dieser melancholische Mann war wohl nicht der Mensch, der in Uwes Erinnerung die Hauptrolle spielte. Hier saß eine gebrochene, resignierte und skeptische Person. Uwe stieß auf eine Fassade, die äußerlich zwar seinem Freunde glich, hinter der sich jedoch ein Unbekannter zu verbergen suchte.

Kurze Einblendungen des jungen Andreas' zeigten ihn als fröhlichen Bengel mit unbeschwerter Lebensfreude, gewinnendem Charme, voller Glauben an die mannigfaltigen Möglichkeiten des kommenden Tages. Dann fokussierte sich die Kamera auf den Andreas von heute. Sein Blick war hart und sein Lächeln zynisch. Uwe blickte ihn an, als ob sein Freund ihm und sich selbst untreu geworden wäre. Die schwermütige Musik Albinonis wurde durch die zersetzten Töne von Ravels »La Valse« abgelöst.

Franziska spürte Unbehagen beim Betrachten dieser Verwandlung. Welche Erlebnisse waren wohl schuld, dass er dermaßen verhärtet war?, fragte sie sich.

»*Ich kann es kaum glauben, Andreas. Nachdem ihr weggegangen wart, suchte ich lange nach dir. Wo hast du dich all diese Zeit versteckt?*«

Andreas betrachtete Uwe stumm. Sein Gesicht war wie dasjenige von Menschen, die auf der Straße soeben Zeuge eines tödlichen Unfalls geworden sind. In seinen Augen spiegelte sich verstörte Nachdenklichkeit, als ob er zuvor aus der Nähe in das Antlitz des Todes hätte blicken müssen.

Andreas schwieg lange, dann sammelte er sich und sagte: »*Auch ich habe mich nach einem Wiedersehen mit dir gesehnt, Uwe. Ich wollte dir nämlich gestehen, dass du damals auf der Brücke recht gehabt hast.*«

Uwe riss die Augen auf und erstarrte. Er schien die Bemerkung sofort verstanden zu haben. Die Begebenheit, auf die er anspielte, war wieder in der Rückblende erfasst. Ein neuerlicher Sprung um Jahrzehnte zurück zeigte die Jungen Andreas und Uwe bei einem Spaziergang. Uwe war mitten auf einer Brücke stehen geblieben. Er wandte sich theatralisch zu Andreas um und trug mit düsterer Miene die Überzeugung vor, dass jeder, der das Leben, Gott und die Welt erkannt hätte, drei Sachen ausführen müsste: auf die Tragpfeiler der Brücke hinaufklettern, oben feierlich in alle Himmelsrichtungen pissen und sich anschließend in die Tiefe stürzen. Andreas quittierte diese Weltschmerzphilosophie mit einem hellen Auflachen. Er packte seinen Freund an beiden Schultern und sagte mit einer unbeschwerten Fröhlichkeit, die ein kindliches Glück auf seinem Gesicht erstrahlen ließ: »*Uwe, wann wirst du endlich lernen, dass das Leben immer und ohne Ausnahme lebenswert ist?*«

Uwe blickte ihn verärgert an, weil seine tief empfundene Weltverachtung von Andreas nicht im gebührenden Maß gewürdigt wurde. Er ignorierte die Bemerkung seines Freundes trotzig. »*Auf den zweiten Punkt lege ich besonderen Wert*«, *sagte er, als wäre er überhaupt nicht unterbrochen worden.* »*In alle Himmelsrichtungen, lang und ausgiebig.*«

Diese Episode aus der Jungenzeit schien Uwe nicht vergessen zu haben, und jetzt blickte er seinen Freund mit Sorge, beinahe mit Entsetzen an. Nach langer Trennung war also im Augenblick des

Wiedersehens gleichsam das erste Wort, das Andreas an Uwe richtete, das Heraufbeschwören jener absurden Verneinung.
»*Ich war damals ein Halbwüchsiger, der ins Leben aufbrach und an Weltschmerz litt. Doch du solltest als reifer Mann diesen Blödsinn nicht wiederholen. Oder hast du dich völlig ausgelebt?*«
Andreas antwortete mit einem melancholischen Lächeln.

Franziska verstand, dass diese unvermittelt hingeworfene Bemerkung missverstanden wurde. Andreas wollte mit diesem Satz eine Brücke zu seinem Freund spannen. Er hatte wohl vieles zu erzählen und dies sollte den Faden, der vor langer Zeit gerissen war, wieder aufnehmen. Der Einstieg war aber verfehlt. Die Äußerung von Andreas erinnerte sie an das billige Wehklagen der ewig Unzufriedenen.

»*Nein, Uwe, ich bin nicht ausgelebt. Ausgehöhlt vielleicht. Ich bin überzeugt, ich hätte mit allem schon längst Schluss gemacht, wenn Ignaz nicht wäre.*«
»*Ignaz?*«*, fragte Uwe verwundert.* »*Ich erinnere mich daran, dass du und Ignaz früher dauernd gestritten habt.*«
»*Das waren wohl die Auswüchse der Flegeljahre*«*, sagte Andreas.*

Wer wird wohl Ignaz sein, fragte sich Franziska. Vielleicht ein Bruder oder ein Freund?

»*Andreas, wenn du so redest, fällt mir ein, dass du mich früher für meine Weltschmerzphilosophie verprügeln wolltest. Allmählich bekomme ich Lust darauf, dir das Leder zu gerben.*«
Die letzte Szene erweckte den Eindruck, das Gespräch zwischen den Freunden über dieses Jugenderlebnis wäre erstickt. Die Unterhaltung zog sich in der Art eines Geplänkels dahin.

Franziska runzelte die Stirn. Eigentlich war die Szene darauf ausgelegt, beim Zuschauer die Frage nach dem Grund der Resignation aufzuwerfen, doch irgendwie klang das alles wenig überzeugend.

Als die Kamera Uwe einfing, ließ sein Gesichtsausdruck vermuten, dass er etwas Freundliches sagen wollte. Er schien nach Worten zu suchen, doch anscheinend kam ihm nichts in den Sinn.

Franziska dachte nach. Sie hatte den Eindruck, dieser Andreas würde sein Los dramatisch übertreiben und verallgemeinern, besonders, weil er es an diesem Ort offensichtlich recht gut hatte. Es war wohl die verpfuschte Zukunft, die diese tiefen Furchen in seiner Seele hinterlassen hatte.

Uwe schwieg lange und erwiderte nichts. Was kann auch einer sagen, wenn er merkt, dass eine geheime persönliche Tragödie im Leben eines anderen Menschen die Hoffnung zerstört hat?

Franziska empfand das lange Schweigen beinahe als peinlich. Doch sie musste zugeben, dass jemand, der nicht das Richtige sagen konnte, besser daran tat, nicht mit dem Weihwasserwedel billigen Trostes herumzuspritzen.

Als Uwe die Augen wieder auf Andreas richtete, sah er, wie dieser langsam von seinem Stuhl aufstand und zum Fenster ging. Gleichzeitig betrat die junge Frau, die Uwe beim Ankommen gesehen hatte, die Glasveranda. Sie sah ihn gespannt und aufmerksam an, wie zu einem schweren Einsatz bereit. Andreas starrte wie gebannt in den Garten. Seine Gesichtszüge spiegelten zugleich Angst und Hilflosigkeit wider. Er senkte den Kopf und murmelte: »Es ist wieder so weit. Entschuldige mich.«

Er ging wie ein alter, gebrochener Mann in den Garten hinaus. Die Frau folgte ihm einige Schritte und blieb dann stehen. Uwe erhob sich. Nach wenigen Metern verharrte er verdutzt auf der Veranda, betroffen vom Anblick, der sich ihm bot.

In der Mitte eines kleinen Rasenplatzes sah man einen Mann in einem langen, alten Mantel, mit zerzausten Haaren auf dem Boden kniend. Es dauerte einige Sekunden, bis Uwe erschrocken flüsterte: »Ignaz.« Dicht hinter ihm stand Andreas, der inzwischen herbeigeeilt war. Er hatte sein Haupt gesenkt, seine Arme hingen schlaff herunter, er wirkte, als ob er einem Ereignis zuschauen müsste, dem er machtlos gegenüberstand. Ignaz beugte sich vor und küsste mit verklärtem Gesicht den Boden. Dann ein zweites, ein drittes Mal, beinahe als wäre er ein Priester, der die Zeremonie eines fremdartigen Rituals verrichtete. Andreas rührte sich nicht. Inmitten einer geisterbeschwörend anmutenden Handlung fuhr Ignaz plötzlich zusammen. Er schaute verängstigt um sich, als ob er in der Nähe eine unsichtbare Bedrohung vermutete. Uwe trat mechanisch einen Schritt zurück, sodass er vor Ignaz durch die Laube verdeckt wurde. Hatte Ignaz ihn dennoch gesehen?

Ignaz war mit einem Sprung auf den Beinen. Er rannte zum nächsten Baum, dann weiter, Hilfe suchend. Er wollte sich hinter den Stämmen verbergen. Die unsichtbare Bedrohung schien ihn nicht loszulassen. Er musste weiterrennen. Er kauerte sich unter Sträuchern nieder, sprang wieder auf und suchte auf dem Bauch liegend hinter der niedrigen Wölbung des Blumenbeets Tarnung und Schutz.

In schneller Folge wechselten die Bilder, die Kamera schien mit den Darstellern umherzuirren. Die Farben der Pflanzen wurden ausgebleicht, die Welt wurde plötzlich in Schwarz-Weiß gezeigt. Die Musik von Schönberg lieferte der Auflösung den akustischen Rahmen.

Dieses Schauspiel dauerte nicht einmal eine Minute, Franziska schien es trotzdem, als ob es kein Ende nehmen wollte.

Ignaz ließ sich schließlich von seinem unsichtbaren und unbarmherzigen Feind an die Holzwand des Geräteschuppens treiben und wartete dort zitternd, mit hastigen, stockenden Atemzügen, die Hände in Abwehr vor sich ausgebreitet, bis dieser ihn genießerisch und langsam einfing. Die Angst verzerrte sein Gesicht zu einer unerkennbaren Grimasse. Plötzlich gestikulierte er heftig und stürzte mit einem schaudererregenden, tierischen Aufschrei zu Boden.

Andreas und die junge Frau waren gleichzeitig bei ihm. Ignaz blickte zu den beiden auf. Er umklammerte die Knie der Frau und brach in ein langgezogenes Geheul aus.

Der Schnitt brachte Uwe ins Blickfeld. Er stand wie angewurzelt auf der Veranda und zwickte sich in den Handrücken, als ob er sich vergewissern wollte, nicht zu träumen. Jetzt erst hatte er es erfasst. Andreas' Bruder war wahnsinnig geworden!

Auch Franziska war wie betäubt. Die Szene war sehr stark. Sie hätte nicht sagen können, wie lange Andreas und die junge Frau reglos in der Mitte des geisterhaft anmutenden Gartens wie versteinert in ihrer bizarren Pose verharrten.

Nur langsam, sehr langsam zog sich die Kamera zurück und ließ die drei Menschen wie auf einem Gemälde erstarren. Schließlich beugte sich Andreas zu Ignaz hinunter, löste zärtlich dessen Arme von den Knien der Frau und ging mit ihm zu dem runden Gartenbeet. Er brach eine Blume ab und hielt sie Ignaz hin. Dieser nahm sie mit verstörtem Gesicht entgegen und ließ sich von Andreas zu einer Bank führen. Behutsam setzte er sich, ohne die Augen von seiner Blume zu nehmen, und blieb in einem fremdartigen Frieden sitzen. Er spielte mit der Blume, streichelte sie, sprach zu ihr im Flüsterton, als wäre sie die Einzige, der er seine Geheimnisse anvertrauen durfte.
  Eine erdrückende Ruhe, gleich jener, die nach einem plötzlich abflauenden Sturm eintritt, beherrschte den Garten. Andreas nahm die Frau beim Arm und kam auf die Veranda zurück. Wie auf ein geheimes Kommandozeichen schauten alle gleichzeitig zu Ignaz hinüber. Uwes Gesicht drückte beim Anblick des still Dasitzenden einen tiefen Schmerz aus.

Franziska war den Tränen nahe. Es war ihr zumute wie nach einer soeben beendeten Totenfeier, nachdem der gregorianische Gesang verklungen, der Weihrauch verweht und der Tote allein in der Stille zurückgelassen war.

Es dauerte lange, bis sich Andreas wieder einigermaßen gefasst hatte. In seine Gedanken und Erinnerungen versunken blickte er reglos das Muster des Sofas an, als wäre im Gewebe eine Geschichte eingeflochten. Albinonis Adagio wurde fortgesetzt. Wie aus einem tiefen Schlaf erwachend kam Andreas zu sich. Er musste sich sichtlich Mühe geben, seine Augen von einer scheinbar magnetischen Stelle im Raum zu lösen.

»Nun hast du es mit eigenen Augen gesehen«, kam es zögernd über seine Lippen.

Uwe sah man an, dass es ihm äußerst peinlich war, ungewollt in den Bereich eines wohlbehüteten Geheimnisses eingedrungen zu sein. Seine Finger trommelten nervös auf seinem Knie. Er blickte verstohlen auf seine Armbanduhr, als ob er einen Vorwand zum Gehen gesucht hätte.

Franziska fühlte aber, dass Andreas nach diesem Vorfall das Bedürfnis hatte, einige Zusammenhänge zu erklären, um den Zustand seines Bruders nicht in der nackten Hässlichkeit dastehen zu lassen. Mit Erleichterung sah sie, dass Uwe sitzen blieb.

»Zum ersten Mal geschah mit ihm so etwas kurz nach der Flucht«, begann Andreas zögernd. »Als wir damals endlich zur Grenze gelangt waren, es war in der Morgendämmerung, suchte ich die verminte Zone ab.«

Andreas sprach langsam und leise. Ebenfalls langsam fuhr die Kamera immer näher an sein Gesicht, erfasste seine Augen, seinen Mund, sein Profil.

»Mein Bruder hielt sich mit Mutter in einem kleinen Hain versteckt. Nachdem wir die Wachposten passiert hatten, steckten wir gleichsam zwischen Baum und Borke, denn die Minenfelder waren beinahe unüberwindbar. Es war nicht schwer, die Stelle zu entdecken, wo man freundlicherweise einen Schutzgürtel aus Dynamit um uns gelegt hatte. Sie waren rührend besorgt, uns vor der Unfreiheit anderer Länder zu bewahren. Unter der heißen Sonne war das Gras rings um jede vergrabene Mine verbrannt. Der Tod wurde hier auf Tellern serviert. Ich schlich lange die unsichtbare Mauer entlang. Der Verzweiflung nahe, denn ich sah nur die regelmäßig angelegten Kreise, die kein Entweichen erlaubten. Ignaz und Mutter verloren mich aus den Augen. Da ich lange nicht zurückkam, ängstigten sie sich panisch um mich. Endlich fand ich, was ich gesucht hatte: eine Stelle, wo statt zweier Kreise zwei größere Trich-

ter zu sehen waren. Hier hatten die Minen wohl einen Undankbaren aus dem irdischen Paradies in die Hölle befördert. Die dritte, die entfernteste Mine, war leider noch intakt. Der Durchgang war noch nicht freigelegt. Ich nahm mir vor, sie später mit Steinen auszulösen. Die Grenzwächter würden die Explosion hören, wir hätten aber einen Vorsprung und könnten sogleich hinübergehen. Ich musste mich beeilen, um zum Versteck zurückzukehren. Die Hunde der Patrouille konnten meinen Bruder und meine Mutter jederzeit aufspüren. Das Warten belastete die Nerven der Mutter stark. Ignaz musste sie mit Gewalt davon abhalten, mich suchen zu gehen. Ihre Angst hatte jedoch auch meinen Bruder angesteckt. Er zitterte am ganzen Leib, als ich bei ihnen ankam. Er war ja nur ein Kind. Die Erleichterung bewirkte in meiner Mutter einen Gefühlsausbruch, den ich nur schwer dämpfen konnte. Nach einer Weile legte sich ihre Erregung. Wir konnten endlich aufbrechen. An der besagten Stelle legten wir uns im Krater einer gesprengten Granate auf den Boden. Ich befahl, erst dann aufzustehen, wenn ich es anordnen würde. Leider entdeckten die Patrouillenhunde unsere Spuren zu früh. Aus der Ferne war schon Gebell zu hören. Ich musste schnell handeln, sonst wären wir eingeholt worden. Ich hatte nur drei große Steine und musste also auf Leben und Tod wenigstens beim dritten Wurf die Mine sprengen. Du kannst dir vorstellen, wie aufgeregt ich war, als ich den ersten Stein wegschleuderte. Ich warf mich zu Boden. Ein enormer Knall und ein starker Luftstoß ließen mich zuerst erzittern, dann aufatmen. Der Weg war frei! Ich sprang auf, zog meine Mutter in die Höhe und sagte ihr, sie solle dicht hinter mir herlaufen. Das Hundegebell kam schon aus bedrohlicher Nähe. Wir hörten Rufe, die uns zum Anhalten aufforderten. Wir dachten natürlich nicht daran aufzugeben. Als wir über den Minenstreifen waren, packten Ignaz und ich Mutter unter den Armen, um schneller voranzukommen. Die Rufe kamen näher und wurden eindringlicher. Theoretisch hätten wir hier anhalten können, denn wir waren schon auf fremdem Boden. Doch wir wären nicht die Ersten gewesen, die man zurückgeschleppt hätte. Wir rannten weiter, so schnell, wie wir es unter dem Gewicht unserer Mutter konnten. Unser Ziel war die Böschung eines Bachufers in geringer Entfernung. Dann ertönten Schüsse. Ich war dem Zusammenbruch nahe. Ich wollte im letzten Augenblick nicht schlapp machen. Ignaz versagten die Beine. Auch ich wäre beinahe gestürzt, als Mutter plötzlich mit ihrem ganzen Gewicht an mir hing.

›Bleib am Boden und krieche‹, rief ich Ignaz zu und stützte Mutter weiter. Dann, vielleicht noch fünf Schritte von der Böschung entfernt, zuckte sie zusammen und wir fielen zu Boden.

Ich riss sie in Deckung. Eine Kugel traf sie am Hinterkopf und kam beim linken Auge wieder heraus. Sie starb leicht. Als uns Ignaz erreichte, war sie schon tot. Für ihn waren die Spannung, die Angst und der Tod unserer Mutter zu viel. Er erlitt einen Schock, von dem er sich nie mehr erholt hat. Seither ist er immer auf der Flucht.«

Andreas verstummte. Sein Schweigen steckte auch seinen Gast an. Beide blickten versunken vor sich hin.

Franziska spürte, dass jeder dem Lauf der Gedanken folgte, die durch die soeben beendete Erzählung aufgescheucht worden waren. Das neu heraufbeschworene Schicksal dreier Menschen zwang die Anwesenden in einen Raum von persönlichen, unmittelbaren Empfindungen zurück.

Uwe schien tief getroffen zu sein. Hatte die Verwandlung des Freundes in seiner Seele anfänglich Bitterkeit erzeugt, wirkte die Szene mit Ignaz und die Erzählung der tragischen Ereignisse, die zu seiner Zerstörung führten, wie ein brutaler Schlag. Der Zorn, den er gegen die Schuldigen dieses Verbrechens empfand, wandelte seine Gesichtszüge. Schmerz und Ohnmacht und Hass spiegelten sich darin. Er sehnte sich wahrscheinlich nach Vergeltung, nach Genugtuung für seinen Freund.

»Diese verfluchten Schweine«, zischte er zwischen den Zähnen hervor. »Wer wird sich an ihnen rächen? Ich würde mich am liebsten am Leiden der Schuldigen laben. Caligula trug dem Henker auf, die Hinrichtungen langsam auszuführen, damit sich die Verurteilten bewusst wurden, dass sie starben. Einen solchen Tod

wünschte ich den Schlächtern deiner Mutter. Sie war ein wenig auch meine Mutter.«
Franziska spürte einen würgenden Ekel in sich aufkommen.

Die letzte Bemerkung Uwes rief Andreas aus seiner Entrücktheit zurück. Verstört starrte er seinen Freund an, als wäre er überrascht, ihn noch hier zu finden.
»Lege es mir nicht als Unhöflichkeit aus, wenn ich dich bitte, mich allein zu lassen. Ich darf wohl mit deinem Verständnis rechnen?«, sagte er und erhob sich, um seinem Besucher das Zeichen zum Aufbruch zu geben.
Für Uwe war diese Aufforderung sichtlich eine Erlösung.
   Die Förmlichkeiten des Abschieds vermochten die allseitig spürbare Verlegenheit nicht zu verbergen, die dieses Wiedersehen mit seinen unerwarteten Wendungen in den Beteiligten hervorgerufen hatte. Die Freunde umarmten sich und versprachen, bei Gelegenheit wieder zusammenzukommen. Die Kamera folgte Uwe auf der Allee, bis er dem Blickfeld entschwand.

Franziska stellte das DVD-Gerät ab. Sie hatte die Lösung einer Frage in ihrem Rätsel gefunden. Doch froh konnte sie dabei nicht werden. Nachdem sie bei Waagrecht 11 »Ignaz« eingetragen hatte, lautete das vorläufige Lösungswort:

	B	S	Z	H		R	U	X

Einen Sinn ergab ihr diese Buchstabenreihe nicht.

28

Es war noch dunkel, als Kiske erwachte. Durch den Spalt des Vorhangs warf die Straßenlaterne einen hellen Streifen an die Wand. Es war fünf vor sechs. Er war zufrieden. Er dachte an den verdammt guten Sex, den er vor dem Einschlafen gehabt hatte. Er blickte zur Seite. Doris Schlegel atmete ruhig.

Jetzt hatte sie es also doch geschafft, ihn rumzukriegen, dachte er lächelnd. Und er hatte jede Sekunde davon genossen. Er überlegte und ihm wurde klar, dass er bei dieser Wendung nicht nur Opfer, sondern auch ein wenig Täter war.

Alles hatte damit angefangen, dass er eine Anfrage des Museo de arte Thyssen-Bornemissza aus Madrid erhielt, ein Gemälde aus seiner privaten Sammlung für eine Ausstellung zu leihen. Er besaß ein Bild von Egon Schiele, das eine junge Frau nackt auf dem Sofa darstellte. Wie ein Großteil der Bilder von Schiele war auch dieses Gemälde von starker erotischer Ausstrahlung. Das Museum organisierte eine Sonderausstellung über die Erotik in der Kunst und bat ihn um eine Leihgabe. Das Bild, dessen Qualität von allen Kritikern und Kunstkennern hoch bewertet wurde, war bei Ausstellern beliebt. Bei einer früheren Gelegenheit hatte man ihn gebeten, es für eine Retrospektive in Venedig zur Verfügung zu stellen. Und jetzt dies. Kiske war sofort einverstanden. Er ließ es aber nicht dabei bewenden, sein Bild auszuleihen. Er fragte Frau Schlegel, ob sie daran interessiert wäre, ihre Priapos-Statue ebenfalls in Madrid auszustellen. Sie begrüßte den Vorschlag und der Kurator des Museums war Kiske für die Vermittlung dankbar. So kam es, dass er mit seiner Sekretärin an einem Donnerstagnachmittag in erster Klasse nach Madrid flog. Kiske hatte zwei Einzelzimmer reservieren lassen, denn er hatte nicht die Absicht, die Nacht mit Frau Schlegel zu verbringen.

Das Gehabe der Anwesenden bei der Vorvernissage war geziert und formell, die unbeschwerte spanische Art wurde von einer snobistischen Frigidität verdrängt. Es war, als ob die meisten ihr Unbehagen angesichts der vielen nackten Körper und provozierenden Geschlechtsteile mit kalter Nonchalance überdecken wollten. Kiske fühlte sich in dieser Umgebung fremd und fehl am Platz. Nach den obligaten Handküssen und Komplimenten blieb er nur so lange, dass sein Verschwinden nicht als Affront empfunden werden konnte. Was sollte er aber mit Frau Schlegel machen? Er konnte sie nicht einfach wie einen alten Handschuh zurücklassen. Also fragte er sie unauffällig, ob sie mit ihm zum Abendessen gehen wollte. Doris Schlegel ließ sich nicht zweimal bitten, und so befanden sie sich schon bald im eleganten Restaurant La Capilla de la Bolsa in der Nähe der Puerta del Sol.

Kiske entdeckte hier eine ihm bisher unbekannte Frau Schlegel. Sie war nicht provozierend, sondern charmant, nicht nach Vertraulichkeit strebend, sondern von eleganter Selbstständigkeit, nicht banal, sondern auffallend vielseitig. Die sexuelle Anziehungskraft, die bisher in Kiskes Augen das einzig Beachtenswerte an ihr gewesen war, wurde durch eine bezaubernde Weiblichkeit ergänzt. Der Abend verflog im Nu und nach einem kurzen Drink in einem nahe gelegenen Nachtcafé fuhren sie zu ihrem Hotel an der Avenue Princesa zurück. Als sie im elften Stock aus dem Lift stiegen und vor Kiskes Tür angelangt waren, blickte er seine Sekretärin wortlos an. Sie erwiderte den Blick mit einem kaum merklichen Lächeln. Kiske öffnete die Tür und ließ sie eintreten.

Jetzt blickte er sie von der Seite an. Er wunderte sich, dass er bei ihrem Anblick eine stille Zufriedenheit empfand, und fragte sich, wie er ab Montag im Büro die neue Situation kontrollieren würde. Würde sich seine Sekretärin den Kollegen in Siegespose zeigen? Oder würde sie die reizende Gesellschafterin vom Abendessen bleiben? Ihre Reaktion würde für die Zukunft entscheidend sein. Wenn sie Arbeit und Privatleben zu trennen wusste, dann konnte diese Nacht den Beginn einer Freundschaft bedeuten.

Kiske überlegte, ob er es wagen konnte, sie im Fall Hoffbaur einzusetzen. Gece musste die Arbeit abliefern, doch sollte er es nicht fertigbringen, die gesuchten Dokumente herbeizuschaffen, könnte Doris Schlegel in die Lücke springen. Doch warten wir ab, dachte er. Solange sie in Madrid waren, konnte er sich an ihr erfreuen. Denn sie war wirklich sexy, verflixt sexy.

Als Doris Schlegel nach dem Erwachen in ihr Zimmer ging, um zu duschen, erfrischte sich auch Kiske und ging dann zum Concierge, um ein Programmheft der Veranstaltungen für diese Woche in Madrid zu holen. Er wollte Doris zwei schöne Tage bieten.

29

»Haben Polizisten eine Seele?«, fragte ein Graffiti die Reisenden der S-Bahn von der Wand einer verlotterten Werkhalle am Saatwinkler Damm. Hauptkommissar Florian Riesenhuber kannte den Spruch längst, ärgerte sich aber jeden Tag aufs Neue über ihn, wenn er an Werkbaracken, Lagerschuppen und hässlichen Industriehallen vorbei zur Arbeit fuhr.

Am Abend dieses Montags war er ziemlich verärgert aus dem Gebäude des Landeskriminalamts Berlin am Tempelhofer Damm 12 getreten. Er war ein großer, hagerer Mann mit schütterem Haar und dicken Brillengläsern. Er hatte soeben den Wochenrapport hinter sich und war ziemlich geschafft. Riesenhuber arbeitete in der Abteilung für operative Dienste, die sich mit Fällen von Entführungen, Geiselnahmen und Erpressungen befasste. Seine schlechte Laune rührte von dem Umstand her, dass er nach mehr als zweijähriger Ermittlung im Fall Yuan-Ching Hu überhaupt keine Fortschritte erzielt hatte. Er leitete die Operation, die unter dem Codenamen »Aladin« geführt wurde und sich mit der Geiselnahme eines hohen chinesischen Beamten befasste. Die Sache war nie an die Öffentlichkeit gelangt, dadurch war er nicht dem Druck der Medien ausgesetzt. Das Fehlen von Resultaten brachte ihn aber in der Abteilung umso mehr in Verlegenheit.

Riesenhuber war als scharfsinniger, erfahrener Polizist bekannt. In den meisten Fällen hatte er die ihm anvertrauten Untersuchungen erfolgreich abgeschlossen, dies war erst die zweite Ermittlung seit seiner Beschäftigung beim LKA, bei der er nicht vom Fleck kam.

Die Entführung hatte sich vor gut zwei Jahren ereignet. Eine chinesische Handelsdelegation hatte mehrtägige Verhandlungen mit Regierungsvertretern und Industriemanagern über eine Reihe von Investitionsprojekten geführt. Die sechsköpfige Gruppe aus Peking stand unter der Leitung eines stellvertretenden Staatssekretärs. Der Delegationsleiter, der früher bei der chinesischen Botschaft angestellt war, kannte sich in Berlin gut aus. Die Gruppe wurde von zwei Sicherheitsbeamten begleitet, die jeden Schritt der Mitglieder der Abordnung überwachten, angeblich um ihre Sicherheit zu garantieren, tatsächlich jedoch, um sie an nicht geplanten Kontakten mit Journalisten oder Intellektuellen zu hindern. Yuan-Ching Hu, der stellvertretende Staatssekretär, wollte sich aber für einen Abend von diesen Gorillas, die ihm der Staat an die Fersen geheftet hatte, absetzen, weil er, wie sich später herausstellte, eine chinesische Bekannte, eine frühere Geliebte, zum Abendessen ausführen wollte. Nach einer langen Sitzung im Hotel Adlon gab er seinen Kollegen vor, auf die Toilette zu gehen. Er tat dies auch, betrat aber die Damentoilette und sperrte sich dort ein. Nach einer Weile begannen die Sicherheitsleute unruhig zu werden und gingen auf die Suche nach ihm. Sie fanden die Herrentoilette leer. Sie dachten, Yuan-Ching Hu wäre die Nottreppe hinuntergelaufen und suchten ihn beim Ausgang. Ergebnislos. In Panik trieben sie die fünf anderen Mitglieder der Delegation in den Kleinbus, den ihnen die Botschaft zur Verfügung gestellt hatte. Einer blieb bei der Gruppe, während der andere zu den Räumlichkeiten zurückeilte, wo die Besprechung stattgefunden hatte. Yuan-Ching Hu hatte inzwischen die Damentoilette verlassen und war mit dem Aufzug zur Mezzanin hinuntergefahren. Er stand am Fenster, das auf die Allee Unter den Linden ging, und wartete in Ruhe ab, bis er den Kleinbus wegfahren sah, ging zum Ausgang und rief ein Taxi. Früher war er Stammgast im Restaurant »Ming Dynastie« in Wilmersdorf gewesen, doch diesmal wollte er nicht dorthin gehen, weil es in unmittelbarer Nachbarschaft der chinesischen Botschaft lag. Er wollte nicht riskieren, von einem Kollegen gesehen zu werden.

Bei der Ermittlung konnte Oberkommissar Riesenhuber den Taxifahrer aufgrund der Videoüberwachung auftreiben. Dieser sagte aus, er hätte einen chinesisch aussehenden Mann zum Restaurant »Himmelspagode« in der Oranienburgerstraße 3 gefahren. Ein Kellner konnte bestätigen, dass der Herr, dessen Foto ihm gezeigt wurde, zwei Abende zuvor in Begleitung einer asiatischen Dame dort gespeist hatte. Nach dem Essen verließ die Dame zuerst das Lokal. Der Gast bat um ein Taxi, das in kürzester Zeit eingetroffen sei. Kaum war er weg, kam ein zweites Taxi, dessen Fahrer zunächst sauer auf seine Zentrale war, weil der Fahrgast von einem Kollegen weggeschnappt wurde. An diesem Punkt kamen die Ermittlungen von Riesenhuber ins Stocken.

Die Geschichte nahm schon sehr bald eine unerwartete Wendung. Bei der Polizei traf ein Schreiben ein, in dem mitgeteilt wurde, dass sich Yuan-Ching Hu in der Hand einer nicht näher bezeichneten Gruppe von chinesischen Menschenrechtsaktivisten befände. Als Beweis lieferten sie ein Foto, das den stellvertretenden Staatssekretär mit der Tageszeitung in der Hand zeigte. Das Schreiben stellte die Forderung nach einem Lösegeld von drei Millionen Euro.

Der Fall wurde sogleich dem Innenminister gemeldet. Die Verlegenheit der Regierung war groß. Natürlich war das Verschwinden des Delegierten noch am gleichen Abend auch von der chinesischen Botschaft konstatiert worden, wobei aber die Vermutung geäußert wurde, der Mann sei wahrscheinlich abgesprungen und würde vielleicht um politisches Asyl ersuchen. Die Chinesen machten der deutschen Regierung klar, dass die Aufnahme von Yuan-Ching Hu einen gravierenden Affront bedeuten würde und den Beziehungen zwischen den beiden Ländern großen Schaden zufügen könnte. Das Innenministerium war deshalb beinahe froh, dass es nicht ein Asylgesuch, sondern eine Entführung behandeln musste. Das LKA erhielt die Weisung, auf die Lösegeldforderung der Kidnapper einzugehen und die Entführung so lange vor den Medien geheimzuhalten, bis der Gekidnappte in Sicherheit war. Die Chinesen sollten zunächst ruhig weiter glauben, Yuan-Ching Hu ersuche um Asyl. Dies würde der deutschen Regierung etwas Luft verschaffen.

Riesenhuber wäre aber ein schlechter Kriminalist gewesen, hätte er nicht alles unternommen, um nach der Befreiung des Entführten sofort zuschlagen zu können. Er bereitete sich auf alles vor. Er holte alle möglichen Varianten der Lösegeldübergabe aus seinem Erfahrungsschatz, um seine Strategie zurechtzulegen. Viel Zeit hatte er dazu jedoch nicht, denn schon am Tag nach dem ersten Schreiben erhielt die Polizei ein kleines Paket. Darin befanden sich ein neuer Brief und ein Handy. »Anweisungen an die Polizei« stand als Überschrift auf dem Blatt, geschrieben in Times New Roman, einer

Schriftart, die praktisch von allen Büros verwendet wird. Auch der Laserdruck ließ keine Schlüsse auf die Herkunft des Briefes zu. Die Anweisungen der Entführer waren kurz und bündig.

Drei Millionen Euro in einem robusten Metallkoffer bereitstellen. Das Handy auf Stand-by halten. Instruktionen abwarten. Nach Übergabe zwei Stunden nichts unternehmen. Yuan-Ching Hu wird nach Ablauf dieser Zeit freigelassen.

Riesenhuber lächelte. Robuster Metallkoffer. Dankeschön. Das müssen Anfänger sein. Da lässt sich ja ausgezeichnet ein GPS-Ortungsgerät einbauen. Auch wenn wir für zwei Stunden nichts unternehmen, den Burschen können wir folgen.

Florian Riesenhuber fühlte sich euphorisch. Er suchte die Akten ähnlicher Fälle von Erpressung aus dem Archiv und überflog sie, bot seine bewährtesten Leute auf und ließ sich eine Menge belegte Brötchen und drei Thermosflaschen Kaffee bringen. Er erläuterte seiner Mannschaft die Lage und machte ein Brainstorming in der Gruppe. Zu diesem Team gehörten Jürgen und Horst, zwei Abhörspezialisten, Axel, Karl, Gabriel und Levi, vier Übermittler, Wolfgang und ein zweiter Axel, zwei gut ausgebildete und trainierte Nahkämpfer. Er verlangte auch vier getarnte Polizeiwagen mit ausgewählten Fahrern, vier Fotografen und zwei Scharfschützen.

Als erste Maßnahme ließ er das Handy untersuchen. Natürlich war kein Benutzer zu eruieren, auch deshalb, weil der Chip eine bulgarische Rufnummer enthielt. Er gab einem der Übermittler den Auftrag, per Interpol ausfindig zu machen, auf wen diese Nummer eingetragen war. Er war nicht sehr überrascht, als er erfuhr, es handle sich dabei um eine Prepaid Card. So naiv waren seine Gegner also doch nicht. Dann ließ er das Handy anzapfen. Sollte das Gerät benutzt werden, konnte jedes Gespräch aufgenommen werden. Mit größter Wahrscheinlichkeit konnten die Stimme, der Akzent oder die Stimmlage der sprechenden Person bei der Fahndung gute Hilfe leisten. Dann hatte er bei allen Polizeiposten der Stadt Bereitschaftszustand gemeldet. Die Scharfschützen hatten die Anweisung, bei einer allfälligen Verfolgung erst nach Befreiung der Geisel in Aktion zu treten. Ihre Aufgabe bestand nur darin, die Reifen der Fahrzeuge zu durchlöchern. Die Polizeiwagen würden die Verfolgung der Erpresser aufnehmen und sich dabei koordiniert ablösen.

Nach Erteilung aller Befehle begann für Riesenhuber die schwierigste Zeit: das Warten. Er schaute auf die Uhr. Es war zehn nach acht am Abend. Für die Nacht hatte er im Konferenzraum Matratzen einrichten lassen und eine Wachordnung organisiert. Sollten die Entführer damit rechnen, dass seine Leute die Nacht durchwachen und deshalb am Morgen ausgepumpt und müde sein würden, hätten sie die Rechnung ohne den Wirt gemacht. Die Fahrer und die Scharfschützen waren vom Wachdienst ausgenommen. Riesenhuber selbst legte sich nicht hin, sondern zog sich in sein Büro zurück.

Das Warten schien endlos zu sein. Kein Zeichen in der Nacht, keines am Vormittag, keines am Mittag. Endlich, um halb fünf nachmittags, läutete das Handy. Riesenhuber gab einem Kollegen ein Zeichen, sich einen Kopfhörer aufzusetzen.

»Orten Sie den Anrufer«, befahl er.

Er nahm den Anruf an. »Ja?«

»Ist alles bereit?«, fragte eine männliche Stimme.

»Ja.«

»Wo ist der Koffer?«

»Hier in der Hauptwache am Tempelhofer Damm.«

»Gut. Jetzt fahrt ihr Richtung Tiergarten und beschreibt genau euren Weg.«

Riesenhuber merkte, dass der Anrufer ein akzentfreies Deutsch sprach. Jetzt wurde ihm ein Zettel zugeschoben. »Prepaid-Nummer aus Bulgarien«, stand darauf. Diese also auch, wie er vermutet hatte.

»In zwei bis drei Minuten sind wir beim Wagen«, sagte er.

»Welche Marke fahrt ihr?«

»Ein BMW Polizeifahrzeug.«

»Nein, den wollen wir nicht. Nehmt einen Wagen ohne Aufschrift. Wir wollen Marke, Farbe und Kennzeichen.«

»Gut. Es ist ein VW Passat, hellblau, Kennzeichen B KA 4357.«

Der Anrufer schwieg.

Kurze Zeit später stieg Riesenhuber in den Wagen. Außer dem Fahrer begleiteten ihn die zwei Beamten, die im Nahkampf ausgebildet waren, Wolfgang, der Riese von beinahe zwei Metern Körpergröße, und Axel, ein kleinerer, blonder Mann, der auch den Metallkoffer trug. Hinter dem hellblauen Passat folgte ein hellgrüner Mercedes Transporter Modell Vario, vollgestopft mit hoch entwickelter Elektronik. Der Wagen trug die Aufschrift »Kabeltech AG, Potsdam«. Die beiden Spezialisten, die im Frachtraum saßen, trugen grüne Arbeitskleidung. Sie waren per Handy mit dem ersten Wagen verbunden.

»Wir haben ihn«, meldete einer zu Riesenhuber. »Tiergarten Nord, Hamburger Bahnhof.«

»Da fahren wir ja hin. Da bin ich aber gespannt, was sie im Schilde führen.«

»Eure Wegbeschreibung durchgeben«, lautete die Anweisung auf dem Handy Riesenhubers.

»Wir haben soeben den früheren Flughafen Tempelhof passiert. Wir fahren auf dem Mehringdamm.«

»Gut. Weiter in Kreuzberg auf die Wilhelmstraße, bis Unter den Linden. Bestätigen.«

»Erhalten. Bestätigt.«

»Wir treten kurz aus«, kam die Meldung auf dem Handy. »Bleibt auf Stand-by.« Die Verbindung wurde unterbrochen.

Die Agenten im Transporter fingerten nervös an einem Laptop herum. Normalerweise konnten sie ein Telefon auch orten, wenn das Gerät ausgeschaltet war. Doch diesmal verschwand das Signal. »Wir haben sie verloren. Wahrscheinlich haben sie sich abgeschirmt.«

Riesenhuber runzelte die Stirn. Waren diese Gauner doch nicht so naiv, wie es zunächst schien?

Freddy wartete in der Nähe des Museums für Gegenwart beim Hamburger Bahnhof in einem silbergrauen BMW 3er Touring. Er steckte sein Handy in eine kleine Schachtel, ließ den Motor anspringen und fuhr Richtung Hauptbahnhof. Kurz davor stellte er den Wagen ab und ging in die Bahnhofshalle. Er blickte auf die Uhr. Zehn vor fünf. Er schaltete sein Handy wieder ein und wählte die bulgarische Nummer.

Riesenhuber meldete sich nach wenigen Sekunden.

»Wo seid ihr?«

»An der Kreuzung Wilhelmstraße. Unter den Linden.«

»Gut, jetzt fahrt ihr zum Hauptbahnhof und kommt mit dem Koffer in die Halle.«

Die Abhörspezialisten meldeten, dass der Anrufer am Washingtonplatz beim Hauptbahnhof stehen musste. Die beiden Polizeiwagen schlugen die angegebene Richtung ein. Beim Hauptbahnhof angekommen, stieg Riesenhuber mit seinen zwei Kollegen aus dem Auto und ging mit ihnen in die große Halle. Es war sechs Minuten nach fünf.

»Geht langsam zu den Bahngleisen«, befahl der Anrufer.

Der Abhörspezialist konnte Riesenhuber nur melden, dass der Kontakt aus der Bahnhofshalle kam. Der Transporter war auf dem Europaplatz in unmittelbarer Nähe des Bahnhofs abgestellt.

»Kommt schnell herein, von dort aus könnt ihr uns kaum nützlich sein«, ordnete Riesenhuber an.

Die Beamten nahmen zwei große Kabelrollen aus dem Wagen, schulterten sie und gingen in die Bahnhofshalle. Wer sie sah, musste glauben, sie hätten eine Arbeit zu verrichten.

Als die Bahnhofsuhr auf siebzehn Uhr dreizehn sprang, kam erneut ein Befehl.

»Geht sofort zu Gleis 8 tief.«

Die drei Beamten führten die Anweisung aus, in einiger Entfernung folgten ihnen die grün gekleideten Abhörspezialisten.

Auf Gleis 8 stand der ICE 892 nach Hamburg. »Abfahrt 17.16«, stand auf der Anzeigetafel. In einer Minute würde er losfahren.

»Jetzt steigt einer mit dem Koffer in den Zug, in den Wagen drei. Nicht der Yeti, sondern der andere. Er allein, sonst niemand. Er sitzt auf einem Platz, wo auf dem Fenster rechts in Fahrtrichtung ›Notausgang‹ steht. Er nimmt das Handy mit. Während der Fahrt wird er neue Anweisungen erhalten, die er unverzüglich ausführen muss, innerhalb von fünf Sekunden.«

Riesenhuber winkte Axel zu sich und wiederholte die Anweisungen, die er erhalten hatte.

»Ich glaube, ich weiß, was sie vorhaben. In diesem Zug kann man die Fenster nicht hinunterlassen. Wahrscheinlich werden sie dich unterwegs anrufen und befehlen, das Fenster einzuschlagen und den Koffer zum Fenster hinauszuwerfen. Du wirst uns dann sofort den Standort des Zuges mitteilen. Falls du auf die Toilette gehen musst, tu das sofort, damit du deinen Platz nicht später verlassen musst. Es ist wichtig, dass du für die Aktion stets bereit bist. Sollten sie entgegen meiner Erwartung ein anderes Szenario befolgen, melde dich sofort. Lass dein Diensthandy immer eingeschaltet. Benütze den Bluetooth-Kopfhörer. So können wir dich in jeder Situation hören.«

Riesenhuber war erfahren genug und hatte Vorkehrungen getroffen, um im Notfall mit dem Beamten unauffällig in Kontakt treten zu können. Er hatte den Kopfhörer seines Handys in den Bügel einer falschen Sehbrille einbauen lassen. Er war insgeheim stolz auf seine kluge Voraussicht.

Axel nickte und eilte zur Tür des nächsten Wagens. Die Uhr sprang auf siebzehn Uhr sechzehn. Er sprang erst in den Waggon, als die Türen geschlossen wurden. Der ICE 892 setzte sich in Bewegung.

Gece saß im letzten Wagen und schaute zum Fenster hinaus. Er sah die drei Männer, die auf dem Bahnsteig miteinander diskutierten. Ein kaum merkliches Lächeln huschte über sein Gesicht, als einer von ihnen mit einem Metallkoffer in der Hand den beiden anderen den Rücken kehrte und in den Zug einstieg.

Gut gemacht, Freddy, dachte er.

Freddy, der von der oberen Ebene des Bahnhofs die Szene ebenfalls beobachtet hatte, ging mit raschen Schritten zur S-Bahn. Er stieg in die Linie S 75 in Richtung Spandau.

Inzwischen waren die Männer im grünen Arbeitsgewand zu ihrem Transporter zurückgeeilt und orteten Freddys Handy. »Er muss mit der S-Bahn Richtung Westen fahren«, meldeten sie Riesenhuber. Dieser erließ an alle Polizeiwachen den Befehl, die Stationen westlich des Hauptbahnhofs unauffällig zu überwachen. Sollte sich bei der Ortung des Anrufers herausstellen, dass er die Linie verließ, könnte er eventuell gesichtet werden. Dann mussten ihn die Beamten beschatten. Freddy stieg bei der Station Bellevue aus der Bahn und ließ das Handy in den Abfallkorb bei der Tür des Bahnwaggons gleiten. So reiste das Handy mit dem Signal auf der S-Bahn-Strecke weiter. Es wurde auf der Linie S 75 oder S 9 geortet. An der Haltestelle Messe Süd wimmelte es von Polizisten in Zivil. Als die Bahn die Endstation Spandau erreichte und alle Passagiere ausstiegen, kamen die Signale des Handys weiterhin aus der Bahn. Es war aber niemand mehr im Zug. Das Telefon wurde schließlich im Abfallkorb entdeckt.

»Dachte ich mir«, sagte Riesenhuber verärgert und presste die Lippen zusammen. »Wir schnappen dich schon noch, mein Bürschchen.«

Gece hielt eine Zeitung vor sich hin und beobachtete die Reisenden unauffällig. Er trug eine grau gefärbte Perücke, die links gescheitelt war und nicht nach falschen Haaren aussah. In seinem Mund befand sich ein Zahnschutz, wie sie Eishockeyspieler tragen, der seine Lippen anschwellen ließ. Er war entspannt, denn es war praktisch unmöglich, dass außer dem Beamten mit dem Metallkoffer ein weiterer Polizist aus dem Suchtrupp im Zug saß. Die Aufforderung, in den ICE einzusteigen, war kurz vor der Abfahrt gekommen, niemand konnte den Plan voraussehen und eine Überwachung organisieren. Alles verlief nach Plan.

Nach etwa einer halben Stunde erhob sich Gece, holte aus der Gepäckablage eine kleine Reisetasche und öffnete sie. Er entnahm ihr eine Gasmaske, setzte sie auf und zündete eine Tränengasgranate, die er zwischen die Sitze warf. Dann ging er in den nächsten Wagen, wo er den Polizisten sah. Eine zweite Tränengasgranate sorgte für allgemeine Panik. Dem Beamten sprühte er überdies eine gute Ladung Pfefferspray in die Augen. Die Wirkung war verheerend. Axel hustete und fluchte, nahm die Brille ab, rieb sich die Augen und war kampfunfähig. Gece nahm Handschellen aus seiner Tasche, packte das rechte Handgelenk des Polizisten und fesselte ihn an den Festhaltegriff. Dann holte er das Handy aus der Tasche des Polizisten. Unter der Jacke ertastete er die Dienstpistole. Er entfernte das Magazin und warf es weit nach hinten. Dann griff er nach dem Metallkoffer und ging auf den Ausgang zu. Er schmiss noch eine weitere Tränengasgranate in den nächsten Wagen. Dann zog er die Notbremse. Mit lautem Quietschen hielt der Zug an. Gece öffnete die Tür und stieg aus dem Wagen. Nur wenige Hundert Meter entfernt warteten Buddha und Dummy auf ihn.

Riesenhuber hörte den Hustenanfall seines Kollegen, doch zunächst dachte er sich nichts dabei. Dann wurde aber die Verbindung unterbrochen und er konnte keinen Kontakt mehr mit seinem Mann aufnehmen.

»Axel, hörst du mich? Was geschieht dort? Axel, Axeeel.«

Der Beamte gab keine Antwort.

»Wo befindet sich der Zug?«, fragte er die Abhörspezialisten.

»Kurz vor Wittenberge. Nicht ganz auf halbem Weg nach Hamburg.«

»Vielleicht haben sie dort den Koffer rausgeschmissen. Alarmiert alle Einheiten in der Nähe. Nicht eingreifen, nur verfolgen, klar?«

Da meldete sich Jürgen, einer der Abhörspezialisten. »Chef, der Koffer ist nicht mehr im Zug.«

»Das ist mir auch ohne deine Wundermaschinen klar«, sagte Riesenhuber verärgert. »Du solltest mir lieber sagen, wo er ist, nicht, wo er nicht ist.«

»Das wollte ich ja gerade tun«, gab Jürgen zurück. »Wir haben ihn kurz verloren, doch jetzt haben wir ihn wieder. Sie laufen mit ihm die Elbe entlang. Nach Norden.«

»Laufen, sagst du? Bist du nicht ganz bei Sinnen?«

»Ich dachte, sie würden laufen. Wenn sie fahren, dann sehr langsam. In forschem Schritttempo, höchstens.«

Riesenhuber wurde nervös. Dieses Pack spielte mit ihm Katz und Maus. War es wirklich möglich, dass sie mit dem Geld herumspazierten, als würden sie zum Picknick gehen? Kurz entschlossen bat er die Polizei von Wittenberge, die Gegend zu sichern, und schickte dann die Kollegen mit den Spürhunden zu ihnen.

Die Aktion wurde zur Blamage. Am Abend des nächsten Tages fischten Taucher den Koffer aus der Elbe. Die Stimmanalyse der registrierten Gespräche ergab, dass die Sätze des Telefonanrufers mit Acapela, dem Programm für Sprachsynthese von ETeX, aufgenommen worden waren. Die Gauner hatten die einzelnen Mitteilungen im Voraus registriert und je nach den erforderlichen Umständen abgespielt. Damit ließen sich die kurzen Pausen zwischen den Sätzen im Gespräch erklären. Das Gesicht des Angreifers konnte niemand von den Mitreisenden beschreiben, denn er hatte eine Gasmaske getragen.

Riesenhuber ließ sich seine Frustration nicht anmerken. Er hörte das schadenfrohe Gekicher einiger neidischer Kollegen und schwor, es ihnen zu zeigen und die Ermittlungen erfolgreich abzuschließen.

Dies alles war vor mehr als zwei Jahren geschehen. Die Fahnder konnten die Geschichte nie aufklären. Kurz nachdem die Erpresser mit dem Geld verschwunden waren, wurde der Chinese im Tiergarten von Passanten entdeckt. Seine Hände waren mit einem Klebeband gefesselt, seine Augen verbunden.

Das Justizministerium hatte der chinesischen Botschaft die Sachlage erläutert und sich für den Vorfall entschuldigt. Das chinesische Fernsehen brüllte in die Welt, tibetische Terroristen hätten ihren Delegationsleiter in Deutschland entführt. Dank der hervorragenden Zusammenarbeit mit den lokalen Behörden sei es den chinesischen Fahndungskräften gelungen, die Missetäter zu identifizieren und den Entführten zu befreien. Bei der deutschen Justiz sei die Auslieferung der Täter beantragt. Der Dalai Lama hatte die Beschuldigung energisch zurückgewiesen. Yuan-Ching Hu, der durch sein undiszipliniertes Verhalten die ganze Sache verschuldet hatte, wurde vor Gericht gestellt und wegen Spionage zu zehn Jahren Haft verurteilt. Man wollte um jeden Fall vermeiden, dass die propagandistische Verleumdung der tibetischen Führung im Exil durch die Aussagen Yuan-Ching Hus widerlegt werden konnte.

Riesenhuber schäumte vor Wut. In seiner ganzen Karriere war er noch nie so vorgeführt worden. Das einzig Versöhnliche war, dass die Entführung in Deutschland nicht an die Öffentlichkeit gelangt war. Er war trotz der anfänglichen Schlappe felsenfest überzeugt, irgendwann den Durchbruch zu schaffen. Er vertraute voll auf die Hilfe seines Kollegen, des Kommissars Zufall. Und auf die Verlockung der Belohnung von 200 000 Euro.

30

Reinhold Maas hatte sich seit zwei Tagen nicht mehr bei Franziska blicken lassen. Zwar rief er jeden Tag an, doch er sagte, er sei für wenige Tage in Frankfurt, könne sie also nicht besuchen. Sie vermisste ihn. Sie wünschte sich, ihn immer bei sich zu haben. Sie nahm sich allerdings vor, ihre Gefühle zu kontrollieren. Sie wollte nicht wie ein in seinem Leben zum ersten Mal verliebter Backfisch in Träumereien versinken. Die wenigen Tage Trennung sollten dazu dienen, endlich das Geheimnis des Kreuzworträtsels zu lüften. Sie hatte erst etwa die Hälfte des dicken schwarzen Ordners gesichtet, einiges blieb also noch zu tun und es bestand begründete Hoffnung, endlich das Geheimnis aufdecken zu können. Sie machte sich einen Kaffee und setzte sich an den Schreibtisch. Gleich zu Beginn stieß sie auf ein Zeitungsfoto, das sie erschauern ließ. Das Bild zeigte den abgetrennten, blutenden Kopf einer jungen Frau, einer von ihrer eigenen Bombe zerfetzten Selbstmordattentäterin. Das Foto war in Bagdad aufgenommen worden. Angewidert blätterte Franziska um. Es folgte ein wissenschaftlicher Artikel über das menschliche Gehirn. »Forscher sind dem Geheimnis des Glaubens auf der Spur«, war der Untertitel. Soziologen hätten herausgefunden, hieß es, unter welchen Bedingungen Religion gedeihe. Sie versuchte, den Artikel konzentriert zu lesen, denn hier könnte ein Hinweis auf das befremdende Rätselwort »Mord an einem Toten« versteckt sein. Der Beitrag beschränkte sich aber auf die Aussage, religiöse Überzeugungen wie auch Aberglaube könnten auf bestimmte Hirnvorgänge zurückgeführt werden. Von Mord wurde hier nichts berichtet. Stefan war an vielen Fragen interessiert gewesen, sie war deshalb nicht überrascht, auf diesen Aufsatz zu stoßen. Sie las sich durch einen Dschungel weiterer Artikel, die Stefan abgelegt hatte. Was mochte ihn dazu bewogen haben, diese verschiedenartigsten Gedanken zu sammeln? Ein Beitrag war aus irgendeiner Zeitschrift ausgeschnitten. Er trug keinen Titel, doch Franziska wurde nachdenklich. Stefan hatte selbst »Die letzte Konsequenz« darüber geschrieben. Konsequenz war zeitlebens ein Merkmal seines Handelns gewesen. Sie beherrschte seine Prinzipien, und wer bei ihm Anerkennung suchte, musste selbst konsequent sein. Sie begann zu lesen.

Winfried Scheina fuhr erschrocken zusammen, als das Telefon läutete. In den letzten Tagen löste jedes Geräusch in ihm eine panische Angst aus, ein Hupen auf der Straße, Stimmen im Treppenhaus, das Klingeln der Türglocke oder eben das Telefon. Er wusste, dass die Bande der Familie Calogero hinter ihm her war. Er wollte untertauchen, am besten im Ausland, und diese verdammte Abhängigkeit abschütteln. Er wusste aber, dass ein Ausbrechen aus der Bande nicht möglich war. Man blieb – oder man starb.

Susanne war am Apparat.

Scheina atmete erleichtert auf. »Du bist es. Ich dachte schon …«

»Sie wollen dich holen«, fiel ihm Susanne ins Wort. »Verschwinde, so schnell du kannst.«

Scheina wurde es schwarz vor den Augen. Für einen Augenblick meinte er, den Boden unter den Füßen zu verlieren.

»Wieso weißt du es?«

»Sie haben dich bei mir gesucht. Sie wissen alles. Verschwinde sofort.«

»Wohin soll ich gehen?« In der Stimme Scheinas war Verzweiflung zu hören.

»Komm nicht zu mir. Sie werden meine Wohnung überwachen. Mach schnell und viel Glück.«

Ein Knacken beendete das Gespräch. Scheina fühlte sich unsäglich allein.

Nun ist es also doch so weit gekommen. Holen wollen sie mich. Sie wollen mich ausquetschen und dann … Er ließ den Telefonhörer fallen. Über die bevorstehende Behandlung machte er sich keine Illusionen. Sie konnten jeden Widerstand brechen und schließlich alle Spuren verwischen. Snaider, McRoy und Garryson hatten alle ausgesagt und wurden liquidiert. Beim Verhör Antogninis war er selbst zugegen gewesen. Die Bilder jener Folterung quälten ihn.

Sie verfolgten ihn ab und zu nachts. Auch jetzt tauchten sie in ihm auf. Er hörte das Winseln, Stöhnen, das wahnsinnige Schreien und ein erschöpftes Röcheln. Ein völlig aussichtsloses Leiden erwartete ihn. Entkommen konnte er ihnen nicht, sie hatten sehr lange Arme. Für diesen Fall hatte er schon einen Entschluss gefasst. Die vergangenen Tage hatten ihm genügend Gelegenheit geboten, seine Lage gründlich zu überdenken.

Scheina trocknete den kalten Schweiß von seiner Stirn. Er zündete sich eine Zigarette an und rauchte sie mit genussvollen Zügen. Seine Hand zitterte, als er die Zigarette an den Mund führte. Dann zuckte er mit den Schultern. Es war jetzt einerlei. Vielleicht hätte er vorsichtiger sein sollen. Auch das war jetzt einerlei. Er drückte den Stummel aus, stand auf und füllte sich in der Küche ein Glas mit Wasser. Dann ging er in das Schlafzimmer, holte aus der Schublade der Kommode eine kleine Flasche und goss den Inhalt in das Glas. Entschlossen schüttete er die Flüssigkeit hinunter. Mit einer Grimasse des Ekels legte er sich ins Bett.

Schon bald stellten sich die ersten schmerzhaften Magenkrämpfe ein. Gerade in diesem Augenblick vernahm er das Läuten der Türglocke. Scheina versuchte zu lächeln. Er schloss die Augen. Nochmals wurde ungeduldig und wiederholt lange geläutet. Die Schmerzen waren bereits so stark, dass sie Scheinas Sinne absorbierten. Mit einem Bein war er schon im Paradies. Als er kurz die Augen öffnete, sah er einen Mann vor sich, der eine Pistole auf ihn richtete. Das war seine letzte Wahrnehmung.

Seit dem fehlgeschlagenen Überfall auf einen Geldtransporter hatte Rocco keinen weiteren Auftrag erhalten. Obwohl er früher stets saubere Arbeit geleistet hatte, war dieses Versagen für den Chef Grund genug, ihm sein Vertrauen zu entziehen. Dies verärgerte und verunsicherte Rocco Rizzi. Er hätte viel dafür gegeben, dem Boss beweisen zu können, dass auf ihn zu zählen war. Als er plötzlich zu Mombelli gerufen wurde, regten sich widerstrebende Gefühle in ihm. Einerseits hoffte er auf Rehabilitation, andererseits war er nervös und verängstigt.

Dies sei eine Feuerprobe, erklärte ihm der Chef. Diesmal dürfe er nicht versagen. Roccos Augen leuchteten. Er erhielt also eine letzte Chance.

»Die Mission ist leicht, geradezu demütigend leicht für dich.«

»Ich werde dich zufriedenstellen«, versprach Rocco.

»Scheina muss beseitigt werden«, sagte Mombelli und blickte ihn mit eiskalten Augen an.

Rocco Rizzi erbleichte. Jemanden ermorden, das war völlig neu. Bisher hatte er Einbrüche ausführen oder widerspenstige Ladenbesitzer zum Bezahlen von Schutzgeld bewegen müssen. Aber Mord? Das wurde von ihm noch nie verlangt. Er zögerte.

Mombelli stand auf und wandte sich ab. »Lass es sein, wenn du zu schwach bist. Ich dachte, du wärst froh, eine Chance zu bekommen.«

»Natürlich möchte ich für dich arbeiten. Aber jemanden umbringen ist nicht so einfach.«

»Wenn dich deine zarte Seele daran hindert, wollen wir nicht mehr darüber reden. Doch nimm dich in Acht. Ein einziges Wort und du wirst Scheina Gesellschaft leisten.«

Rocco erfasste die Situation im Nu. Er wusste jetzt von den Plänen der Bande und riskierte, selbst zum Opfer zu werden. Die scherzten nicht. Er hatte keine Wahl.

»Nein, ich habe keine Probleme damit«, sagte er resigniert.

»Wann muss es geschehen?«

»Sofort. Noch heute Nachmittag. Hast du eine Waffe?«

»Nein.«

»Jumpy, gib ihm eine Pistole«, befahl Mombelli einem kleinen schwarzhaarigen Mann, der hinter Rocco stand.

»Du kannst doch mit einer Knarre umgehen, oder nicht?«

»Natürlich kann ich es.«

»Gut. Lass dich aber diesmal nicht fassen. Und wenn etwas schiefläuft, musst du dafür selbst geradestehen.«

Rocco nickte. Er wusste, was zu tun war.

»Feuerprobe«, murmelte er, als er in seinen Wagen stieg, um zu Winfried Scheina zu fahren. »Leicht, geradezu demütigend leicht«, wiederholte er die zynischen Worte Mombellis.

Die Wohnungstür Scheinas war abgeschlossen. Als selbst nach mehrmaligem Läuten niemand öffnete, beschloss Rocco, in der Wohnung auf ihn zu warten. Mit einem Stemmeisen brach er die Tür auf und betrat den Gang. Er vernahm ein merkwürdiges Geräusch und schlich auf den Zehenspitzen zur nächsten Tür. Im Schlafzimmer fand er Winfried Scheina, der sich stöhnend im Bett wälzte. Rocco zog seine Pistole und feuerte drei Schüsse auf ihn.
 Als er ins Treppenhaus trat, standen zwei Männer vor ihm. »Herr Scheina?«, fragten sie. Rocco rannte die Treppe hinunter, doch er kam nicht weit. Die Polizisten nahmen ihn fest.

 Die Obduktion ergab eine überraschende Erkenntnis. Der Ermordete war auch vergiftet worden. Die Spurensicherung bewies, dass es sich dabei um Selbstmord handelte. Der Prozess um Rocco Rizzi erregte wegen den Umständen, unter denen der Mord begangen wurde, in der Öffentlichkeit großes Aufsehen. Der Pflichtverteidiger brachte in seinem halbstündigen Plädoyer eindringlich zum Ausdruck, dass es sich hier keinesfalls um den normalen Tatbestand vorsätzlicher Tötung, geschweige denn um Mord handeln könne, da das Opfer im Augenblick der Schussabgabe schon in den letzten Zügen gelegen habe und bestenfalls noch zehn Minuten zu leben gehabt hätte.
 Rocco Rizzi wurde zu zehn Jahren Haft verurteilt. Die zehn Minuten, die er einem Menschen geraubt hatte, brachten ihm zehn Jahre ein.

Die Geschichte war weder brillant noch bemerkenswert. Von Bedeutung empfand Franziska nur den handschriftlichen Nachsatz von Stefan:
 »Bei konsequenter Anwendung des Rechts könnten zehn Jahre auch den folgenden Personen aufgebrummt werden: einem Versicherungsagenten, einem Pfarrer, einem Lehrer, einem Instruktionsoffizier und einem Steuerbeamten. All diese haben mir mehr als zehn Minuten meines Lebens geraubt.«
 Franziska lächelte. Vor ihrem geistigen Auge sah sie einen Pfarrer, der durch eine üble Sonntagspredigt die Gläubigen in der Kirche enerviert und anschließend vor Gericht gestellt wird. Sollte er

zehn Jahre hinter Gitter? Eine etwas übertriebene Forderung ihres Mannes. Dieser Rocco hatte schließlich geschossen. Er hatte die Absicht, jemanden umzubringen, auch wenn dieser beinahe schon tot war.

Plötzlich hellte sich ihr Gesicht auf. Wie war doch eine Zeile im Rätsel? Sie betrachtete das Blatt. Waagrecht 24: Mord an einem Toten. Lag in dieser Geschichte etwa doch ein Lösungswort? Sie zählte die Buchstaben des Namens »Scheina«. Es waren sieben. Das passte. Gesucht war die zweite Stelle. Ein »C« also. Sie trug es in das sechste Feld des Lösungsbalkens. Das wollte einfach keinen Sinn ergeben. Wie sollte sie diesen Buchstabenwirrwarr deuten?

	B	S	Z	H	C	R	U	X

Franziska griff zum Telefon. Sie wollte unbedingt Gece sprechen und ihm mitteilen, dass sie beim Rätsel Fortschritte erzielt hatte, insgeheim hoffte sie jedoch, sich mit ihm treffen zu können. Sie hörte das Rufzeichen und dann die Ansage auf seiner Mailbox. Sie hinterließ die Bitte, zurückgerufen zu werden, und legte enttäuscht auf. Doch es vergingen nicht einmal zwei Minuten und Gece meldete sich.

»Entschuldige, ich ging zu spät dran, dann habe ich deine Nachricht gehört.«

Franziska war erleichtert. Ihr Gesicht hellte sich auf. Seine Stimme machte sie glücklich.

»Wie geht es dir?«, fragte Gece. »Ich hatte auch vor, dich anzurufen, weil ...« Er stockte.

»Weil?«

»Weil du mir fehlst.«

Es wurde ihr warm ums Herz. Auch er fehlte ihr.

»Du mir auch«, sagte sie verlegen. »Übrigens: Ich habe noch zwei Buchstaben des Rätsels gefunden. Es ergibt aber immer noch keinen Sinn. Ich wäre froh, wenn du mir helfen könntest.«

»Das mache ich gerne. Sehr gerne sogar, denn so kann ich dich wiedersehen.«

Franziska freute sich über dieses verhüllte Bekenntnis.

»Ich bringe heute Abend zwei Pizzen mit und wir schauen uns die Sache zusammen an.«

»Nein, keine Pizza. Ich möchte dir etwas Leckeres vorbereiten. Es ist eine Ewigkeit her, dass ich für jemanden gekocht habe.«

»Ich bringe den Wein mit«, sagte Gece.

»Was möchtest du am liebsten essen?«

»Menschenfleisch.«

Franziska lachte hell auf. »Schenkel, Brust oder Keule?«

»Wenn es um dich geht, von Kopf bis Fuß mit Haut und Haar und Knochen.«

»Du traust deinen Zähnen etwas zu, mein Lieber. Wenn du mir deinen Wunsch nicht verrätst, werde ich dir eine Überraschung vorbereiten.«

»Ich bin gespannt und kann es kaum erwarten, bei dir zu sein.«

»Ich freue mich auch. Also bis später.«

Nach dem Gespräch ging Franziska in die Küche und suchte ein abgegriffenes Kochbuch aus dem Gestell. Henriette Davidis' Praktisches Kochbuch, ein Familienstück aus dem Jahre 1903. Schon ihre Urgroßmutter hatte mit Hilfe dieser Küchenbibel am Herd gezaubert. Ihr Paradestück war Schweinskeule mit Sauerkraut gewesen, doch das wollte Franziska heute nicht kochen. Es war das Lieblingsgericht von Stefan gewesen, das wäre also gänzlich unangebracht. Sie entschied sich für Kalbfleischklößchen und Kartoffelstock. Erst beim Einkaufen wurde ihr bewusst, dass sie nach langer Zeit wieder etwas mit Freude in die Hand nahm. Sorgfältig bereitete sie alles vor, kleine Häppchen für den Aperitif, das Hauptgericht, die Zutaten, den Tisch, die Blumen und schließlich sich selbst. Sie verdrängte wissentlich alle Erinnerungen an ähnliche Abende: an ihren ersten Freund an der Universität und an ihren Mann. Dies sollte ein Neuanfang sein. Sie fühlte, dass ihre Kräfte wieder erstarkt waren. Sie war glücklich.

31

La ciudad de ruido, die Stadt des Lärms, Madrid, hatte das Herz von Doris Schlegel erobert. Zufrieden dachte sie an die vergangenen Tage zurück, denn sie hatte eine wichtige Etappe in ihrer Zukunftsplanung genommen: Sie hatte ihren Chef an die Leine genommen. Fortan galt es, die eroberten Gebiete zu sichern, bevor sie weitere Feldzüge startete. Sie wollte die Überwachung Kiskes intensivieren und seine sexuelle Begierde auf Temperatur halten. Am Arbeitsplatz allerdings achtete sie darauf, diskrete Zurückhaltung zu üben. Herr Doktor hier, Herr Doktor dort – ihr Benehmen war vorbildlich. Kiske stellte mit Erleichterung fest, dass sich seine Sekretärin nach den Liebesnächten in Madrid im Büro keine Anzüglichkeiten erlaubte. Das war eine weitere Überraschung für ihn. Diese Frau war anders, als er sich vorgestellt hatte. Doris Schlegel ließ die anderen nicht merken, dass sie mit ihrem Chef ins Bett gestiegen war. Sie hielt auf edle Art Abstand von Kiske. Aber ihre Kleidung war nach wie vor äußerst sexy. Dies verleitete ihn nicht nur zu lüsternen Blicken. Einmal zog er sie in seinem Büro an sich und küsste sie. Doris Schlegel ließ es geschehen, und da der Kuss lang und intensiv war, ergriff sie die Initiative und ließ ihre Hand an Kiskes Körper hinuntergleiten. Sie stellte fest, dass er stark erregt war. Geübt streichelte sie sein Glied, bis er kurz aufzuckte. Sie spürte die Nässe in seiner Hose. Kiske hatte stets einen zweiten Anzug im Büro, auch Wäsche zum Wechseln hielt er bereit. Für alle Fälle. Doris Schlegel wusste das. Sie ging zum Schrank und holte den Ersatzanzug und eine frische Unterhose heraus. Kiske blickte sie dankbar an. Er nahm die Kleidungsstücke und verschwand in der Toilette. Als er mit einem Bündel unter seinem Arm zurückkam, nahm ihm Doris Schlegel alles ab und legte es in eine Einkaufstasche. »Ich erledige das gleich«, flüsterte sie ihm ins Ohr. »Ich geh kurz in die Reinigung hinunter.«

Kiske wusste, dass er sich ein wenig in sie verliebt hatte, in diesem Augenblick wurde seine Zuneigung aber überwältigend. Die Komplizenschaft, die Doris spontan an den Tag legte, durchbrach die Mauer der Abgeschlossenheit, die er um sich errichtet hatte. Er küsste sie zart auf die Stirn. Sie strich ihm mit dem Handrücken über das Gesicht und ging aus dem Zimmer. Kiske setzte sich. Er stützte sein Kinn auf die Hand und dachte nach. Konnte er dieser Frau trauen? War ihre Zuneigung zu ihm echt? Es fiel ihm schwer, es zuzugeben, aber er bejahte diese Fragen. Mit einer intelligenten, vertrauenswürdigen Frau an seiner Seite würde er die Hexe Hoffbaur viel leichter rumkriegen als mit Gece. Sollte die erste Mission fehlschlagen, bot sich mit Doris Schlegel eine Alternative, die er raffiniert einsetzen konnte. Doch jetzt wollte er von Maas Rechenschaft verlangen. Er nahm seinen Mantel und verließ das Büro. Auf der Schwelle hielt er inne. Er ging zum Schreibtisch und schrieb eine kurze Botschaft für Doris Schlegel. »Muss eine persönliche Sache erledigen. Wir sehen uns morgen, danke.«

Dann ging er zu einer öffentlichen Telefonkabine und wählte die Handynummer von Gece.

»CineStar IMAX am Potsdamer Platz. In einer Stunde«, sagte er ohne Umschweife. Es war zwar keineswegs üblich, dass er sich am frühen Nachmittag in einem Kino blicken ließ, doch bei der Dunkelheit und mit der 3-D-Brille konnte er es riskieren.

Gece blieb still.

»Alles klar?«

»Ja, ich muss nur jemanden abschütteln. Es sollte klappen.«

»Hast du wieder irgendein Weib an der Leine?«

»Nein, achtzehn Gläubiger«, sagte Maas mürrisch. »Wie gesagt, es geht schon in Ordnung. In einer Stunde also.«

Kiske hängte grußlos ein.

Eine Stunde später standen sie nebeneinander und blickten durch eine zweifarbige Brille auf eine riesige Leinwand, auf der sich eine halsbrecherische Verfolgungsjagd zweier Sportwagen abspielte. Der Ton kam aus vielen Lautsprechern mit hohen Dezibel.

»Wie steht es? Hast du endlich etwas erreicht?«, murmelte Kiske.

»Ich meine ja«, antwortete Gece nur und starrte gespannt auf die Leinwand.

»Na los.« Kiske gab ihm einen Stoß mit dem Ellbogen.

»Sie sagte mir, es fehle ihr nur ein Buchstabe, einen Sinn könne sie aus den bisher gefundenen Zeichen aber nicht ableiten.«

»Besorg mir, was sie hat. Dann werden wir sehen.«

»Sie hat mich zu sich eingeladen, um bei der Suche zu helfen«, sagte Gece lakonisch.

»Zu sich? Das ist ja prächtig. Versuch, überall zu schnüffeln. Vielleicht liegt der Umschlag irgendwo, wo man es gar nicht vermutet. Mache dir ein genaues Bild von der Wohnung, dann kannst du einmal vorbeischauen, wenn sie nicht da ist.«

»Das Bild von der Wohnung habe ich schon.«

»Wieso?«

»Ich war neulich eine Nacht bei ihr.«

»Das sagst du mir erst jetzt? Du bist ja wohl schwachsinnig.«

»Du hast mich nicht danach gefragt. Und warum in aller Welt sollte ich dir das erzählen? Schließlich muss ich für dich einen Umschlag finden und nicht darüber berichten, wen ich bumse, nicht wahr?«

Kiske blickte ihn erbost über den Rand seiner 3-D-Brille an. »Du weißt, dass sie nicht erfahren darf, was im Umschlag liegt. Entweder kannst du ihn entwenden, bevor sie ihn öffnet, oder ...« Kiske beendete den Satz nicht.

»Oder was?«

Kiske machte nur eine Bewegung mit der Handkante vor der Gurgel.

»Ist das dein Ernst?«

»Die Drecksarbeit musst du nicht selbst verrichten. Lass das den Serben tun. Ohne Spuren, versteht sich.«

Gece antwortete nicht. Auf diese Forderung war er nicht vorbereitet. »Ist das alles?«, fragte er nach einer Weile.

»Ja, für heute. Und wenn du mit mir Kontakt aufnehmen willst, lass meiner Sekretärin einen Blumenstrauß zukommen. Auf die Begleitkarte schreibst du nur: ›Von Franz mit Zuneigung‹. Den Strauß sehe ich dann und werde dich suchen. Und noch etwas: Solltest du bei der Hoffbaur Sachen finden, die auf mich verweisen, Briefe etwa, oder Handnotizen und Ähnliches, nimm das alles mit. Klar?«

»Meinetwegen«, antwortete Gece harsch.

Sie verließen das Kino. Maas hatte noch eine Stunde bis zur Verabredung mit Franziska. Er ging in eine Weinhandlung und kaufte je sechs Flaschen Champagner und Rotwein. Dann ging er in den »Keller« und verzog sich in das »Herrenzimmer«, gab aber vorher der Bardame eine Flasche Champagner, damit sie diese in den Kühlschrank legte.

32

»Zum Teufel mit dir!«, rief Doris Schlegel verärgert, als sie aus der Reinigung zurückkam. Ihr Chef war weg. Sie las die kurze Nachricht auf ihrem Schreibtisch und ihre Stimmung sank in den Keller. Wo mochte er nur hingegangen sein? Kaum zum Bumsen, denn er war soeben erst befriedigt worden. Wollte er mehr? Da hätte sie ihm zu Diensten gestanden. Oder hatte sie ihn dermaßen aufgegeilt, dass er jetzt Lust auf eine andere bekommen hatte? Bei nüchterner Betrachtung musste sie feststellen, dass Kiske diesmal kaum zu einer Frau gegangen war. Ein solcher Hengst war er nicht, obwohl er in Madrid tüchtig seinen Mann gestellt hatte. In seiner Agenda waren keine Termine eingetragen und er hatte auch nichts über irgendwelche Vereinbarungen geäußert. Seine Gewohnheiten waren in letzter Zeit eigenartig. Der Besuch beim Holocaust-Denkmal und die nächtliche Beichte waren überraschende Unterfangen, die nicht so recht in das Bild passen wollten, das sie sich von ihrem Chef und neuerlichem Liebhaber, gemacht hatte. Sie kam sich betrogen vor. Wenn er schon seinen Steifen von ihr behandeln ließ, hätte er ruhig sagen können, dass er danach etwas vorhatte. Vorwürfe konnte sie ihm nicht machen, doch ein merkliches Beleidigtsein würde sie ihn schon spüren lassen.

Entgegen aller Erwartung war Kiske nach einer guten Stunde wieder zurück. Doris war überrascht. Sie hatte ihn nicht vor dem nächsten Morgen im Büro zurückerwartet. Vielleicht sollte sie sich doch nichts von ihrem Ärger anmerken lassen?

»Entschuldigen Sie«, er duzte sie nur in seinem Zimmer, »ich hatte ganz vergessen, dass ich einen Termin für die Zahnreinigung hatte.«

»Das ist aber erst morgen, Herr Doktor.«

»Das weiß ich jetzt auch. Ich war überzeugt, dass er heute war. Das es nicht so ist, hab ich erst gemerkt, als ich vor der Praxis stand. Die war nämlich heute geschlossen.«

»Sehen Sie, das kommt davon, wenn Sie Ihre Sekretärin nicht konsultieren. Die hätte das gewusst.«

»Meine Sekretärin musste mal kurz weg. Und ohne sie bin ich ein ausgesprochener Trottel.«

»Das sind mildernde Umstände.« Sie war wieder besänftigt. Diesmal war er nicht in undurchsichtige Begegnungen verwickelt.

Kiske war guter Dinge. Dieser Gece schien doch vorwärtszukommen. Er hatte die Hoffbaur flachgelegt, aber dazu hatte er ihm schließlich selbst geraten. Und heute würde er eine Art Hausdurchsuchung vornehmen. Sehr spannend alles, dachte er.

»Frau Schlegel, bitte kommen Sie in mein Büro«, sagte er.

Als sie allein waren, lächelte er und bat sie, Platz zu nehmen. »Hast du Lust, morgen Abend mit mir zu essen?«

»Wenn du keinen Vernichtungsfeldzug auf meine Figur planst.«

»Selbstzerstörung war nie mein Hobby. Das erworbene Übergewicht wird danach gleich abgeturnt, ha, ha, ha.«

Sie verzog den Mundwinkel zu einem Lächeln. »Danke Peer, ich freue mich, mit dir zu essen.«

Als sie wieder an ihrem Schreibtisch saß, schloss sie die Augen. Kiske zeigt sich mit ihr in der Öffentlichkeit. Natürlich hieß dies noch gar nichts, man konnte es auch als ein Arbeitsessen auslegen. Dennoch, früher wäre dies nicht passiert. Sie fühlte, dass sie einen großen Schritt in Richtung ihrer Ziele getan hatte.

33

Um sieben Uhr fand sich Gece mit je einer Kiste Champagner und Rotwein bei Franziska ein.

»Willst du mich vielleicht betrunken machen oder meinst du, das Essen bei mir sei so schäbig, dass es mit viel Wein runtergespült werden muss?«, fragte sie.

»Gott behüte, weder das eine noch das andere. Ich dachte, damit könnte ich einen kleinen Vorrat für die nächsten Gelegenheiten anlegen.«

»Bist du sicher, dass es nächste Gelegenheiten geben wird?«, lächelte Franziska verschmitzt.

Gece stellte die Flaschen ab, kniete sich vor Franziska hin und breitete theatralisch seine Arme aus. »Sollte mich meine Madonna verstoßen, dann wird die Spree zu meinem Hort«, sagte er mit weinerlicher Stimme.

»Schon gut, schon gut, dann sollst du lieber den Wein trinken als das Wasser der Spree.«

Gece entkorkte die Flasche, die er im »Keller« hatte kühlen lassen, und schenkte ein.

»Also, was hast du herausgefunden?«

Franziska legte das Blatt mit der wirren Buchstabenfolge vor Gece.

B	S	Z	H	C	R	U	X

Er starrte lange darauf und schüttelte schließlich den Kopf. »Da muss doch etwas falsch sein. Wir müssen die ganze Sache kontrollieren.«

»Ich wollte dich bitten, mit mir einen Mann zu suchen. Ich glaube, ich bin Stefans Klassenlehrer begegnet.«

»Und der hat dir die Lösungen des Rätsels verraten, oder?«

»Nein. Bevor ich mit ihm sprechen konnte, habe ich ihn aus den

Augen verloren. Er stand an der U-Bahn-Station mit einer Tafel, auf der er nach Arbeit suchte. Als ich kurz danach merkte, wer er sein könnte und zurückkehrte, war er schon verschwunden. Ich dachte, wir könnten ihn zusammen ausfindig machen.«

»Wenn wir sonst nicht weiterkommen, helfe ich dir bei der Suche. Wie kamst du aber zu den vielen Buchstaben?«

»Ich habe die Antworten, die nicht von dir kamen, alle in jenem schwarzen Ordner gefunden. Diesen hat mein Mann angelegt. Du kannst schon mal damit beginnen, meine Lösungen zu überprüfen. Ich gehe inzwischen in die Küche.«

Gece nickte zufrieden. »Hast du die anderen Ordner schon durchgesehen?«

»Noch nicht, das werden wir später tun, falls wir nicht weiterkommen«, antwortete sie aus der Küche. »Ich habe mit einem Lesezeichen markiert, wo ich aufgehört habe.«

Gece ignorierte ihre Worte und holte als Erstes den Ordner mit der Aufschrift »Heim« aus dem Regal. Alles schön thematisch abgelegt, stellte er fest. Rechnungen und Zahlungsbelege interessierten ihn nicht. Er blätterte in der Rubrik »Korrespondenz«. Da auch die Briefe alphabethisch gereiht waren, fand er sogleich, wonach er suchte. Schnell nahm er die Briefe von und an Kiske aus dem Ordner und steckte sie gefaltet in die Tasche seines Jacketts. Hastig blätterte er weiter. Er konnte nicht beurteilen, ob hier noch Wertvolles zu finden war, er hatte keine Zeit, um der Sache gründlich nachzugehen. Franziska konnte jeden Augenblick mit dem Kochen fertig sein und er wollte sich nicht ertappen lassen, wie er in den Sachen ihres Mannes wühlte. Er legte den schwarzen Ordner vor sich auf den Tisch und begann zu suchen.

Franziska servierte das Abendessen. Es war hervorragend, der französische Rotwein schwer und Gece ein hervorragender Unterhalter. Er besaß einen reichen Schatz an Anekdoten, die er auf die unterhaltsamste Weise vorzutragen wusste. Franziska hörte ihm verzaubert zu, ohne zu merken, dass er ihr stets Wein nachgoss, sobald ihr Glas halb leer war. Sie merkte auch nicht, dass er in ihr erstes Glas eine Schlaftablette hatte fallen lassen. Sie war aufgekratzt und bei bester Laune.

»Willst du einen Nachtisch?«, fragte sie ihn, nachdem die Kalbfleischklößchen verzehrt waren.

»Ja, ich brenne darauf«, flüsterte er und nahm ihre Hand in seine. »Doch vorher sollten wir ein wenig verdauen, meinst du nicht auch?« Er stand auf und führte sie zum Sofa.

Franziska presste die Augen zusammen. Sie war sichtlich beschwipst. Sie lehnte ihren Kopf an seine Schulter und lächelte sanft.

»Ich bin aber sehr müde.«

»Wenn du willst, kann ich ja gehen.«

»Nein, bleib hier. Ich will mich nur kurz ausruhen, dann bekommst du deinen Nachtisch.«

Gece streichelte zärtlich ihr Haar und flüsterte Liebeserklärungen in ihr Ohr. Franziska überließ sich einem stillen Glücksgefühl. Doch lange konnte sie die Zufriedenheit nicht auskosten. Die Welt begann, sich zu drehen, sie atmete schwer, ihre Augenlider wurden wie Blei.

»Ich fühle mich nicht wohl«, sagte sie leise.

Gece nahm sie auf die Arme und ging mit ihr ins Schlafzimmer. Er legte sie aufs Bett, angekleidet wie sie war, und deckte sie zu. Er benetzte ein Handtuch und legte einige Eiswürfel darauf, rollte es zusammen und legte den kalten Umschlag auf die Stirn von Franziska.

»Ruh dich aus. Ich kann noch ein wenig nach dem fehlenden Buchstaben suchen«, sagte er leise. Ein kaum merkliches Nicken tat ihm kund, dass Franziska am Einschlafen war.

Gece schlich auf Zehenspitzen aus dem Zimmer und schob einen Stuhl vor die Tür, für den Fall, dass Franziska erwachen sollte. Der Schlag der Tür gegen den Stuhl würde ihn warnen.

Im Arbeitszimmer begann er, systematisch alles abzusuchen. Schränke, Schubladen, Regale, Ordner. Nach etwa zwei Stunden musste er feststellen, dass der gesuchte Umschlag hier nicht zu finden war. Dann schlich er in das Schlafzimmer, zog sich aus und schlüpfte neben Franziska unter die Decke. Sie atmete regelmäßig und schien tief zu schlafen.

Der Geruch von frischem Kaffee weckte Franziska. Sie richtete sich auf, schälte sich aus dem Bett und schlurfte verschlafen in die Küche. An der Kaffeemaschine stand ein splitternackter Mann. Sie rieb sich irritiert die Augen und begann, ihre Gedanken zu ordnen.

»Mein Gott, ich war äußerst unhöflich zu dir. Es ist eine Schande.« Er nahm sie zärtlich in die Arme. »Du warst nur ein wenig beschwipst und daher auch sehr müde. Wie du aber siehst, habe ich den Abend schadlos überlebt.«

»Ich schäme mich unsäglich. Das geht doch nicht an.«

Er gab ihr einen Kuss auf die Stirn. »Mach dir keine Gedanken. Wie du siehst, fühle ich mich hier schon zu Hause.« Er blickte an seinem nackten Körper hinunter.

Franziska wurde rot. »Musst du bald gehen?«, fragte sie.

»Ja, leider habe ich eine Verabredung. Aber ich möchte am Abend gerne meinen Nachtisch bekommen, den du mir gestern unterschlagen hast.«

»Gut. Aber du darfst mir nicht mehr so viel zu trinken geben. Ich bin das nicht gewöhnt.«

Den Kaffee nahm Gece stehend ein, dann zog er sich an und verabschiedete sich von Franziska.

Als er seine Wohnung betrat, war Theresa schon an der Arbeit. »Heute musst du dich von deinem Mann beglücken lassen, ich muss leider gleich wieder weg«, sagte Gece und gab ihr einen Klaps auf den Hintern.

»Ich werde ihm demnächst einen Blindenstock besorgen«, antwortete sie. »Er sieht mich schon gar nicht mehr.«

»Ein wenig Geduld, Theresa, ein wenig Geduld. Das nächste Mal werde ich es dir schon wieder besorgen.«

Gece ging ins Badezimmer und machte sich frisch. Nach einer Stunde verließ er die Wohnung und ging in den »Keller«. »Ich möchte die nächste Stunde nicht gestört werden«, sagte er dem Barmädchen und zog sich ins »Herrenzimmer« zurück.

»Jetzt wollen wir den Herrn Kiske etwas näher kennenlernen«, murmelte er und nahm die Blätter, die er bei Franziska entwendet hatte, aus der Tasche.

Der Briefwechsel zwischen Kiske und Hoffbaur war freundschaftlich, aufgeweckt und vielseitig. Da wurden politische Ideen formuliert, Anregungen für lesenswerte Bücher ausgetauscht, persönliche

Probleme besprochen. Kiske berichtete in mehreren Schreiben stolz und glücklich von seiner Freundin Xenia, in die er offensichtlich maßlos verliebt war. Die zwei waren echte Freunde gewesen, das ließ sich aus jeder Zeile herauslesen. Dem Stil nach zu urteilen war Kiske der bessere Schreiber, dem Inhalt nach war Stefan Hoffbaur der tiefgründigere. Die Briefe, die sie einander ausschließlich während der Semesterferien schrieben – was auch einleuchtete, denn sonst sahen sie sich täglich an der Universität –, strahlten eine ehrliche Verbundenheit aus. Dennoch war Gece gelangweilt. Da war weder von Staatsgeheimnissen noch von Skandalen die Rede. Er konnte sich keinen Reim darauf machen, warum Kiske so viel Wert auf diese Briefe legte. Das einzig Interessante war ein Schreiben, das von einer Ausgabe der Studentenzeitung vom Wintersemester 1986 begleitet war.

Lieber Stefan,
ich schicke Dir die letzte Nummer unseres Fakultätsblattes, die Du wahrscheinlich bei Deiner Rückkehr vorfinden wirst. Mein Artikel über die Aktivität und strategische Ausrichtung unseres Zirkels wurde im Allgemeinen gut aufgenommen. Es würde mich sehr interessieren, was Du davon hältst. Ich freue mich, dass wir schon bald Gelegenheit haben werden, mein Konzept zu diskutieren. Bis dann wünsche ich Dir einen herrlichen Urlaub.

Dein Peer

Gece blätterte die Zeitung durch. Es fiel ihm auf, dass Hoffbaur mit einem Markierstift einen Beitrag hervorgehoben hatte. Nicht jenen von Kiske, sondern einen mit dem Titel »Orangen für Christenglauben« von einem, der mit dem Pseudonym »Schlüsselloch« unterschrieben hatte. Gece begann zu lesen.

Wir loben oft die Missionare, die in aufopfernder Weise in der Dritten Welt ihren Dienst versehen und den Menschen in den armen Ländern beistehen. Dieses Lob ist angebracht, doch auch ein wenig kurzsichtig. Es wird nämlich oft übersehen, dass diese Äuße-

rung der Nächstenliebe meistens ein Tauschgeschäft ist. »*Ich gebe dir eine Orange, wenn du die Gebete, die ich euch gelehrt habe, brav aufsagst.*« Dabei ist der Hunger der Menschen meist stärker als ihr Stolz. Auf diese Weise bevölkern die Missionare die Kirchen mit Leuten, denen beim Ableiern der Gebete beim Gedanken an die Orangen das Wasser im Mund zusammenläuft.

Seien wir aber nicht zu überheblich. Sind wir gegen den Tauschhandel gefeit? Verteilen wir etwa unsere Orangen selbstlos und ohne Anspruch auf Gegenleistung? Weiß die linke Hand wirklich nicht, was die rechte tut?

Unser Land ist voll von Menschen, die ihrer Not entflohen sind und zu uns kamen. Und wir nahmen sie auf. Doch sie blieben die ewig Fremden, die Beschenkten, die geduldig Aufgenommenen. Einst trugen Juden gelbe Sterne, sie waren die Aussätzigen einer »reinen« Gesellschaft, jene, welche man schon von Weitem erkennen musste. Auch unsere Fremden tragen Merkzeichen, auch sie müssen sie tragen – aus Dankbarkeit. Es gibt nicht nur »ewige Juden«, auch »ewige Fremde« gibt es. Ihre Rolle besteht darin, den Mitmenschen den Spiegel ihrer Großmut vorzuhalten. Sie sind Plakatsäulen der Humanität.

Ich kenne eine ältere Witwe in meiner Nachbarschaft, eine einsame, traurige Frau, die so lange danken musste, bis ihr schließlich das Dankeswort in der Kehle stecken blieb. Ihre Geschichte ist unbedeutend, sie klingt melodramatisch, ist aber aufschlussreich. Sie floh aus ihrem Land vor dem System, das allen befahl, glücklich zu sein. Sie wagte mit ihrem Mann und ihrem Sohn den Schritt ins Ungewisse. Hatte sie etwa nicht ins System gepasst? Sie konnte dem System weder schaden noch nützen. Sie war harmlos. Doch das System erlaubte ihr nicht, an ihren Traum von einem besseren Morgen zu glauben. Gleich den Millionen frustrierter Menschen, die ihr versäumtes Glück zumindest für ihre Kinder einheischen wollten, lebte sie aus dem Trost »mein Sohn«. Er hätte studieren sollen. Die Familie Strauss wurde jedoch schikaniert, weil sie früher eine kleine Fabrik besessen hatte. Man kennt ja das *suum cuique* nach der Auslegeart der Macht: Nichts dir, alles uns. Eine eigene Fabrik war Privateigentum, also ein Gesinnungsfehler. Und bekanntlich sind

Gesinnungsfehler oft erblich. »Dein Sohn studiert nicht.« Es war jedoch nicht einfach, den Stolz dieser Menschen zu brechen. Auch in erniedrigendsten Verhältnissen gaben sie etwas auf sich. Sie haben für den Sohn dem System den Rücken gekehrt. Deshalb flüchteten sie. Sie waren wirklich glücklich, endlich, nach den Mühsalen der Flucht, in einer kleinen, behelfsmäßig eingerichteten Wohnung Ruhe zu finden, um alles von vorne zu beginnen. Die Wohltätigkeitsvereine gaben sich eine Heidenmühe, für sie die Dachböden von alten, vermotteten Sachen zu säubern. Den Beschenkten standen die Tränen in den Augen, als man ihnen sogar ein Radio mitbrachte. In jenen Tagen, als Flüchtlinge noch Schaufensterschmuck waren, rissen sich die Damen der Vereine um die Aufgabe, »ihren« Flüchtlingen die Möbel zurechtzuschieben. Es war ja ganz dekorativ, später am Sonntagnachmittag mit den »Neuen« ausfahren zu können. Alles schaute her, alles grüßte, allgemein wurde anerkannt, dass die Frau Sowieso ... So wurde die Familie der älteren Witwe auch adoptiert, von der Frau eines Versicherungsvertreters. Gerne erzählte besagte Dame beim Tee, nach dem Tennisspiel oder auf dem Golfplatz, wie sie darum bemüht sei, mit den zur Verfügung stehenden zusammengewürfelten Habseligkeiten ein wohnliches Heim herzurichten. »Denn schließlich haben diese Armen alles verloren. Sie brauchen dringend einen Ort, wo sie sich wieder zu Hause fühlen können.« Nachdem sie gelassen an ihrer silbernen Zigarettenspitze gelutscht hatte, fügte sie hinzu: »Ich habe ihnen einen Topf Geranien gekauft. Sofort sieht doch alles anders aus. Einige Blumen können geradezu Wunder wirken.« Ihr Herr Gemahl, ein aufdringlicher Versicherungsagent, begann, sich erst viel später für die Flüchtlingsfrau zu interessieren. Einige Monate nach ihrer Ankunft war ihr Sohn mit einer gescheiterten Studentin durchgebrannt. Auf die beschwörenden Bitten seiner Eltern wusste er nichts Passenderes zu erwidern, als dass er schließlich nichts für die Notlage der Eltern könne und er sein Leben selbst gestalten und nicht ähnlich versanden wolle wie sie. Kurz darauf starb der Mann, der wegen seiner recht ordentlichen Sprachkenntnisse und seiner früheren geschäftlichen Erfahrungen eine Bürostelle gefunden hatte. Die Witwe erhielt eine Rente, die selbst zum Sterben zu wenig war. Doch sie war eine zähe Frau, *lebte ohne Klage mit ihren kärglichen Mitteln. Von Zeit zu Zeit half sie einer wohlgesinnten Bekannten beim Bügeln. Sie kam zwar nur langsam mit ihrer Arbeit voran, doch wurde sie nach der Anzahl der Hemden entlohnt, was ihr die Demütigung ersparte, Almosen zu erhalten. Sie konnte sich mit dem Zusatzverdienst bis Monatsende durchlavieren.*

Eines Tages tauchte völlig unerwartet der Versicherungsagent bei ihr auf. Sie war nicht wenig überrascht. Sie hatte ihn außer bei den wenigen Sonntagsfahrten, die er mit der Familie anfänglich unternommen hatte, nie getroffen. Zunächst war sie trotz seiner freundlichen und zuvorkommenden Art misstrauisch. Seine gut gespielte Teilnahme an ihrem Los erweichte sie langsam. Er erzählte ihr von seinem mühseligen Geschäft, wie er sich für jede einzelne Versicherung abrackern müsse, wie schwer es sei, den stets wachsenden Verpflichtungen nachzukommen. Er zeigte sich sehr besorgt um sie, man könne schließlich nie wissen, es könnte ihr doch etwas zustoßen und das wäre ja äußerst betrüblich ...

Die alte Frau merkte lange nichts. Erst als der Besucher mit der Frage herausrückte, ob sie nicht eine Unfallversicherung abschließen wolle, begann es ihr zu dämmern. Sie denke gar nicht daran, sagte sie. Was sollte ihr zustoßen? Wenn der liebe Gott es so wolle, nütze auch die beste Versicherung nichts. Er beharrte. Sie lehnte weiter ab. Sie hätte kaum die Mittel, um Nahrung zu kaufen. Da könne sie doch nicht für so etwas Geld ausgeben. Er war über ihre Weigerung sichtlich verstimmt und beteuerte fest, es gehe ihm schließlich nur um ihr Wohl. Allein die Alte wollte nun einmal keine Versicherung. Der Agent, ein berufsmäßiger Aufdringling, ließ sein Opfer nicht kampflos aus dem Griff. Als er die Hartnäckigkeit seiner Klientin nicht anders zu durchbrechen vermochte, griff er zur letzten Waffe. Er erklärte ihr, sie solle doch nicht vergessen, dass sich seine Familie damals ihrer angenommen hätte. Sie möge in Betracht ziehen, dass es jetzt an ihr sei, einen Gegendienst zu leisten. Die feinfühlige Frau konnte ihre Tränen nicht verbergen. Wortlos stand sie auf, ging zum Schrank und entnahm ihm eine kleine Kassette. Sie kramte die Sachen hervor, die sich darin befanden: eine Aufnahme ihres verstorbenen Mannes, ein mit un-

geübter Kinderhand geschriebener Brief, der Rosenkranz, den sie seit der Erstkommunion besaß, und ihre dürftigen Ersparnisse. Sie zählte einige Münzen ab und legte sie vor ihrem Besucher auf den Tisch. Dieser beobachtete sie aufmerksam, schaute fragend auf sie, dann auf die Münzen. Die Frau wischte ihre Tränen ab, fasste sich langsam und sagte: »Für die Blumen, die ihre Gemahlin damals für uns gekauft hat.« Sie wurde endlich die Erniedrigung los, die sie jedes Mal empfand, wenn die Frau Versicherungsagentin noch nach Jahren diskret an die Geranien erinnerte.

Gece war alles andere als ein Weichling, doch bei diesem Gedanken wurde er nachdenklich. Er dachte unwillkürlich an seine eigene Mutter. Sie war alleinerziehend gewesen, den Vater kannte er nicht. Sie hatte wie eine Löwin für ihn gekämpft. Als sie starb, war er erst fünfzehn Jahre alt. Er stand an ihrem Bett und konnte den letzten Blick, den er von ihr eingefangen hatte, nie vergessen. Dieser Blick war unheimlich. Er drückte grenzenlose Angst aus. Er verstand, dass dies nicht Angst vor dem Tod war, sondern Angst um ihn, um die Sorge, die sie ihm jetzt entzog und fortan für ihn fehlen würde. Wer weiß, wie er geworden wäre, wenn sie länger gelebt hätte. Plötzlich fiel Gece etwas ein. Er nahm das Kreuzworträtsel Hoffbaurs hervor, von dem er eine Fotokopie besaß. Wurde da nicht der Name einer Witwe gesucht? Doch. Senkrecht 17 hieß: »die traurige Witwe«. Wie war gleich ihr Name? Er überflog die Geschichte. Strauss! Da stand es! Er ergänzte die fehlenden Felder. Der gesuchte Buchstabe war ein »U«. Es war der erste Buchstabe des Lösungsworts. Damit war die Reihe komplettiert.

U	B	S	Z	H	C	R	U	X

Gece schüttelte den Kopf. Was in aller Welt sollte das bedeuten? Wahrscheinlich war hier etwas falsch. Dennoch beschloss er, mit Kiske Kontakt aufzunehmen. Er ging in den nächsten Blumenladen und ließ einen Strauß Nelken an Doris Schlegel schicken. »Von Franz mit Zuneigung«, schrieb er auf die Begleitkarte.

34

Franziska Hoffbaur fühlte sich wie gerädert. Ihr Kopf surrte wie ein Bienenstock, ihre Schlagadern an der Schläfe pochten, ihr übersäuerter Magen zog sich in kurzen, schmerzhaften Krämpfen zusammen, ihre Sinne waren betrübt. Am schlimmsten plagten sie aber Gewissensbisse und Frustration. Wie konnte sie sich Reinhold gegenüber so benehmen? Was würde er jetzt von ihr denken? Vielleicht hatte sie am Vorabend diese aufkeimende Freundschaft zerstört. Der Gedanke schmerzte sie. Sie hätte weinen können. Untätig saß sie im Lederfauteuil, gelähmt und willenlos. Am Vortag hatte sie sich auf die Nacht mit ihrem neuen Freund gefreut und nun hatte sie sich sogar um dieses Vergnügen gebracht. Als das Telefon läutete, verspürte sie keine Lust ranzugehen. Doch nach dem zehnten Klingeln hob sie den Hörer doch ab.

»Wie geht es dir, meine Liebe?«, ertönte Geces Stimme.

Franziska begann zu schluchzen. Sie war unfähig zu antworten.

»Franziska, geht es dir nicht gut?«

Nach mehreren Schluchzern brachte sie endlich ein »Doch, doch, alles ist okay«, heraus.

»Warum weinst du dann? Ist etwas geschehen?«

Allmählich gewann Franziska ihre Fassung wieder zurück. »Ich schäme mich so sehr«, sagte sie leise.

»Schämen, du? Das war doch alles meine Schuld. Ich habe dir achtlos immer wieder das Glas gefüllt. Und da wir uns so wohl gefühlt haben, haben wir unbewusst die Grenzen überschritten und die Sache ging schief. Da musst du dich doch nicht schämen.«

Franziska fühlte sich ein wenig erleichtert. Die Angelegenheit war also nicht so tragisch, wie sie sich das ausgemalt hatte. Jedenfalls war die liebenswürdige Art Geces ein Beweis dafür, dass die Beziehung nicht gelitten hatte.

»Du bist mir also nicht böse?«

»Aber Franziska, ich bin doch kein muslimischer Sittenhüter.

Mach dir keine Sorgen mehr wegen des kleinen Schwipses. Wenn du willst, hole ich dich morgen Abend zum Essen ab. Dann wirst du sehen, dass ich dir nicht böse bin.«

Franziska zögerte.

»Abgemacht?«, fragte Gece ein wenig ungeduldig.

»Abgemacht. Ist acht Uhr gut?«

»Ich werde pünktlich sein. Und ich freue mich«, fügte Gece hinzu.

Zu Hause fand Gece die Nachricht Kiskes vor. »Morgen, halb sieben, Buchhandlung Dussmann, nähe Haltestelle Friedrichstraße, 3. Stock.«

Er fuhr zum »Keller«. Im »Herrenzimmer« stellte er den Kopierer an und machte von der ganzen Dokumentation, die er bei Franziska mitgenommen hatte, zwei Abzüge. Das Original wollte Kiske haben, eine Kopie konnte ihm nützlich sein, und wer weiß, ob er nicht eine Kopie wieder in den gelben Ordner bei Franziska zurücklegen sollte. Er war mit sich zufrieden. Er hatte einen wichtigen Teilerfolg errungen. Kiske war anspruchsvoll, doch die Erfüllung dieses Auftrags brachte ihm, Gece, einen beachtlichen Vorteil ein. Kiske hatte ihm den Posten eines Handelsdelegierten in Sydney in Aussicht gestellt. Das war ein Job, der keine große Anstrengung verlangte, jedoch nebst einer hervorragenden Entlohnung die Möglichkeit bot, fern von Deutschland erstklassige Beziehungen aufzubauen. Auf diesem Posten würde er Millionen scheffeln! Innerhalb von zehn Jahren würde er zu den etablierten VIPs gehören, da würde es nicht mehr nötig sein, Witwen auszuspionieren oder zu liquidieren. Dann müsste er sich nicht mehr mit anrüchigen Elementen herumschlagen oder nach der Pfeife von Kiske tanzen, dann wäre er Mister Maas.

Als Gece im dritten Stock der Buchhandlung Dussmann ankam, sah er Kiske in einer Ecke stehen und in einem Buch lesen. Er stellte sich neben ihn und nahm selbst ein Buch aus dem Regal. Diskret schob er das Blatt mit der Lösung des Rätsels zwischen die Seiten, legte das Buch zurück und holte ein anderes hervor. Kiske entnahm es und prüfte das Blatt.

»Hervorragend«, sagte er leise.

Verwundert schielte ihn Gece von der Seite an.

»Hast du es kapiert?«, fragte Kiske.

Gece schüttelte kaum merklich den Kopf, als hätte das Buch in seiner Hand sein Missfallen erregt.

Kiske nahm einen Kugelschreiber zur Hand. Er teilte den Text in drei Sektoren: UBS/ZH/CRUX.

»Und jetzt?«

Gece schüttelte den Kopf erneut.

»UBS steht für die größte Schweizer Bank, ZH für Zürich und CRUX ist das Codewort, unter dem Hoffbaur ein Konto unterhielt.«

Gece hob die Augenbrauen. So weit hätte er eigentlich auch kommen sollen. Doch Kiske war diesmal schneller gewesen.

»Da muss es auch ein Bankschließfach geben«, flüsterte Kiske.

Nun war es klar, wo der Umschlag versteckt war. Im Tresor einer Schweizer Bank.

»Lass sie nicht allein nach Zürich reisen! Geh mit ihr! Der Umschlag muss ihr ungeöffnet entwendet werden. Sonst weg mit ihr.«

Gece schloss die Augen. Der Gedanke an den Mord an Franziska störte ihn. Doch er wusste, dass er ihn nur verhindern konnte, wenn er in Besitz des verschlossenen Umschlags kam. Sollte ihm das nicht gelingen, musste er den Serben beauftragen, sie zu töten.

»Fragen?«, murmelte Kiske.

»Nein, alles klar«, sagte Gece.

Kiske ging zu einem Regal, in dem »Sprachbücher« standen, und prüfte sorgfältig verschiedene Bände. Nach längerem Suchen nahm er ein Buch unter den Arm und ging zur Kasse.

Gece hatte die Buchhandlung schon verlassen. In seiner Aktentasche befand sich die abgelichtete Korrespondenz zwischen Kiske und Hoffbaur, die er wieder an den Ort zurücklegen wollte, wo er sie gefunden hatte.

Wenig später begrüßte er Franziska mit einem zarten Kuss. »Du musst dir öfters einen Schwips antrinken«, raunte er. »Du siehst ja blendend aus.«

»Wenn das der Preis ist, will ich lieber hässlich bleiben«, gab sie lächelnd zurück. »Gehen wir gleich oder kommst du kurz herein?«

»Ich habe überraschende Neuigkeiten für dich.«
Franziska hob die Augenbrauen.
»Ich habe dein Rätsel gelöst.«
Sie starrte ihn an. »Wirklich?«
»Warst du schon einmal in Zürich?«
»Nein, was soll ich in Zürich?«
»Das wirst du gleich sehen«, sagte Gece und trat ein.
»Als du gestern eingeschlafen bist, habe ich weitergesucht. Ich habe den letzten Buchstaben zwar gefunden, aber konnte mit der Lösung nichts anfangen. Erst nach langem Nachdenken kam ich dahinter, was diese wirre Buchstabenfolge bedeutet. Sieh mal.« Er reichte ihr das Blatt mit dem Lösungswort.

U	B	S	Z	H	C	R	U	X

»Was soll das bedeuten?«, fragte sie.
Gece nahm einen Stift aus seinem Jackett und unterteilte die Buchstabenfolge in drei Teile. UBS ZH CRUX.
»Das ist die Lösung.«
»Ich kann dir nicht folgen.«
»Sagt dir UBS etwas?«
»Ja, das ist eine Bank.«
»Richtig. Und ZH?«
Franziska dachte nach. »Du hast von Zürich gesprochen. Steht ZH etwa für Zürich?«
»Ganz genau. Und jetzt kommt der Clou. Du weißt doch, dass in der Schweiz die Konten nicht unter dem Namen des Kunden geführt werden, sondern unter einem Codewort. Nur die wenigsten in einer Bank kennen den wirklichen Namen der Kunden. »CRUX« ist mit allergrößter Wahrscheinlichkeit das Codewort für ein Konto, das dein Mann bei der UBS Zürich geführt hat. Das ist es, was er dir mit diesem Rätsel mitteilen wollte.«
»Du willst damit sagen, mein Stefan hätte Steuern hinterzogen?«
»Nein, das muss nicht unbedingt sein. Vielleicht hat er das Konto in seiner Steuererklärung aufgeführt. Vielleicht geht es nur um einen kleinen Geldbetrag.«

»Warum soll mein Mann im Ausland einen kleinen Geldbetrag deponiert haben?«

»Das habe ich mich zuerst auch gefragt. Auch dafür habe ich eine Erklärung.«

»Bitte mache es nicht so spannend.«

»Es könnte sich auch um ein Bankschließfach handeln. Da muss man ein Konto führen, um die jährlichen Spesen zu decken. Dazu reichen tausend Euro.«

»Du meinst, in diesem Schließfach ist etwas, das mir Stefan hinterlassen wollte?«

»Ich meine es nicht, ich bin überzeugt davon. Und darum habe ich dich nach Zürich gefragt. Ich schlage vor, wir fahren mal hin, was meinst du?«

»Das kann ich nicht erwarten. Ich werde das allein erledigen.«

»Natürlich könntest du das allein erledigen. Aber es gibt triftige Gründe dafür, warum ich mitkommen möchte.«

»Welche denn?«

»Erstens: Ich möchte unsäglich gerne mit dir für einige Tage verreisen.«

»Das können wir später einmal tun, vielleicht an einen romantischeren Ort.«

»Dann musst du wissen, dass du bei diesen Gnomen von Zürich nur mit einem Anwalt aufkreuzen darfst, damit sie dich nicht übers Ohr hauen. Du kannst mich als deinen Rechtsberater ausgeben. Dann werden sie respektvoll.«

Franziska überlegte.

»Und schließlich kann eine so tolle Frau wie du in der Welt nicht ohne Bodyguard herumlaufen.«

Franziska lächelte. »Mit anderen Worten, du lässt mich nicht allein nach Zürich gehen?«

»Mit anderen Worten: nein.«

»Gut, wir werden das noch beim Abendessen erörtern«, sagte sie mit einem schelmischen Lächeln.

Kiske musste nicht lange an der Tür warten, bis Doris Schlegel öffnete. Sie war elegant angezogen, nicht so sexy, wie sie es sonst gerne tat, sondern klassisch. Ihre Botschaft war unübersehbar. Wir gehen in ein Nobelrestaurant. Für alles andere wäre sie auffallend overdressed gewesen. Er küsste sie und übereichte ihr ein in farbiges Papier gewickeltes Geschenk.

»Für mich?«, fragte sie überrascht.

»Natürlich für dich.«

Behutsam öffnete sie das Paket. Sie zog ein Buch hervor und blickte ihn fragend an.

»Du warst in Madrid von den Spaniern so begeistert und sagtest, du möchtest Spanisch lernen. Ich dachte, dies könnte dir dabei behilflich sein.« Es war ein interaktiver Sprachkurs mit Lehrbuch und drei CDs zum Üben.

»Sehr aufmerksam. Danke.« Sie gab ihm einen kleinen Kuss.

Sie wusste von seinem Besuch in der Buchhandlung. Der war zwar etwas weniger exotisch als das Denkmal oder die nächtliche Beichte, wollte aber dennoch nicht in das Bild passen, das sie von ihrem Chef hatte. Heutzutage bestellte doch jeder seine Bücher per Internet. Jetzt fühlte sie sich ein wenig beschämt. Er ging in die Buchhandlung, um ihr ein Geschenk auszusuchen. Vielleicht war er doch ganz anders, als sie vermutete.

Sie gingen in das Restaurant Villa Medici an der Spanischen Allee. Während des Essens nahm er plötzlich ihre Hand in die seine.

»Ich glaube, ich könnte einige Tage Urlaub in wärmeren Gefielden vertragen. Was meinst du dazu?«

»Ja, warum auch nicht? Es wäre vielleicht an der Zeit, dir etwas Ruhe zu gönnen.«

»Ich habe mich bisher geweigert, weil ich es deprimierend finde, allein wegzufahren.«

Sie vermied es, ihn anzusehen, damit er nicht sah, wie aufgeregt sie innerlich war.

»Könnten wir nicht zusammen irgendwohin fliegen? Mir ist gleich, wohin. Du kannst auswählen.«

Doris konnte ihre Begeisterung kaum unterdrücken. Sie hätte nicht im Traum zu denken gewagt, so schnell in das Leben ihres Chefs eintreten zu können. Ein nächster Schritt in Richtung Frau Kiske, dachte sie.

»Ich werde dir nur auf die Nerven gehen. Du solltest dich erholen und dich nicht um mich kümmern«, sagte sie.

»Ich möchte dich nicht zu etwas zwingen, was du nicht gerne tust.«

»Nicht gerne? Peer, ich wage es kaum zu sagen, aber ....« Doris schwieg.

»Aber was?«

»Ich mag dich sehr. Vielleicht etwas zu sehr.«

Kiske lächelte zufrieden. Er hatte richtig vermutet. Doris war nicht nur ein flüchtiges Abenteuer.

»Ich glaube, etwa in einem Monat könnten wir gen Süden fliegen. Bis dahin muss ich noch einige Sachen in Ordnung bringen. Vielleicht willst du dich schon einmal nach Reisemöglichkeiten erkundigen?«

Doris hätte vor Freude hüpfen können. Diesmal würde sie zwar noch als Frau Schlegel reisen, doch wer weiß, vielleicht das nächste Mal schon als Frau Kiske? Sie war sich ihrer Sache sehr sicher.

35

»Was willst du noch von mir?«, fragte Dummy verdrossen, als er im »Keller« eintraf. Gece hatte ihn hierher beordert, obwohl sein Auftrag nach der Hausdurchsuchung bei Notar Franke beendet war.

»Den Abschluss.«

»Welchen Abschluss? Wir haben abgemacht, dass nach dem Einbruch bei Franke Schluss ist.«

»Nein, nicht ganz so. Schließlich hast du damals auch bei der Geldübergabe mitgemacht.«

»Das war ein Extra. Ein Einzelauftrag für 50 000 Euro. Und was hat das mit dem blöden Umschlag zu tun, den du suchst?«

»Das ist Teil dieser Aktion. Die muss jetzt vollendet werden. Dann kannst du aussteigen, aber nicht vorher.«

»Du willst mir doch nicht sagen, dass nach zwei Jahren diese Aktion nicht abgeschlossen ist. Das ist doch ein neuer Plan.«

»Was weißt du schon davon, wie meine Pläne aussehen?«, fragte Maas gereizt.

»Gece, ich habe die Nase voll von dir. Du denkst, du kannst mich die ganze Zeit verarschen.«

»Ich will mit dir nicht diskutieren. Du hast noch den letzten Auftrag auszuführen, dann kannst du in den Ruhestand treten.«

Dummy blickte Gece hasserfüllt an. »Glaube nicht, du könntest dieses Spiel mit mir noch lange treiben.«

»Wenn doch, was passiert dann?«

Dummy wusste nichts zu erwidern.

»Also, beruhige dich«, sagte Gece. »Es ist wirklich dein letzter Auftrag. Und irgendwann werde ich dir dafür danken.«

Dummy schwieg.

»Morgen Abend fährst du nach Zürich.«

»Und von dort aus nach Honolulu oder nach Tobago«, sagte Dummy spöttisch.

»Nein, du wirst überrascht sein. Du gehst für einen halben Tag nach Zürich.«

»Ausgeschlossen. Ich bin in Frankfurt und muss was Wichtiges erledigen.«

»Das ist ja gut. Dann bist du schon auf halbem Weg.«

»Das sieht dir wieder einmal ähnlich. Du hast nicht den geringsten Respekt vor den anderen.«

Gece überhörte die Bemerkung. Er fuhr sein Laptop hoch und studierte die Fahrpläne. Um zwei Uhr zweiundzwanzig fährt ein Zug von Frankfurt nach Zürich. Um sieben bist du am Hauptbahnhof. Du kannst sogar einige Stunden schlafen.«

»Da würde ich doch lieber fliegen, als so lange mit der Bahn zu reisen.«

»Das glaube ich dir. Doch beim Fliegen wird dein Name registriert und du hinterlässt Spuren. Im Zug reist du anonym.«

Dummy runzelte die Stirne. Das hörte sich wieder nach einer gefährlichen Mission an. »Gut, sag schon, was los ist«, sagte er ungeduldig.

»Ich werde auch nach Zürich fahren«, fuhr Gece fort. »Morgen, mit einer Frau. Übermorgen werde ich am Vormittag mit ihr in eine Bank an der Bahnhofstraße gehen. Wir werden in einem kleinen Hotel in der Nähe wohnen, an der Weggenstraße 4. Hotel Weggen. Ein ziemlich verlassener Ort, mitten in der Stadt.« Er legte einen Stadtplan von Zürich auf den Tisch. »Wir werden aus der Bank kommen und durch die Augustinergasse, die auf der gegenüberliegenden Straßenseite beginnt, zum Augustinerhof gehen.« Er fuhr mit dem Finger den angegebenen Weg auf der Karte nach. »Dieser Ort ist ziemlich belebt, also nicht geeignet für einen Überfall.«

»Überfall?«, fragte Dummy gereizt.

»Nein, kein eigentlicher Überfall. Du musst ihr die Handtasche entreißen.«

»Am Schluss werde ich noch die Kirchenkollekte stehlen müssen.«

Gece ging auf den Kommentar nicht ein. »Du musst uns hier weiter vorn, in diesen engen, verwinkelten Gassen, die zum Hotel führen, auflauern. In dieser Gegend ist nicht viel los, keine Autos, keine Passanten. Du nimmst also ihre Handtasche und haust ab.

Am besten in Richtung Limmat.« Gece fuhr mit dem Finger auf dem Stadtplan weiter. »In der Handtasche wird ein Umschlag sein. Den brauchen wir.«

»Ah, den habe ich schon einmal gesucht«, erinnerte sich Dummy.

»Ja, nur diesmal haben wir ihn gefunden. Und nicht öffnen heißt es auch diesmal, verstanden?«

»Ich leide nicht an Demenz.«

»Ferner wirst du mir vom ganzen Schlüsselbund der Frau brauchbare Abdrücke machen. Die Schlüssel werden uns von großem Nutzen sein.«

»Und dann bin ich im Ruhestand?«

»Ja. Das Geld aus der Handtasche behältst du, damit es danach aussieht, als wäre die Kohle das Motiv gewesen. Die Tasche wirfst du gut sichtbar auf den Gehsteig, wenn du unbeobachtet bist. Die Schweizer sind ziemlich ehrlich und werden sie im Fundbüro abgeben.«

»Was dann?«

»Dann fährst du mit dem Zug um zehn nach drei nach Berlin zurück, machst von den Schlüsseln präzise Kopien, bringst mir alles hierher und verschwindest. Du wirst nie mehr von mir hören.«

Dummy blickte ihn skeptisch an. Er traute der ganzen Sache nicht. »Wenn du mich danach nicht in Ruhe lässt, werde ich mich wehren, kapiert?«

»Nur cool bleiben, Junge. Ich rate dir, nicht aufsässig zu werden. Schließlich bin ich hier der Chef.«

»Ein Chef ohne gute Leute ist nichts wert, das weißt du selbst am besten.«

»Zugegeben, du bist mein bester Mann. Darum fällt es mir schwer, auf dich zu verzichten. Doch ich halte mein Wort.«

»Ich fühle mich geehrt. Kann ich jetzt gehen?«

»Hier deine Fahrkarte und dreitausend Euro für Spesen und Arbeit. Wir sehen uns in Zürich. Bis bald. Ach, noch was …«, fügte er hinzu, als Dummy schon an der Tür war. »Du wirst wenig Zeit haben, um die Gegend auszukundschaften. Nimm diesen Fremdenführer. Du kannst bis zum Mittag einen detaillierten Plan erarbeiten. Klar?«

»Alles klar«, meinte Dummy und verließ das »Herrenzimmer«.

36

Laura Sichler, Dummys Freundin, hatte heute Spätschicht. Sie war Krankenpflegerin in einer internationalen Privatklinik an der Friedrichstraße. Sie mochte ihre Arbeit und war bei Kollegen und Patienten beliebt wegen ihres fröhlichen Charakters und anerkannt, weil sie sehr durchsetzungsfähig war. So hatte sie vor Jahren erkämpft, dass ihr Vorgesetzter entlassen wurde, weil er sie sexuell belästigt hatte.

Sie war glücklich mit Dummy. Er war stets aufmerksam und großzügig und brachte sie oft zum Lachen. Ihr anfangs lockeres Verhältnis hatte sich mit der Zeit zu einer festen Beziehung entwickelt und Laura begann, ihre allseits bekannte Abneigung gegen die Ehe zu überdenken. Seit Kurzem dachte sie auch an die Möglichkeit, Kinder zu haben. Sie begann mit dem Gedanken zu spielen, Dummys Heiratsangebot zu akzeptieren. Seine Zukunftspläne verunsicherten sie etwas, denn er hatte vor, nach Lissabon zurückzukehren und dort eine Autogarage aufzumachen. Sie rang mit sich, schwankte zwischen ihrer Liebe und ihrer Sehnsucht nach Sesshaftigkeit, überzeugte sich aber schließlich davon, dass auch in Lissabon gut ausgebildete Fachkräfte in der Krankenpflege benötigt würden. Jede Ehe verlangte Kompromisse und diese Zusage hätte nun einmal sie erbringen müssen.

Dummy hatte sie mit der Aussage überrascht, dass er in wenigen Wochen den Handel um eine geeignete Werkstatt abschließen könne. Laura war verunsichert. So schnell schon? Sie sagte, sie brauche mehr Zeit, um sich seelisch auf einen solch einschneidenden Wechsel in ihrem Leben vorzubereiten. Dann musste sie insgeheim zugeben, dass dieser Wunsch nur ein versteckter Vorwand war, ihren unausgesprochenen Bedenken Raum zu lassen. Sie entdeckte auch die Vorteile einer schnellen Lösung. Dummy hatte keine geregelte Arbeit, er nahm nur Gelegenheitsjobs an und in letzter Zeit war er sehr kurz angebunden, wenn es darum ging, ihr zu erklären, was er den ganzen Tag hindurch machte. Weg von hier konnte auch bedeuten, dass er ein neues, solides Leben anfangen würde. Da wären Einwände von ihrer Seite falsch gewesen. Sie bat Dummy, ihr vor einer Abreise wenigstens so viel Zeit zu lassen, dass sie ihre Verpflichtungen ordentlich zu Ende bringen konnte.

Die heutige Abreise Dummys warf wiederum Fragen auf, die sie nicht beantworten konnte. Er würde in Frankfurt den Vermittler für die gesuchte Werkstätte treffen und mit ihm die Probleme der Finanzierung besprechen. Laura wollte die Sache nicht genauer ergründen, nahm zur Kenntnis, dass er erst am nächsten Tag zurückkehren würde, und widmete sich ihren alltäglichen Tätigkeiten. Sie brachte ihre kleine Wohnung über der Lagerhalle einer Altmetallhandlung in Ordnung und nahm sich vor, für Dummy ein kleines Überraschungsgeschenk zu besorgen. Sie war erstaunt, als die Türglocke läutete. Sie erwartete niemanden.

In der Tür stand Gece. Sie war diesem Mann zum ersten Mal in Begleitung von Dummy begegnet, der ihn als guten Freund vorgestellt hatte. Einmal, als sie zu dritt auf ein Bier gegangen waren, fiel Laura auf, mit welchen Augen sie dieser »gute Freund« betrachtete. Es war nichts Ungewöhnliches, dass Männer sie anstarrten, aber es störte sie, wie dieser Typ es in Anwesenheit von Dummy tat.

Später, als Dummy im Gefängnis saß, hatte er allerdings ihre Bedenken zerstreut. Er hatte ihr geholfen, zu ihrem schwer kranken Vater zu reisen, indem er durch seine Beziehungen in der Klinik unbezahlten Urlaub erwirkte und ihr sogar für die Fahrtkosten und für den Aufenthalt Geld vorgeschossen hatte. Dummy hatte zwar nie etwas über diese Begebenheit gesagt, doch sie hatte gemerkt, dass er seither nicht gut auf Gece zu sprechen war.

»Grüß dich, Laura«, sagte Gece. »Kann ich Dummy sprechen?«
»Er ist bis morgen Abend weg.«
»Ach, wie schade, ich hätte ihn gerne um Rat gefragt.«
»Du kannst ihn auf seinem Handy erreichen, wenn du willst.«
»Nun, wenn er morgen zurückkommt, kann ich warten. Die Sache eilt auch nicht.« Gece blieb in der Tür stehen.
»Sonst noch etwas?«, fragte Laura.

»Nein, ich dachte nur, ich könnte dich zu einem Kaffee einladen. Falls du Zeit hast, natürlich.«

»Einen Kaffee kann ich dir auch gerne machen. Doch gegen elf Uhr wollte ich ins KaDeWe.«

»Meine Güte, das ist ja erst in einer Stunde. So lange will ich dich nicht aufhalten.«

»Gut, komm rein.«

Gece schaute sich in der kleinen Wohnung um. »Schön habt ihr's hier.«

»Es ist ein wenig eng, aber es gefällt uns.«

Die Wohnung bestand aus einem Wohn-Esszimmer mit Kochnische, einem winzigen Schlafzimmer und einem kleinen Bad.

Als Laura die Kochplatte anstellte, stand Gece hinter ihr. Langsam löste er seinen Gürtel und zog das Ende durch die Schnalle. Blitzschnell schnappte er Lauras Hand und zog ihr die Schlinge über das Handgelenk. Sie hatte den Angriff nicht erwartet. Überrascht weiteten sich ihre Augen. Ihr kurzes Zögern war fatal. Gece riss ihren Arm nach hintern, fasste mit kräftigem Griff die andere Hand und wickelte den Gürtel eng um das Gelenk. Erst jetzt begann Laura, sich zu wehren.

»Was zum Teufel tust du hier?«

»Halt's Maul«, zischte Gece. Er zog den Gürtel fester und band ihn so eng, dass Laura die Arme nicht mehr bewegen konnte.

»Lass den Scheiß oder ich schreie«, sagte sie laut.

Gece lachte auf. »Wen willst du um Hilfe bitten? Die Alte nebenan ist völlig besoffen und bräuchte selbst Hilfe. Niemand sonst ist in Hörweite.« Er packte sie an der Schulter und drehte sie zu sich.

Laura blickte ihn an und erschrak. Seine Gesichtszüge waren zu einer Maske entstellt, wollüstig, ekstatisch. Er presste die Lippen zusammen, seine Augen waren weit offen, sein Blick stechend. Erst jetzt wurde ihr voll bewusst, dass sie in Gefahr war. Ihr Herz stand beinahe still. »Lass mich sofort los!« brüllte sie. »Wenn du mir etwas antust, bringt dich Dummy um.«

Geces Gesicht verzog sich zu einem Grinsen. »Dummy? Dummy würde es nie wagen, seine Hand gegen mich zu erheben. Erst recht nicht wegen einer solchen Schlampe, wie du eine bist.«

Der kochende Kaffee schwappte über und brachte die Herdplatte zum Zischen. Gece griff einen Holzlöffel, der in der Spüle lag, und fegte die Kaffeemaschine zu Boden. Laura nützte diese Ablenkung und versetzte ihm mit dem Knie einen Stoß zwischen die Beine. Da er sie aber am Unterarm hielt, konnte sie nicht genug ausholen und der Tritt fiel kraftlos aus.

»So gefällst du mir«, sagte er spöttisch. Dann bückte er sich und schulterte sie wie einen Sack voller Kartoffeln. Laura begann, mit den Beinen auszuschlagen, doch ihre Abwehr blieb wirkungslos. Ihre Arme, die hinter ihrem Rücken zusammengebunden waren, konnte sie zu ihrer Verteidigung nicht einsetzen. Gece trug sie in das Schlafzimmer und warf sie unsanft auf das Bett. Er blickte sich um, ging zum Schrank und fand darin schnell, was er suchte. Er nahm Dummys einzige Krawatte und einen Gürtel. Inzwischen war Laura vom Bett aufgestanden und versuchte, aus dem Zimmer zu fliehen.

»Ne, ne, meine Süße. So geht es nicht«, sagte Gece und packte sie am Arm. Er stieß sie wieder auf das Bett und packte ihren linken Fuß. Laura schlug mit dem Kopf hart gegen das Bettgestell. Für einige Augenblicke war sie fast benommen. Sie wollte die pochende Stelle reiben, konnte aber nicht. Gece band ihr linkes Fußgelenk mit der Krawatte ans Bettgestell. Laura begann, mit dem freien Fuß um sich zu kicken, sie sah aber selbst ein, dass ihre Lage aussichtslos war. Gece beobachtete ihren Wutausbruch vergnügt. Er nahm einen Stuhl und setzte sich vor das Bett. Laura trug eine eng anliegende, schwarze Bluse, einen leichten, ebenfalls schwarzen Rock, der ihr bis zum Knie reichte, und rosarote Tennisschuhe mit gleichfarbigen kurzen Sportsocken.

Gece ließ seine Augen über ihren Körper gleiten, über ihre kräftigen, wohlgeformten Brüste, ihre schlanke Taille, ihre wohlgeformten Beine.

»Man kann ihm keinen schlechten Geschmack nachsagen, deinem Dummy.«

Laura schlug weiter mit ihrem rechten Bein aus, was eher dazu diente, ihr Missfallen auszudrücken, als ihre Befreiung zu bewirken. Gece zog ihre Tennisschuhe aus.

»Hübschen Slip hast du an. Und nett, dass du ihn mir dauernd zeigst durch dein Rumgehampel«, sagte er. »Das reizt mich ungemein.«
Laura hielt abrupt inne. Nur das nicht, dachte sie.
Gece erhob sich und ging ins andere Zimmer. Laura blickte verzweifelt um sich, auf der Suche nach einem Ausweg. Erfolglos. Gece kam zurück und hielt ein Küchenmesser in der Hand.
Lauras Herz stockte. Er wird mich vergewaltigen und dann umbringen, dachte sie. Sie rang nach Luft. »Was willst du eigentlich von mir?«, fragte sie fast unhörbar.
»Was will ich wohl, meine Süße? Das, was ich immer schon wollte, seitdem ich dich zum ersten Mal gesehen habe. Dich richtig durchbumsen, mein Engel.«
Laura schloss die Augen.
»Und ich bin überzeugt, das willst du auch. Du hättest es auch einfacher haben können. Doch du hast dich blind gestellt.«
»Ich bin doch die Freundin deines Freundes«, entgegnete sie.
»Freund, sagst du? Ne, Kleine. Dummy ist nicht mein Freund. Er ist ein kleiner, bedeutungsloser Befehlsempfänger, der heute in meinem Auftrag unterwegs ist. Von Freundschaft keine Rede.«
Laura holte tief Luft. Sie begriff, dass ein Monster vor ihr stand, das keine Werte besaß, keine Loyalität kannte, keine Fairness, keine Rücksichtnahme, keine Gefühle. Er war bloß ein widerlicher Rohling, der außer sich keinen Gott kannte. Wie sollte sie sich verhalten? Zeitgewinn brachte nichts, denn Dummy würde erst am nächsten Tag zurückkommen. Wehrlos ausgeliefert, wie sie war, konnte sie höchstens versuchen, ihn so weit zu beruhigen, dass er nicht in Wut geriet. Denn falls er in Raserei geraten würde, wäre er fähig, sie umzubringen, davon war sie überzeugt.
»Du hast mir nie gesagt, dass ich dir gefalle«, sagte sie und versuchte, versöhnlich zu wirken.
»Muss man das einer Frau sagen? Du hast es genau gecheckt, aber keine Antwort, kein Zeichen der Sympathie, keine stille Einladung, nichts.«
»Ich hätte nicht im Traum gedacht, dass deine Komplimente ernst gemeint waren.«
»Nun, jetzt weißt du es und machst, was ich will.«

Laura antwortete nichts und atmete tief durch. Gece setzte sich auf den Stuhl neben dem Bett und betrachtete sie. Sie wandte ihren Blick von ihm ab.

»Spreize deine Beine«, sagte er.

Laura verspürte starken Brechreiz. Sie schluckte wiederholt und begann, heftig zu atmen.

»Spreize deine Beine«, wiederholte er.

Sie schloss ihre Augen und begann langsam, ihre Beine zu spreizen.

Gece betastete seine Genitalien in der Hose. Er erhob sich mit dem Messer in der Hand. Als Laura den Stuhl rücken hörte, öffnete sie ihre Augen. Sie erstarrte.

»Willst du mich umbringen?«, fragte sie mit dünner Stimme.

»Das entscheide ich am Schluss.«

»Mach mit mir, was du willst, lass mich aber bitte am Leben«, flehte sie ihn an.

»Das sehen wir am Schluss.«

Laura spürte ihr Herz in der Kehle schlagen. Die Ohnmacht, die Todesangst, die Abscheu lähmten sie. Sie begann, still zu beten, und folgte mit den Augen jeder Bewegung Geces. Er beugte sich über sie und setzte die Spitze des Küchenmessers an ihre Kehle. Sie wagte nicht, sich zu rühren, und rang nach Atem. Dann spürte sie, wie die Spitze des Messers langsam an ihrem Körper hinunterglitt. Ganz langsam. Zwischen ihren Brüsten, auf ihren Bauch, an ihren Bauchnabel, weiter nach unten. An ihrer Vagina machte das Messer halt. Nur wenige Sekunden, die Laura wie eine Ewigkeit vorkamen. Dann glitt das Messer weiter nach unten, zwischen ihre Beine, an der Innenseite ihres linken Schenkels entland, zu ihren Fußknöcheln, dann an der rechten Fußsohle entlang. Plötzlich spürte sie die leichte Berührung der Messerspitze nicht mehr. Aber nur für eine Sekunde. Dann zuckte sie zusammen. Das Messer drang leicht in ihre Fußsohle. Laura schrie auf. Weniger aus Schmerz denn aus Überraschung. Der Stich tat weh, doch das war erträglich. Das Furchtbare war, dass dieser Stich den Beginn ihrer Tortur bedeutete. Sie spürte die Wärme des Blutes, das auf ihrer Fußsohle gegen die Ferse lief.

Gece sprach kein Wort. Ein sadistisches Lächeln spiegelte sich auf seinem Gesicht. Dann begann die Messerspitze, wieder nach oben zu wandern. Auf der Innenseite der rechten Wade, des rechten Schenkels bis zu ihrem Geschlecht. Hier machte sie wieder Halt, wie beim Hinuntergleiten. Gelähmt vor Angst erwartete Laura den Stich. Doch nach kurzer Zeit bewegte sich das Messer nach oben. Bei ihrem Bauchnabel glitt es unter ihren Wollpullover. Mit einem unerwarteten, heftigen Ruck schnitt Gece den Pulli zur Hälfte auf. Dann riss er ihr die Fetzen vom Leib. Auf die gleiche Art entfernte er ihren Büstenhalter. Dann stürzte er sich gierig auf ihre schönen Brüste. Er streichelte, drückte, küsste und biss sie. Es schien ihr absurd, aber Laura ertrug die Gewalt ein wenig gelöster, denn Gece hatte das Messer auf den Boden geworfen. Nach einer Weile ließ er von ihren Brüsten ab und schnitt ihr den Rock und den Slip vom Leibe. Er entblößte seinen Unterleib. Laura sah, dass er erregt war. Ungeduldig und roh drang er in sie. Schmerz durchfuhr sie und sie schrie spontan auf.

»Ja, ja, genieße es, du Schlampe«, stammelte Gece.

Laura war versucht, ihm aus nächster Nähe ins Gesicht zu spucken, ihre Todesangst hinderte sie aber daran.

»Genieße, genieße«, fuhr Gece mit seiner Litanei fort.

Laura begann zu heucheln. Sie stöhnte wollüstig, immer lauter. Dies brachte Gece schnell zum Höhepunkt. Er zuckte einige Male und streckte sich danach auf ihr aus.

Laura erwartete die nächste Demütigung, doch Gece war wie verändert. Er stand wortlos auf, zog den Reißverschluss seiner Hose hoch und ging in das Badezimmer. Sie hörte das Wasser fließen. Nach einigen Minuten erschien Gece wieder in der Türöffnung. Er brachte seine Kleider in Ordnung und band sich den Gürtel Dummys um.

»Das nächste Mal kannst du das einfacher haben, Süße. Grüß Dummy von mir.«

»Bind mich los, bitte.«

»Damit kommst du schon alleine klar. Und wenn nicht, kommt morgen Dummy zurück. Er soll dich aber vorsichtig losbinden, dass dir nichts passiert«, sagte er zynisch und verließ die Wohnung.

Laura lag benommen auf dem Bett. Als sie hörte, wie die Tür in das Schloss fiel, atmete sie tief durch. Sie war erlöst. Doch dann wurde ihr bewusst, was mit ihr geschehen war, und die Gefühle brachen mit voller Wucht aus. Sie begann, heftig zu weinen, drehte sich auf die Seite und vergrub ihr Gesicht im Kopfkissen. Doch allmählich gewann sie wieder die Kontrolle über ihre Empfindungen. Ihr Schluchzen ebbte ab, bis sie schließlich still und reglos auf dem Bett lag. Was sollte sie jetzt tun? Sie befand sich in einer aussichtslosen Situation. Ihre Hände waren auf dem Rücken gefesselt, sie war mit einem Fuß an das Bettgestell gebunden. Dummy würde erst morgen zurückkommen. Die rücksichtslose Rohheit von Gece ließ ihr Blut erneut aufwallen, doch sie zwang sich, ruhig zu bleiben und nachzudenken. Gut, sie war gefesselt, doch das war bis zum nächsten Tag auszuhalten. Schwieriger würde es, falls sie auf die Toilette gehen musste. Ihre Wut auf Gece war grenzenlos. Der einzige Gedanke, der in ihr ein wenig Erleichterung bewirkte, war der Umstand, dass er ihr mit dem Messer keine ernsthafte Verletzung zugefügt hatte. Wo war eigentlich das Messer? Sie setzte sich auf. Das Messer lag etwa einen Meter von ihr entfernt auf dem Boden. Das sollte sie doch näher heranholen können. Obwohl sie mit einem Fuß an das Bettgestell gefesselt war, gelang es ihr, an den Bettrand zu rutschen. Sie streckte ihr freies Bein aus und begann, das Messer zu sich zu schieben. Mit Abscheu merkte sie, wie aus ihrer Vagina die Säfte von Gece herausflossen. Denk jetzt nicht daran, sagte sie sich und schob das Messer in die Nähe des Bettrandes. Dann drehte sie sich auf den Bauch und lehnte sich mit dem Oberkörper über die Bettkante. Sie befürchtete, das Gleichgewicht zu verlieren und auf den Boden zu fallen. Dann hätte sie ihr gefesseltes Bein verdreht und sich sicher verletzt. Mit Mühe gelang es ihr, den Griff des Messers mit den Zähnen zu fassen. Sie manövrierte es auf die Matratze. Jetzt begann eine Geschicklichkeitsübung. Sie fasste den Griff hinter ihrem Rücken mit der rechten Hand und bewegte die Klinge an Geces Gürtel auf und ab. Mit viel Geduld sägte sie so am Riemen, vorsichtig, um nicht ihre Pulsadern zu verletzen. Zeitweilig meinte sie, eine sinnlose Arbeit zu verrichten, doch sie gab die Hoffnung nicht auf. Nach einer guten halben Stunde wurde sie belohnt. Es gelang ihr, das Leder durchzuschneiden. Erleichtert atmete sie auf. Sie befreite ihren Fuß und rannte sofort unter die Dusche. Dann desinfizierte sie den kleinen Schnitt an der Sohle und schützte sie mit einem

Wundpflaster. Nach einer weiteren halben Stunde waren die Spuren von Geces Überfall beseitigt. Zumindest die äußeren.

Laura setzte sich an den Bettrand und legte den Kopf in die Hände. Ihre Schläfen pochten und ihr Magen zog sich krampfhaft zusammen. Sie empfand Ohnmacht und Wut über die Demütigung, die ihr widerfahren war. Wusste Dummy eigentlich, mit was für einem Monster er es mit Gece zu tun hatte? Ihre Gedanken kreisten noch lange um die Vergewaltigung. Sie beschloss, ihren Freund anzurufen, verwarf die Idee aber sogleich wieder. Etwas ausrichten konnte er jetzt ohnehin nicht und er hätte sich nur gesorgt. Es reichte, wenn er das Vorgefallene erst am nächsten Tag erfuhr. Ich gehe zur Polizei und zeige ihn an, war ihr nächster Gedanke. Sie zog sich hastig an, doch dann setzte sie sich wieder. Was hatte Gece gesagt? Dummy war in seinem Auftrag unterwegs? Das könnte bedeuten, dass sie die Polizei besser nicht einschaltete. Dummy war erst vor Kurzem aus dem Gefängnis entlassen worden und steckte möglicherweise gerade wieder in Schwierigkeiten. Laura schloss die Augen. Dieses Leben musste ein Ende nehmen! Entweder ließ Dummy seine Hände von Geces krummen Sachen oder sie würde sich von ihm trennen. Sie blickte auf die Uhr. Es war zehn vor zwölf, aber an Essen war nicht zu denken. Bis zur Nachtschicht hatte sie noch viel Zeit. Sie nahm eine Schlaftablette und legte sich ins Bett.

37

Im Zug fand Dummy genügend Zeit, um den Fremdenführer von Zürich zu studieren, den er vor der Abreise von Gece erhalten hatte. Der Zürichsee, an dessen Ufern sich die Stadt erstreckte, nährte mit seinem Abfluss einen kleinen Wasserlauf, die Limmat. Rechts und links des Flusses erstreckten sich die ältesten Teile der Stadt. Das Hotel, in dem Gece für sich und diese Frau gebucht hatte, lag auf der linken Seite in einem Häusergewühl mit engen Straßen. Am rechten Flussufer befand sich das berühmt-berüchtigte Rotlichtviertel Niederdorf mit seinen Erotikkinos, billigen Restaurants, Absteigehotels, Kebabbuden und Nachtlokalen.

Der Zug war pünktlich, Dummy konnte schon kurz nach seiner Ankunft mit der Erkundung beginnen. In der Nähe des Hauptbahnhofs fand er eine Dönerbude, wo er seinen Hunger stillte. Dann suchte er die Weggenstraße. Nach einem zehnminütigen Marsch, zuerst durch die weltberühmte Bahnhofstraße, dann durch immer enger werdende Gassen, war er an seinem Ziel. Gece hatte für sein Vorhaben einen hervorragenden Ort gewählt. Das Hotel lag zwar zentral, doch im Gestrüpp der schmalen Stege ziemlich isoliert. Man konnte hier nicht einmal mit einem Wagen vorfahren. Dummy lief den umgekehrten Weg, den ihm Gece auf dem Stadtplan gezeigt hatte, und fand drei Stellen, an denen er der Frau die Tasche entreißen konnte. Im Labyrinth der Sträßchen war auch das Entkommen leicht, dennoch beschloss Dummy, sich für die Flucht ein Fahrrad zu besorgen. Im Stadtführer hatte er gelesen, dass man in Zürich gratis Fahrräder entleihen konnte, doch dazu hätte er seinen Ausweis zeigen müssen, was er lieber vermeiden wollte. Er entschied, das Rad auf andere Weise auszuborgen. Er sah, dass einige auf der Straße abgestellten Fahrräder mit Stahlseilen gesichert waren, und besorgte sich in einem nahe gelegenen Warenhaus eine robuste Schneidezange.

Der Flug nach Zürich war unruhig. Starke Windstöße schüttelten das Flugzeug arg durch. Im Gegensatz zu Franziska war Gece sichtlich nervös. Er klammerte sich mit den Händen an die Armlehne und ließ bei jeder Erschütterung ein Grunzen von sich hören. Er war kreidebleich und konnte seine Angst nicht verbergen. Als dann das Flugzeug in Zürich-Kloten ziemlich hart mit den Rädern auf der Landepiste aufschlug, begann er halblaut, auf den Piloten zu schimpfen. Franziska saß verlegen neben ihm. Die Überlegenheit, die er bisher ausgestrahlt hatte, war Opfer einiger Windstöße geworden.

Die Gepäckabfertigung erfolgte schnell und schon bald nach der Landung saßen Franziska und Gece in einem Taxi. Als er die Adresse des Hotels angab, blickte der Fahrer in den Rückspiegel.

»Ich kann dort nicht bis vor den Eingang fahren«, sagte er.

»Ich weiß, aber wir haben wenig Gepäck, die paar Schritte werden wir noch hinkriegen«, sagte Gece.

Vor dem Abflug hatte Gece Franziska erläutert, er hätte ein kleines, charmantes Hotel gebucht, weil es nahe bei der Bahnhofstraße liege und sehr ruhig sei. Ohne Verkehr, ohne Vergnügungslokale, ohne Störung ihrer Nachtruhe. Franziska fand die Idee reizend. Einmal etwas anderes als die glitzernden Hotels für Geschäftsleute. Der Taxifahrer zwängte seinen Wagen durch enge Einbahnstraßen und hielt auf einem kleinen Platz am Fluss. »Dort ist Ihr Hotel«, sagte er und zeigte in Richtung einer schmalen Gasse. Franziska sah eine Passage, höchstens zwei Meter breit, die nach etwa fünfzig Schritten in eine Treppe mündete. Oberhalb dieser Treppe, auf einer kleinen Anhöhe, stand eine Kirche. Sie befanden sich in einer Fußgängerzone, wo nur einige Fahrradfahrer im Zickzackkurs um die wenigen Touristen fuhren, die für ihre Erinnerungsfotos diesen romantischen Fleck dem Glamour der weltberühmten Bahnhofstraße vorzogen.

Kurze Zeit später standen sie vor dem Café Weggen. Ein Hotel war hier nicht zu sehen. Gece betrat das Lokal. An den sechs kleinen Tischen saßen nur vereinzelt Menschen. Selbst er schien die Sache anders erwartet zu haben.

»Verzeihung, ich suche das Hotel Weggen«, sagte er zu einer Kellnerin.

»Da sind Sie richtig. Es ist hier«, antwortete sie lächelnd.

»Ich habe den Eingang nicht gesehen.«

»Hier geht man hoch.« Die Frau zeigte auf eine Tür neben der Theke. »Wir sind das kleinste Hotel der Schweiz. Wir haben bloß drei Zimmer.«

Franziska hörte dem Gespräch belustigt zu. Das war ja noch romantischer, als sie erwartet hatte.

Das Zimmer war sehr klein und einfach und altmodisch eingerichtet.

»Möchtest du vielleicht in ein anderes Hotel umziehen?«, fragte Gece ein wenig verlegen.

»Nein, überhaupt nicht. Es gefällt mir hier«, antwortete Franziska.

Nach einer kurzen Erfrischung im Café schlug Gece einen Spaziergang vor. Franziska war von der Stadt entzückt. Nicht so sehr von der eleganten Bahnhofstraße, in der sich viele Geschäfte mit noblen Namen befanden, sondern mehr von der Seepromenade und von der Limmat. Und besonders von der Altstadt, wo das kleinste Hotel der Schweiz lag.

Für das Abendessen hatte Gece nur wenige Schritte vom Hotel entfernt im Restaurant Widder einen Tisch bestellt.

»Versuche doch ihre Spezialität«, riet er Franziska. »Das ist Kalbsgeschnetzeltes nach Zürcher Art mit Rösti. Die halbe Welt kommt hierher für diesen Gourmetteller.«

Nach dem langen Spaziergang und dem üppigen Essen hatte Franziska keine Lust mehr auf ein Abendprogramm. Sie gingen also ins Hotel und schliefen miteinander.

Am nächsten Morgen um zehn Uhr waren sie mit dem Direktor der UBS verabredet. Nach Bestätigung des Termins hatte Gece Dummy eine SMS geschickt: »Kommen zwischen halb elf und zwölf beim Treffpunkt vorbei.«

Dummy war unterwegs, um sich ein Fahrrad zu besorgen. Bei seiner Ankunft hatte er gesehen, dass in der Nähe des Bahnhofs Dutzende von Fahrrädern standen. Er suchte sich ein Mountainbike aus. Er holte seine Zange aus seiner Umhängetasche, stützte seinen Fuß auf den Gepäckträger und tat so, als würde er den Schnürsenkel binden. Unauffällig schnitt er dabei mit der Zange das Sicherungskabel durch. Er vergewisserte sich, dass ihn niemand beobachtete, dann schwang er sich auf den Sattel und fuhr los. In wenigen Minuten war er am Augustinerplatz, wo er sein Opfer abwarten wollte. Er schloss sein Rad mit einer neuen Sicherheitskette ab und ging dann wieder auf die Bahnhofstraße zurück. Er hatte vorher gesehen, dass hier viele Juweliergeschäfte waren. Nach kurzem Suchen betrat er einen Laden. Er kaufte ein Paar schlichte Eheringe aus Gold, nachdem der Verkäufer ihm zugesichert hatte, dass er innerhalb von drei Stunden die Namen Laura und João auf die Innenseite eingravieren lassen könne. Zufrieden ging Dummy zum Augustinerplatz zurück. Ohne zu ahnen, dass hier vor wenigen Stunden Gece und Franziska gesessen hatten, betrat er die Widder Bar und bestellte einen Cappuccino. Er hatte eine gute Stunde bis zum vereinbarten Zeitpunkt.

Das mächtige Gebäude der UBS, eine Mischung aus griechischem Tempel und Königspalast, lag an zentraler Stelle an der Bahnhofstraße. Der herrschaftliche Eingang und die majestätische Halle waren eine Begrüßungsbotschaft: Hast du Geld, bist du hier willkommen, hast du viel Geld, ist das dein Zuhause. Franziska war beeindruckt von diesem Heiligtum Mammons, das eigentlich gar nicht zu Stefan passen wollte. Er war weder reich noch bei den Reichen heimisch gewesen, wie fremd hatte er sich hier fühlen müssen? Und dennoch war er hierher gekommen. Warum wohl?
 Franziska hatte Geces Vorschlag, ihn als ihren Rechtsbeistand vorzustellen, angenommen. Natürlich stellte er sich nicht mit seinem richtigen Namen, sondern als Dr. Fischer vor. Davon gab es mehrere in Berlin, falls der Direktor nachschlagen wollte, würde er ihn nicht ausfindig machen.
 Sie wurden von einem livrierten Angestellten in ein Empfangszimmer geführt. Auch dieser Raum strotzte vor Überfluss. Die Möbel aus edlem Holz, das Bild von Ferdinand Hodler, wohl ein Original, die mit hellem Holz getäfelten Wände, der Perserteppich, die Lederfauteuils, selbst die Luft, alles schien hier kostbar zu sein. Franziska

war nervös. Sie fühlte sich nicht wohl im gelobten Land der Millionen. Dann ein leises Klopfen und die Tür ging auf. Ein Mann um die vierzig, von sportlichem Aussehen, im grauen Anzug und mit Seidenkrawatte, trat ein.

»Andreas Kubli«, stellte er sich vor und reichte beiden seine Visitenkarte. Außer seinem Namen stand noch darauf, dass er Direktor war, und zwar im Bereich Wealth-Management.

»Reichtumsverwaltung«, dachte Franziska und fand es plötzlich abwegig, hier zu sitzen.

Gece stellte Franziska vor. »Frau Franziska Hoffbaur, eine Kundin Ihrer Bank. Ich bin ihr Rechtsbeistand, Dr. Fischer. Ich habe mit Ihnen telefoniert.«

Die drei nahmen um den Tisch Platz.

»Frau Hoffbaur hat im Nachlass ihres verstorbenen Mannes den Hinweis auf ein Konto bei Ihnen gefunden. Es muss unter dem Codewort ›Crux‹ geführt sein.«

»Zuerst möchte ich Ihnen mein Beileid aussprechen. Ich nehme an, dass Sie der Verlust hart getroffen hat«, sagte der Direktor.

»Ja, es war ein enormer Verlust für mich«, antwortete Franziska.

»Erlauben Sie mir, eine Formalität zu erledigen. Darf ich um Ihre Ausweise bitten?«, fragte Kubli.

Franziska suchte beflissen in ihrer Handtasche. Sie überreichte dem Direktor ihren Personalausweis. Kubli blickte Gece fragend an.

»Meine Mandantin will den Kontakt mit Ihrer Bank direkt halten. Ich bin nur für ihre Beratung zuständig und nicht für das Konto.«

Kubli nickte und betätigte den Knopf der Gegensprechanlage. »Frau Cornioley, bitte.«

Nach wenigen Sekunden betrat eine Dame mittleren Alters den Raum. Kubli gab ihr kommentarlos Franziskas Ausweis. Nachdem die Dame das Zimmer verlassen hatte, blickte er ihr ruhig in die Augen.

»Die Gesetze unseres Landes schreiben vor, dass wir nur dem Kontoinhaber oder dem rechtmäßig Bevollmächtigten Auskünfte geben können. Leider haben Sie in diesem Fall keine Berechtigung, über eine mögliche Geschäftsbeziehung Ihres verstorbenen Mannes unterrichtet zu werden.«

Gece begann, mit den Händen zu fuchteln. »Frau Hoffbaur ist die Witwe, also jetzt Kundin Ihrer Bank«, sagte er genervt.

»Herr Doktor Fischer, es ist tatsächlich möglich, dass im Fall des Hinscheidens eines unserer Kunden die Witwe an die Stelle des Verstorbenen tritt. Dies muss aber nach unseren Vorschriften belegt werden.«

»Was heißt das konkret?«

»Konkret heißt das, dass wir über die Existenz eines Kundenkontos erst dann Auskünfte geben können, wenn wir im Besitz eines beglaubigten Todesscheins und eines offiziellen, ebenfalls beglaubigten Erbscheins sind.«

»Wozu denn das? Frau Hoffbaur ist doch die Witwe des Verstorbenen.«

Kubli blickte Gece lange prüfend an. Man sah ihm an, dass er diese Frage von einem Anwalt nicht erwartet hätte.

»Natürlich kann Frau Hoffbaur als Alleinerbin über alle Vermögenswerte ihres Mannes frei verfügen. Für unsere Zwecke muss dies vom Nachlassgericht bestätigt werden. Es könnte auch, wie Sie wahrscheinlich wissen, ein Testament vorliegen, in dem auch andere Erben genannt werden.«

Gece war über dieses spitze »Wie Sie wahrscheinlich wissen« sichtlich verärgert. »Sie könnten wenigstens Einsicht in die Vermögenssituation gewähren«, beharrte er.

»Herr Doktor Fischer, ich kann Ihnen, beziehungsweise Ihrer Mandantin nicht einmal bestätigen, dass ein Konto auf den Namen von Herrn Hoffbaur existiert. Unsere Gesetze sind diesbezüglich sehr streng.«

»Aber Herr Direktor, wir sind eigens wegen dieser Angelegenheit von Berlin hergereist. Sie können doch in diesem Fall nicht einfach Obstruktion betreiben«, insistierte Gece.

»Herr Doktor Fischer, ich bin etwas erstaunt, wie Sie die Sache interpretieren. Üblicherweise bereiten sich Ihre Kollegen aus Deutschland auf Fälle wie diesen vor. Es hätte gereicht, sich telefonisch oder schriftlich über die Vorschriften unserer Bank zu erkundigen. Dann hätten Sie diese Reise nicht umsonst unternommen. Sie haben mir aber nur gesagt, Sie möchten Ihr Konto einsehen. Ich konnte nicht ahnen, dass es sich dabei um eine Hinterlassenschaft handelt.«

»Wir können aber davon ausgehen, dass Herr Stefan Hoffbaur bei Ihnen ein Konto unter dem Codewort ›Crux‹ unterhalten hat«, versuchte Gece Kubli aufs Glatteis zu führen.

»Herr Doktor, ich wiederhole: Ich darf auf diese Frage nicht mit ja oder nein antworten. Erst wenn Frau Hoffbaur die notwendigen Dokumente vorweist, kann ich dazu Stellung nehmen.«

»Das heißt, es besteht die Möglichkeit, dass wir das nächste Mal, wenn wir nach Erledigung des von Ihnen geforderten Papierkrieges hier vorsprechen, erfahren werden, dass Herr Hoffbaur bei Ihnen gar kein Konto geführt hat.«

»Ja, Herr Doktor, genau das heißt es. Bedenken Sie aber, dass ich mit den abgegebenen Informationen zumindest so viel zur Klärung der Sache beigetragen habe, dass Sie davon ausgehen können, wir hätten heute nicht unnütz Zeit vergeudet.«

»Also doch«, sagte Gece.

Kubli lächelte verständnisvoll. »Kann ich noch irgendetwas für Sie tun?«

Gece blickte Franziska an, die dem Gespräch bis jetzt verwirrt gefolgt hatte.

»Wollen Sie, Frau Hoffbaur, etwas hinzufügen?«

»Nein, ich glaube, dass wir heute nicht weiterkommen«, sagte sie sichtlich enttäuscht.

»Dann wollen wir gehen«, schloss Gece die Diskussion.

»Noch einen Augenblick, bitte. Ich muss den Ausweis von Frau Hoffbaur noch zurückgeben.«

»O ja, das hätte ich beinahe vergessen«, meinte Gece.

Kubli rief per Gegensprechanlage seine Sekretärin und überreichte Franziska den Personalausweis. Er begleitete die beiden zum Aufzug und verabschiedete sich höflich. »Ich hoffe, Sie bald wiederzusehen. Vergessen Sie die Apostille nicht«, meinte er vielsagend.

»Apo was?«, fragte Gece.

»Ich möchte Ihnen nicht zu nahe treten, aber es ist äußerst befremdend, dass Sie als Rechtsbeistand den Begriff ›Apostille‹ nicht ken-

nen. Es geht dabei, Herr Doktor, um die internationale Form der Beglaubigung gemäß der Vereinbarung der Konferenz von Den Haag.«
»Ach ja, diese Floskel meinen Sie.«
Kubli blickte dem Paar misstrauisch nach. »Floskel?«, murmelte er kopfschüttelnd.

Auf der Bahnhofstraße blieb Gece stehen. Sollte er jetzt, nach diesem Misserfolg, den Rückweg zum Hotel auf einer anderen Route antreten? Dummy würde die Handtasche von Franziska entreißen, obwohl sie den Umschlag nicht enthielt. Er griff nach dem Handy, um ihn abzubestellen, doch dann kam ihm der Schlüsselbund in den Sinn. Er brauchte die Abdrücke, falls der Serbe eingeschaltet werden musste. Kiskes Auftrag war eindeutig gewesen. Sollte Franziska den Umschlag öffnen, dann … Gece sah Kiske vor sich, wie er mit der Handkante an seiner Kehle entlangfuhr.

Also nahm er den Rückweg, den er mit Dummy vereinbart hatte. Unterwegs fluchte er wie ein Rohrspatz über diese stupiden Schweizer, wie er Kubli und seine Kollegen nannte. Franziska versuchte, ihn zu besänftigen. Wenn das nun einmal so vorgeschrieben sei, müssten auch sie sich daran halten, versuchte sie ihn zu beruhigen. Sie gingen durch die Augustinergasse, beim Restaurant Widder vorbei, wo sie am Tag zuvor einen gemütlichen Abend verbracht hatten, und bogen nach links ab. Plötzlich stürmte ein Mann aus einem Hauseingang, stieß Franziska um und entwand ihr die Handtasche. Franziska fiel auf die Knie und schrie auf. Gece beugte sich über sie und zeigte sich sehr besorgt. Er traf keine Anstalten, den Dieb zu verfolgen. Inzwischen schwang sich Dummy auf ein Fahrrad und verschwand um die Ecke. Franziska saß verwirrt am Boden.

»Was ist das für ein verhexter Tag?«, fragte sie verzweifelt.

Gece half ihr auf die Beine. Er begleitete sie ins nahe gelegene Hotel und führte sie auf das Zimmer. »Zum Teufel mit diesen Schweizern«, schimpfte er. »Die sind noch diebischer als die Italiener.«

Ihr Knie war aufgeschürft. Gece wusch die Wunde aus und ging hinunter, um Desinfektionsmittel und Wundpflaster zu holen.

»Würden Sie freundlicherweise die Polizei rufen?«, bat er die Bardame, die in diesem winzigen Hotel für alle Verrichtungen zuständig war. »Meine Frau ist beraubt worden.«

Die Hotelangestellte war empört. Dieser Vorfall war für den guten Ruf ihres Hauses nicht sehr förderlich.

Nach kurzer Zeit klopften zwei Polizeibeamte an der Zimmertür. Gece gab den Vorfall zu Protokoll. Die Polizisten entschuldigten sich und begründeten den Diebstahl mit den vielen Drogenabhängigen in der Stadt. Leider gäbe es immer wieder Süchtige, die auf diese Weise ihren Bedarf an Heroin deckten. Normalerweise würden sie aber nur das Geld entwenden. Die Handtasche würde mit größter Wahrscheinlichkeit wiedergefunden werden. Sie schrieben alle Gegenstände auf, die in der Tasche waren, und fragten, wie sie Franziska erreichen könnten. Gece gab seine Handynummer als Kontakt an.

Nachdem die Polizisten gegangen waren, wollte Franziska nichts mehr unternehmen. Sie würde am liebsten etwas ruhen, sagte sie zu Gece. Er drückte sein Verständnis aus und verließ das Hotel. Er rief Dummy an.

»Wie sieht es aus?«

»Kein Umschlag in der Tasche.«

»Das weiß ich. Dafür müssen wir wieder nach Zürich kommen. Hast du die Abdrücke?«

»Die habe ich gemacht. Was soll ich mit der Handtasche tun?«

»Leg sie an einen gut sichtbaren Ort.«

»Brauchst du mich noch?«

»Nein, fahr zurück und mache die Schlüssel. Wir folgen morgen. Dann melde ich mich wieder.«

»Gut, bis morgen.«

Gece war mit dem Tag nicht ganz unzufrieden. Das Treffen mit dem Bankdirektor war zwar ein Misserfolg, doch die Kopien der Schlüssel zur Wohnung Franziskas waren sichergestellt und dies war Gold wert für ihn. Er konnte ihr jetzt bei der Besorgung der für die Bank erforderlichen Unterlagen behilflich sein, würde dann mit ihr wieder nach Zürich kommen und die Sache erfolgreich abschließen.

Als er nach gut zwei Stunden zurückkam, saß Franziska unten im Café und las die Zeitung. Sie sah erleichtert aus.

»Die Polizisten waren wieder hier. Sie haben mir meine Handtasche zurückgebracht. Es fehlt nur das Geld, etwa vierhundert Euro. Zum Glück ist nur die Börse weg, es hätte schlimmer sein können.«

»Diese Drogensüchtigen scheinen überall ein Problem zu sein«, meinte Gece abschließend. »Wir werden dieses Missgeschick mit einem feinen Abendessen kompensieren.« Dann wandte er sich an die Empfangsdame. »Könnten Sie mir bitte für heute Abend acht Uhr einen Tisch für zwei im Restaurant Kronenhalle reservieren und für wenige Minuten zuvor ein Taxi bestellen?«

Die Dame nickte und griff zum Telefon. Nach kurzer Zeit gab sie Gece zu verstehen, dass alles in Ordnung war.

Franziska wollte am Nachmittag das Kunsthaus Zürich besuchen. Sie liebte alle Museen, die ihre Fantasie mit der Vielfalt der Werke zu stillen Träumen entführten. Vor einigen Bildern blieb sie lange bewundernd stehen. Gece wusste nicht, ob sie dabei die Geheimnisse des Malers entdeckte oder nach dem verborgenen Sinn der Werke suchte.

Als sie am Abend vor dem Einschlafen die Bilder des Tages vor ihren Augen vorbeiziehen ließ, wurde ihr bewusst, wie viel heute passiert war. Der Besuch in der Bank, der Verlust ihrer Handtasche, die höflichen Polizisten, die wunderbaren Kunstwerke, das exquisite Abendessen in einem eleganten Lokal, die Schönheit der Stadt bei nächtlicher Beleuchtung, der neuerlich aufregende Sex mit Gece, all das war eine Reise nach Zürich wert gewesen, trotz einigen unerfreulichen Augenblicken. Sie war glücklich.

38

Dummy schäumte vor Wut und Rachelust. Laura hatte ihm in allen Einzelheiten die Vergewaltigung durch Gece erzählt.

»Das wird er mir büßen, das Schwein«, zischte er. »Ich werde zwar auch bluten, doch du gehst drauf, das schwöre ich«, rief er, als stünde Gece vor ihm.

Er öffnete in der Kochnische eine Schublade und entnahm ihr eine Kartonschachtel, die voller Krimskrams war. Er suchte kurz, fand einen Schlüssel und eilte aus der Wohnung. Im Hinterhof vergewisserte er sich, dass niemand anwesend war, und öffnete das Schloss der Lagerhalle der Altmetallhandlung. Dieser Ort diente ihm als Versteck für Sachen, die er auf keinen Fall in der Wohnung aufbewahren wollte. Hinter einer alten Presse für Schredderschrott stand ein verrosteter Ofen, dessen Abdeckung und Tür fehlten. Dummy zog ihn von der Wand weg, entfernte das Abzugrohr, griff in die Öffnung und zog einen lockeren Backstein hervor. Dahinter war ein Loch in der dicken Mauer, aus dem er ein Bündel Geldnoten hervorholte. Er steckte sich einen Zwanzigerschein in die Tasche und richtete alles wieder so, wie es vorher gewesen war.

Als Laura sah, wie wütend Dummy war, bereute sie, ihm alles gesagt zu haben. Sie war um Dummy besorgt. Unter normalen Umständen war er eher ein ruhiger Mensch, in besonderen Situationen aber brach sein südländisches Temperament mit ihm durch.

»Du machst jetzt hoffentlich keine Dummheiten«, sagte sie. »Der Mann muss sehr gefährlich sein.«

»Wir werden ihn jetzt für eine Weile los haben«, antwortete Dummy zornerfüllt. »Soll er halt gefährlich sein, gegen mich kommt er diesmal nicht auf.«

Laura nahm ihn in die Arme. »Bitte, denke an mich und mache nichts Falsches.«

»Genau das werde ich tun, an dich denken und nichts Falsches tun. Vielleicht werden wir mit der Hochzeit einige Monate warten müssen. Doch dann geh ich nie mehr weg von dir.«

Laura blickte ihm sorgenvoll nach, als er die Wohnung verließ. Dummy kehrte nochmals zurück.

»Mach dir keine Sorgen, wenn ich eine Weile nicht nach Hause komme. Ich bin nicht in Gefahr. Habe etwas Geduld, du wirst sehen, dass alles gut wird.«

Laura fühlte sich nach diesen Worten nicht besser. Sie setzte sich an den Bettrand und stützte ihr Kinn in die Hände. Sie ahnte Schlimmes. Jetzt hasste sie Gece noch stärker als gestern. Er hatte ihr Gewalt angetan und die Gedanken an die Ereignisse des Vortages konnte sie nicht loswerden. Doch jetzt war sie wegen Dummys Reaktion zusätzlich aufgebracht. Sie trank praktisch nie Alkohol, aber jetzt ging sie in die Küche und kippte einen Korn hinunter.

Auf dem Schreibtisch von Hauptkommissar Florian Riesenhuber läutete das Telefon.

»Polizeiabschnitt 64, Neuhofer«, meldete sich einer. »Herr Riesenhuber, wir haben hier einen Mann, der zum Fall der Entführung des Chinesen vor zwei Jahren Angaben machen möchte.«

Riesenhuber horchte auf. »Was will er? Hat er Informationen?«

»Er sagt, er möchte nur mit dem zuständigen Untersuchungsbeamten sprechen. Was sollen wir mit ihm tun?«

»Bringt ihn sofort zu mir.«

Dummy fand es ganz lustig, im Polizeiwagen mit Blaulicht durch Berlin zu rasen. Er sah nicht mehr verärgert, eher vergnügt aus. Am Tempelhofer Damm 12 begleiteten ihn die Beamten in den zweiten Stock.

Riesenhuber hatte inzwischen die Akten zum Fall Yuan-Ching Hu durchgeblättert. War das seine Stunde? Er war aufgeregt, ließ sich aber nichts anmerken, als man ihm Dummy ins Büro brachte. Er bat ihn, Platz zu nehmen. Eingehend musterte er den Mann, der ihm gegenübersaß. Ein schwarzhaariger Typ von südländischem Aussehen. Vielleicht ein Italiener, dachte er. Nach einer Weile nahm er ein Paket Zigaretten aus der Schublade und hielt Dummy eine hin.

»Danke, ich rauche nicht«, sagte dieser.

»Wie heißen Sie?«

»João Pedro Gomes.«

»Sie wollen also zur Sache der Entführung Yuan-Ching Hu aussagen, meldete man mir.«

»Ich kann Ihnen vielleicht helfen, den Täter zu fassen. Dazu müssen wir aber erst einige Sachen klären.«

»Was wollen Sie klären?«

»Ich bin von einem Bekannten beauftragt worden zu fragen, was für ihn rausschaut, falls er einen entscheidenden Hinweis liefert.«

»Sie wissen, dass dafür eine Belohnung ausgesetzt ist. Insgesamt 200 000 Euro.«

»Es geht nicht um die Belohnung. Er meint, er könnte vielleicht auch angeklagt werden, weil er eine kleine Rolle bei der Affäre gespielt hat. Da wird er wohl die Belohnung nicht erhalten, oder?«

»Es kommt darauf an. Doch das wird der Richter entscheiden müssen.« Er beugte sich vor. »Gut, Herr Gomes, Sie sind verpflichtet mir zu sagen, wer Ihr Bekannter ist. Sie könnten sonst wegen Behinderung der behördlichen Untersuchung angeklagt werden.«

Dummy sah ihm ruhig in die Augen. »Wollen Sie den Fall aufklären oder mir drohen, mich dafür zu bestrafen, dass ich Ihnen helfen will?«

»Nein, ich wollte Ihnen nicht drohen. Ich wollte Sie nur auf das Gesetz aufmerksam machen. Was will denn Ihr Bekannter?«

»Er möchte wissen, ob er mit einer Straferleichterung rechnen darf, falls er Ihnen auf die Sprünge hilft.«

Riesenhubers Gesicht hellte sich auf. Diese Frage klang gut. »Das ist vom Gesetz vorgesehen. Es kommt natürlich darauf an, wie schwerwiegend seine Mitwirkung an der Entführung war. Auf jeden Fall wird das Gericht seine Aussagen als mildernden Umstand für die Strafbemessung in Betracht ziehen.«

»Können Sie mir das zusichern?«

»Zusichern kann ich Ihnen nichts. Ich bin schließlich nicht der Richter. Ich kann mich aber für Ihren Bekannten einsetzen. Das kann ich Ihnen zusichern, wenn Ihnen das genügt.«

Dummy schaute ihn nachdenklich an. Konnte er diesem Mann trauen? Er hatte für Polizisten im Allgemeinen nicht viel übrig.

Doch diesen hier betrachtete er nicht nur als Polizist, sondern auch als Rächer an Gece. Und er war auch ein Mensch, der diese festgefahrene Untersuchung vermutlich dringend zu einem erfolgreichen Ende bringen wollte. Er dürfte auch erfahren genug sein, um zu wissen, dass sich Dummy im Notfall aus der Affäre herausreden konnte, ohne großen Schaden zu leiden.

»Zählt ein Handschlag auch bei der Polizei?«, fragte Dummy.
»Ich sichere es Ihnen zu, Herr Gomes, das muss reichen.«
Dummy nickte.
»Wer ist also Ihr Bekannter?«
»Das bin ich.«

Riesenhuber war über diese Aussage nicht sonderlich überrascht. Dennoch, das war ihm in seiner Karriere noch nie passiert, dass ein Verbrecher daherkam und in einer solch schwerwiegenden Sache Selbstanzeige erstattete. Ohne Druck, ohne äußeren Einfluss, aus freien Stücken. Das war ein Volltreffer.

»Sie haben also Yuan-Ching Hu entführt?«, fragte er beinahe freundlich.

»Nein, ich habe ihn nicht entführt. Ich weiß nur mit Sicherheit, wer der Entführer war.«

»Nehmen Sie es mir nicht übel, Herr Gomes, aber ich muss Sie fragen, wie Sie mir das einleuchtend klarmachen wollen. Wir haben schon sehr oft Anzeigen erhalten, die nur auf Vermutungen oder gar auf feindschaftlichen Beziehungen beruhen und sich am Schluss als falsch erwiesen.«

»Ich war bei der Übergabe des Lösegeldes dabei. Und damit Sie mir glauben, habe ich Ihnen etwas mitgebracht.« Dummy zog den Zwanzig-Euroschein aus der Tasche und reichte ihn Riesenhuber. Er wusste genau, dass die Seriennummern der Noten bei der Polizei registriert waren. Gece hatte damals, als er ihm und Freddy die versprochenen 50 000 Euro ausgehändigt hatte, seine Richtlinien eindringlich eingebläut. Keinen Schein vor Ablauf von sechs Monaten in Umlauf bringen. Nur in großen Warenhäusern mit dem Geld einkaufen, weil dort wegen des hohen Umsatzes kaum eine Möglichkeit besteht, die Herkunft festzustellen. Womöglich auch kleinere Einkäufe mit Zweihundertnoten bezahlen, um zu sauberem

Rückgeld zu kommen. Im Ausland, wo der Euro benutzt wurde, könnten sie einkaufen, nie aber Geld in andere Währungen wechseln. Die meisten Banken ließen sich beim Wechseln die Ausweise der Kunden vorlegen. Dies hätte gefährlich sein können.

Riesenhuber verstand die Geste unverzüglich. Er griff zum Telefon. Als ein Beamter das Zimmer betrat, überreichte er ihm den Geldschein. »Bitte die Seriennummer auf Herkunft überprüfen«, wies er den Kollegen an. »Also erzählen Sie«, sagte er dann und lehnte sich auf seinem Stuhl zurück.

Gece verabschiedete sich von Franziska und fuhr in den »Keller«.
»Ist Dummy hier?«, wollte er von dem Barmädchen wissen.
»Nee, hat sich nicht blicken lassen.«
»Der wird wohl an der Arbeit sein. Sagt ihm, er soll mich sofort anrufen, wenn er hier auftaucht.«
»Willst du seine Nummer?«
»Die habe ich selbst. Aber er geht nicht dran.«
»Ich werde es ihm ausrichten, Chef. Willst du was trinken?«
»Nein. Ich muss jetzt gehen. Übrigens, die Fenster könntest du auch mal putzen.«
»Ich bin zum Bedienen hier, nicht zum Putzen.«

Gece ignorierte die Bemerkung. Er schlug den Weg Richtung Friedrichstraße 4 ein. Vor dem Hauseingang versuchte er noch einmal, Dummy anzurufen. Ergebnislos. Dann ging er hinein und wartete auf den Aufzug. Zwei Männer betraten den Hausflur, ein langer, hagerer mit wenig Haaren und dicken Brillengläsern und ein stämmiger Bursche, der wahrscheinlich täglich in einem der vielen Fitnessstudios von Berlin anzutreffen war. Als sich die Tür öffnete, ließen sie Gece den Vortritt und stiegen mit ihm ein.
»Wie weit?«, fragte Gece.
»Stock vierzehn«, sagte einer.

Maas drückte zuerst vierzehn, dann siebzehn. Als sich der Fahrstuhl in Bewegung setzte, zog der längere der Männer eine Polizeimarke vor und streckte sie Gece unter die Nase.
»Polizei. Wir haben einen Hausdurchsuchungsbefehl. Bitte verhalten Sie sich ruhig.«

Gece wurde bleich. »Was habe ich angestellt?«, fragte er.

»Das werden Sie früh genug erfahren.«

Als der Fahrstuhl im vierzehnten Stock anhielt, versuchte Gece, mit einem Sprung aus dem Lift zu fliehen. Er landete direkt in den Armen von zwei uniformierten Beamten, die vor dem Aufzug warteten.

»Nicht so eilig, mein Guter«, meinte der Beamte in Zivil. »Wir brauchen Sie hier.«

Er wies mit dem Kopf nach oben. Vor der Wohnung Geces standen fünf weitere Beamte. Gece begriff, dass seine Situation aussichtslos war, und gab sich versöhnlich. Er holte die Wohnungsschlüssel aus seiner Tasche und sperrte die Tür auf.

»Bitte, nach Ihnen«, sagte der Polizist. Sieben Beamte betraten die Wohnung, die zwei Uniformierten blieben vor der Tür. Der Mann, der sich im Aufzug ausgewiesen hatte und der Chef zu sein schien, legte Gece einen Hausdurchsuchungsbefehl vor.

»Tun Sie, was Sie nicht lassen können«, sagte Gece. »Am Schluss werden Sie mir aber erklären müssen, was diese ganze Hexenjagd zu bedeuten hat.«

Die Polizisten begannen, routiniert zu suchen. Zuerst in den Schränken, Schubladen und Regalen. Minutiös durchfilzten sie alles, schlitzten Matratzen und Kopfkissen auf, blätterten Bücher durch, nahmen den Fernsehapparat auseinander, klopften die Wände und die Zimmerdecke ab und sicherten Fingerabdrücke. Gece saß unbeweglich auf einem Stuhl und schaute gelassen zu.

»Ich nehme an, Sie werden mir den angerichteten Schaden bezahlen«, sagte er dem langen Polizisten.

»Wir werden Ihre Rechte respektieren, Herr Maas. Allerdings sind wir überzeugt, dass Sie im Unrecht sind. Und das verändert die Lage.«

»Eine gewagte Behauptung, meine ich. Fühlen Sie sich bitte wie zu Hause.«

»Danke, sehr gütig von Ihnen«, antwortete der Beamte.

Nach vier Stunden blickten sich die Polizisten etwas ratlos an. Sollte ihnen dieser Gomes falsche Angaben geliefert haben? Der lange Beamte wurde ein wenig nervös.

»Haben Sie einen Keller oder Speicher?«

»Einen Dachraum gibt es hier nicht. Sie sehen, das Gebäude hat ein Flachdach. Keller gibt es, doch ich benütze keinen.«

Der Beamte sagte nichts. Er hatte dies vorher schon mit der Verwaltung des Wohnblocks geklärt. Dieser Maas musste demnach das Geld an einem anderen Ort versteckt halten. Gomes behauptete zwar beharrlich und mit größter Bestimmtheit, das Lösegeld aus der Entführung sei in der Wohnung von Maas versteckt, konnte aber keine genauen Angaben darüber machen, wo sich das Versteck befand. Nach dieser Hausdurchsuchung war es praktisch ausgeschlossen, hier noch ein Versteck zu finden. Riesenhuber durfte sich in dieser Sache keinen weiteren Misserfolg leisten. Dies könnte das Ende seiner Karriere bedeuten. Hatte er sich mit der Hausdurchsuchung zu weit aus dem Fenster gelehnt? Hatte ihn dieser Gomes zum Narren gehalten? Vielleicht war er mit Maas verfeindet und wollte ihm Unannehmlichkeiten bereiten. Nein, das konnte nicht sein. Er hatte eine Banknote aus dem Lösegeld vorgewiesen. Er würde sich selbst sehr schaden, falls er nicht die Wahrheit gesagt hätte. Er setzte sich Maas gegenüber und sah ihn scharf an.

»Wo ist es?«

»Wenn Sie mir sagen, was Sie suchen, kann ich Ihnen vielleicht behilflich sein.«

»Das Lösegeld, das Sie für Yuan-Ching Hu erbeutet haben.«

»Sie haben aber Nerven. Sie kommen zu mir, überfallen mich mit einer Horde von Fleischerhunden, richten in meiner Wohnung ein Chaos an, dass hier alles aussieht, als wäre ein Tsunami durchgezogen, und am Schluss unterstellen Sie mir eine Tat, die Sie wahrscheinlich in einem schlechten Traum gesehen haben. Kommen Sie sich bei alledem nicht ein wenig lächerlich vor?«

Riesenhuber ließ die Häme abprallen. »Wissen Sie, Herr Maas, ich habe in meiner langen Karriere schon viele überhebliche Missetäter gesehen, die sich so wie Sie aufführten, am Schluss aber dennoch Ihre Taten verantworten mussten.«

Er sagte dies mit einer solch kalten Sicherheit, dass es Gece zum ersten Mal ungemütlich wurde. Mit allen Kräften versuchte er, seine seelische Verfassung zu verbergen, doch dem geübten Auge Riesenhubers entging nicht, dass der Schlag Wirkung zeigte.

»Sie haben Ihren Coup sehr raffiniert ausgeführt. Wir sind Ihnen aufgesessen. Doch das Rad dreht sich, Herr Maas. Jetzt kommen Sie wieder herunter und wir sind quitt. Mit dem kleinen Unterschied, dass ich auch in Zukunft zu den Spielen der Hertha gehen werde, die Sie, wenn es gut geht, nur am Fernsehen verfolgen werden.«

»Ich mache Ihnen einen Vorschlag«, sagte Gece und lächelte gequält. »Wenn dieses Theater hier endlich beendet ist, gehen wir friedlich ein Bier trinken und wir werden die Spiele der Hertha zusammen anschauen.«

Ein Polizist trat zu ihnen. »Herr Riesenhuber, würden Sie kurz kommen?«

Riesenhuber erhob sich und folgte seinem Kollegen zur Gästetoilette. Gece erstarrte. Langsam schlich er den beiden Männern nach.

»Hören Sie gut hin«, sagte der Polizist und drückte auf den Spülknopf am WC. Das Wasser floss mit dem üblichen Rauschen ab. Dann hörte man kaum, wie der Behälter nachgefüllt wurde. Es musste ein ganz dünner Strahl sein, der die Zufuhr besorgte. Üblicherweise ist der Wasserbehälter der Toilette einer der ersten Orte, die bei einer Hausdurchsuchung kontrolliert werden. In Geces Wohnung war dieser aber unter Putz montiert, also in die Wand eingemauert. Dies war den Ermittlern zunächst nicht aufgefallen. Die ungewöhnlich langsame Wasserzufuhr erweckte jedoch den Argwohn eines Beamten.

»Schauen Sie doch mal nach«, befahl Riesenhuber.

Der Beamte holte einen Tisch aus dem Wohnraum, weil keine Leiter zu finden war. Alle übrigen Polizisten waren damit beschäftigt, die Räume ein wenig aufzuräumen. Die beiden in der Toilette bemerkten nicht, wie sich Gece langsam zur Eingangstür schlich. Blitzschnell riss er die Tür auf und schloss sie von außen ab. Die zwei uniformierten Beamten waren des langen Wartens müde geworden und saßen auf der Treppe. Mit einem Schwung, der einem Turnchampion würdig war, machte Gece einen Sprung über sie und rannte hinunter. Bis die Polizisten die Lage erfasst hatten, war sein Vorsprung auf ein Stockwerk ausgebaut. Mit riesigen Sätzen rannte er abwärts. Die zwei Beamten folgten ihm, so schnell sie konnten, in der Eile behinderten sie sich sogar gegenseitig. Gece rannte um sein Leben.

Riesenhuber griff zu seinem Handy.

»Er will uns entwischen. Verstellt den Ausgang«, ordnete er an. Als Gece im Erdgeschoss ankam, standen ihm zwei Männer mit gezogener Pistole im Weg. Er ließ die Arme fallen und sich widerstandslos festnehmen. In Handschellen wurde er wieder in den siebzehnten Stock hinaufgeführt. Einer nahm den Schlüssel aus seiner Tasche und führte ihn dann in die Wohnung.

Inzwischen hatte der Beamte die Wand im Gäste-WC geöffnet und den Wasserbehälter freigelegt. Dabei hatte sich herausgestellt, warum die Wasserzufuhr so schwach war. Im Hohlraum neben dem Spülgefäß steckte ein verschnürtes, vakuumverpacktes Bündel. Es musste wohl mit dem Auslösehebel der Spülvorrichtung in Berührung gewesen und durch die wiederholte Betätigung verrutscht sein. Das hatte die Funktionstüchtigkeit der Einrichtung beeinträchtigt.

Riesenhuber lächelte. »Das war's dann. Also doch keine Hertha-Spiele, Herr Maas«, sagte er.

Als Gece von der Polizei abgeführt wurde, stand ein einziger Fotograf vor dem Gebäude an der Friedrichstraße 4: Er war vom technischen Dienst aus Riesenhubers Abteilung.

Der nächste Tag wurde für Franziska Hoffbaur zum Albtraum. Als sie am Morgen die Tageszeitung in die Hand nahm, erstarrte sie wie Lots Frau. Auf der ersten Seite war ein Foto, das zeigte, wie Gece in Handschellen von der Polizei abgeführt wurde. »Kidnapperbande entlarvt.« Der Artikel berichtete, dass Reinhold Maas, der Chef einer kriminellen Bande, von der Polizei identifiziert und verhaftet worden war. Der Fall lag zwei Jahre zurück, doch die Polizei hatte endlich die Entführer nach minutiösen Ermittlungen gefasst. Mit größter Wahrscheinlichkeit handelte es sich um eine Art »deutsche Mafia«, die noch weitere Aktionen in Vorbereitung hatte. Hauptkommissar Riesenhuber sagte bei einer Pressekonferenz, das Landeskriminalamt würde gegenwärtig das ganze Netzwerk der Organisation aufdecken, um alle Beteiligten zu identifizieren. Interpol wurde eingeschaltet, um eventuelle internationale Verflechtungen aufzudecken.

Franziska biss sich auf die Lippen. Sie wünschte sich, aus diesem Albtraum zu erwachen, sich diese schrecklichen Bilder aus den Augen wischen zu können und Gece anzurufen, um von ihm zu hören, dass er wohlauf sei. Doch sie wusste, dass dieser Wunsch nicht in Erfüllung gehen konnte. Wohin war sie nur geraten? Wurde sie etwa auch als Komplizin verdächtigt? Wer weiß, was Gece in Zürich gemacht hatte, während sie sich im Hotel nach dem Überfall erholte. Voller Angst dachte sie an die Möglichkeit, die Polizei würde bei ihr auftauchen und sie zu einem Verhör mitnehmen. Sie würde diese Schande nicht überleben. An wen konnte sie sich in dieser Lage wenden? Der Einzige, der ihr in Sinn kam, war Franke. Bei ihrem Anruf zögerte er nicht einen Augenblick, sie sofort zu empfangen.

Als sie die Kanzlei betrat, blickte Frau Reisch sie schadenfroh an. Sie schien wie unter einem seelischen Triumphbogen zu stehen und schaute so drein, als ob sie über Frau Hoffbaur einen vernichtenden Sieg errungen hätte. Franziska war sich bei ihrem Anblick sicher, dass sie früher mit Gece auch eine Beziehung gehabt hatte und nun den Umstand genoss, dass ihr die Schmach des tiefen Falles erspart geblieben war.

Franke bemühte sich, sie mit Fassung zu empfangen. »Es ist ja unglaublich, was hier passiert ist, liebe Franziska. Wer weiß, was dieser Schuft von Ihnen wollte.«

»Ich kann das alles nicht verstehen. Ich hatte nicht die geringste Ahnung, mit wem ich mich da eingelassen hatte. Er war in allem fein und anständig.«

Franziska berichtete ihre Erlebnisse mit Gece. Nicht alle, nur jene, die für das Verständnis der Situation von Bedeutung waren. Ihre Begegnung auf dem Friedhof, die Beweise aus der Studienzeit, die Maas mit ihrem Mann absolviert haben wollte, seine Hilfe bei der Lösung des Rätsels, die entzifferte Buchstabenfolge mit der Bedeutung des Codewortes, die Reise nach Zürich, die Einwände des Bankdirektors. Und dann diese Entdeckung.

»In der Zwischenzeit habe ich Abklärungen getroffen«, sagte

Franke. »Ich konnte mit Sicherheit feststellen, dass Maas nie in Berlin studiert hat und deswegen Stefan zu dieser Zeit nicht kennen konnte.«

»Aber was ist dann mit diesem Jugendfoto?«

»Heute kann man mit Bildern jonglieren wie man will. Mit Photoshop kann man fast jede Berühmtheit in kompromittierenden Situationen darstellen, die für Ungeübte echt wirken. Das Foto, das Ihnen gezeigt wurde, dürfte auf diese Art entstanden sein.«

Franziska schaute ihn ungläubig an. Dieser Gece war also ein dreister Betrüger. Und sie war ihm auf den Leim gegangen. »Er hat mir aber wertvolle Informationen zur Lösung des Kreuzworträtsels geliefert. Das konnte er sich kaum aus dem Finger saugen.«

»Er muss zweifellos im Auftrag von jemandem gehandelt haben, der wirklich mit Stefan befreundet gewesen ist. Es wäre sehr wichtig rauszufinden, wer der Hintermann ist. Ich habe einen Verdacht, doch dieser muss zuerst erhärtet werden.«

»Meinen Sie, es gibt einen Zusammenhang mit dem Rätsel, das mir mein Mann hinterlassen hat?«

»Ich bin davon überzeugt.«

»Das ist ja furchtbar. Maas hat mir also die Lösung entlockt, die er brauchte?«

»Das dürfte ihm vorläufig nichts nützen, solange das Geheimnis bei der Bank liegt und die einzige Person, die es lüften kann, Sie sind. Doch ich würde unter diesen Umständen alles daransetzen, möglichst schnell den Zugang zu diesem Konto zu sichern.«

»Ich brauche Ihre Hilfe, Michael«, sagte Franziska mit unsicherer Stimme. »Ich glaube nicht, dass Sie auch für Drittpersonen arbeiten«, ergänzte sie.

Franke brach in ein Lachen aus. »Nein Franziska, ich arbeite für Sie und für das Gedenken an meinen Freund Stefan.«

Frau Hoffbaur legte ihre Hand kurz auf die seine. Dann zog sie sie wieder zurück, um eine Träne aus ihrem Auge zu wischen.

Nach einer Weile zählte sie die vom Bankdirektor verlangten Dokumente auf.

»Ich kenne die Prozedur«, meinte Franke. »Bitte unterschreiben Sie mir ein Mandat, das mir erlaubt, in Ihrem Namen die entsprechenden Gesuche zu stellen.« Er zog ein vorgefertigtes Formular aus der Schublade. Franziska setzte ihre Unterschrift an die vorgezeichnete Stelle, ohne den Text zu lesen.

»Ort und Datum bitte auch hinschreiben«, bat Franke. »Ich schätze Ihr Vertrauen, doch Sie sollten in Zukunft nichts ungelesen unterschreiben.«

Franziska schaute ihn verwundert an. »Haben Sie mich etwa die Einwilligung in meine Entmündigung unterzeichnen lassen?«

»Nein, es ist eine gewöhnliche Vollmacht, in Ihrem Namen beim Nachlassgericht vorstellig zu werden. Oder vielleicht ein Eheversprechen«, sagte er scherzend.

»Also doch Entmündigung.«

Die zweite Person, die diesen Morgen in panischer Angst verbrachte, war Kiske. Als er um acht Uhr in seinem Büro eintraf, fand er wie immer die Tageszeitung auf seinem Schreibtisch. Die Nachricht von Geces Verhaftung versetzte ihm einen heftigen Schock. Er wusste, dass Gece mit Franziska Hoffbaur nach Zürich gefahren war, um den Umschlag abzuholen, hatte aber am Vortag keinen Kontakt mit ihm herstellen können. Jetzt plagte ihn quälende Unsicherheit. Was war mit dem Umschlag geschehen? Hatte ihn die Polizei bei Gece sichergestellt? Wenn ja, dann dürften sie in jedem Augenblick auch ihn abholen. Kiske war unfähig, etwas zu unternehmen. Als Doris ihn in diesem verstörten Zustand antraf, erfasste sie sogleich, dass etwas Furchtbares passiert sein musste. Er hielt ein Handtuch vor sein Gesicht und trocknete sich den Schweiß von der Stirn ab.

»Was ist los mit dir?«, fragte sie besorgt.

»Es ... es geht mir sehr schlecht«, stotterte er.

»Soll ich eine Ambulanz rufen?«

»Nein, nein, nur das nicht. Ich sollte mich lediglich an einem ruhigen Ort hinlegen.«

»Geh doch nach Hause. So kannst du ja nicht arbeiten.«

»Nach Hause kann ich nicht.«

»Warum denn nicht?«

Kiske zögerte. »Da ist gerade der Klempner am Werk«, brachte er nach längerem Räuspern hervor. »Könnte ich mich bei dir ein wenig hinlegen?«

»Selbstverständlich kannst du das. Komm, ich begleite dich.«

Sie besprach den Anrufbeantworter mit der Nachricht, dass sie in einer Stunde wieder zurück sei, und rief ein Taxi.

Als sie in ihrer Wohnung waren, wollte sie das Bett frisch beziehen, doch Kiske wehrte ab. »Lass mich deinen Geruch spüren, das wird mich vielleicht beruhigen«, sagte er. Jetzt mach endlich die Fliege, dachte er.

Doris goss Tee auf und brachte ihm eine Thermosflasche.

»Zu essen gibt es in der Küche genug. Vielleicht solltest du dich ein wenig stärken.«

»Danke, Doris. Vorerst möchte ich ein wenig schlafen. Sollte im Büro etwas Wichtiges passieren, rufe mich bitte auf meinem Handy an. Nicht auf deiner Festnetznummer. Du weißt, heute kann man vor dieser Abhörmanie nicht sicher sein.«

»Und du rufst mich an, falls du etwas brauchst. Ich werde dich nicht stören, vielleicht kannst du ein wenig schlafen. Ich komme in der Mittagspause wieder zurück.« Doris gab ihm einen Kuss auf die Stirn und fuhr mit dem Taxi ins Büro zurück.

Vor Kiskes Augen begann sich, ein furchtbarer Film abzuspielen. Da er nur Parteivorsitzender war und kein Mandat als Abgeordneter hatte, war er nicht durch die parlamentarische Immunität geschützt. Er konnte somit auf keine Gnadenfrist zählen, die ein Verfahren zur Aufhebung der Immunität mit sich gebracht hätte. Er, der Einflussreiche, ja der Mächtige, wäre in einen Skandal verwickelt, der seine politische Karriere jäh zerstören würde. Er stellte sich die Demütigung vor, auf der Frontseite der Tageszeitungen abgelichtet zu sein, in Handschellen zwischen zwei Polizisten, wie das Gece geschehen war. Zum Teufel mit diesem Idioten, dachte er verärgert. Wäre er einige Tage später verhaftet worden, würde die Sache jetzt anders aussehen. Er hätte den Umschlag erhalten und könnte nun, für den Rest seines Lebens von diesem Albtraum befreit, aufatmen. Wie sollte er reagieren, falls Doris melden sollte, die Polizei suche ihn im Büro? Sollte er sich stellen, um wenigstens bei der Verhaftung nicht fotografiert zu werden?

Sollte er fliehen? Fliehen wohin? Die Behörden würden gegen ihn einen internationalen Haftbefehl ausschreiben, was die Sache nur verschlimmern würde. Sollte er sich erhängen? Vielleicht wäre das die richtige Lösung. Dann könnte der Schleier der Pietät über ihn ausgebreitet werden und wenigstens ... wenigstens was? Er würde dann nichts mehr von der Hetzjagd mitbekommen, die gegen ihn geführt würde.

Es waren endlose, quälende Stunden, ein Fegefeuer, das ihn an den Rand des Wahnsinns brachte. Er hatte das Mobiltelefon auf den Nachttisch gelegt und wartete auf den Klingelton wie auf ein Urteil. Eine Stunde verstrich, danach eine zweite, ohne dass Doris ihm das Eintreffen der Polizei gemeldet hätte. Vielleicht hatte man sie daran gehindert, mit ihm Kontakt aufzunehmen. Vielleicht würde man sie jetzt verhören und seinen Aufenthaltsort aus ihr herauspressen. Oder vielleicht wollten sie in der Affäre Gece zum Abschluss kommen, bevor sie sich auf ihn stürzten. Kiske verspürte Hunger. Er stand auf, ging in die Küche und öffnete eine Dose mit Thunfisch. Diese banale Alltagstätigkeit holte ihn aus seinen Wachträumen zurück. Er begann, alle Möglichkeiten durchzudenken. Und was, falls Gece den Umschlag nicht hatte? Vielleicht konnte Franziska Hoffbaur gar nicht an das Konto gelangen, vielleicht war das Konto schon längst geschlossen worden. Vielleicht hatte sie den Umschlag. Das waren Alternativen, die seine Lage in einem neuen Licht erscheinen ließen. Er begriff, dass hier nur das Abwarten eine gewisse Klarheit verschaffen konnte. Ein furchtbares, schmerzhaftes, zerstörerisches Abwarten. Kiske setzte sich vor den Fernsehapparat und stellte ein Programm ein. Irgendwie musste er ja die Zeit totschlagen.

Kurz nach Mittag kam Doris wieder nach Hause. Kiske saß immer noch vor dem Fernsehapparat und atmete erleichtert auf, als er hörte, wie sich der Schlüssel im Schloss drehte.

»Gott sei Dank, es scheint dir besser zu gehen.«

»Ja, ich weiß nicht, was ich hatte, doch die Ruhe hat mir gut getan.«

»Du darfst aber heute noch nicht zur Arbeit«, ermahnte ihn Doris mütterlich.

»Was Neues im Büro?«

»Ja, da war der Teufel los«, sagte sie.

Kiske erstarrte. Also doch?

»Da kamen Dutzende von Anrufen. Die meisten wollten wissen, wie du als Parteivorsitzender zur Aufstockung der deutschen Truppen in Afghanistan stehst. Ich habe sie auf eine offizielle Stellungnahme vertröstet. Dann gab es noch ein Problem mit dem Computer, das bis jetzt noch nicht behoben werden konnte.«

»War das alles?«

»Na, wenn das nicht reicht, dann Mahlzeit. Ich jedenfalls habe genug geschuftet.«

Kiske gab nicht auf. »Hast du den Bericht über die Verhaftung von diesem Entführer gelesen?«

Doris wusste nicht, dass sie ihre jetzige Stelle nur Geces Empfehlung verdankte. Sie war früher mit Maas liiert gewesen und hatte die Trostlosigkeit ihres Ehelebens mit einigen aufregenden Stunden kompensiert. Dennoch wollte sie nicht zugeben, Gece zu kennen.

»Ich glaube, ich bin diesem Kerl irgendwo schon begegnet. Sein Gesicht kam mir jedenfalls bekannt vor.«

Kiske nickte. Du hast ihn sogar sehr gut gekannt, dachte er, hütete sich aber, Doris gegenüber diese Meinung auszusprechen. Er nahm jedenfalls mit Erleichterung zur Kenntnis, dass dieser aufsehenerregende Fall in seinen Kreisen keine Wellen schlug. Bisher zumindest nicht.

»Ich glaube, du hast recht. Heute sollte ich etwas ausruhen. Vielleicht habe ich in letzter Zeit doch etwas zu viel gearbeitet.«

»Mit Sicherheit«, sagte Doris und ging in die Küche. »Ich mach uns zwei Salatteller, in Ordnung?«

Nach dem Essen holte Kiske einen Schlüsselbund aus seiner Tasche. »Darf ich dich um einen Gefallen bitten?«

»Selbstverständlich.«

»Könntest du nach der Arbeit in meine Wohnung gehen und mir einige Sachen besorgen? Aber bitte pass auf, ob dort jemand herumlauert. Ich habe kürzlich anonyme Drohungen erhalten.«

»Was hast du?«, fragte Doris entsetzt.

»Du weißt, es gibt viele Neider in der Welt. Man darf das auch nicht so ernst nehmen, doch ein wenig Vorsicht kann nie schaden.«

»Geh doch zur Polizei«, riet sie.

Kiske winkte ab. »Hole aus meinem Wagen auf dem Büroparkplatz die Fernbedienung für die Garage. Damit öffnest du das Tor und siehst zu, dass dir niemand folgt. Wenn das Tor wieder geschlossen ist, gehst du durch die Verbindungstür ins Haus. Du warst doch auch schon bei mir, nicht wahr?«

Doris schüttelte den Kopf. »Noch nie, doch ich werde mich schon zurechtfinden.«

»Im Gang hinter der Tür ist die Tastatur des Alarmsystems. Du tippst 14091941 ein. Dann ist der Alarm ausgeschaltet. Geh in mein Arbeitszimmer, es liegt rechts hinten im Gang. In der Schublade links findest du meinen Reisepass. Den brauche ich. Dann gehst du zum Aquarell mit dem Brandenburger Tor. Dahinter ist ein kleines Schließfach in die Wand eingelassen. Der Code ist 160129. Ich schreibe dir die Zahlen noch auf. Du findest dort etwa zwanzigtausend Euro. Nimm sie bitte mit. Schließlich bringst du mir frische Wäsche, zwei Anzüge und Krawatten und mein Reisenecessaire aus dem Badezimmer. Du nimmst auch meine Sonnenbrille, die irgendwo herumliegen sollte, und meinen Borsalino mit. Bevor du mit dem Auto wieder aus der Garage fährst, kontrolliere, ob jemand draußen steht.«

»Wenn ja, was muss ich machen?«

»Nichts. Bleib im Haus, solange die Luft nicht rein ist.«

Doris schaute ihn verwundert an. »Das scheint ja der reinste Krimi zu sein«, sagte sie.

»Ja, so etwas Ähnliches. Sei aber unbesorgt, es wird alles gut gehen«, beruhigte sie Kiske. »Und noch etwas. Sollte dich jemand aus der Nachbarschaft gesehen haben und dich für eine Einbrecherin halten, könnte die Polizei erscheinen. Du wirst ihnen erklären, du seist meine Sekretärin und ich hätte dich gebeten, mir einige Sachen zu besorgen. Wenn sie dich fragen, wohin du meine Sachen bringen sollst, dann sage ihnen, ich hätte dich per Telefon angewiesen, diese Klamotten im Hilton Hotel für mich abzugeben. Im Notfall fährst du wirklich dorthin. Das Geld und den Reisepass musst du natürlich nicht zu den anderen Sachen legen.«

Doris lächelte belustigt. »Du hältst mich für ziemlich einfältig, nicht wahr?«

»Nein, entschuldige, ich bin ein Idiot.«

Nach der Arbeit ging Doris zu Kiskes Wohnung. Sie befand sich in einem schönen Haus mit einem gepflegten Vorgarten vor dem zurückgesetzten Haupteingang. Der linke Flügel grenzte an die Straße. Hier war die Garage. Doris betätigte die Fernbedienung und wartete, bis das Tor sich ganz geöffnet hatte. Auf der Straße sah sie nichts Verdächtiges. Sie fuhr an Kiskes Platz. Das Tor senkte sich wieder, sie war allein. Sie stieg aus und folgte dem Weg gemäß den Angaben, die ihr Kiske gemacht hatte, trat durch die Verbindungstür und befand sich im Kellergeschoss. Sie hörte das Warnsignal der Alarmanlage und tippte den Code ein. Dann stieg sie die Treppe hinauf und befand sich in einer geräumigen Halle und erblickte die schöne Eingangstür. Linker Hand öffnete sich der Wohnraum, elegant eingerichtet und weitläufig. Geradeaus verlief der Gang, den Kiske wohl als Zugang zu seinem Arbeitszimmer meinte. Das letzte Zimmer rechts war in der Tat ein modern möbliertes Arbeitszimmer. Ein Büchergestell, ein großer Schreibtisch, ein Einbauschrank, ein Computertisch, ein Drucker und eine mächtige Zimmerpflanze bildeten die Einrichtung. An der Wand hing ein Gemälde, vielfarbig und abstrakt. Doris öffnete eine Schublade des Schreibtisches. In einem ziemlich chaotischen Durcheinander lagen hier Bleistifte, Kugelschreiber, Notizblöcke und auch der gesuchte Reisepass. Doris schaute sich gründlich um. Wenn sich schon eine gute Gelegenheit bot, über Kiske Informationen einzuholen, sollte diese nicht ungenützt bleiben. Die rechte Schublade des Schreibtisches war abgesperrt. Da könnte doch etwas zu finden sein, dachte sie. Sie konnte das Schloss natürlich nicht mit Gewalt aufwängen, aber vielleicht passte ja einer der Schlüssel am Bund. Sie probierte alle aus. In der Tat drehte sich einer der Schlüssel und das Fach öffnete sich. Doris war vom Fund etwas enttäuscht. Da waren ein halb gelöstes Kreuzworträtsel, eine herausgerissene Seite einer Tageszeitung, auf der ein Inserat betreffs einer Lesung von einem gewissen Roy Obersson angezeichnet war, ein Jugendfoto von Kiske mit einem anderen gut aussehenden jungen Mann und eine Visitenkarte von Reinhold B. Maas. Auf der Karte standen zwei Telefonnummern, eine gedruckte Festnetznummer und eine von Hand geschrieben Handynummer. Sie runzelte die Stirn. Diese Visitenkarte bewies, dass Kiske Gece kannte. Warum tat er dann so, als habe er von ihm erst aus der Zeitung erfahren? Stand etwa sein Versteckspiel mit dieser Verhaftung in Zusammenhang? Doris verschloss die Schublade wieder und begab sich auf die Suche nach anderen interessanten Entdeckungen. Alles, was sich ihr eröffnete, war nur eine Alltagswelt. Sie wollte keinen Verdacht erwecken, weil sie so lange nicht nach Hause kam, und ging schnell noch in das Schlafzimmer. Wow, dachte sie. Hier sollte ich in Zukunft schlafen! Die Einrichtung war kohärent im Liberty-Stil gehalten, Doppelbett, Schrank, Stehlampe, Kommode waren ausnahmslos sehr wertvolle Möbel. Doris war von alten Sachen fasziniert. Sie hätte gerne die Gesichter der Menschen gekannt, die vor etwa hundert Jahren in diesem Bett schliefen und Kinder zeugten, und die Kleider berührt, die sie in den schönen Schrank hängten. Sie suchte die Wäsche und die Anzüge für Kiske zusammen und legte sie in einen Koffer, den sie von zu Hause mitgenommen hatte. Dann ging sie ins Arbeitszimmer zurück und öffnete das Schließfach hinter dem Aquarell, wie Kiske es ihr erklärt hatte. Sie fand eine Scheidungsurkunde, zwei elegante, teure Armbanduhren, eine Sammlung alter Münzen und ein Bündel Geld. Ohne zu zählen, steckte sie die Noten in ihre Handtasche. Dann löschte sie das Licht im Arbeitszimmer und schaute aus dem Fenster. Sie konnte nicht mit Sicherheit sagen, ob in einem der in der Nähe des Hauses parkenden Pkws jemand saß, aber auf der Straße war jedenfalls niemand zu sehen. Sie ging in das Kellergeschoss, setzte die Alarmanlage wieder in Betrieb und verließ mit ihrem Wagen Kiskes Grundstück. Sie blickte mehrmals in den Rückspiegel, ob sie verfolgt wurde, konnte dafür aber keine Anzeichen wahrnehmen. Sie entschied sich dennoch zu einer Vorsichtsmaßnahme, hielt am Straßenrand an und tat, als ob sie telefonieren würde. Nach kurzer Zeit nahm sie ihre Fahrt wieder auf. Zu Hause angekommen, fand sie Kiske ziemlich nervös.

»Wie ging es? Bist du jemandem begegnet?«, fragte er ungeduldig.

»Alles in bester Ordnung. Das Haus ist unversehrt, niemand hat mir aufgelauert und ich habe alles gefunden, was du mir aufgetragen hast. Übrigens, Komplimente für deine wunderschöne Wohnung.«

Kiske lächelte. Man konnte ihm die Erleichterung ansehen.

»Ich wollte auch die Pflanzen gießen«, fuhr Doris fort, »aber sie waren schon versorgt worden.«

»Natürlich. Dreimal in der Woche kommt eine Frau zum Reinigen. Sie gibt auch den Pflanzen Wasser.«

Zum ersten Mal an diesem verhängnisvollen Tag verspürte Kiske Lust nach Doris.

39

Michael Franke hatte sich anerboten, Franziska nach Zürich zu begleiten, sie lehnte jedoch ab. Sie beschloss, am Morgen hinzufliegen, die Sache mit Kubli zu erledigen und am Abend wieder nach Hause zu kommen. Diesmal wollte sie nicht die Touristin spielen. Franke bat darum, sie zumindest zum Flughafen bringen zu können. Am Abend würde er sie dann auch abholen. Franziska wollte auch das ablehnen, aber Franke beharrte darauf.

»Irgendjemandem ist das, was Sie in Zürich finden, so wichtig, dass er Ihnen Kriminelle auf den Hals schickt. Es wäre unverantwortlich von mir, wenn ich Sie allein nach Hause gehen lassen würde. Diese Vorsichtsmaßnahme müssen Sie mir zugestehen.«

Er hatte Franziska alle Dokumente beschafft, die für die Bank notwendig waren, und gab ihr auch seine Handynummer, für alle Fälle, wie er sich ausdrückte. Er hatte auch dafür gesorgt, dass Kubli per Fax alles zum Voraus erhielt, um kontrollieren zu können, dass es gesetzeskonform ausgestellt worden war. Frau Franziska Hoffbaur figurierte auf dem Erbschein als Alleinerbin, es war also gesichert, dass sie Auskünfte über das ominöse Konto »Crux« erhalten konnte. Schließlich hatte er den Termin für Franziska auf halb zwölf vormittags vereinbart.

Direktor Kubli empfing Franziska höflich. »Diesmal allein?«, fragte er.

»Ja, Herr Direktor, der Mann an meiner Seite war nicht mein Rechtsbeistand, sondern ein Betrüger. Damals wusste ich das noch nicht.«

»Ich habe sofort durchschaut, dass er von Rechtsfragen keine Ahnung hatte. Ich durfte dies Ihnen und ihm gegenüber allerdings nicht äußern. Ich wollte Sie nicht vor den Kopf stoßen. Darf ich Ihre Dokumentation einsehen?«

Franziska überreichte ihm die mitgebrachten Papiere, die Kubli aufmerksam prüfte.

»Perfekt, Frau Hoffbaur. Ich kann Ihnen bestätigen, dass das Konto ›Crux‹ bei uns in der Tat auf den Namen Ihres verstorbenen Mannes eröffnet wurde. Vor achtzehn Jahren. Sie haben jetzt die Möglichkeit, diese Bankverbindung aufrechtzuerhalten, dann müssen wir einige Formalitäten erledigen. Sie können aber auch die Löschung des Kontos beantragen, dann werden wir Ihnen alle Vermögenswerte aushändigen oder an eine andere Bank überweisen. Unter dem Konto »Crux« wurde auch ein Bankschließfach gemietet. Dies können Sie natürlich ebenfalls öffnen.«

Jetzt hätte Franziska gerne Franke an ihrer Seite gehabt. Würde ihr das Konto etwas nützen? War es vielleicht von Vorteil, es in Zürich zu belassen?

Kubli half ihr weiter. »Ich habe Ihnen die Position des Kontos vorbereitet. Prüfen Sie, was Sie hier haben. Dann können Sie entscheiden, wie Sie vorgehen wollen.«

Das schien ihr ein guter Vorschlag zu sein. Im Zweifelsfall könnte sie später Franke um Rat fragen.

Kubli schob ihr ein Blatt hin und hielt den Finger auf eine Stelle.

»Sie sehen, es ist kein Riesenvermögen auf dem Konto. Insgesamt sind es zweiundzwanzigtausend und achtzehn Schweizer Franken zu einer Verzinsung von 2,125 Prozent. Das ergibt jährlich einen Bruttoertrag von etwa zweihundertsiebenundvierzig Franken. Die Spesen für die Kontoführung und für das Schließfach betragen hundertachtzig Franken. Es reicht also nicht aus, um vom Ertrag leben zu können.«

Franziska Hoffbaur schaute ihn fragend an. »Warum in aller Welt hat mein Mann dieses Konto eingerichtet?«

»Ich hatte leider nicht die Ehre, Ihren Mann persönlich zu kennen. Mein Vorgänger ist inzwischen auch verstorben. Aus dem Kundenbericht, den er damals erstellt hat, geht hervor, dass Ihr Mann genügend Geld hinterlegen wollte, um die jährlichen Spesen für das Schließfach abzudecken. Und dies ist ihm gelungen, denn die ursprüngliche Einzahlung betrug zwanzigtausend Schweizer Franken.«

»Und was liegt im Schließfach?«

»Das wissen wir nicht. Den Inhalt der Schließfächer kennen nur die Kunden. Um diese Frage zu beantworten, müssen Sie selbst nachschauen. Vielleicht finden Sie Goldmünzen oder Wertpapiere, wie das oft der Fall ist. Wir sind nicht dabei, wenn die Fächer geöffnet werden.«

»Wann könnte ich das Fach einsehen?«

»Jederzeit. Auch jetzt, wenn Sie es wünschen.«

Franziska nickte »Ja, bitte, also jetzt.«

Kubli drückte den Knopf auf der Gegensprechanlage. »Frau Cornioley, würden Sie bitte Herrn Marti vom Tresor zu mir schicken.«

40

Seit Geces Verhaftung waren schon acht Tage vergangen. Kiskes Gemütszustand besserte sich. Keine Polizei, keine Enthüllungen, kein Skandal. Er begriff, dass Gece nicht an den Umschlag in Zürich herangekommen war. Jetzt musste er herausfinden, was dort geschehen war. Doch wie? Er sah nur einen einzigen Ausweg, und der führte über Doris Schlegel. Diese Frau konnte ihn retten. Nur sie. »Dich hat mir die Vorsehung geschickt«, sagte er überschwänglich zu ihr, als sie bei ihr zu Hause beim Mittagstisch saßen.

Doris lächelte. »Verdienst du es eigentlich?«

Kiske nahm sie in die Arme. Er wohnte immer noch bei ihr, denn er hielt es für vorsichtig, vorläufig nicht nach Hause zurückzukehren. Im Büro hatte sie allen erzählen müssen, Kiske sei in einer dringenden Familienangelegenheit einige Tage verreist.

»Morgen werde ich dich von dieser Belagerung erlösen«, sagte er zu Doris.

»Ich habe mich aber schon recht gut an sie gewöhnt. Vielleicht will ich gar nicht erlöst werden.«

»Ich werde auch zur Arbeit zurückkehren. Du kannst ab morgen wieder Termine für mich vereinbaren.«

»Okay, Chef«, antwortete Doris und hob die Hand zum Salut.

»Für heute Abend könntest du für zwei Personen einen Tisch in einem guten Restaurant bestellen. Nach deiner Wahl.«

»Womit ich vermuten darf, dass ich eingeladen bin.«

»Du bist wirklich ein ganz schnelles Mädchen.«

»Danke für das Mädchen. Wird gemacht«, antwortete sie und verließ wenig später die Wohnung.

Etwa zur gleichen Zeit fuhr Franziska Hoffbaur mit einem Angestellten in das zweite Untergeschoss, wo sich der Tresorraum der Bank befand. Beeindruckt blickte sie um sich. In der fensterlosen Vorhalle herrschte völlige Stille. Hier befanden sich vier kleine

Zimmer. Durch die offenen Türen sah sie, dass alle mit einem Tisch und vier lederbezogenen Stühlen möbliert waren. Dann betraten sie einen Raum, der ihr wie ein irrealer Tempel von einem anderen Planeten vorkam. Da gab es Hunderte, wenn nicht Tausende Schließfächer, alle in präziser geometrischer Reihe angeordnet und alle mit zwei Schlüssellöchern. Es gab verschiedene Größen, flache, in denen wohl nur wenige Blätter Platz fanden, und geräumige, in denen größere Objekte gelagert werden konnten. Der Angestellte öffnete einen Panzerschrank und entnahm einen kleinen Umschlag, auf dem die Nummer 2418 stand.

»Das ist Ihr Fach. Der Schlüssel wurde von Ihrem Mann bei uns deponiert. Sie sehen, der Umschlag wurde nicht aufgebrochen«, sagte er und wendete den Umschlag. Der Klebestreifen war unversehrt und mit der Unterschrift von Stefan Hoffbaur versehen. Er überreichte ihr das Kuvert. Sie öffnete es und entnahm den Schlüssel.

»Kommen Sie bitte«, sagte der Mann und führte sie zum Fach 2418. Er steckte einen Schlüssel in das linke Loch, drehte ihn um und bat sie, ihren Schlüssel in das andere Loch zu stecken. Die kleine Tür öffnete sich. Der Angestellte entnahm dem Fach einen Behälter und führte Franziska in eines der kleinen Zimmer im Vorraum.

»Hier können Sie Ihre Sachen in aller Ruhe prüfen. Wenn Sie etwas brauchen oder fertig sind, betätigen Sie bitte den Klingelknopf auf dem Tisch. Dann werde ich wiederkommen. Vorher werde ich Sie nicht stören.«

Als der Mann die Tür geschlossen hatte, blieb Franziska eine Weile untätig und blickte auf den Kunststoffbehälter, der vor ihr lag. Darin war also die wirkliche Lösung des Kreuzworträtsels. Sie war nun nach Wochen von Unsicherheiten, Verirrungen, Hoffnung und Erwartung am Ziel. Was mochte sich wohl darin befinden? Sie wurde nervös. Sollte sie nun diesen letzten Schritt wagen? War dies der letzte Abschied von ihrem Mann? Franziska zögerte lange. Sie war sehr allein. Am liebsten wäre es ihr gewesen, ihr Mann hätte diese geheimnisvolle Botschaft ins Grab mitgenommen. Er hatte es aber nicht getan. Er hatte sie auf den Plan gerufen und ihre aktive Mitarbeit bei diesem undurchsichtigen Spiel erzwungen. Er wollte es so und er hatte ihr zugetraut, dass sie die Aufgabe, die er ihr hinterlassen hatte, lösen würde. Franziska gab sich einen Ruck und öffnete die Schachtel. Es lagen zwei Umschläge darin, einer mit der Aufschrift »An Franziska« und einer ohne Markierung. Sie öffnete das Kuvert, das an sie adressiert war, und entnahm ihm einen Brief. Er war kurz nach ihrer Hochzeit abgefasst worden. Sie begann zu lesen.

Meine geliebte Frau Franziska,
wenn Du diese Zeilen liest, dann sind zwei Sachen eingetreten. Erstens: Ich lebe nicht mehr. Ich glaube, Du wirst gelitten haben, ich wünschte aber, Du würdest wieder Ruhe und Freude finden. Der Tod gehört zum Leben und das musst auch Du akzeptieren. Zweitens heißt es aber, dass Du dieses skurrile Kreuzworträtsel gelöst hast, das ich Dir zurückgelassen habe. Ich weiß, das war keine leichte Aufgabe, doch Du bist am Ziel angekommen.

Bevor Du den zweiten Umschlag, der in diesem Schließfach liegt, aufbrichst, will ich Dir drei Sachen mitgeben: eine Warnung, eine Rechtfertigung und eine Erklärung.

Beginnen wir mit der Warnung. Du wirst im anderen Kuvert belastendes Material über Peer Kiske finden. Eine hässliche, entwürdigende Dokumentation. Bitte mache Dich auf einen Schock gefasst. Als die damalige Freundin Kiskes, Xenia, mit dieser Sache zu mir kam, weil sie nichts mehr mit ihm zu tun haben wollte, zerbrach unsere frühere Freundschaft. Du wirst mich vielleicht verwünschen, dass ich Dir dieses Material anvertraut habe, doch warte ab, bevor Du mich verurteilst. Du kannst es vernichten, Kiske überreichen oder der Polizei schicken. Entscheide Du, was damit geschehen soll.

Dann eine Rechtfertigung. Du wirst Dich fragen, warum nicht ich selbst diese Dokumentation verwertet habe, warum nicht ich damit zur Polizei gegangen bin, wie es meine Bürgerpflicht gewesen wäre. Oder warum ich sie behalten habe, wenn ich schon all das nicht getan habe. Du weißt, dass mein wichtigstes Ziel in meinem beruflichen Leben der Dienst an meinem Heimatland war. Ich liebte dieses Land, das viel Schlechtes und viel Gutes in der Geschichte bewirkt hat, das Leid geschaffen, aber auch Leid erlitten hat, das in der Geschichte eine Chance bekam, durch Fleiß,

Ehrlichkeit, Loyalität und Stärke eine neue, positive Rolle in der Welt zu spielen. Ich wollte mit allen Kräften an der Neugestaltung meiner Heimat mitarbeiten. Ich wollte oben ankommen, nicht, um den Mächtigen in dieser Welt auf die Schulter klopfen zu können, wie dies so oft bei den Staatsmännern anderer Länder der Fall ist. Du kennst mich gut genug, um beurteilen zu können, dass ich ehrlich bin, wenn ich sage, dass ich diesem Land mit Lauterkeit und Einsatz dienen wollte. Hätte ich diese Dokumentation der Polizei präsentiert, wie das mein Gewissen von mir forderte, wäre meine Partei in einen Skandal verwickelt worden, der uns für lange Zeit alle Siegeschancen zerstört hätte. Was ist wichtiger, wirst Du mich fragen. Ich meine, das Gemeinwohl, dem ich dienen wollte. Ein Schurke kann auch zu einem späteren Zeitpunkt zur Rechenschaft gezogen werden. Ich habe mich also entschlossen, diese unrühmliche Sache nicht an die Öffentlichkeit zu bringen und auch die Beweise nicht zu vernichten. Verurteile mich deshalb nicht, ich habe schwere Gewissensnöte durchleben müssen.

Zum Schluss noch eine Erklärung. Warum habe ich Dir diese Sache mit einer verschlüsselten Nachricht mitgeteilt? Warum dieses komplizierte Kreuzworträtsel? Wäre es nicht einfacher gewesen, Dich in alles einzuweihen, Dir den Hinweis auf das Konto bei der Bank zu hinterlassen, anstatt Dir eine solche verschlüsselte Lösung aufzubürden? Dies war eine Art Lebensversicherung für mich. Die Gefahr, dass Kiske an diese Information herankommen konnte, war für mich gleichbedeutend mit einer Existenzbedrohung. Eine Handnotiz, eine Eintragung auf dem Computer, alles wäre für mich lebensgefährlich geworden. Du sollst wissen, dass Kiske ein ruchloser Mensch ist, der vor nichts zurückschreckt. Vor ihm ist nichts sicher, dein eigenes Heim, dein Computer, dein Büro, denn er hat sehr lange Arme. Er kann auf die Hilfe hoch spezialisierter Gangster zählen, er kann jede Tür öffnen lassen, einem jedes Geheimnis entreißen. Hätte er erfahren, dass ich diese Dokumentation in dieser Bank deponiert habe, wäre die Lösung einfach gewesen. Er hätte mich auf elegante Weise liquidieren lassen, ohne dabei verdächtigt zu werden. Da ich auf dem Konto bei der Bank genügend Geld hinterlegt habe, um die Spesen für das Schließfach auf Jahrzehnte hinaus zu sichern (es war versteuertes Geld, also keine Summe, die ich mit Steuerhinterziehung auf die Seite gelegt hatte), wäre dieses Versteck für viele Jahre unentdeckt geblieben. In dreißig bis vierzig Jahren hätte mich die Bank vielleicht zum verschollenen Kontoinhaber erklärt und das Fach öffnen lassen, doch dann wäre Kiske sehr wahrscheinlich nicht mehr im Rampenlicht gestanden. Ich wagte auch nicht, Dir von dieser Sache zu erzählen, weil ich Dich dadurch einer Gefahr ausgesetzt hätte. Ich habe Kiske erläutert, dass Du die Existenz des Umschlags und dessen Versteck nicht kennst. So konnte ich auch Dich absichern.

Vielleicht wirst Du, nachdem Du in dieses abscheuliche Zeugnis menschlicher Niedrigkeit Einsicht genommen hast, mich wegen meiner Zurückhaltung nicht mehr lieben. Dafür möchte ich mich ehrlich entschuldigen.

Dein Dich liebender Stefan

Franziska war wie versteinert. Sie hatte richtig vermutet, dass dieses Rätsel für sie Probleme aufwerfen würde. Dieser Brief steigerte ihre Befürchtungen. Sie spürte eine große Bürde auf sich lasten. Sie wusste aber auch, dass es hier keinen Weg zurück gab. Sie holte tief Atem und öffnete den zweiten Umschlag. Ein großes Bündel Fotografien glitt auf den Tisch. Franziska schaute entsetzt, angewidert und empört auf die Aufnahmen. Sie zeigten Dutzende von Szenen, in denen Kiske mit Kindern bei sexuellen Handlungen abgelichtet war. Kinder, die noch nicht einmal zehn Jahre alt waren, Buben und Mädchen, in allen erdenklichen verwerflichen Szenen. Warum Kiske diese Bilder anfertigen ließ und warum er sie bei sich aufbewahrt hatte, konnte sich Franziska nicht erklären. Sie verstand, dass die einstige Freundin sie entdeckt und zu Kiskes Freund Stefan gebracht hatte. Wahrscheinlich hatte ihr Mann dieser Xenia die gleichen Überlegungen vorgebracht wie ihr selbst in diesem Brief und sie hatte sich wohl mit dem Stillschweigen einverstanden erklärt. Eigentlich wollte sie die Einzelheiten dieser Geschichte nicht erfahren. Sie ließ die Fotos in den Umschlag gleiten und steckte diesen in ihre Handtasche. Dann betätigte sie den Klingelknopf auf dem Tisch.

41

Peer Kiske wurde wegen Kindesmissbrauchs zu achteinhalb Jahren verurteilt. Im Gefängnis begann er zu zeichnen. Als er wegen guter Führung vorzeitig entlassen wurde, wanderte er nach Italien aus und führte in Viareggio ein Leben als Müßiggänger.

Reinhold Maas kam vor Gericht und wurde wegen Entführung und Raub angeklagt. Sein Urteil lautete auf neun Jahre. Während seiner Haft lernte er Englisch.

Dummy wurde zu fünfeinhalb Monaten auf Bewährung wegen seiner Beihilfe bei der Lösegeldzahlung verurteilt. Er ging mit Laura nach Lissabon zurück und betrieb dort eine Karosseriewerkstatt.

Doris Schlegel verarbeitete die Enttäuschung über Kiskes Fehlverhalten ziemlich schnell. Sie heiratete einen wohlhabenden Industriellen aus dem Ruhrgebiet und entfaltete eine rege Aktivität im Rotary Club, der im Zuge der Modernität endlich auch Frauen Zutritt gewährte.

Gertrud Reisch blieb ihrer Arbeit bis zum Tod Frankes treu. Sie wies mit Entschlossenheit jede Annäherung von männlichen Verehrern zurück. Die Erfahrung mit Gece und Frau Hoffbaur ließ in ihr eine große Bitterkeit zurück. Sie zog mit einer äußerst liebenswürdigen Flugbegleiterin zusammen, mit der sie sogar einmal an der Love-Parade als Lesbenpaar teilnahm.

Franziska Hoffbaur verschwand spurlos aus Berlin. Niemand wusste, wohin sie umgezogen war. In Berlin hat man nie mehr etwas von ihr gehört.

Michael Franke versuchte lange, Franziska Hoffbaur auf die Spur zu kommen. Als sie ihn nach der Rückreise aus Zürich ins Vertrauen zog, ihm den Inhalt des Umschlags zeigte und ihn bat, sie zur Polizei zu begleiten, deutete er das als Zeichen der ersehnten Annäherung. Umso stärker war er überrascht, als sie kurz danach spurlos verschwand. Er unternahm alles, um sie ausfindig zu machen, allerdings ohne Erfolg. Als letzte Möglichkeit wandte er sich an das

Internat, in dem ihr Sohn untergebracht war. Hier erfuhr er lediglich, dass der Junge am Schuljahresende von seiner Mutter abgeholt und aus der Schule genommen worden war. Eine Angabe über ihren neuen Wohnort hinterließ sie nicht. Der Rektor der Schule äußerte die Vermutung, Mutter und Sohn seien nach Spanien ausgewandert, denn die letzten Wochen während der ordentlichen Schulzeit hätte der Junge Privatstunden in Spanisch genommen. Franke hatte die Spanischlehrerin ausgefragt. Diese berichtete, dass der Junge während des Unterrichts öfters nach Puerto Banus gefragt hätte. Daraufhin reiste Franke an diesen bezaubernden Ort zwischen Málaga und Gibraltar und suchte nach Franziska. Was er jedoch nicht wissen konnte, war, dass sie sich unter ihrem Mädchennamen registrieren lassen hatte, als wollte sie Frau Hoffbaur aus ihrem Leben verbannen, samt Stefan, Kiske, Gece und allen anderen. Nach zwei Wochen Detektivarbeit resignierte Franke. Er nahm den Entscheid Franziskas an. Wenn sie den Kontakt mit der Vergangenheit abbrechen wollte, konnte er sich nicht dagegen stemmen. Franke hatte damals nach ihrer Rückkehr von Zürich mitansehen müssen, wie tief sie der Brief ihres Mannes und die schändliche Dokumentation über Kiskes Laster erschüttert hatten, wie verstört sie war. Gerne hätte er ihr geholfen, aber Franziska zog sich von ihm zurück.

Nach der Rückkehr aus Spanien verlor er jeden Elan und das Interesse daran, sich jemals wieder zu verlieben. Er ließ drei junge Anwälte in seine Kanzlei eintreten, denen er allmählich die laufenden Geschäfte anvertraute. Er widmete sich ausschließlich seiner neuen Leidenschaft: Er sammelte Salznäpfe. Am Schluss seines Lebens besaß er über sechshundert von diesen eigenartigen Objekten. Nach dem Sinn seiner Sammlung befragt, antwortete er nachdenklich, das sei das Gesetz der Kompensation. Wenn man das Wichtige im Leben nicht erhalten könne, bekomme das Unwichtige Bedeutung.

Danksagung

Für die sorgfältige Durchsicht des Manuskripts bin ich meiner Frau Catherine, Frau Katherina Schönenberger und Frau Bibi Riedel zu Dank verpflichtet.